他从暖风来

舞清影 著

（下）

浙江文艺出版社
Zhejiang Literature & Art Publishing House

目录

001　第三十四章　不眠之夜

018　第三十五章　记忆流年

035　第三十六章　揭开身世

055　第三十七章　中国味道

074　第三十八章　昭告天下

088　第三十九章　爱与和平

108　第四十章　来日方长

122　第四十一章　意外受伤

160　第四十二章　舐犊情深

192　第四十三章　棘手难题

218　第四十四章　大发雷霆

238　第四十五章　盛世长安

第三十四章 不眠之夜

夜色中,沙漠黄的步战车像森林里的猛兽一样在前方开道,拉卡驾驶面包车紧随其后。

"李书记!李书记!"坐在后排的张磊忽然惊叫起来。长安回头一看,发现李振翔浑身抽搐,口吐白沫,情况十分危急。

张磊一边掰着李振翔的下颌,预防他咬舌,一边焦急地对长安说:"经理,你按着书记的腿,不要让他乱动。"长安跪在座位上,从两个车座缝隙箍住李振翔的双腿。因为姿势不得劲儿,再加上道路颠簸,坚持了一会儿额头上就开始冒汗。

拉卡回头看了一眼,不想就是这微小的疏忽,面包车却忽然一沉,紧接着车子坠入路中央的泥坑,趴窝熄火。拉卡试了几次,都发动不着,他不禁神情懊悔地拍打着脑袋,用斯瓦希里语大声咒骂着自己。

长安将拳头抵在额头上,飞快地吸了口气。她回过头,朝开出一段距离的步战车看了看,同时拍着拉卡的肩膀:"你去前面叫维和部队的战士来帮忙,我来试试。"

拉卡拉开车门,像百米赛跑的冠军一样,冲向前方的步战车,同时口中大声喊着:"停车!停车!"

长安从副驾驶位直接跳到驾驶位,她低着头,一脚踩离合器,一脚发动汽车。试了几次,终于,车子轰的一声发动着了。她激动地砸了下方向盘,正要抬头看拉卡回来了没有,车窗却忽然咚咚两声响。她偏头一看,脸上来不及退去的激动就那样僵住,车窗外面,站着头戴蓝盔全副武装的严臻,他正拧着眉头,打算再次敲打玻璃提醒她。

长安降下车窗。"车辘辘陷进去了。"她指了指车外。

严臻冷冽的目光扫过她,长安心中一悸,脸皮发烫地抿住嘴唇。他一定以为是她开的车。可她却懒得为自己解释。

严臻弯下腰,用手电筒照了照深陷在泥水里的车辘辘。起身,对身后的拉卡和两名战士说:"石虎,警戒!其余人,都去推车!"

"是！"石虎立正，随即就跳到车旁，目光如炬地盯着路两旁黑黢黢的树林。严臻带着拉卡和另外一名战士在后面推车。可长安却不知是紧张，还是操控不好这台面包车，试了几次，车轱辘都只在原地打转。

车门哗啦一下开了，长安愕然望着车外面露愠色的严臻。他神情不耐烦地勾勾手指："下来！"

长安抿着嘴唇下车。车内的张磊惊讶地张大嘴，一脸不可思议地看着这一幕。他们长经理，居然连一句反抗的话都没有，就这么下去了？这不明摆着吗？这当兵的嫌弃长安的驾驶技术。但现在的确不是较真儿的时候。

这个像是头头的维和军人，也真是有本事，只见他没怎么费力，只是配合着后面推车的动作和节奏踩油门，试了两次，车子就嘶吼着冲出泥坑，停在了平坦的路面上。张磊还来不及夸他两句，他已经跳下了车。

"走了！"石虎立刻跑过来，推车的几个人也从车后走过来。

石虎定睛一看，"哧！"从眼角到嘴角，肌肉都在不停地抽搐。严臻皱了皱眉，朝石虎看的方向望去。几个推车的人，无一幸免，身上全都沾上了泥浆，尤其是身材纤细的长安，脸上居然也沾着黄泥，远远望去，就像是花猫一样，只余一双清澈明亮的眼睛隐隐透出愠色。

严臻睐了一眼，就迅速转身离开了："走了！"

石虎朝长安眨眨眼。"是！"和另一名战士追严臻去了。

愧疚的拉卡还想道歉，长安却抹了把脸，指着驾驶位，沉声说道："快开车，不要再分心了。"

拉卡怎么敢分心，接下来的路程，他连一句话也不敢说，紧紧跟着步战车，驶入维和步兵营驻扎在林贝镇的蒙特里基地。

蒙特里基地的前身是联合国维和部队的一处废弃营地，占地五千平方米，中国维和官兵到达营地后，对之前破旧的板房进行了一番整修，又架设了三百多米铁丝网，完成DDR（双倍速率）发电机房、厕所、水塔、哨楼、大门、路灯等等营区基本设施建设，这才住进来。

李振翔躺在担架上，被战士送入维和步兵营的医疗分队。维和部队的医疗分队显然比张磊在营地单打独斗要强得多，这边药品充足，还设有专门的手术室。

长安在门口徘徊等待，拉卡不知从哪儿接了一杯水，给她送过来："经理，你喝点儿水吧。"

长安没客气，低头喝了口水，紧接着，她眉头一蹙："噗！"把喝进去的水悉数吐了出来。还被呛着了。

"咳咳！咳咳咳！"长安弯下腰，剧烈咳嗽。

第三十四章

拉卡吓坏了，手足无措地站在一旁，用不太标准的中文，关切地问："经理你怎么了？水很难喝吗？"

长安擦拭着嘴角，直起腰："你从哪儿接的水？"这简直就是盐水，除了咸，还有一股子怪味。和他们营地清甜爽口的井水比起来，简直就是两个极端。

拉卡指着陈旧残破的营房："从那边，刚才那个，那个比我白一点儿的人给我的。呀！就是他！"长安朝营房那边望过去，石虎正龇着牙朝她挥手。

长安把水杯塞给拉卡，径直走向营房。石虎见她过来，赶紧迎上去："长，长……"他挠挠头，不知该如何称呼长安。

"长安。我叫长安。"她说。石虎咧开嘴笑了。

长安回头，指着远处的拉卡，问石虎："你给拉卡的，就是你们的饮用水？"

石虎点头："是啊，平常我们都喝这个。"

"你带我去看看你们的水塔。"长安说。

水塔？石虎挠挠头，心想水塔有什么好看的。可长安既然说了，他也不好不带她去。

蒙特里基地的水塔是中国维和部队自己建的。和AS63营地按照标准建造的水塔不同，基地的水塔更像是一个简陋的水窖。一间破败不堪的屋子，从敞开的方形入口涌出大量潮湿的水汽。

石虎指着水塔："就是这个。"

长安拎起一个绑着绳子的红色水桶，对石虎说："给我手电筒。"

石虎掏出手电筒递给她，长安站在入口，先是把手电光对准水塔内部的构造看了一会儿，之后又沉入水桶，舀了些水出来。她蹲在地上，用手捧起桶里的水闻了闻味道，之后用手电光观察水质。

半晌，长安站起身，语气凝重地说："水源被污染了。"

被污染了？石虎顿时惊出一身冷汗："你能确定吗？"

长安撩起眼皮睃了他一眼："难道你们不觉得这几天喝的水味道很怪吗？"

石虎一愣。仔细回忆一下，的确这段时间的水气味很大，也比之前的水浑浊，他们还以为是天气炎热所致，没想到竟是被污染了。

"我得赶紧向连长报告情况！"石虎转身要走，忽然想起重要的事，回头看着长安说，"你能帮我们吗？今天到你们营地，感觉像是到了高级度假区一样，你们那里的水，一定比我们的好喝。"

长安点点头："等李书记渡过难关，我就派人过来帮你们打一口新水井。"

从一开始，基地就选错了水源地，导致水质也跟随环境的变化而持续恶化，维和官兵并无经验，认为是天气炎热所致，所以不断地在水塔中添加消毒剂漂白粉片。长安有多年野外施工经验，所以她一喝到这样的水，就怀疑基地的水源出现了问题。探查的结果,果然不出她所料。幸好只是轻度污染,尚未酿成严重后果,可这样的水,也不宜多喝。

石虎得到长安的承诺,就去找严臻汇报新情况了。

长安用水桶里的水洗了手脸,又拉开衣服领口透气,可还是感觉到燥热难当。这里不是条件优渥的AS63营地,而是环境极其复杂,条件极其恶劣,保障极其困难的蒙特里。这里没有空调,没有浴室,更没有安全的饮用水。也不知道这些官兵是如何在基地生存下来的。

衣服湿了又干,干了又湿,像上了浆的布料,硬邦邦地捆在身上,长安歇了口气,朝医疗分队的方向走过去。可脚刚踏上营区空地,她却一下子愣住了。

只见原本空旷无人的操场上,维和步兵营的官兵正分列几个方阵,整齐列队,等待部队领导的指示。齐刷刷的蓝盔,远远望去,就像是夜晚的香淞海湾,碧蓝一片,动人心魄。长安呼吸一窒,脚下意识地后撤,想避开眼前与她身份格格不入的一幕,可已经晚了。

"长安,刚想找你呢,你来!"夜色中,长安看到那位向她招手的首长肩上闪闪发光的两杠四星。长安略一思忖,步履大方地走过去。

"首长,您好,我是龙建集团的长安,也是AS63项目的负责人。"她主动介绍自己,并伸出手去。她听到黑压压的队列里响起几声不和谐的吸气声。

首长笑了笑,握住她的手:"你好,我是中国维和步兵营营长石光明。这次,我要特别感谢你啊,要不是你的提醒,我们还在喝污染水,以后也不知要酿成多么严重的后果。感谢你啊,长安,谢谢你了!"

石光明长得就像他的名字一样,浓眉大眼,方正脸盘,目光坚毅,一看就是个不折不扣的军人。石光明也在打量长安,这个秦鹤山大使极力推崇的女工程经理,居然不是个五大三粗的女汉子,而是个眉眼英气、气质卓然的成熟女性。虽然神情憔悴,衣服上因为沾染灰尘显得有些狼狈,可她亭亭玉立地站在那里,就让人从那双清澈明亮的眼睛里看到了独立自信,看到了坚强和美丽。真的是一个不平凡的女子。她的身上,潜藏着一种令他激动的特质,这正是维和战士们需要的斗志。

长安微微一笑:"应该做的。"说完,她后撤一步:"不打扰您了,我去医疗分队。"

石光明颔首,目送她的背影远去。

一连队列里,石虎正声音低微地说:"怎么样,我没说谎吧。长安是不是特别漂亮……"

"好看。不过,你确定她就是那个'女魔头',我看着一点儿也不像啊。"

女魔头要都长这么漂亮,那他回头找对象也找这样的。

"我骗你做什么,她就是那个女魔……"石虎话还没说完,就看到左前方射过来一道寒凛凛的目光，他打了个寒战，挺直脊背，抿住嘴。

长安刚走到去医疗分队的路口，斜刺里冲过来一道人影。她下意识朝旁边躲闪了一下，谁知对方也朝相同的方向躲了下，于是两人恰恰就撞在了一起。

长安心头异样，朝后又退了一步。昏黄的路灯下，长安凝视着对方的脸庞，瞳仁瞬间变得幽深难测。对方却是眼睛瞪得滚圆，不可置信地盯着她，沉默了几秒，忽然情绪激动地指着她嚷嚷起来：“你……你……怎么在这儿！你怎么会在步兵营！”

长安目光淡然地看着她：“三年前我就在这儿，步兵营也是三年前就来过。怎么，你有意见？”

“你！”对方仍觉得震惊，不可思议，向前跨了一步，美丽的脸庞因为激动而通红发胀，更是语气咄咄逼人地怒斥道，"你又想打什么主意，长安！我可告诉你，我现在是严臻的未婚妻，你，你别想故伎重施，再把他给夺走！"

长安垂下眼睑，嘴角浮现出一抹不屑的笑意：“廖婉枫，这么多年过去了，你还……只是他的未婚妻吗？”

只是！廖婉枫感觉自己被羞辱了，可面对冷静从容的长安，她好些话堵在嗓子眼儿里，什么都说不出来。想起严臻，她的心里更觉酸涩委屈，她愣愣地站在原地，连长安走了都没察觉到。等她回过神来，焦急愤怒地环顾四周，哪里还有长安的影子。

廖婉枫跺跺脚，红着眼眶去找严臻。到了操场，才发现黑压压的全是人头，营长正在布置任务，她只好又退回食堂去了。

"小廖，你不是去找严连长了，怎么又回来了？"正在准备第二天早餐的司务长徐广全神情诧异地看着廖婉枫。

廖婉枫噘着嘴："营长在开会。"

"你呀，也别犟了，去跟严连长道个歉，服个软，也就回去当翻译了，你说你天天在这儿打杂，英雄无用武之地，你不憋得慌啊。"徐广全说。

"我……"廖婉枫脸皮一烫，惭愧地低下头，"我哪儿还有脸回去啊。"

索洛托气候炎热，廖婉枫初来乍到便病倒了。水土不服导致她精神萎靡、肠胃不适，几天时间就瘦了十斤，严臻建议她打报告回国，可她脱了几层皮，才通过严苛的人才选拔加入维和步兵营，她才不会放弃这次与严臻增进感情的宝贵机会呢。

可这里实在是太热了，板房里更像是蒸笼一样闷热难耐。尤其到了晚上，白天积聚的热浪一阵阵地袭来，板房的温度居高不下，至少也要五十多摄氏度。晚上十二点前，她从未睡过一个安稳觉，躺在床上用毛巾一遍遍地擦着汗水，最后受不了了，她就从蚊帐里钻出来，直接睡在了地上的凉席上。

因为步兵营就她一个女军官，所以她单独占了一间板房。就这样，她在地上睡了大概有一周，一次紧急集合，她被督查抓了个现行。严臻从未用那般严厉的语气训斥过她，而且还要她当着全连战士的面做深刻检讨，她委屈得不行，就顶了两句嘴，后来她就被严臻罚到食堂来了。

司务长徐广全是个老维和了，听说了廖婉枫犯错的缘由，他非但没有站在她这一边，反而和严臻一样，用教训人的语气，告诫她不该那样做。不睡蚊帐、穿短裤、睡在地上是在非洲生活的大忌。一是怕被蚊虫叮咬染上疟疾；二是怕被毒虫咬伤；三是地面潮湿，久睡容易潮气侵体，患上风湿等严重的慢性病。廖婉枫这才明白她做了件多么愚蠢的事情，她知道错了，可又抹不开面子去向严臻道歉，就一直别别扭扭地待在食堂。今晚，她是听到紧急集合的哨声，心中蠢蠢欲动，这才赶去操场。没想到，出门却会撞见长安！

这个冷酷无情的女人，从自己和严臻的世界里消失了数年，杳无音讯，就在他们慢慢将她遗忘的时候，她却像是电影里不死的精灵一样冒了出来！不，她不是精灵，她根本不配称为精灵，精灵是美丽的，是善良的，而她是恶毒的女巫、冰冷的幽灵！绝对，绝对不允许这个女人再夺走自己的幸福……

长安到医疗分队，见到了负责抢救的军医孔方遒。孔医生是医疗分队的队长，加入维和步兵营之前是国内军医院感染病科的知名专家，尤其擅长疟疾等急性重症传染病的临床诊治。

"病人的病情很严重，已发展为脑型疟，正处于发作期。幸亏你们送来及时，我们已给病人注射了青蒿素针剂，但距药品起效还需一段时间。"孔医生向长安通报李振翔的病况。

青蒿素是特效抗疟药物，被称为疟疾的天敌。

"那他什么时候能度过危险期？"长安问。

"如果能熬过今晚，生存概率就会大一些。"孔医生回答说。

长安神情忧虑地点点头："辛苦您了。"

孔医生又回到抢救室里看护病号，长安坐在院子里，双手撑着额头，感觉身体和精神都到了崩溃的边缘。

"经理，你去医生休息室睡一会儿吧，刚才医生说，要熬一个晚上。"拉卡走过来说。

长安抬起头，看着和她一样疲惫的拉卡："你去休息，拉卡。我下午睡了一会儿，还能坚持。"拉卡摇摇头，在她身边坐了下来。

山里纯净的夜空，可以看到明晰的北斗，一闪一闪的，像是月亮在眨眼睛。空气里飘散着草木的清香，远处的丛林，变得深邃而又神秘，在灌木丛中沉睡了一天的狮群，则会选择在夜晚彰显它们的黑暗主宰地位。狮群的吼声在沉寂的夜晚显得格外清晰、雄浑。

"你看，三颗星星，好亮！"拉卡指着夜空，眼里露出惊喜的神色。

长安抬头一看，不禁怔了怔。南方夜空中三颗星星闪着蓝光直入眼帘。

三星高照，在中国民间是吉兆，古人认为岁星照临，能隆福于民，而这种天象很难得，很稀少，所以一旦出现，就会被认为是吉星高照，看到的人都会有好运。可这种天象出现在索洛托的夜空里，却平添几许嘲讽的意味。

"拉卡，这叫三星高照。在中国，这代表着大吉大利，预兆着有好事即将发生。可现在……"长安苦笑了一下。

拉卡拍拍她的肩膀，宽慰说："在我们国家，这也是好事。经理，咱们各自许愿吧，我妈妈说，当着星星的面许愿，无论你求什么，它都会实现的。"

长安刚想拒绝，却被拉卡强握住双手，他先闭上眼睛，嘴里用斯瓦希里语念叨了一阵才睁开眼睛。

"你许了什么愿，能告诉我吗？"长安问。

拉卡露出洁白的牙齿，目光真诚地说："我祈祷李书记能恢复健康。你呢？经理，你许下什么愿望？"

"我。"长安仰望星空，轻轻地吁了口气，喃喃地说，"我希望项目顺利完工。"

拉卡听后，脸上露出忧伤的表情："唉……"乐观的拉卡竟也学会了叹气。

"不知道我的国家，什么时候才能获得真正的和平。"

拉卡是个孤儿，他的家人早年间在反政府暴乱中失去了生命，一个庞大和睦的家族，只剩下他一个人。

长安转过头，看着情绪低落的拉卡，语气坚定地鼓励说："拉卡，会好的，一切都会好起来的。"

长安没有告诉拉卡，她还许了个愿，祈祷世界和平，祈祷索洛托的人民能够安居乐业，幸福地生活。

凌晨四点。维和步兵营周边忽然传来沉闷的枪炮声，基地前方的夜空被炮弹划过的光芒映得如同白昼。维和步兵营迅速进入一级战备状态。

"没有步战车操作的人员，全体到西墙位置！一定要注意防护！"神情肃然的石光明通过喇叭指挥战士，"战斗人员迅速登上步战车！加强观察警戒！各连连长到我这里集中！速度！"

很快，严臻和另外两名连长就跑了过来。

石光明摊开地图，用手电筒光照着，冷静分析说："你们看，弹道飞的方向基本上都是朝着东北方，这里！我们的东北方，是政府军的一个军事基地！而不明武装，显然是冲着政府军去的。我们在他们交火的中间，也就是说，子弹和炮弹是从我们头上飞过去，才落向目标。"

严臻拧眉说："我们成了夹心饼干，腹背受敌，最关键的是，按照联合国交战规则，面对维和国家各派武装冲突时,维和部队要保持中立,也就是说,我们不能有任何主动还击的行为。"

石光明亦是眉头紧锁:"是这样。我们现在只能加强警戒,保护好自己。一连长!"

严臻立刻答"到"。

"你负责战斗指挥,及时报告情况。"

"是!"

严臻顿了一下,插言问道:"那医疗分队呢?要我增派人手过去防护吗?"

长安听到枪声的第一反应不是慌乱躲避,而是同拉卡一起帮着医疗分队转移病号和药品。在抢救室,她看到了病情略有好转的李振翔。李书记虽然依然昏迷不醒,但不再像刚才那样抽搐、打摆子了。

"病人现在还不能移动,我守在这里。"孔医生面色坦然地说道。

"那怎么行!您岁数大了,还是我留在这儿!"随队医生贾涛情绪激动地说。

"不要和我争了,我比你有经验,我留下最合适。"孔医生抬起手,示意贾涛他心意已决,他指着外面的几个病号,神色凝重地叮嘱说,"贾医生,你要照顾好他们。"

贾涛立正,神色复杂地说:"是!队长!"

长安走过来,看着孔医生说:"我陪着您。"

孔医生诧异地看着她:"这里很危险。"

就在他们说话的瞬间,一颗炮弹从板房上空飞过,即使在屋子里,也能听到震耳欲聋的爆炸声。

她一个女人,就不怕吗?

长安指着抢救室里的李振翔:"他是我的员工,我不能抛弃他。"

孔医生凝视着这个目光坚毅的女子,他似乎有点儿明白,龙建集团为什么会把援非工程的重担交给一个纤细柔弱的女人了。他推了推眼镜,眼神变得柔和了些:"好吧。"

拉卡从门缝里冒出头:"我也要留下。"

长安回头看着他,语气不容置疑地说:"你去帮助贾医生。"拉卡神情沮丧地走了。

长安随后也退了出去,她坐在抢救室门外,听着炮火的响声,不知不觉中,迎来了基地第一缕晨光。身边的门开了,孔医生一脸欣喜地对她说:"病人醒了。"

长安激动地跳起来,谁知久坐造成下肢麻痹,她刚起来就趔趄了一下,孔医生赶紧搀住她的胳膊:"慢点儿。"长安模样滑稽地笑了笑,一瘸一拐地走进屋里。

病床上的李振翔果然醒了,他半睁着眼睛,虚弱无力地对她说:"小长……给你们添麻烦了。"

长安重重地吸了下鼻子,点点头,故意说:"所以,你要赶紧好起来,以后再也不要给我添麻烦了。"

第三十四章

李振翔笑了。他艰难地举起手，朝她比了个OK的手势："我保证……"

长安握住他的手，眼眶潮热地说："别说话，好好休息。"

"轰！"远处传来隆隆炮声。

李振翔蹙起眉头："这是……炮弹？"

"嗯，打了一夜。"长安说。听了半宿，她这会儿差不多已经免疫了。

"咱们营地……"李振翔脸上露出担忧的神色。

长安说："我这就回营地去，你安心养病。"她回头看了看孔医生："李书记，一切听孔医生的，他在炮弹下守了你一夜。"李振翔神情震动地点点头。

"好了，可以了，病人还不能多说话。"孔医生说。

长安起身："那就拜托您了。"

"应该的。小长，你不必客气。"孔医生说。

长安走出医疗分队大门，却被院里站着的石虎吓了一跳。石虎因为熬夜，双目赤红，唇皮干裂，再加上一直站在高温的环境里，还未近身，就闻到一股浓郁的汗味。他可能也知道自己身上不好闻，就主动后撤了一步，对长安说："我们连长让我守在这里。"

严臻？长安目光轻闪，轻轻哦了一声。

"你们的病号醒了吗？"石虎好奇地朝里面望了望。

"刚醒，孔医生说他刚刚度过危险期。"长安说。

"那就好，那就好。"石虎也松了口气，他摸了摸手里的枪械，黧黑的脸上露出一丝犹豫的神色，想了想，才说："你和我们连长，你们……"

"我和他没有关系。"长安说完就朝外面走，石虎赶紧跟上去："你要去哪儿？连长说你要暂时待在步兵营，不能乱跑。"

"呜呜……"头顶的天空忽然飞过一枚炮弹，长安下意识地缩了缩脖子，石虎却如临大敌，拉着她就躲向一旁的隐蔽物。

"轰！"炮弹坠地爆炸发出一声巨响，地面也似乎跟着颤了颤。

"你看，多危险！不要乱跑了！"石虎指着西墙那边，"我带你过去找连长。"

"我去找他做什么！孔医生还在这里。"长安试图挣脱石虎。

石虎却说："连长说了，只要病人一醒，马上向他报告。走，我们过去。"长安挣不脱石虎铁钳似的大手，被硬拖着来到西墙边。

基地四面是由网箱和铁丝网堆砌的围墙，因为不明武装同政府军交火地点主要集中在基地东北面，所以维和官兵都守在西墙边待命。

"连长！连长！"石虎朝正拿着望远镜观察情况的严臻拼命摆手。

严臻回头，凌厉的目光扫过不远处的两个人。他把望远镜递给身旁的战士："继续观察。"

"是!"

严臻猫着腰迅速靠近石虎,石虎见他来了,手指用力攥住长安的手腕,并低声提醒她:"连长来了。"长安垂下睫毛,盯着灰黄色的地面,一言不发。

石虎因为攥着她的手腕,所以腾不开手去敬礼,他正色说:"连长,病号已经醒了。"

严臻的视线在石虎的手上停留了一秒,石虎顿觉一股冷意袭来,手指不禁一松。

"你带一个班,去帮孔医生转移病号。"严臻说。

"是!"石虎得令后却突然把长安朝严臻的方向用力一推,随即跳起来就跑,声音远远地传过来,"她有事找你。"

严臻没动,长安却结结实实地撞了上去。像铁板一样坚硬的身体,提醒她严臻有多抗拒这次接触,他甚至连扶也不愿扶她一把,就看着她狼狈不堪地撞上去,又弹坐在地上。

长安闭了下眼睛,真想把自己变成一只会打洞的松鼠钻进地底下去。还有比这更丢脸的事吗?心里不由得涌起一股怒火,她单手撑地,准备起身的时候,眼前忽然多出一只骨节分明的大手。手掌满满的都是厚茧,几乎找不到一块完好的皮肤。

长安愣住了。静了有一两秒钟,或者更短的时间,她握紧那只温暖潮湿的大手,站了起来。

"蹲下!"严臻迅速撤回手,语气冰冷地命令道。

长安干脆背靠围墙坐在地上。她仰起头,目光清亮地望着面无表情的严臻,用公事公办的语气说:"我想见石营长。"

严臻皱紧眉头:"有什么事可以跟我说。"

长安略一思忖,点头:"我请求你们把营地的中国工人接到基地来避难。"

交火地点距离项目营地非常近,她不知道此刻的营地是否安全,大家有没有按照演习预案撤离到避难点。电话打不通,她心急如焚,作为项目总负责人,她恨不能插上翅膀飞回营地去。

"一共多少人?"严臻神色凝重地问道。

"五十人。"

严臻指着她:"你坐着别动,我去找营长汇报情况。"

"好。"晨光中,长安双眸如星,双手抱膝,规规矩矩地坐着。

严臻别开脸,盯着远处茂密的树林,嘴角的法令纹显得格外深。

严臻走后,长安坐在地上给营地打电话,可她把雷河南、何润喜等人的电话打了个遍,也没有任何回音。她垂下眼睑,将右手拇指塞在齿间,不停地咬噬。忽然,她抬起头,目光锐利地瞥向四五米开外的几名战士。几个偷窥她的战士被逮个正着,顿时红着脸低头躲避,只有一个人迎着她的目光,愤怒地注视着她。

廖婉枫。没想到穿着全套装具的她挺像那么回事。

廖婉枫大概是看到她和严臻在一起，所以才会用那样愤恨的眼神怒视着她，看那架势，竟像要扑过来和她同归于尽。

长安扯了扯嘴角，继续低头按着手机屏幕。

炮火声似乎没之前那么密集了，长安暗自祈祷，期盼着交火双方赶紧休战。

"经理——"拉卡朝她飞奔过来。

长安起身，猫着腰，冲拉卡招招手："我在这儿。"

拉卡像她一样蹲在地上，一边比画一边焦急地说："营地，我们的营地被炮弹炸了！我刚才路过铁丝网大门，遇到从村子里逃出来的伙伴，是他告诉我的。他说，村子被炸毁了，很多人死了，他想去营地找我，可没想到……"

大树村！长安脸色一白，心跳如擂："人呢？员工呢？他们怎么样了？"

"被困住了，他说的，他见到宿舍里有人躺在地上，而且炮弹还在营地里飞，他害怕被炸到，所以才逃到这里。"拉卡指着远处的小山坡，"那边，翻过山坡，他的亲戚住在那边的村落。"

长安的心一沉，身子也跟着晃了晃。拉卡扶住她："经理！"

长安闭着眼睛深深呼吸，瞬间她推开拉卡，朝严臻刚才离开的方向狂奔而去。拉卡坐在地上，眼神担忧地望着长安的背影。

基地指挥部。石光明正在通电话，看到严臻进来，他伸手示意他稍等。

"好！我马上安排应急战斗分队赶赴营地，把我国公民营救出来。您放心……"石光明放下卫星电话，对严臻说，"刚刚得到大使馆传来的消息，AS63营地有人员被困，宿舍被炮弹炸毁，业主方代表向大使馆求援，我已经联合国驻索洛托特派团提出救援申请，他们刚刚回复，同意我们前去营救同胞。"

严臻挺直脊背，面容坚毅地说："请营长下达命令！"

"你带上应急战斗分队立刻赶赴AS63营地，把同胞安全带回基地！"石光明说。

"是！"严臻转身就走，却不想和猛冲进来的长安撞在了一起。

由于疾跑，长安的额头上冒着一层细密的汗珠，看到严臻，她猛地扑上去，紧紧握着他的胳膊，气息不均地说："营地……营地出事了，拉卡……拉卡在铁丝网那里见到逃难的伙伴，他告诉拉卡，营地被炸了！严臻，员工需要我，我得回去，我得马上回去！"她的手不住地发抖，几次要滑脱跌倒，可都坚强地站了起来。

严臻冷峻的表情被情绪失控的长安撕开了一道口子，他动了动嘴唇，刚想说话，却听到石光明的声音："小长，你别急，一连长现在就去营地救人。"

严臻抿住嘴唇。长安略松了口气，心脏依旧在狂跳悸动，可情绪和思维慢慢回到正轨。

"我和你一起去。"长安眼神祈求地望向严臻。

严臻没说话,只是目光忽然变得冰冷,他拂开她的手,大步朝门口走去。懒得和她多费口舌。

"严臻!"长安大声叫他,他的脚步一顿,却没转身。长安目光执着地盯着那抹挺拔伟岸的背影:"我保证不给你添乱。我熟悉营地的每一个角落,而且,我,只有我知道安全隐蔽点在哪里。"

严臻蓦地转头,深邃如墨的眼睛看着她,嘴唇轻启:"不行。"

不行!长安顿时喉咙一紧,胸口处升起一团怒火。她转过头,四面环顾,看到有她需要的东西,她毫不犹豫地走上前,抓起桌上的白纸,又一转头,看到石光明手里的笔,便一把夺过去,趴在桌上,唰唰唰写了几行字,之后她径直走到严臻面前,把纸拍在他的胸前,声音嘶哑地吼道:"你看清楚,这是我的遗书!如果我遭遇不测,后果由我一人承担,与你们无关!与你严臻无关!"

室内瞬间静了下来。严臻的冰山脸抽搐了几下,望向神情若有所思的营长石光明。

石光明点点头:"带她去吧,如果换作是你的兵出了事,你只怕比她还要拼命。"

"是。"严臻神色复杂地回答。

"保证安全!"

"是!"

长安转身对石光明说了声"谢谢",石光明说:"小长,无论营地是怎样一种状况,切记,一切行动听指挥,不要让一连长作难,不要再出现人员伤损。"

长安面色郑重地点头:"我会的。"

几分钟后,三辆步战车顶着炮火飞速驶向AS63营地。

载员舱内,严臻把一个防弹背心扔向对面的长安。长安接住,却被那重量压得闷哼一声。严臻像是没听见一样,偏过脸,盯着车外齐人高的灌木丛。

"太没人情味儿了。"石虎不满地瞪了严臻一眼,帮长安穿上防弹背心。

"谢谢。"长安感激地说。

石虎不好意思地挠挠后脖子:"谢啥呀,保护同胞是维和部队的神圣职责!"

"废话怎么那么多!"严臻忽然冷冰冰地斥道。

石虎伸伸舌头,敛起表情,不敢再胡乱讲话。

车队刚驶入营地附近,就看到一枚炮弹呈抛物线弧形落入营地。

"轰!"炮弹炸了,瞬间腾起一个大火球,之后便冒出滚滚黑烟。

长安捂着嘴,强忍着没叫出声来。她的眼眶因为震惊而撑大到极限,因为那团黑烟的位置正是员工宿舍区。

第三十四章

石虎拍拍她的肩膀，低声安慰说："不一定有人，你别急。"

步战车接近营地大门。"你来指路，员工宿舍区从哪边走最近。"严臻目光冷峻地对长安说。

"左边，绕过花园，下坡便是宿舍区。"长安指着方位。

严臻用单兵通信系统指挥同行的步战车："跟着我的车走。"

步战车开往营地宿舍区，到达路口，严臻命令石虎带两个人下去侦察情况，其他人员掩护。石虎身手矫健地跃下步战车，同两位战友配合默契，迅速冲进距离最近的房屋。大约过了半分钟，严臻的耳麦里响起石虎的声音："01，01，屋内没有发现员工。"

"01收到，继续向前侦察。"严臻语声沉稳地命令道。

石虎带着战士继续向前搜寻了几间宿舍，还是同样的结果，屋里空无一人。

长安激动地抓住严臻的胳膊："他们一定躲到隐蔽点去了！我带你们去！"

严臻命令石虎他们继续搜寻，同时命令步战车按照长安指引的方向，快速驶向隐蔽点。

步战车在一处小路入口停下。

"需要爬山上去，大概十分钟。"长安指着草木茂盛的坎贝山。

"全体下车。"严臻命令道。没想到刚跳下车，一枚火箭弹就呼啸着朝他们的方向坠落下来。

"隐蔽！"严臻大吼一声，攥着长安的胳膊就把她扑倒在地。

距离不远的地方响起剧烈的爆炸声，木屑和灰尘铺天盖地袭来，等噼里啪啦的声音过去，严臻抬起头，晃了晃脑袋，用无线耳麦询问附近的战士："谁受伤了？"

"报告01，我腿部受伤。"

"还能走吗？"

"报告01，能走！"

"注意隐蔽，加强观察，继续前进！"

严臻低下头，视线却撞上一双澄澈如水的眼睛，长安正直盯盯地望着他，从她的瞳仁里，他清楚地看到了自己的影子。

这一刻，严臻才察觉到两人的姿势是多么的暧昧，多么的亲密。目光一顿，他迅即从她柔软的身上弹跳起来，伸出手："速度！"

长安握紧他的手，第二次被他从地上拽起来。

十分钟的路程，却像是走在刀山火海里，不断有炮弹和火箭弹在附近的山林里爆炸，严臻拉着长安的胳膊朝前狂奔，英勇的蓝盔卫士紧随其后，护卫着他们的安全。

"到……到了……"长安精疲力竭地抓住严臻的手臂，指着前方一处茂密的山林，"在里面……里面……的山洞。"

严臻拖着她就走,长安却汗如雨下,狼狈不堪地说:"不行……不行了……跑不动……你们快……快去……"

长安的肺已经像炮弹一样炸开了,眼睛也被汗水浸透,涩得睁不开,她像沙滩上濒临死亡的小鱼,大口喘着粗气,却动弹不得。

严臻朝前打了个手势,后面的战士毫不犹豫地越过他们,冲向山林。严臻跨前一步,背对着她,迅速弯腰:"上来!背你!"

背她?"不,不可以。"长安拒绝。

严臻忽然抓住长安的双手锁在自己脖子前方,右手使力把她向前一拥,耳朵边传来她的吸气声,热热的,同她的身体一样,让他出现片刻的恍神。曾几何时,他也这样亲密地背着她走在沪上江南的浓郁树荫里,那时有淡淡的花香,有甜甜的爱情,有美丽的誓言……誓言。他的喉咙一紧,心口处传来阵阵撕裂般的疼痛。

长安脸皮紫胀,牙齿死死咬着嘴唇,才能控制住自己的情绪,不去挣扎。严臻背着她一言不发地朝山林跑去。

"01,01,发现山洞,发现山洞!"

"01,01,发现山洞里的同胞!"

严臻背着长安跑到地方,却被眼前的一幕惊出一身冷汗。提前到达的维和战士也在头疼,因为山洞边沿被威力巨大的钻地火箭弹炸出一个深达两米的大坑,大坑里,横七竖八地堆着一些被烧焦的树枝和嶙峋尖锐的碎石块。被炸得面目全非的洞口处挤满了龙建集团的员工,他们一个个灰头土脸,几乎分辨不出谁是谁,可从那狂喜的眼神、熟悉的动作,长安还是第一眼就认出了他们。

"经理!"

"维和战士来救我们了!经理没有抛下我们不管!"

"我们得救了!"

"祖国万岁!"

"经理!经理!"洞口忽然钻出来一个满面尘土的女人,她的手里举着小国旗,一边用力挥舞,一边擦眼泪。

孔芳菲!国旗!长安喉头一哽,朝她挥手:"小孔,别怕,我们来救你!"孔芳菲用力点头。

赵铁头、邓先水也从人群中冒了出来:"严连长!严连长!"看到严臻朝他们点头,这俩人激动疯了,拥抱在一起,就差没像拉卡一样当场跳舞了。

严臻没有时间同他们寒暄,他现在满脑子都在想着怎样把这五十个人从山洞里转移出来。找长度合适的树木搭桥,太慢;等他们自救,又怕坑洞里的树枝和尖锐的石头伤到他们。时间不等人,谁也无法预料炮弹还会不会落到此处。

严臻神色凝重地盯着面前的弹坑，略一思忖，果断对十几名战士下达命令："全体都有，跳！"

严臻同战士们整齐划一地跃入坑内。他听到有人闷哼一声，身体向前倾倒，被旁边的战友扶住，严臻迅即问道："受伤了？"

"能坚持！"

严臻朝那名强忍剧痛的战士投去赞许的眼神，之后语声冷静地命令道："搭人桥！"不到十秒钟，一个以他们的脊背做桥面的人体桥梁就"搭建"好了。

坑内的严臻仰头看着目光闪烁的长安："速度！炮弹随时可能落下来！"

长安深深地看了他一眼，用力拍了下手，大声对洞口的员工说："按照预案，女人和年长者先行，年轻人殿后，速度过桥，不要给我们的维和军人增加危险和负担！快！"

龙建集团的员工果然是好样的，他们在最短的时间内通过"人桥"，并且主动把深陷坑内的严臻等人拉了上来。

孔芳菲第一个冲过来，她扑向长安，紧紧搂着她，失声痛哭："经理……我……我以为再也……再也见不到你了。"

长安拍着她的脊背，柔声安慰说："别怕，别怕，一切都会好的。"

孔芳菲抱着她："我再也不离开你了。"

长安拨开沾在脸上的国旗："你还拿着它？"

孔芳菲举起小国旗，振振有词地说："电影里不是演了吗？关键时刻国旗能救命，我没有大的，可我有小的，当护身符一样带在身上！你看，维和军人不是来救我们了！"

长安不禁莞尔，这鬼丫头，想法就是多。她捋了捋孔芳菲蓬乱的头发，视线在人群里掠了一圈："芳菲，雷公呢？他怎么不在？"

孔芳菲忽然呀了一声，她瞪着红通通的眼睛，颤声说："他把我们领到这里，然后回营地取电脑，他说里面有很重要的数据资料……可他，他没回来呀！"

长安手指猛地一蜷，心脏也在瞬间停止跳动。拉卡的同乡说，营地的屋子里有人被困，生死不明。

严臻查看了战士的伤势，疾步走到长安身边，看到她脸色煞白，不禁蹙眉问道："出什么事了？"

长安转过头："雷河南不在山洞，他回营地取电脑，应该在办公区……"

"胡闹！"严臻双手叉腰，怒吼道。孔芳菲吓得浑身一颤，缩在长安背后。

严臻指着长安："立刻查验人数，看还有没有遗漏！"长安立刻集合人员，清点人数。

严臻用通信电台联络正在营地宿舍区执行搜索任务的石虎，命令他火速赶往办公区搜寻被困人员。

长安快步跑过来："我查过了，只少雷河南一人。"

严臻还未说话,就听到耳麦里传来石虎焦急的声音:"报告01,办公区损毁严重,炮弹还在不断下落!请求支援,请求支援!"

"01收到,注意安全!"

严臻转头,对长安说:"我留下一个班的战士护送你们下山,山脚下有步战车,你来安排人员撤离。"

长安点头,眼神坚定地说:"你放心,我不会拖你后腿。"

严臻黑黝黝的眼睛在她的脸上停顿了几秒,最终什么话也没说,立刻分流战斗人员,不多一会儿,他带着一小队战士火速赶赴营地。

下山途中,炮弹源源不断地落向营地和山林。看着美丽整洁的营地毁于一旦,看着营地上空腾起的硝烟,每个人都变得异常沉默。以前,总觉得战乱距离他们很远,那些英雄片里断壁残垣、满地狼烟的场景永远也不可能出现在他们的生命里,可当这一切真正发生的时候,人在异国身陷困境的他们才猛然意识到,祖国是多么强大,我们的蓝盔卫士是多么英勇无畏,而被祖国和军人护佑的他们又是多么幸运。

到达山脚,步战车迅速启动,老规矩,女人和年长者先走。

"经理,你怎么不上车!"载员舱里,孔芳菲朝她伸出手,"你也是女人!"长安摇头。

看长安没动,已经登车的赵铁头和邓先水又跳下来,把机会主动让给腿脚不便的工友。

"一会儿不一定有车。"长安提醒他们。未来形势如何变化谁也无法预料,尽早离开被炮火笼罩的营地才是明智之举。

赵铁头头一扬,用拳头用力擂着胸口:"怕啥!严连长在这儿保护我们,就是刀山火海我们也敢闯!"

邓先水附和道:"你一个女人都能留下来,我们要是厌了,不是给龙建人丢脸吗!"

长安目光闪烁地望着他们,谁能想到呢,若干年以前,他们还是工地上无法无天的地头蛇,与她针尖对麦芒对着干,可物换星移,若干年后,他们在动荡的非洲大地却主动舍弃自身安全,维护起企业声誉……

长安心头震动,上前挨个拍拍他们的肩膀,赞道:"好样的。"

满载工人的轮式步战车疾驰而去。

过了十几秒钟,得到指示的战士主动跑来找长安:"连长命令我们朝大门方向移动,到时步战车会来接我们。"

"好。"长安点头。

剩下的员工在维和战士护卫下,朝营地大门方向移动。

"轰——"

"哒哒哒——"枪炮声隆隆,交战双方的火力比之前更猛了。

这时，一发炮弹发出刺耳的尖啸声从天空中坠落。

"隐蔽！趴下！"随着战士们的提醒，"轰！"震耳欲聋的爆炸声响起，长安的头嗡一下失去知觉，过了一会儿，她才抖掉头上的尘土，回过神来。

心怦怦狂跳，长安朝四周望去，发现员工们也和她差不多状态，但都还算安全，没有人受伤。想起刚才炮弹坠落的位置，长安脸色一变，猛地抓住刚才那个战士，声音急切地问："你们连长呢？快点儿和他联系！"

年轻的战士亦是心急如焚，因为炮弹落地前他已经呼叫01注意了，可是01并未回答。紧接着，他的耳麦里传出石虎的喊声，莫非连长，他……

"连长没有回话……"战士话还没说完，长安已经按住战士的肩膀，"打开你的通信设备！我要和他通话！"她气势逼人地吼道。

通话！现在！战士讶然张嘴，刚想拒绝，却看到长安压下身子，径直朝他的耳朵贴了过来，他骇然闪躲，下意识地打开通话器。

"严臻！你说话，你说话啊！我告诉你，你要是敢盖着国旗回去，我永远不会原谅你！不对，我会恨你一辈子！还有一个秘密，你也永远不会知道，也不可能知道了！"

所有正在营地使用单兵通信设备的战士都傻了，他们面面相觑，表情微妙，被长安箍住的战士更是快要哭出来了。怎么会这样。

"严臻！你这个混蛋，你说话！说话！你……"

"闭嘴！"

长安愣住了。声音沙哑却足够她听见，这声熟悉入骨的训斥声，此刻听来却犹如天籁之音。她被镇住了，全身上下麻酥酥的，心里却不住地向外冒着彩色的泡泡。他活着，还活着……

就在长安愣神的瞬间，被她箍住的战士兴奋地跳起来，他拉住长安的胳膊，用力晃了几下，说："工程师还活着！连长刚才就是为了救他，被炮弹震晕了。"

周围的员工闻听雷河南获救的消息，激动地拥抱在一起。长安上前，用力抱了抱头戴蓝盔的年轻战士："谢谢！谢谢！"

队伍继续向前行进，在大门处，他们和抄近路过来的严臻等人会合。

严臻背着雷河南。他们身上血迹斑斑，分不清是谁受伤了，长安疾步上前，朝面目冷峻的严臻望过去，他也在看着她，目光漆黑如墨，她心口一悸，低声对他说："谢谢。"

长安上前扶着雷河南的肩膀："雷公！雷河南！"向来强悍如牛的雷河南耷拉着脑袋，声息全无。

严臻瞥了她一眼："失血性休克，腹部受伤。"

长安的目光在他浸透血渍的手臂定了两秒，移开："我们怎么回去？等步战车吗？"

严臻目光严肃地望着远方："恐怕要走回去了。"

第三十五章 记忆流年

　　时间紧迫,严臻简单解释了一下,由于交战双方冲突不断升级,所以蒙特里基地目前面临巨大压力,步战车刚才在回基地途中遭遇不明武装分子袭击,所幸无人员伤亡,所有人员均平安到达基地。但是考虑到整个基地的安全,几辆步战车要在基地留守,以防万一,所以战斗总指挥石光明营长命令严臻率队步行护送其余同胞返回基地。也就是说,没有车来接他们了。

　　得知这一消息,长安倒没感到意外,像这样血淋淋的战争场面,如果再让他们乘车自由出入,反而不正常了。她只是不知道雷河南他还能撑多久。

　　"随队军医处理过他的伤口,暂时没有大碍。"严臻像是看出她的心思,主动解释道。

　　长安诧异地抬头看严臻,他却已经转头对剩下的战士下达命令:"检查枪械,做好战斗准备!"

　　"是!"

　　长安打起精神,把情况告知员工,可能有严臻他们这些荷枪实弹的蓝盔战士在场,大家的情绪都很稳定,尤其是赵铁头,他主动把背负雷河南的任务揽了下来,并且对严臻说:"严连长,你就专心指挥吧,我们的小命,可都交给你了。"

　　严臻没有和赵铁头争,因为他知道,接下来的行程对他来说,是一次严峻的考验。

　　出营地大门后,维和战士呈包围状将中方员工夹在中间,徒步向前行进。他们沿着崎岖不平的小路走了几公里,忽然走在最前方的严臻伸手示意队伍止步。

　　"保持高度警戒!"严臻下达命令,刚要去附近侦察情况,忽然从路边涌出一群荷枪实弹的不明武装人员将他们围住。

　　对方情绪异常激动:"Uwaue! Uwaue!(打死他们! 打死他们!)"

　　就在这些武装分子将枪口瞄准队伍时,严臻和战士们已经端起手中的突击步枪,和武装人员对峙起来。一时间,空气仿佛都凝固了。耳边只听到枪械零件碰撞时发出的金属声响。

"中国蓝盔是和平友谊的使者,中国军人不容冒犯!"严臻目光冷峻地盯着对方人员,并高声用中文对武装人员喊话。

不明武装队伍里有人不耐烦地叫嚣:"Usiwe pamoja nao, uwaue!(不要和他们啰唆,打死他们!)"

对面传来子弹上膛的声音,严臻心一沉,朝身侧的石虎使了个眼色。石虎会意,正要行动,引开一部分武装分子,却忽然听到队伍里传出一个声音。

"Usipige! Nina kitu cha kusema!(不要开枪!我有话要说!)"

竟是隆达。项目上雇用的非洲工人。

长安心头一震,她不知道隆达要做什么,可他这样手无寸铁地走到武装分子面前是极度危险的一件事。对方看到隆达,似乎也吃了一惊。

隆达举起手,继续朝前走。长安再也忍不住:"隆达!危险!"

严臻朝长安投来警告的眼神,她抿住嘴唇,哀求地看着严臻。严臻轻轻点头。

隆达走到双方队伍之间,然后大声用斯瓦希里语说:"Wao ni wafanyakazi wa Kichina ambao hujenga barabara kwa ajili yetu. Wao ni watu mzuri. Hawezi kusa hau mema yao.(他们是为我们修路的中国工人,他们是好人,我们不能忘恩负义。)"

对方露出惊奇的表情,有人低头絮语,片刻后有人站出来和隆达对话。他们大概交谈了十几分钟,隆达转过头,惊喜地对长安说:"经理,他们让我们过去了!"

长安双手交握,冲隆达感激地点头。可队伍刚准备出发,对方却有人用枪口指着头戴蓝盔的严臻:"Acha bunduki!(把枪留下来!)"

严臻浓眉紧蹙,用中文对隆达说:"你告诉他,中国维和军人神圣不容侵犯!要是执意挑衅,后果自负!"

隆达把严臻的原话用斯瓦希里语翻译给对方。隆达表情严肃,而且声音很大,后来他情绪激动地拍着严臻左臂,指着鲜红的国旗,向对方不厌其烦地强调中国军人的强大。最终,迫于维和部队的强大震慑力,不明武装人员为队伍让开了通道。

大家向前走了几百米,忽然有人跌坐在地上。严臻示意大家休息一下。

经历过残酷的死亡瞬间,才能体会到劫后余生是一种什么感觉。浑身无力,走不动路,想哭却又哭不出来,那种感受,真的只有亲身经历过的人才能明白。

"经理……"

长安蹲下,轻轻拥抱着面前这个年轻的工人,他看起来和孔芳菲一般年纪,因为惊吓过度,坐在地上半晌没能起来。

"不要怕,都过去了,过去了。"长安像安慰孔芳菲一样,一边拍抚着他的肩膀,一边柔声安慰他。

年轻工人很快便恢复了理智，众目睽睽之下他觉得自己特别丢脸，于是用力吸了下鼻子，撑着地站起来："我不是怕，就是觉得太刺激了，以前玩过的那些自诩制作精良的战争游戏，和刚才的那一幕比起来，简直就是个渣渣。"

长安笑了笑，拍拍他的肩膀："那等你回国，就可以用这段经历吹爆地球了。"年轻工人愣了愣，挠着头，不好意思地笑了。

长安转身，却恰好撞上严臻的目光。他这次并没有避开她，而是用一种长安感到陌生的眼神望着她，直到她先经受不住，低头避开，才觉得怦怦狂跳的心脏有了安放之处。

"出发！"严臻坚毅的背影一直在队伍最前方。

一小时后，全部人员到达蒙特里基地。像是迎接他们平安归营一样，交战双方的炮火声也暂时停歇下来。

因为多出几十号人，基地显得很是拥挤，严臻将雷河南和其他两名受伤员工送到医疗分队救治，顺道去隔离病房探望李振翔，和刚送来时不同，李振翔现在意识清醒，可以同访客正常交谈了。

"那您安心养病，我就不打扰了。"聊了一会儿，严臻起身告辞。

严臻刚走出闷热的病房，谁知手臂猛然一紧，他竟被人硬拖进旁边的临时治疗室。

"咣！"门被关上了。他挑眉，眼神深邃地盯着面前的女人，语气冷冰冰地说："你又想做什么？"

"把衣服脱了！"长安丢下一句话，就去换药车上寻找她要的东西。

严臻的眼睛里闪过一道锐光，他盯着长安的背影看了几秒，忽然朝门口走去："不知道你想搞什么！"

长安像是背后长了眼睛似的，提前一步横在他和房门之间，她微微仰头，目光清亮地望着他："你知道。"

严臻皱眉，刚想拨开她，却不防长安忽然伸手攥住他的左上臂。

"嗒！"严臻猛地颤了下，脸上露出愠怒的表情。

长安松开手，严臻草绿色的作战服上立刻洇出一片暗红色的血渍。

严臻沉着脸，站着不动，也不说话，但是呼吸却比刚才显得浊重。长安无惧无畏地迎着他的目光，没有想要屈服的意思。

半晌，严臻移开目光，开始解防弹背心的襻扣。长安几不可察地吁了口气，转身继续找消毒用具。

背后传来窸窸窣窣的声响，严臻动作很快，想必是不想在这里耽搁时间。长安捏着酒精，手指一顿，随即弯下腰，找到敷料，拿出来，放在移动推车上层。转过身，看到打着赤膊的严臻，她不禁愣了愣。四周的气氛顿时变得微妙起来。

面前的男人似乎比记忆中更加成熟健美。室内光源下,他肤色红润,胸廓宽厚,胸肌圆隆,肌肉强健协调。长安的脸不住升温发烫。严臻像是察觉到什么,拿起一件衣服盖住半侧身子,然后退后一步,坐在治疗床上。

长安赶紧低下头,走到他面前,查验他左臂的伤势。比预想中更加狰狞的伤口竟长达十几厘米,像是被钝器刮伤,有几处地方皮肉分离,看起来很是骇人。

长安用镊子夹起酒精棉球,看着他:"你忍一忍。"严臻嗯了一声。

长安把棉球压下去,严臻的眼角抽了抽,可身体却没动。长安抿了下嘴唇,手指灵活敏捷地清洗着血肉模糊的伤口。经过酒精反复擦拭消毒,原本狰狞的伤口变得小了点儿,看起来没之前那么可怕了。抹好药,长安习惯性地在伤口上吹了吹,做完这个动作,她却怔住了,脸一下子变得很红。她拿起敷料比画着宽窄大小,用剪子剪出形状后,完全包裹住严臻的伤口,之后动作熟练地一层层包扎结实,贴上胶布固定。

"好了。"长安抬起眼帘,看着和她视线平齐的严臻。没想到他也在看着她,那双冷峻无波的眼睛里此刻像是翻滚着滔天巨浪,深邃得可怕。在他漆黑如墨的瞳仁里,长安清楚地看到自己惶然无措的面孔。

长安下意识退了一步,可严臻却比她更快,一把攥住她的手腕,语气严厉地质问道:"你还有什么秘密,是我不知道的?"

长安呼吸一窒,胸口传来一阵剧痛,她别开脸,低声说:"没有秘密。我怕你……所以胡说的。"

是吗?胡说的。严臻挑起浓眉,盯着长安红红的耳朵和起伏剧烈的胸脯,微微眯起眼睛。她又在骗人。可她却忘了,她一紧张耳朵就会发红,这个习惯是他多年前就记着的。以为自己会因为恨而忘却,没想到这记忆竟像是长在他的心里一样,无论时光如何流转,他始终还记得。还有刚才那气氛温馨的一幕,长安为他清创,为他上药,甚至于像很久以前那样,孩子气地吹着他的伤口,好像这样做了,他就不会疼了……

严臻的喉结上下滚动了一圈,呼吸从急促紊乱渐渐变得平和而又缓慢,他松开手,长安立刻像只受惊的小兔似的从他身边跳开。她走到移动推车前面,背对着他整理着上面被弄乱的东西,可如同多年前一样,她没有这方面的天赋。砰砰咣咣的碰撞声不绝于耳,严臻忍不住闭了下眼睛,而后皱着眉头拨开她,动作利落地归置着各种物品。

长安神色复杂地看着他。她唰一下转身,疾步朝门口走去。可腰肢却猛地一紧,她被迫停住,被严臻轻轻一旋,箍在怀里。她的心怦怦狂跳,耳边有个声音不停地提醒她,快跑,快躲开,可是脚却像是自有主张似的,钉在地上,纹丝不动。

严臻低下头,长安紧张慌乱地看着他……

"咣!"大门被人撞开。"连长,营长找……"门口露出石虎那张黝黑英俊的脸庞,可同时,他怔住了。

他看到了什么？天哪！让他原地失明吧！石虎的嘴角抽了抽，下意识地转身："我，我啥也没看到。"

长安用力推开严臻，低着头绕过石虎跑了。

石虎觉得背心凉沁沁的，他小步小步朝外挪："连长，营长找你，我才过来的……你可别怪我坏了你的好事，要怪就怪营长去，是他找你。"

严臻单手叉腰，拇指按了按鼻子，低头笑了笑。石虎回头的瞬间恰好看到这一幕，他顿时惊呆了，妈呀，"阎王"笑了，这可以媲美世界第九大奇迹了。

可眼睛一瞥，他却转身跑向严臻："连长，你受伤了？"

严臻偏头，瞅了瞅左臂："没事。"

"谁给你包扎的？我看医疗分队的人都在忙着安置病号呢。"石虎朝一旁的移动推车睃了一眼，又朝空无一人的走廊看了看，心中一动，嘴角不由得高高上扬，"哦，我明白了。原来你是在这儿享受VIP待遇啊，这一定是长安给你包扎的，对不对，对不对？"

石虎凑过去，笑嘻嘻地跟严臻开玩笑。严臻难得好脾气，非但没有训斥他，还出人意料地朝他笑了笑。石虎再次被震住，他捂着胸口，一脸不可思议地冲出门去。

严臻举起双手，左右看了看，这才拿起衣服一件件往身上穿。

因为交战双方暂时休战，所以蒙特里营地也恢复到之前的平静。

长安就守在医疗分队，一直到张磊通知她说雷河南醒了，她才迫不及待地去探望他。躺在病床上的雷河南消瘦而又憔悴，见到长安，他眨眨眼，用极低的声音说："你，你可真丑。"

长安瞠目结舌地瞪着他，随即在他输液的胳膊上拧了一下："喂！你有没有良心！"居然敢说她丑。

雷河南呵呵傻笑，眼睛却一眨也不眨地盯着面前生机勃勃的长安，嘴里咕哝着说："能活着见到你，真好。"

长安握住他的手："以后别再吓我了，你知道的，我不能失去你这个朋友。"

雷河南动了动嘴唇，神色震动地问："我对你来说，很重要吗？"

长安毫不犹豫地点头："是的，很重要。"

雷河南看着她，忽然反手握住她的手："长安，我……"

"轰——"外面传来震耳欲聋的爆炸声，长安惊跳起来，疾步走到门口。

石虎已经冲了进来："又打起来了！所有人注意安全！撤到西墙下！"

经过加固处理的西墙处是人员隐蔽点。

长安趴在窗口，看到墨色的夜空中曳光弹的光芒一直在头顶上飞，耳边传来源源不断的枪炮声。

"1号、2号、3号哨位，各派出一个人注意观察东侧！小心有人靠近！西边的步战车、炮手加强观察！注意，一定要观察远方位的情况！做好预警！"战斗指挥严臻正在下达命令。炮手迅速进入炮塔，驾驶员迅速进入驾驶室，进入战斗状态。

石虎跑回来向严臻报告情况："已经通知医疗分队转移。"

严臻朝医疗分队望了望，然后指着围墙外一种叫大象草的植物："这草太高了，遮挡视线，想个办法！"

石虎凝思片刻，眼睛一亮："可以让步战车炮手利用30炮观察孔，对外面进行360度观察。"

严臻重重地拍了下石虎的肩膀："记你一功！"石虎憨厚地笑了。

严臻立即向炮手下达了观察命令。

就这样，交战双方持续了大约半小时，石光明脚步匆匆地走了过来："一连长！"

"到！"

"刚刚和索洛托政府军的指挥官联系上了，他告诉我们，就在半小时前，政府军遭到不明武装人员攻击，不明武装人员大概有一个营的兵力，距离我们基地只有五六百米。"石光明神色严肃地说。

根据联合国维和部队严格遵守的交战规则，尽管中国维和部队受到武装冲突的威胁，但在没有受到攻击时就不能反击。

严臻握紧拳头，沉声说道："那就静观其变。若他们敢侵犯我们，我们也绝不会手软！"

石光明点头赞同。他视线一转，看到转移到西墙边的医疗分队，眼睛不禁一亮："那不是小长吗？"

严臻顺着他的视线望过去，却怔住了。长安正在帮炊事班的战士发放食物，她负责龙建集团的员工，只见她猫着腰，一边发放食物，一边同员工交谈，看得出来，她带出来的员工个个训练有素，即使在极度危险的战争环境下，也看不出他们有丝毫惊慌失措的表现。

严臻没说话，石光明敏感地瞥了他一眼，拍拍他的肩膀，去指挥部了。

"经理，我看到大树村的人了！"拉卡跑过来，拉住长安，眼含热泪地祈求说，"他们就在基地外面的灌木丛里，很危险，求求你，救救他们！"

隆达和家人也围上来，他们握着长安的胳膊，和拉卡一样祈求她的帮助。

长安低下头，想了想："我去说说看，但不一定能行。"

"经理……"拉卡眼泪汪汪地看着她。

长安心中不忍，放下食物筐，猫着腰去找严臻。

严臻刚刚也收到了观察哨的报告，说有几十个难民在基地外的灌木丛里艰难求生。看到长安过来，他眸光轻闪，抬手示意她稍等。

"注意观察！有情况及时预警！"

严臻转身，问一旁的长安："又有什么事？"

"我想见石营长，想恳求他接纳外面的无辜平民。"长安神色无畏地说道。

严臻没有说话，黑黝黝的目光盯着她。

"我知道这个请求很过分，可这些平民又没有错，他们的人身安全得不到保障，所以才来到中国维和基地避难。维和军人的使命，不就是维护和平、保护平民吗？"长安看严臻沉默，就有些着急。

看严臻还不动，长安抢过他手里的望远镜，朝外面看了看，之后便把望远镜塞到他手里："你自己看，他们像不像暴徒！"

严臻举起望远镜，朝灌木丛望去。女人、儿童挤在一起瑟瑟发抖，一位残疾老人正趴在地上朝基地爬过来。他放下望远镜，看着长安说："这要是你的营地，你会接纳他们吗？"

"会！"长安斩钉截铁地回答道。

严臻深深地看了她一眼，转身朝指挥部的帐篷走去。长安就在原地等待。

这时，旁边响起一道愤怒的声音："你有病吧，总是给他出难题，你知不知道，这里是军事基地，和你的劳什子工地怎么能放在一起比较！"

长安目光冷冷地睨了廖婉枫一眼，抬起手，指着她："你给我闭嘴！"

廖婉枫涨红了脸，还想说什么，却被身边的战士劝住。长安转过头，只当背后那道能噬人的目光不存在。

过了大约五分钟，严臻从指挥部跑步回来，他对翘首以盼的长安说："营长已经向政府军表明，可以接纳这些难民到基地一侧避难，政府军表示感谢。你放心，我会派人保护他们。"

长安露出笑容："谢谢，谢谢你。"她转身朝员工区跑了过去。

"哒哒哒哒——"忽然，营地上空响起一阵密集的枪声。

"小心——"严臻下意识地吼道。

那道纤细的背影猛地刹车，长安回过头，神情困惑地朝他望过来。严臻老脸一红，转身，只当这件事并不存在。

石虎在一旁拼命地冲严臻眨眼睛，廖婉枫则像只气鼓鼓的青蛙，胡乱揪扯着地上的杂草。

维和部队刚刚把大树村的村民安置到营地外围的安全地带，严臻就收到了炮手的报告："有一伙不明武装人员正在朝基地靠近！"

蒙特里基地的气氛顿时变得紧张起来，严臻握着对讲机命令道："4号步战车炮手！注意观察南侧的位置！东侧，也要观察，小心有人进来！"

第三十五章

很快,严臻发现枪声在靠近的同时会有规律地停歇,每次都是不明武装人员朝政府军方向打几枪,政府军开始反击,他们就不打了,政府军一停火,不明武装人员又开始朝政府军打枪。如此反复几次,严臻禁不住爆了句粗口,他向赶来督战的石光明报告说:"营长,他们是想把我们拉进来,故意把政府军的炮火引到我们这边来,因为我们遭遇攻击,肯定要还击! 他们就可以趁机鹬蚌相争渔翁得利。"

石光明点头:"加强警戒,不要让他们的阴谋得逞。"

"是!"

天渐渐地亮了,枪声却越来越密集,最近一次,不明武装人员距离南侧围墙只有不到三十米,整个蒙特里基地陷入极度危险的境地。面对紧急情况,严臻凝思几秒,对石虎说:"让廖婉枫过来!"

石虎很快就把廖婉枫带了过来。

一夜未睡,廖婉枫眼袋青黑,面容憔悴,可她见到严臻后,原本黯淡无光的眼睛蓦然间变得明亮起来。

"严……连长!"

严臻睃了她一眼:"交给你一个很重要的任务。"

任务? 廖婉枫诧异地看着他。

"根据交战规则,下一步我们将采取喊话威慑,逐步将喊话升级。这个喊话的任务就交给你了。有困难吗?"严臻双目炯炯地望着她。

作为基地唯一的斯瓦希里语翻译,廖婉枫的肩上承担着重要责任。她没想到自己居然在战争中也能发挥作用,不禁挺直脊背,大声回答:"没有!"

严臻深深地看了她一眼:"准备开始,我说一句,你翻译一句!"

"是!"

"这里是联合国营地。"严臻语声清晰地说道。

廖婉枫拿着喊话器,用流利的斯瓦希里语向基地外的武装人员喊道:"Hapa ni kambi ya Umoja wa Mataifa!"

"声音再大。"严臻向她比了个提高音量的手势。

廖婉枫深呼吸,大声喊道:"Hapa ni kambi ya Umoja wa Mataifa!"

严臻向她比了个OK,然后说:"停止开火立即离开。"

"Acha kukimbia na kuondoka mara moja!"

"否则,我们将会采取行动!"

"Vinginevyo, tutachukua hatua!"

"反复喊话,直到我说停。"严臻命令道。

廖婉枫点头,按照严臻的要求,对不明武装人员进行喊话威慑。

营地一隅。

"那个女兵可真帅!"孔芳菲指着正在喊话的女军官,对身旁的长安说。

长安抬起头,看着远处神情凝肃的廖婉枫,眼睛里不禁流露出一丝诧异的神色。印象里那个跋扈骄纵的千金小姐不见了,取而代之的,是一个冷静沉稳的维和女翻译官。没想到工作状态下的廖婉枫是这个样子的,认真、专注、无畏、专业优秀,可见,她在同行里亦是翘楚,不然的话,又怎会被选拔标准苛刻的维和部队选中,进入千里挑一的维和步兵营。

长安的视线掠过廖婉枫身边的蓝盔军人。他正从侧面凝视着廖婉枫,坚毅的面庞上难掩关切和激赏的神情。长安忽然觉得胸口闷室难忍,忍不住转头,手指紧攥着前胸的衣服,口中发出一声低吟。

"你怎么啦?哪儿难受?"孔芳菲紧张地搀住她。

长安努力挤出一抹微笑:"可能是熬太久了,没事。"

孔芳菲四下里望望:"我去给你找点儿水喝。"孔芳菲作势欲起,却被长安按住:"别找事。现在基地很危险,咱们不要给维和军人添麻烦。"

孔芳菲无奈坐下,她看着容颜憔悴但眼神却依旧灼亮的长安,爽气地拍拍肩膀,说:"来!靠我身上,我来保护你!"

长安莞尔一笑,刚想说话,却听到容留难民的围墙外面传来阵阵凄厉的叫声。

"Msaada, tuokoe!(救命,救救我们!)"

拉卡和隆达闻声而起,却被保护他们的几个维和战士大声制止。

"哒哒哒哒……"恐怖的枪声接连在耳边炸响。

原本还要借给长安肩膀的孔芳菲一下子缩在长安身后,惊恐不安地叫道:"他们打进来了?"

"报告,不明武装人员接近南侧围墙,已经到边!"

"报告,不明武装人员靠近难民聚集点!"

"报告……"

严臻示意廖婉枫继续喊话,而后他拿起对讲机果断下令:"全体都有!送子弹上膛!"只听整个营地响起一阵清脆的响声。

"狙击手,子弹上膛!"步战车里的狙击手第一时间架起机枪,全神贯注地盯着瞄准镜。从热成像仪显示的画面里,可以清楚地看到不明武装人员已经极其靠近营地。

"5号步战车,去南墙,保护难民!"步战车迅速启动,驶到南墙附近,拉卡和隆达抱在一起,用斯瓦希里语表达他们的感激之情。

长安微松了口气,朝严臻那边望了过去。没想到他也正朝她望过来,两人视线相遇,长安心里重重一震。虽然相隔甚远,可她竟从他的眼睛里看到了担忧和牵挂。是她眼花了吗?

长安再望过去,发现严臻只是深深地盯了她一眼,又继续指挥战斗。她不禁苦笑,果然是她太敏感了。他那么恨她,怎么可能会担心她呢?

接下来,喊话威慑没有起作用,不明武装人员朝基地步步紧逼,情况万分危急。在征得石光明同意后,严臻果断下达命令:"所有哨位的步战车,摇动炮塔,对准不明武装人员,进行武力威慑!"

就这样在极度白热化的情况下僵持了近两个小时,上午九点,不明武装人员撤离了蒙特里基地。

前后近六个小时,中国维和步兵营依法保护了平民,保持了中立原则,最终有效制止了这次大规模的武装冲突。

基地里,拉卡和隆达跳起了欢快的舞蹈庆祝胜利,基地外的难民也围在一起尽情地舞蹈,庆贺他们劫后余生。

"连长……"廖婉枫拿着水壶跑向严臻,想让他润润嗓子,可他却像是没听见一样,头也不回地朝那群筑路工人走了过去。

廖婉枫死命咬着嘴唇,眼睛通红地盯着严臻的背影,她看到长安从人群中站起来,朝严臻跑了过去,严臻伸出一只手臂,稳稳地接住了她。

廖婉枫觉得眼睛里传来一阵刺痛,前方景物也变得模糊不清,她猛地转身,朝前跑去。不想,迎面却撞到"一堵墙"。

"哟!你想杀人啊!"石虎弓着腰,表情扭曲地斥责廖婉枫。

廖婉枫正气不打一处来,石虎却不分时候撞上来,她便把火气都撒向了石虎。

"你撞我的!你怎么还有理了!"廖婉枫指着石虎大声呵斥道。

石虎不禁翻了个白眼,到底谁撞谁啊!他对这个目中无人的廖翻译一直无感,所以也没客气,径直怼回去:"我当然有理,因为我视力正常,眼睛也没长在头顶上。"

"你——"廖婉枫扬起手,作势就要打人。

石虎眯了眯眼睛,指着廖婉枫:"你打,你打!你敢打我就敢喊,正好让连长看看你的真面目,让他永远也不喜欢你!"

廖婉枫单恋严臻的事,整个维和步兵营都知道,可石虎整天跟着严臻,多少了解严臻的心思,严臻对廖婉枫,同他一样,完全无感,若非说有什么特别的,可能就是严臻顾念着发小的情谊,对发小的妹妹照顾得多一点儿而已,仅此而已。

廖婉枫的脸一下子涨得通红,眼睛里顿时溢满泪水,她愤怒地跺跺脚,捂着眼睛跑了。

石虎挠挠头,心想自己是不是太过分了。可当他看到远处的严臻和长安时,又立刻否定了这个念头。他觉得,"阎王"和"女魔头"才是人间绝配,因为不论是从第一感觉,还是外形、气质来说,他们都是最相配的,最关键的是严臻对待长安的态度,那股子霸道却又低调的宠溺劲儿,简直让他一次次惊掉下巴。要知道,他们的冷面连长,不知有多少年不曾像这样重视并关心一个女人了。况且,还有临时治疗室那暧昧火爆的一幕作为铁证,连长想赖也赖不掉……石虎摸着下巴,贼贼地笑了。

严臻将长安身子稳住,又迅速收回手,他的视线睃了睃她修长的小腿,声音沙哑地说:"你的腿怎么了?"

长安眉心微蹙,忍着从腿里面传来的不适感,回答说:"麻了。"她看着严臻:"你的嗓子……"

严臻垂下睫毛,挡住视线,语气淡然地说:"说话太多。"不只说话太多而已,阳光下的严臻,绷着青骏骏的下颔,眼眶四周的墨色都证明着他刚刚经历了什么。

长安把自己的水壶拿出来,拧开盖子,递给他:"喝点儿水吧。"

严臻瞥了她一眼,抿住嘴唇,冷淡地说:"不用。"长安默默地收回水壶。

严臻静了有两秒,开口说:"要麻烦你们的厨师去帮帮司务长,待会儿营地要给难民发放食物。"

长安点点头,看着他说:"我马上让他们过去。你要是,要是还需要帮忙,随时可以找我。我总是在这里。"

严臻嗯了一声,连再见也没说就转身走了,阳光毫无顾忌地宣泄而下,照在他的身上,让他的背影显得越发高大威武。长安用手掌遮住头顶的烈日,目送他走远。

午饭由维和步兵营提供发放。为了便于难民拿取食物,基地专门在难民聚集区设了一个食物发放点。

长安和孔芳菲帮着石虎他们发放食物。因为基地条件有限,所以只能给难民提供粥、馒头和杂烩菜。难民自觉排成长队,按顺序领取食物。

"再给一个,好吧?"长安拿起一个馒头,放进一个非洲女人的锅盖里面。

"Asante.(谢谢。)"黑人妇女感激地离开。

这时,忽然涌上来十几个饥饿的非洲儿童,他们将长安和孔芳菲团团围住,有一个孩子竟伸手去抢筐里的馒头。

"No! No!"孔芳菲伸手阻挡,却被旁边的孩子猛推了一把,"啊——"她的脚卡在土坑里,惊呼连连地倒向地面。这时,斜刺里横过来一条结实的手臂,插进她的腋下将她稳稳托住。

孔芳菲徐徐睁开眼,却撞上一双明亮发光的眼睛,她怔住,只觉得心脏在这一瞬间停止了跳动。

"你……没事吧。"石虎觉得全世界的人都在看着他,他的脸热燥燥的,却不好把怀里这个冒冒失失的姑娘推出去。孔芳菲听到他的声音,才猛然意识到她现在的姿势是多么不雅,她羞愧地捂住眼睛,狼狈不堪地从这个蓝盔战士的怀里挣脱出来:"谢,谢谢你。"

石虎挠挠后颈,呵呵笑道:"你也太逊了吧,小屁孩儿也能把你推倒。"

没想到孔芳菲却像炸毛的小松鼠一样,冲他嚷嚷开了:"我才不是林黛玉呢!我有劲儿,刚才脚崴了,不信你看……"孔芳菲刚想证明自己不是那么逊,可一转头,恰好看到长安拎着一个黑人小孩儿的后衣领,扬起了巴掌。

"别打!"

"经理!"

一时间,食物发放点静寂无声,所有的人都望着长安和那个黑人儿童。孩子们也不捣乱了,他们收敛起笑容,神情愕然地看着这个眼神厉害的外国女人。严臻也在看着长安,看到她表情错愕地收起手掌,然后像是意识到什么,神情一黯,主动放开了那个黑人小孩儿。

严臻深邃的眼睛里闪过一道锐光,嘴角向下,撇出一道嘲讽的痕迹。他在期盼什么呢?一个连自己的骨肉都可以冷酷割舍的女人,他对她,还能有什么期盼?严臻失望地垂下眼睑,转身准备离开。

"Asante kwa kuokoa mimi, asante.(感谢你救了我,谢谢。)"黑人小孩儿愣了愣,忽然上前抱住长安,大声说道。

长安听不懂全部的斯瓦希里语,但她听出里面有"谢谢"这个词语,而且小男孩儿指着身后一个滚烫的粥桶,冲她露出了感激的笑容。

大家都明白怎么回事了。

原来长安并不是要打这个孩子,而是怕他碰到粥桶烫伤,主动替他挡住危险。那高高扬起的手掌,也是身体在旋转时做出的本能反应。

紧张的气氛一扫而空,喜欢庆祝的大树村村民在队伍里舞动了起来,表达对长安的谢意。长安也很有感触,没想到一场不好沟通的误会竟被孩子童真无邪的举动给化解了。

她蹲下,扶着黑人小孩儿的肩膀,用不太标准的斯瓦希里语说:"Ninataka pia kukushukuru.(我也要谢谢你。)"

小男孩儿羞赧地笑了,他上前紧紧搂住长安。长安目光温柔地抱着他,在他的额头上亲了亲。其他的孩子一看,嫉妒得不行,一窝蜂地冲上去。瞬间,长安纤细的身影就看不到了。

石虎赶紧上前,把粥桶搬到安全的地方,他回过头,看到孔芳菲冲他竖起大拇指,他挠着后脖子,嘿嘿笑了。

严臻看到长安真情流露的样子,那一刻他内心的震动不亚于一场大地震。为什么,为什么她可以善待整个世界的孩子,却独独对他们的骨肉如此冷酷。想到那个无缘又无辜的小生命,他不禁痛苦地闭上了双眼……

此后几天,政府军和不明武装人员仍有零星交火,但没有再发生之前大规模的武装冲突。但出于安全考虑,龙建集团的五十名员工继续在蒙特里基地避难,但五十个人,再加上营区外的难民,库存粮食急剧减少,步兵营司务长向营长石光明汇报情况。

石光明凝思片刻,说:"我和联合国特派团联系一下,看有没有解决办法。这期间,步兵营除了战斗人员以外,其余的人每天减掉一餐,省出的口粮接济同胞和当地难民。"

"那营部这边……"徐广全欲言又止。

"视同非战斗人员减餐,我也不例外。"石光明毫不犹豫地说道。

"可是……"

"没有可是,执行命令!"

"是!"徐广全神色肃然地应道。

石光明和联合国驻索洛托特派团总部联系后,得知全国粮食紧张,再加上局势持续动荡,物资根本运不过来。无奈之下,石光明只好向中国大使馆求援。

自从爆发武装冲突后,秦鹤山大使一直关注着蒙特里基地,得知维和步兵营为了救济同胞和难民陷入粮食短缺的境地,他连夜跟政府交涉,动用一切可以动用的关系,从首都筹措到粮食和新鲜蔬菜,由政府军护卫,送往蒙特里基地。

大使馆的车队驶入基地。维和步兵营列队迎接,长安和员工站在末尾,神情激动地挥手。

车还没停稳,一道黑影就从车里跳下来,径直朝路旁的长安扑了过去。

"噢!安!我可想死你了!"

夹杂着热带季风味道的男子气息扑面袭来,长安错愕之余轻轻掀起嘴角,伸出手臂,抱紧这个行为失控的黑人小伙儿。

"桑切斯,我也想你。"

桑切斯的眼睛里涌动着红潮:"我夜夜为你祈祷,安,我可不想失去你这个朋友!"

长安拍拍他的脊背。桑切斯忽然脸色一僵,他耸了耸鼻子,趴在长安身上闻了闻,立刻就捂着鼻子跳到了一边,嫌弃地叫道:"臭!安,你好臭!"

长安脸皮一烫,下意识地揪住衣角朝步兵营的队伍望过去。看到只有附近的战士关注到他们,她不禁略松了口气,劈手打了桑切斯一下:"你也像这样又是泥又是汗地在外面待几天试试,肯定比我还要臭呢!"

桑切斯指了指胡子拉碴的赵铁头:"像赵师傅一样……一样吗?"

长安回头看了看赵铁头,眉毛不禁抽了抽:"不!赵师傅比你好看,因为你长了胡子别人也看不见!"

桑切斯脑海中浮现出那个画面,不由得哈哈大笑。长安也跟着笑。

桑切斯围着长安跳起舞来,长安单手抚额,一脸无奈地瞪着桑切斯。

索洛托人民啊,就是这样天生乐观快乐,因为一点儿微不足道的小事,他们也会兴高采烈地跳上半天。

远处,石虎用极低的声音提醒严臻:"连长,那个黑人你认识吗?我看他对长安图谋不轨。"

严臻朝拥在一起舞蹈的男女瞥了一眼,眼里的乌云渐渐凝聚成一团深浓的墨色。他转过头,哑声训斥石虎:"多管闲事。"

石虎咧咧嘴,一副我就知道你在死撑的表情,低声嘟哝了一句。

"说什么?"

"没,啥也没说。"石虎紧抿着嘴唇,装出无辜的样子。

没想到秦鹤山大使会亲自来基地慰问维和官兵和AS63项目的中方员工。

"石营长,我来看望大家伙儿了,你们做了件了不起的事情啊,索洛托人民和被救的中国同胞感谢你们啊!"秦鹤山紧紧握住石光明的手。

石光明张开嘴,惊讶地看着做平民打扮的秦鹤山:"大使,您,您……"

"怎么?我不能来?"秦鹤山笑吟吟地望着维和官兵,挥手致意:"大家辛苦了!国家时刻在惦记着你们的安危!绝不会抛下你们不管的!"

"哗哗……"石光明带头鼓掌,顿时基地里响起一片热烈的掌声。

秦鹤山在人群中寻找老朋友的身影,看到了,他眼睛一亮,冲着那个气质特别的人影招招手。长安小跑过去,伸出手:"大使,您怎么来了?"

"大家都在这里,我不放心啊,亲眼看到你们都好,我才能睡着觉。"秦鹤山同长安握手,"员工都好吗?"

长安后退一步:"都挺好。"

秦鹤山点点头,却又诧异地看着她:"怎么站那么远,不想和我唠嗑?"

长安赶紧摆手,脸皮泛红地解释说:"是,是我身上的味道。桑切斯已经嫌弃我了。"

秦鹤山打量着面容憔悴但精神尚佳的长安:"你们受苦啦。"

"不辛苦。"长安指了指维和官兵,"他们才是真的辛苦。这些天,为了保护我们,他们没有睡过一个囫囵觉。"

长安的视线掠过整齐的队列。

石虎咧开嘴,露出一个大大的笑容:"连长,长安看我们呢。"

严臻的嘴角抽了抽,从齿缝里挤出两个字:"闭嘴!"

"你向大使馆要的净水设备我已经带来了。你是这方面的行家,怎样能够迅速解决水源污染问题,让维和官兵喝上放心水,这个任务就交给你了。"秦大使说。

长安听到净水设备已经带来了,眼睛赫然一亮,她指着水塔说:"您放心,原因我已经找到了,只要把当初井眼周围抬高加固,不让附近的污水流到井里,再加上净水设备二次消毒处理,战士们就能喝到清甜的井水了。而且,我还想给官兵建一个浴室,这里四季炎热,如果执勤回来,能洗个澡再休息,我想,他们工作起来会更有干劲儿!"

秦鹤山拍拍长安的肩膀,目光赞许地说:"给你记一大功!"

长安微笑摇头:"愧不敢当。"

他们的对话传到维和战士的耳朵里,却引来一阵骚动。基地条件有限,饮用水苦涩发臭的问题一直困扰着他们,没想到这个气场高冷的女人一来,就把这个老大难问题给解决了。还有洗澡,天知道,他们有多渴望能在蒙特里基地痛痛快快地洗个澡,可基地板房有限,根本腾不出多余的房子当浴室,所以平常只能趁着洗脸,用毛巾擦擦脊背。想到未来他们不仅能喝上又凉又甜的井水,而且还有专门的浴室洗澡,一想到那个画面,纪律严整的队列也跟着沸腾了。

大家都不约而同地朝长安望了过去,在他们看来,这个气场十足的女工程经理简直比仙女还可爱。要不是大使在这儿,他们非冲上去把她举起来不可。

石虎撞了撞身边的严臻,一脸不屑地看着周围兴奋讨论的战友:"连长,他们都不知道,这是沾了你的光吧。"

沾光?严臻转念一想,再也忍不住踹了石虎一脚:"你不说话没人当你是哑巴。"

石虎嘿嘿笑着,手指沿着嘴唇滑到头:"坚决保守秘密!"

严臻忍不住翻了个白眼。

秦鹤山大使到营地后,亲切看望了维和官兵和AS63项目员工,详细了解了他们的情况,之后他来到医疗分队,亲切慰问医务工作者和病患,在医疗分队工作一线,除了查看医疗救助工作开展情况,还认真听取了分队长孔医生对疟疾治疗的看法和建议。后来,他又视察了基地的应急战斗分队和后勤保障分队,在听了一连长严臻的汇报后,秦鹤山大使不禁朝这位英俊的军官多看了几眼。

听石营长介绍说,这个连长可不简单,他不仅是国内名校的毕业生,而且还屡获战功,是全军不可多得的军事指挥人才。而且,只是听石营长汇报就觉得这个人很不一般。严臻身上有军人的英武和果断,还隐隐透出一种腹有诗书气自华的独特气质。

秦鹤山领首,望着在场的维和军人说:"我谨代表中国政府和中国驻索洛托大使馆全体工作人员向维和官兵和同胞表示深切的问候和敬意。"

他还充分肯定了维和部队取得的成绩:"'军事力量走出去'和'国企走出去'都是

国家发展的需要,大家要继续发扬优良传统,克服艰苦条件,把中国军人的形象、国企的形象在非洲树立起来,展示出来!大家在工作之余,一定要注意自身安全,我们平平安安来,也要顺顺利利完成任务,平平安安回家去。"

"哗哗……"全场响起热烈的掌声。

秦鹤山之后又去营地外围看望了大树村的难民,他给每个儿童都带了礼物,难民点一片欢声笑语。

临别之前,秦鹤山叫长安过去:"你出不去,外面情况不了解,但我知道,你一定牵挂着AS63项目,对吗?"

长安呼吸一紧,眼神激动地望着秦鹤山:"工地……"

"桑切斯已经悄悄去看过了,之前交付使用的公路有几处破损,需要修复,在建工地就要糟糕一些,毕竟离交火点很近。总之,情况比预想中要好,而且我也清楚,不论工地在与不在,你总是那个能创造奇迹的人。"秦鹤山眼睛亮亮地说。

"秦大使……"长安神色震动地望着秦鹤山。

"最后再告诉你一个好消息,你们……应该不用被送回国了。"秦鹤山说。

不用回国？那,不就是……

长安的眼睛里爆出一团光亮,她情不自禁地握住秦鹤山的手臂:"您是说……"不再打仗了?

"嘘!"秦鹤山笑着提醒她。长安会意点头,朝大使露出灿烂的笑容……

经过长安和员工加班加点的努力,基地水源改善工程很快就竣工了。

"长安,这水能直接喝吗?"石虎弯着腰,像小孩儿一样好奇地抚摸着新装上的水龙头。

"你试试不就知道了。"长安擦擦额头上的汗水。

石虎挠挠后脖子,有点儿不敢试。"咻!胆小鬼!"一旁的孔芳菲不屑地瞥了他一眼,弯下腰拧开水龙头,接了一捧水,直接喝掉了。石虎目瞪口呆地看着对面的孔芳菲,长安正觉诧异,孔芳菲却忽然脸泛红潮地捂住胸口,羞愤不已地呵斥石虎:"你,你流氓!"

长安和赵铁头唰一下盯着石虎。石虎举起双手,涨红了脸辩解说:"我没有看到,啥也没看到!"

刚才孔芳菲弯腰的时候,他就觉得眼前有一个白白的东西一晃,紧接着他就变成流氓了。可那东西……

孔芳菲一听,眼泪都快要流出来了。她噔噔噔冲到石虎面前,抡起胳膊就打石虎:"你混蛋!"体格魁梧的石虎动也没动,任她挠痒似的打着。

孔芳菲气跑了,石虎还傻站在那里,长安用拳头压住嘴唇,重重地咳了一声,朝石虎晃晃脑袋:"还愣着干什么,快去追啊!"

孔芳菲的那点儿小心思,她早就知道了,就这个石虎,傻呵呵的,一看就知道没谈过恋爱。石虎挠挠后脖子,追孔芳菲去了。

赵铁头一边收拾工具,一边嘿嘿笑道:"难不成,这军事基地还成鸳鸯窝了。"

"胡说八道什么!"长安蹲下,捡起一把手钳放进工具箱。

赵铁头笑了笑,朝她睃了一眼,大着胆子说:"我听说严连长今天晚上就回来了。"

长安手指一顿,没有说话。

严臻送秦鹤山回首都,已经去了一天。

"经理,我大着胆子说句话,行吗?"赵铁头忽然说道。长安看看他,没有言声,也就是默许的意思。

"其实,我觉得严连长他心里有你。你别瞪我,等我把话说完。为啥我会这么说,你还记得他去营地救我们那次吗,我仔细观察过了,他看你的眼神,他救你的动作,包括他对你说的话,真的,那分明就是以你为重呀!连我和先水都看出来了,你咋可能看不出来呢。这些天,你故意躲着他,是不是,是不是不想跟他……"

"行了,你这是说一句话吗?我看,就是我太惯着你们了,居然连我的私事你们也要插一脚,是不是?"长安皱着眉头说。

赵铁头飞快地睃了长安一眼,低下头,小声嘟哝说:"你明明也喜欢严连长,却不承认……"

"赵铁头!"长安板起脸。

赵铁头拎起工具箱,朝身上一背,指着快要竣工的浴室板房:"我去看看先水啥时候能盖好,他说今天就能洗澡了。"

长安看着赵铁头的背影,心里涌上一阵难言的苦涩滋味。严臻的心里,真的有她吗?那为何昨天他离开的时候,和她打了个照面,却视而不见地走了过去。

他是恨她的。她能感觉得到。

四年多来,她一直都能接受的结果,为什么和他重逢之后,却发生了一些变化?改变的人不是严臻,而是她自己。她似乎越来越关注他了,每次相遇,她都会情不自禁地把视线落在他的身上。他还是如之前一样冷漠,估计是受够她了,受够了和她这样尴尬两难的相处模式。她何尝不难受呢?

现在最怕的不是外面的炮火,也不是受损的工地,而是怕他们之间再有什么纠葛,怕严臻用那双能够洞悉人心的眼睛牢牢地锁住她,质问她隐藏的秘密。她的秘密……

炽烈的阳光下,长安突然打了个寒战。听到熟悉的脚步声,长安猛地回头,却看到身板挺直如松、脸庞透出刚毅之色的严臻朝她大步走来。

第三十六章 揭开身世

严臻看到长安愕然起身,明晃晃的阳光下,她的脸庞有些发红,大大的眼睛亮晶晶的,红润的嘴唇微微开启,细腻的皮肤竟连一个毛孔也看不出来……谁能相信呢,她竟已三十六岁了。

都说三十岁是女人的一道分界岭,可在长安身上,却只看到岁月对她的优待和宽容。虽然青春不再,可退去桃李之年的青涩,她的身上却散发出一种成熟而又独特的魅力。如窖藏的上好红酒,越是老旧,越是香醇。她的美,不是迷人的容貌和妆容,也不是高雅的举止和修养,而是面对危险和困难时那份不服输的坚强。善良、率直、坦荡,却绝不甘于平凡地活着。这才是她的"真面目"。

严臻喉头一紧,目光在长安脸上凝滞了一下,语气冷淡地问她:"听说水管可以用了?"

长安怔了怔,可能没想到他会这么说。

"哦,可以了,你要用吗?"她朝一侧让出位置。

严臻弓下腰,拧开水龙头,捧着清凉的水洗了洗脸,之后又捧着喝了几口,关上水龙头,起身看着她说:"我要去难民点送水,你要不要一起去?"

长安顿时瞪大了眼睛,不可思议地望着他,看到那双和记忆重叠的小鹿一样闪着光芒的清澈黑眸,严臻不禁心口一烫,微微垂下头,避开她的视线。

长安愣了几秒:"好,我跟你去。"

两个和膝盖一般高的水桶,盛满了井水,严臻俯身一用力,"嘿!"拎起来就走。长安震惊地看着他的背影,猛然意识到什么,抓起水瓢就追了上去:"我帮你,你的胳膊……"

"不用!"严臻目不斜视地说。

两人穿过营地,来到难民点附近的草坪,严臻放下水桶,朝附近几个正在玩耍的黑人小孩儿招招手:"Kunywa maji!(喝水!)"

孩子们蜂拥而至,严臻低下头,抚摸着一个黑人小男孩儿的头发,让他通知大人们过来取水。有小孩儿跑远,去临时搭建的塑料棚下报信,剩下的孩子都挤在水桶前,拉着严臻的衣服,眼神渴望地指着水桶,又指指干裂的嘴唇。

自从上次抢馒头事件后,这些黑人孩子忽然变得守规矩了,不论是领餐还是取水,都非常守秩序。

严臻打了个手势,孩子们迅速按照高低个子排好队。严臻朝他们竖起大拇指,而后朝目光僵直的长安伸出手:"水瓢。"

长安愣了愣,才赶紧把水瓢递给他。严臻弯腰舀了一瓢水,然后示意孩子们传递着喝水。孩子们饮用着清甜甘冽的井水,脸上露出了灿烂的笑容。

这时,一个穿着破旧不堪的衣服、光着脚、满身是土、非常瘦弱的黑人男孩儿哭了起来,他因为年纪小、个头不高,所以一直够不到水瓢。他踮着脚尖,一边哭泣,一边用手去接漏下来的井水解馋。

严臻见状,上前把水瓢要过来,然后蹲下,把水瓢凑近哭泣的黑人小男孩儿。小男孩儿立刻止住哭声,就着水瓢边缘咕咚咕咚喝起来。

严臻目光柔和地望着小男孩儿,伸手将小男孩儿掉在胳膊上的背心肩带拉起,扶正。小男孩儿用眼角的余光悄悄看严臻,一边喝水,一边嘴角上扬……

长安忽然觉得眼里像是跳进去几颗火星儿,灼痛到发烫,她匆忙用手背盖住眼睛,身子却不由自主地轻轻颤动。她没想到,没想到严臻在天真无邪的孩子们面前,是这样的真情流露。他爱这些孩子。他以前就喜欢孩子,是她忘了……

"你怎么了?"耳畔忽然响起严臻的声音。

长安迅速收手,却仍旧眼帘低垂地说:"哦,没什么,可能阳光太刺眼了。"

严臻的视线在她的眼角停顿了一瞬,而后转开头,说:"过去帮忙。"

"好。"长安绕过他,走向取水点,拿起水瓢,大声招呼难民排队。

严臻静静地看着长安。树冠巨大的蝴蝶树下,她那夸张而又笨拙的动作,让他感到一阵恍惚。抬起头,他眯起眼睛,盯着成为黑点儿的太阳,视线渐渐变得模糊起来。是啊,是他忘记了,看似温暖光明的阳光也是会灼伤人的……

口粮和饮用水的问题解决之后,基地又面临一个新的问题,那就是AS63项目人员的住宿问题。军用帐篷有限,且闷热潮湿,并不适合长期使用。

长安这一天都在纸上写写画画。孔芳菲凑过去一看,不禁讶然问道:"你要盖房子吗?"

一个形状奇特的房屋构造图跃然纸上。长安举高画纸,问孔芳菲:"你看,这房屋像什么?"

孔芳菲凝神端详,片刻后她目光闪闪地指着大树村的难民:"是他们居住的茅草屋！不，茅草屋有泥墙，这个没有，我觉得更像是他们的工具房，没有泥墙，像凉亭一样，可这个悬空的底架不像，它更像是我们少数民族的吊脚楼，脚架却没那么高。哎呀，经理，我糊涂了，这到底是哪里的房子啊。"孔芳菲看着画纸上从未见过的建筑，忍不住困惑地望着长安。

长安莞尔一笑，指着画纸解释说："你猜对了，它就是非洲茅草屋和中国吊脚楼的结合体。之所以没有设计墙面，是便于后期拆除，悬空木架则是为了阻隔地面的潮湿。芳菲，我打算利用水塔边的荒地建几个这样通风透亮又便于拆除的茅草屋，解决我们的住宿问题。"

一听有睡觉的地方，孔芳菲乐得差点儿没蹦起来，她惊喜不禁地抱着长安，用力摇晃："太好了，经理，我们能躺下来睡觉了！"

长安被她摇得头晕目眩，周围的员工被孔芳菲的叫声吸引，纷纷围拢过来，他们看到长安设计的房子，都觉得很不错。

邓先水拿着设计图说："盖房子、修路我们是老手，可材料咋办？"

长安指了指基地外的灌木丛和成片的大象草："建筑材料全都是现成的，而且还能帮维和部队省去除草的大麻烦。"

"对啊！我咋没想到呢！"邓先水神情懊恼地敲敲脑壳，"瞧我这猪脑子！咋这么笨呢！"

"哈哈哈……"员工们都被邓先水逗笑了。

石光明营长正为基地住宿问题头疼，没想到长安会带着设计图主动找到他，说他们可以自行解决住宿问题。他心里纳闷极了，觉得这不是天方夜谭吗？基地除了几袋用剩下的水泥之外，再也拿不出多余的建房材料了。可他低头一看图纸，不禁心花怒放。这聪明而又实用的创意，只有长安才能想得出来。

"石营长，您别担心，这四间茅草屋我们离开前会全部拆除，不会留下一丝痕迹。"长安向他保证。

"同意！需要人手，随时去找一连长，他会帮你。"石光明大手一挥，当场拍板。

等到茅草屋宿舍正式动工那天，蜂拥而至的维和战士却把长安和员工们吓了一跳。他们中很多人刚从哨位上下来，脸顾不得洗、早饭也顾不得吃就自发赶来帮忙了。

"你们……"长安拦住头戴蓝盔的严臻。

石虎却冲她眨眨眼："你们为我们办了那么多好事，我们就帮你们一次，这不过分吧，是不是啊，战友们？！"

"是！"战士们响亮回答。

长安神色复杂地收回手。

"嗨！严连长！你也来了！"赵铁头冲严臻挥手。

严臻点点头,径直朝散落在地上的粗树枝走了过去,邓先水主动上前,搭住一个战士的肩膀,跟他聊了起来。训练有素的战士们很快就各司其职,找到了适合的工作,干得热火朝天。他们一边搬运建房材料,一边向老员工请教盖房子的知识。很快,这一小片工地就充满了勃勃生机。

长安眼眶发涩地看着这一幕,内心有一股暖流在缓缓地流淌。忽然,身旁的孔芳菲传出一声惊叫:"妈呀!"

长安诧然抬眸,却看到亮灿灿的晨光里,一群年轻的战士只穿着军用背心,露出健美发达的肌肉。

"妈呀!这也太 man(有男人味)了吧!经理,你看,那个严连长,哦 my god(我的天哪),标准的 sexy man(风流倜傥)!你看他的身材,啧啧啧!真的是穿衣有型,脱衣有料!经理,我怎么觉得鼻子有点儿热,你看看,我是不是流鼻血了!"孔芳菲语无伦次地说。

长安无奈地摇摇头。

像是察觉到有人在偷看,石虎一个激灵,把衣服又套了回去,发觉是孔芳菲在看他,又看到小丫头片子目瞪口呆的模样,觉得十分搞笑,于是,他故意把作战服脱掉,仅剩军用背心,像健美先生一样,手臂微弯,向她展示傲人的肌肉。

"完了完了完了……"孔芳菲晃了晃,捂着胸口,抓着身边的长安。

什么完了?长安迷惑不解地看着她。

"我真的坠入情网了!经理,你摸摸我的心跳,感觉一下,是不是特别快!"孔芳菲拉着长安的手扣在胸口。

这丫头!长安扑哧一笑,装模作样地感受了一下孔芳菲的心跳,点点头,说:"我看你呀,不是坠入情网,而是中了一种叫石虎的毒。"

孔芳菲一愣,脸颊上顿时飞起两坨红晕:"你……怎么知道?"她做得很出格、很明显吗?

长安朝远处那抹健硕的身影睃了一眼,语气低沉地说:"我也恋爱过,当然明白你的感受。"

孔芳菲却被长安勾起了好奇心,她缠着长安:"经理,你和我说说呗,你以前是怎么谈恋爱的?你们是怎么认识的呀?谁先追的谁?"

这说来可就话长了。长安的心里涌起一阵苦涩的感觉,她拍拍孔芳菲的肩膀,低声敷衍道:"等以后,以后有时间了我再告诉你。"

孔芳菲还想再问,却看到长安已经换上一副生人勿近的面孔专注于手里的工作,她只好悻悻作罢。可她还是很好奇,那个隐藏在长安背后的男人,到底是何许人也。能让他们的高冷女王念念不忘的男人,那该有多优秀啊,估计地球都盛不下了吧……

宿舍施工一共持续了两天，造型别致、功能实用的茅草屋顺利竣工后，竟成为基地一道独特的风景。

拉卡和隆达对茅草屋情有独钟，他们甚至央求长安，恳求她从基地搬走时，把这几幢茅草屋送给他们。

挂了蚊帐的茅草屋，因为通透清凉，被战士们眼红嫉妒得不行，可部队有纪律，他们只能在闷热的板房里休息。

长安每天都要去医疗分队探望雷河南和李振翔。经过孔医生和张磊的精心治疗，李振翔恢复得很快，倒是雷河南，因为不听医生的话，过早活动导致腹部创口二次发炎，被孔医生禁足，只能待在病房里。

"当当——"雷河南听到门响，立刻警觉地扶着床边，躺到床上。

他眼神无辜地望着大门："请进。"

门开了，长安拿着一盒洗干净的圣女果走到病床前，冲着雷河南晃了晃："云龙从部队的菜园子偷的，给你解解馋。"雷河南毫不客气地抓了几个红通通的果子，塞进嘴里，咀嚼起来。

长安坐在床边，作势就要撩开被单查看雷河南的伤势。"乱看啥！"谁知雷河南猛地压住被单，黝黑的脸上腾起一片可疑的红云。

长安皱了皱眉头，轻轻丢掉被单边缘，语气不屑地说："你当我爱看啊。不就是没穿裤子吗！"

"你！"雷河南顿时脸红心跳起来，他指着面不改色的长安，手指抖了抖，"你就是个女流氓！"

"对！不仅是女流氓，还是女魔头！你最好给我老实点儿，要是再敢私自下床，我就让你在这儿待一辈子！"长安眼神锐利地瞪着他。

雷河南的嘴角抽了抽，脸上露出愤懑之色，可最终，他还是选择服软："行啦，我错了，还不行嘛。"

"记住了？"长安看着他。雷河南点点头。她这才露出一丝笑容，把水果盒推到他面前："吃吧。"

雷河南呵呵笑了笑，抓了几个果子，又朝长安推回去："你也吃。"

长安拿了一个果子放进嘴里，轻轻一咬，顿时一股清甜微酸的汁液就在口中爆炸并弥漫开来。她享受地哼了一声，朝雷河南望过去，谁知雷河南也在眼珠一错不错地盯着她。

两人视线一碰，长安心中一震，低头就要闪避，可雷河南却忽然攥住她的手腕，声音沙哑地说："长安，你还想逃多久？"

长安看着雷河南因为用力而绷得发青的指尖，低声说："我不明白你的意思。"

"你明白！你别跟我装糊涂！我喜欢你！我喜欢你，长安！你早就知道了，不是吗？你一直在跟我装糊涂，一直在回避我！为什么？就因为我不是他？我就知道，就知道他一出现你就完了，可你清醒一点儿吧，他已经不爱你了。长安，你不能用后半生的幸福为他陪葬！"雷河南身子拱着，腹部传来阵阵剧痛，可他不想管，他知道，如果再等下去，他一定会后悔终生。

长安目光冰冷地看着他："我不打算再结婚……"

"为什么不结婚！因为豆豆吗？因为他是你和严臻的孩子，所以你宁可牺牲后半生的幸福，也要护佑你的豆豆！"雷河南大声吼道。

"啪！"长安重重扇了雷河南一巴掌。

这时，病房外的走廊上，一个挺拔的身影猛地停住脚步……

虽是闷热的旱季，可病房里的气氛却一路降至冰点。

雷河南偏着头，眼神晦涩难明地盯着地上的圣女果，那星星点点的红色，衬得地面越发黯沉。近处，传来阵阵急促却又压抑的呼吸声。他用拇指擦了擦嘴角，忽然模样古怪地笑了。

"我不会道歉！"长安腾地站起，却没马上离开，她眼神锐利地看着雷河南，"你答应过我什么，希望你还记得。如果再有下次，你……知道后果。"

长安毅然离去。门咣啷一声合拢，雷河南眼眶通红地盯着大门，片刻后，他重重倒向枕头。虽然预想到可能会是这个结果，可没想到真的发生后，他还是无法控制自己的情绪，竟然无耻到用她讳莫如深的隐私去挑战她的底线。

长安当年经受了什么，别人不知道他还不知道吗？整个孕期被剧烈的妊娠反应折磨得形销骨立，一米七多的个子，到了临盆前只有九十多斤。项目上的人，除了他无意中窥知她的秘密，再无其他的人看出她是个孕妇。

临盆前半个月长安回国生产，他不放心，预产期过了一天他就迫不及待地给她打电话，谁知接电话的却是她的弟弟长宁。长宁像是知道他是谁，没有回避，也没有遮掩，而是声音哽咽地告诉他，长安正在手术室里抢救，生死未卜。他那一刻像是堕入阿鼻地狱，从身体到心灵都在承受着痛苦的折磨。他苦苦哀求长宁，不让他挂电话，就这样，两个相隔万里的男人在电波两端默默无语，凝神祈祷，一直等了两个多小时，他才听到医生宛如天籁般的声音："母子平安。"他一下子从地狱跃上幸福的天堂，世界上最陡的过山车也没他这段起伏剧烈的经历刺激。所幸，长安没事，她熬过了生死劫，并且有了一个和她骨肉相连的儿子长凌。

长凌，小名豆豆。这个出生时仅有三斤二两的小东西，这个让长安寝食难安、牵肠挂肚的小东西，如今竟成了学前托班里个子最高的小朋友。不仅个子最高，长得最帅，而且还是"三高"。

"三高"是什么？高智商、高情商、高逆境商。

前面二者毋庸赘言，第三个高逆境商，也就是AQ。AQ是Adversity Quotient的缩写，是一个人面对逆境的能力，豆豆具有高逆境商的能力，他是怎么发现的呢？因为他和豆豆是好朋友。成为好朋友不用非得见面才能交流，现在科技发达，智能手机成了联络感情的重要工具，各种社交软件更是鳞次栉比，如雨后春笋一样涌现出来，豆豆每一样都玩儿得转。

他则从初期的只是聊聊天逗逗趣发展到了几天不和豆豆见个面就会心灵空虚的状态。

豆豆很忙，除了每天要带着拉布拉多犬雷奥遛弯儿，还要学英文、学书法，所以不是每次发视频请求，豆豆都会接受。但豆豆是个非常善良而且记忆力惊人的小家伙，有时他发了视频请求豆豆没接，而他忙别的事已经忘了这件事时，豆豆总会在他休息的时间主动联络他。

"对不起，雷公叔叔，我刚才和雷奥在外面玩儿，没有听到，你生气了吗？"豆豆用迷死人不偿命的小奶音，再加上扑闪扑闪的大眼睛瞅着他的时候，他从头发丝到脚趾都被豆豆的眼神融化掉了。

世界上怎么能有豆豆这样可爱的生物呢？！每次见到他，都想把这个小家伙揉巴揉巴塞兜里随身带着，想念的时候，就掏出来看一看。

与求知欲旺盛到令人恐怖的小家伙成为好朋友，也是需要用心和努力的。视频日常，除了回答豆豆无限多的十万个为什么，更多的，他会带着手机，带着万里之隔的豆豆见识异国的风土人情。

可能是遗传原因，小家伙平常就喜欢看《国家地理》节目，所以那些陌生而又生动的画面，激发了他强烈的兴趣，渐渐地，聊天范围广了，聊天时间也变长了，而豆豆对他的称谓也从最初客气疏离的雷叔叔变成了雷公叔叔。所以，有一天，长豆豆小朋友拧着浓黑的小剑眉告诉他，他遇到困难了。

当时的对话雷河南还记得。

他调侃问："许若依不喜欢你了？"

许若依是豆豆学前托班的同学，曾经有一段时期，豆豆经常把许若依挂在嘴边。

"才不是呢。雷公叔叔，许若依没有不和我玩，而是，而是我发现爸爸妈妈吵架了。"

长宁？雷河南心中一紧，问："他们当着你的面吵了？"

"没有，我偷听到的，他们关在屋子里面吵架，妈妈还哭了。"视频画面里，豆豆蔫蔫地趴在桌上，那模样看得雷河南一阵揪心。

"叔叔帮你好不好？叔叔劝劝你爸爸，让他们和好。"雷河南试探着说。

豆豆考虑了片刻，竟出人意料地拒绝了："我会自己看着办。他们关起门来吵架，一定是不想让别人知道。他们最爱我了，我要自己想办法让他们和好。"

雷河南惊讶极了。这是一个不到四岁的孩子说的话吗？连父母关起门吵架不想让外人知道这个细节他都记在心上了。

本以为豆豆不过是孩子心性，说说罢了，可几天后，他们再次视频的时候，这个小家伙鼻子朝天牛哄哄地对他说："爸爸妈妈和好了。"

嘿！雷河南好奇地问他是怎么办到的。

豆豆四下看看，低声对他说："你谁都不要告诉呀。我让保安叔叔送我去医院，然后让他给爸爸妈妈打电话，爸爸妈妈很快就来了，看我没事，他们特别高兴，然后我就把他们的手牵在了一起……"

"咻咻！"小家伙笑得贼贼的。

雷河南震惊之余，脑子里忽然蹦出了"高逆境商"四个字。

智商高的人只能是书读得好，情商高的人则可以成大事，而逆境商高的人才能成为人上人。当面对逆境或挫折时，不同的人会有不同的反应。像豆豆这样，很明显就是AQ高的表现。他得知父母吵架后，虽然年幼惶急不安，可他没有悲观失望，而是发挥自己最大潜能，想出办法克服困难，最终获得成功。这怎能不令人感到惊奇赞叹呢！

想想他的亲生母亲，又觉得理所当然。长安生出来的儿子，又怎会比她差呢？可这个一出生就被长安交给弟弟抚养的小家伙，浑然不知自己又敬又怕的姑姑就是他的亲生母亲。

豆豆是有些害怕"姑姑"的。他们曾在视频里聊起这件事，雷河南试探地问豆豆，问他为什么害怕长安。

素来讲话磊落干脆的豆豆难得扭捏了半天，才小声嘟哝说："姑姑每次和我说话的时候，总会停下来盯着我看，我，我觉得怪怪的，而且，她也不爱笑。"

雷河南的心口闷疼，看着手机画面里天真无邪的豆豆，他神色黯然地说："你……姑姑很爱你，在这个世界上，她才是最爱你的人。"

"为什么呀？爸爸说，姑姑以后也会有自己的孩子，她不是应该最爱他吗？爸爸妈妈才是最爱我的人，我也最爱他们。"豆豆噘着嘴说。

雷河南觉得自己快要哭出来了，胸口像是堵了块石头，呼吸起来又闷又痛。要是长安听到豆豆的话，她该有多伤心……

恍惚之间，他竟未看到豆豆一直给他使眼色，等到手机被人抢走，雷河南才猛地惊跳起来，结结巴巴地说："长安……"她什么时候来的，他竟一点儿没察觉。想到她可能听到他和豆豆的对话，不禁一阵紧张，朝她看过去。长安侧过身，正和视频里的豆豆聊天，她神色平静，嘴角微弯，看不出丝毫情绪上的波动。

雷河南松了口气,直到长安把手机还给他,他才调侃说:"你这人属猫的吗,怎么进来都没声音。"

长安笑了笑,转身走了。

晚上,项目加班,雷河南出来上厕所,却无意中看到了院子里的长安。

异乡的月亮,把她脸上的怅然和失落照得纤毫毕现,听到脚步声,她飞快地擦了擦眼角,转身已是冷静淡然的长经理。可那令人揪心的一幕,却像是长在他的脑子里,让雷河南想起便无法安心。

终于有一次,雷河南找到长安,主动问起当年的事。他质问她,明明爱之深切,为何生而不管。

长安像那晚一样,身子娉婷地站在月光下,眼神清清亮亮地看着他,说:"不健全的家庭对孩子造成的伤害,你想让豆豆也尝一次?我宁愿他当我是一个不易亲近的姑姑,也不愿让他在世人异样的目光下长大。"

雷河南顿时语塞。是啊,他们曾经聊过这个话题,不健全的家庭对孩子的伤害,真的会影响终生。他和长安姐弟就是活生生的例子。

"可,可长宁也会有自己的孩子,万一他嫌弃豆豆……"雷河南担忧地说。

长安摇摇头:"宁宁不是那样的人,你多虑了。"

雷河南悻悻闭嘴,承认自己开始口不择言了。长安同长宁是患难姐弟,他们之间的感情,不能用世俗的标准来衡量。要不是极度信任,长安也不会把自己视若生命的豆豆托付给他。

从那以后,雷河南总会有意无意地在豆豆面前说长安的好话,并且"带着"豆豆去条件艰苦的工地,去重新认识他的"姑姑"。这招果然见效,豆豆对长安铁腕女强人的形象崇拜得不得了。在他看来,除了威风凛凛的解放军,就是姑姑最厉害了。

哦,豆豆还崇拜解放军。从抓周抓到一把手枪开始,到外出看到军人就目不转睛,再到百看不厌的阅兵式和军事节目,他甚至对爸爸妈妈说,长大了他要当解放军。他拥有自己的枪械库,大大小小不同型号的玩具枪和模型摆满卧室,有时和他正聊着天,他就会抓起一把枪,冲着手机屏幕哒哒哒哒放一梭子,把雷河南吓一跳。

每当这个时候,豆豆就会开心大笑。那神采飞扬的模样,和他……他的亲生父亲,简直像是从一个模子里刻出来的一样。

都说血缘是这个世界上最神奇的存在,它衍生出来的关系也是世界上最微妙的关系。或许冥冥中一切自有定数,竟会让长安在万里之遥的非洲大陆和严臻狭路相逢,这几万分之一,甚至是几百万分之一的概率都被他们碰到了。而长安的心,雷河南是再清楚不过了。从开始到现在,除了严臻之外,长安从不允许任何人进驻。

是他太傻,太爱幻想了。以为多少年的默默付出终会有所不同,可殊不知,一旦揭开这层遮羞布,他们的关系将会万劫不复。

雷河南用手背遮住眼睛,懊恼地痛骂自己:"雷河南,你这个笨蛋!笨蛋!"

"当当——"门又响了。

雷河南知道不会是长安,所以依旧盖着眼睛,声音沉闷地应道:"请进。"门吱呀一声开了,又无声无息地合拢。

以为是医生来查房,雷河南动也没动,撩开被单,露出赤裸的双腿。可半天却没人上前检查他的伤口,就连呼吸声也听得不十分真切。

雷河南察觉到异样,猛地拍手,睁开眼睛。

"是你!"竟是他!

雷河南警觉地瞪着面前这个体格魁梧的男人。

严臻卸下蓝盔,放在床尾,用脚尖踢走地上的圣女果,扯过一把椅子,稳稳坐下。

雷河南被那道深邃的目光盯得有些喘不过气来,他扯过被单,胡乱盖在身上,拧着眉头,质问严臻:"你想干什么?"

"豆豆是谁?"严臻忽然开口说话。

雷河南表情骤变,他目瞪口呆地瞪着严臻,嘴唇微微翕动,来回往复几次,才极力掩饰着内心的慌乱,大声说道:"你管豆豆是谁?和你有什么关系?"

严臻眯起眼睛,目光像锐利的刀刃一样盯着神色极不自然的雷河南:"你不说,我就去问她。"

雷河南的眼里升腾着怒火,他气愤地指着严臻:"你别去打扰她!你把她害得还不够惨吗?"

严臻掸了掸腿上并不存在的灰尘,撩起眼皮,看着雷河南:"所以呢,你还是跟我说实话吧。豆豆是谁?他是谁的孩子?"

雷河南涨红了脸:"是,是长宁的,长宁的孩子。"

"噢?长宁的。可我刚才怎么听到你说,豆豆是我和长安……"

严臻话音未落,雷河南就气急败坏地吼道:"你这个卑鄙小人,你偷听!你!"

"啪!"严臻猛地拍了下床体,站了起来。

"那你就是承认了!豆豆……"严臻蓦地顿住,眼里的光突然闪烁了一下,又变得漆黑,浓墨之下的惊涛骇浪却令人心惊,"豆豆,是我和长安的骨肉!"

长安一口气走到空无一人的水塔边才停下脚步。身旁浓郁深绿的大树被大风吹得簌簌作响,眺望远方,是气势雄浑的坎贝山。这里草木茂盛,是食草动物和食肉动物栖息的天堂,这里全年炎热,没有四季更迭,只有旱季雨季之分。她在这个地方生活了三年,熟悉这里的一草一木、一瓦一砾,她闭着眼睛,也能在脑海中勾勒出 AS63 项目所经之地的每一处山坡,每一处转弯……可在这漫长的一千零九十五天里,她却只能把有限的七十五天留给长凌。

长凌的名字。取自壮志凌云的崇高意境。她希望长凌拥有一颗不平凡的心灵,长大后像鹏鸟一样展翅高飞,越过世间一切的艰难险境。

她视若生命的孩子,如同天使降临人间,给她晦涩黯淡的生命带来了无尽的惊喜和感动。

生产时遭遇大出血,每次在生死边缘游离挣扎的时候,总会被腹中顽强的生命和与命运抗争的斗志拉回来,他似乎在用行动拯救她,告诉她不要放弃,不要丢下他。她又怎么舍得抛弃他呢?

从犹豫不决丢掉药片到证实怀孕的彷徨和无措,她曾几次站在王向春门外,几次想不顾一切地冲进去,跟他说她不去恩特斯了,她要这个孩子。可身上的责任却不容许她这么办,这不是简简单单的工程,而是代表着国家,代表着集团的声誉。她就像是一个听到冲锋号的战士,已经跳出战壕准备冲锋陷阵,这个时候,要她退缩,当个逃兵吗?不,她做不到。

婆婆恶言相向,情敌步步紧逼,即使这样,她也没有想过放弃腹中的生命。因为她爱严臻,这个如同坎贝山一样坚强,如同香淞海一样胸怀宽广的男人,是她对婚姻全部的信念与支撑。

她以为,他能和她一起想办法,渡过这个难关。可他却让这一切努力与坚持都化为乌有,雨夜中她目睹那一幕惊心动魄的背叛,在他低头的那一刹那,婚姻的堡垒宛如沙子砌的城堡轰然间倒塌。

她心如死灰,提出离婚,他却以孩子为由,坚决不同意。她思虑再三,主动找到妇产科医生马晶,恳请她帮忙演一场戏。马晶当时陷入两难,一方面事关重大,她怕自己承担不了后果,另一方面,她又为长安描述的未来愿景所诱惑,想成全小姑子。

"我会做掉孩子,你不用有顾虑。"长安记得,当时,自己对马晶说了这样一句违心的谎言。

马晶知道她不可能怀着身孕出国工作,这才下定决心帮她。这才有了医院那刺骨锥心的一幕……

在恩特斯工作期间,最大的困难不是掩饰自己怀孕的真相,也不是剧烈的妊娠反应对身体造成的伤害,而是每当黑夜降临,在万籁俱寂的异国他乡,那种浸入骨髓的孤独和失落感,以及隐藏在内心深处的影子,像涨潮的海水一样,夜夜将她吞没。她觉得自己就要患上忧郁症了。可在这个时候,又是腹中的生命,用一次顽强的胎动,给了她坚持下去的勇气。

那一刻,她和腹中的小生命是心灵相通的,她忍不住泪流满面,转身的时候,却意外见到面露诧异之色的雷河南。

　　这个总是对她大吼大叫,因为一个数字、一个技术细节同她针尖对麦芒的技术总工,却在无意中窥知她的秘密之后,神色复杂地建议她早做打算。

　　是啊,她不可能把孩子生在恩特斯。只能回国。可孩子呢,出生后跟着她回恩特斯吗?不。长安立刻就打消了这个念头。

　　工地环境恶劣,员工来了大半年时间都还在适应期,他那么小,怎么能受得了这里的寒风和冷雨。

　　可孩子出生后交给谁?她彻夜难眠,第二天,她主动联系长宁,跟他坦白自己的处境和想法。原以为长宁会愤怒地斥骂她,或是因为心疼她而伤心哭泣,可等来的却是长久的沉默。长宁在电话里足足沉默了两分钟,才压抑着翻滚的情绪,对她说:"回来吧,有我呢。"

　　那一瞬间,她的泪水像是从失控的闸门里喷涌而出,冲开冰冷封闭的心灵枷锁,洗去内心的黑暗和脏污。热烫的、感动的、发泄的泪水肆意流淌,她从来不知道自己竟然那么能哭,一直到手机被人抢走,她的手里多了一条毛巾,她才泪眼模糊地看着面前的雷河南,跟他说了声"谢谢"。

　　项目人员每年有一个月轮休,她利用这一个月假期回国生产,临走前,她把工地托付给项目副总和雷河南,送她那天,雷河南把一个红绳穿着的木牌挂在她的脖子上,他跟她说,这是恩特斯的祈福牌,能够护佑人平安。她从雷河南那双灼热的眼睛里看出了一些别样的情绪,她很明显地回避了。她要让雷河南知道,她这一生,都不可能再对其他人付出任何感情,她的心,不是死了,而是早就不在她的身体里面了。

　　回国生产,已经在律师界站稳脚跟的长宁为她安排好了一切,只是没想到还会有难产这道生死关在等着她。几次昏迷的当口,她似乎都在喊着一个人的名字。后来,她问医生,当时她喊的是谁。医生告诉她:"闫震还是言真,我听不真切。当时你特别执着,我就出去和你的家属说了,说让闫震准备一下,必要的时候进来陪着你生产,可是你的家属却说,这个叫闫震的来不了。"

　　严臻。她喊的是他!那一刻,再多的词汇也形容不出她内心复杂的感受,痛是真真切切的,可其中一种说不清道不明的感觉似乎盖住了痛楚,让她揪着被角,闭上眼睛,无声地颤抖流泪。

　　护士抱来长凌让她看,说看一眼,她就要把这个折磨妈妈的小家伙送进暖箱了。在看到长凌之前,她从来没有体会过母亲的伟大和无私,可真的看到那只有豆子大小的婴孩,看到他乌黑的头发和闪闪发亮的眼睛,那一刻,她的心顿时化成一汪春水,柔软到自己也惊奇的地步。

　　襁褓里的小家伙,像是发出邀请一般,朝她伸出又细又小的粉红色的小手。她迫不及待却又小心翼翼地轻轻碰触着他的指尖,没想到他竟毫不客气地抓住她的手指。她捂着嘴,眼里闪动着惊喜的泪花。

护士笑吟吟地夸赞说:"他啊,知道自己错了,这是向妈妈道歉呢。小家伙,真聪明!"

她握着他的小手,不停地亲吻:"妈妈怎么会怪你呢?我要感谢你,是你的到来,给妈妈的人生带来了新的希望。"小家伙张开嘴,竟然打了个哈欠,似乎不耐烦听她这么说,护士哈哈大笑。

生产完第二天,一个意外的客人赶到病房看望她。

她激动地伸出手:"常妈妈!"

远在朔阳的常月梅到上海来了。见到她赢弱憔悴的模样,常妈妈禁不住落泪,走到床前,拉起她的手,就打了两下:"你这个糊涂娃娃!你是要让常妈妈心疼死吗?"她抱着常妈妈放声痛哭,似乎想把心里的委屈全都倾泻出去。

常妈妈是接到长宁的电话,特意从朔阳赶来照顾她月子的,其实也不是整月,从前到后算起来,不过半个月而已。她出院后住在长宁家里,常妈妈除了悉心照顾她的身体,还经常去医院看望仍在住院的豆豆。豆豆这个小名就是常妈妈起的,她说按照朔阳的风俗,小名越是叫得普通,长大越是有出息。

常妈妈是真喜欢豆豆,原本常妈妈只是来照顾她的月子,可谁知她离开上海以后,常妈妈又帮着长宁夫妇照看豆豆,一直到豆豆上幼儿园的学前托班,她才依依不舍地回朔阳老家。

有常妈妈在,即使她远在异国他乡,心里也无比踏实。

长安把豆豆交给长宁夫妇抚养一事,常妈妈起初是不同意的,她说,要是怕日后麻烦,她可以把豆豆带回朔阳老家养着,等长安回国后随时可以回朔阳看儿子。在常妈妈看来,自己身上掉下来的肉,还是自己养着舒坦。

"我不能那么自私。常妈妈,我和长宁失去父母后过的是什么日子,那些单亲家庭的孩子出去后又是什么样的遭遇,您比我更清楚。那个时候,我们害怕过节,因为一过节,只有我们家是安静的;在学校,我们害怕和同学们聊天,因为在他们炫耀父母的宠爱时,我们却只能保持沉默;我们害怕自己成为别人口中的谈资,害怕那些鄙夷或是怜悯的关注。常妈妈,您想让豆豆同我们一样,背负着世俗的压力长大吗?不,我不让。我是那么的爱他,在我人生最难的时刻,也从没想过放弃他,又怎能因为我的一点点私心,就让他陷入成长的沼泽地。我不能那样,不能那样啊,常妈妈。"她语声哽咽。

常妈妈握着她的手,泪光闪闪地说:"傻孩子,你把豆豆交给宁宁,你就不心疼吗?你就舍得?"

"舍不得,我舍不得!每次只要一想到和他分开,再见面他已经喊别人爸爸妈妈,我的心,这里,就像是豁开一道口子,血淋淋的,疼啊,疼啊。常妈妈,我疼,可我没有办法,因为我是他的母亲,我想给他世间最好的一切,让他在无忧无虑的环境下健康长大。至于我,真的,真的不那么重要。"她依偎着常妈妈,喃喃说道。

"唉……"常妈妈抚摸着她的脸颊,心疼地叹了口气,"你说,你和小严怎么就闹到这个份儿上了。他不像是那种人啊,你们之间是不是有什么误会?"

她神色黯然地摇摇头。

"真是可惜呀,安安,你能不能为了孩子退让一步,和他……"

"不。"她神情痛苦地闭上眼睛,"不可能了。"

有些路,明知前方布满荆棘,可既然选择了,即使扎破脚底也要走下去。她就是这样一个倔强的人……

"经理——"孔芳菲忽然冒出来,拍了拍长安的肩膀,可马上她就惊叫起来,"呀!你怎么哭了!谁欺负你了!"

长安愕然垂眸,伸手轻轻一擦,不禁怔住。她有多久没有这样流过泪了?久到她自己都记不清了。似乎从她生了长凌回到恩特斯之后,她就没有再像这样掉过一滴眼泪。她变得不爱笑,浑身上下透着一股子冰冷的气息,每天除了工作就是工作,从不与人谈论私事。而且,她对待员工极少说教,只是用规章和质量标尺说话,所以员工们才给她起了个绰号叫"女魔头"。

长安以为自己的泪腺已经失去分泌泪液的功能了,可万万没想到,她在触动记忆的轮盘之后,会发展到情绪失控的状态。上次失态,还是闻听恩师病故的消息,她一时间无法接受,当着王向春的面悲痛欲绝,痛哭不止。可那次是有声的,是有感觉的,而出现像现在这样在不知不觉中泪流满面的情况,这些年来竟还是第一次。

"谁能欺负得了我呀。"长安用指尖沾了沾眼角,看着摇晃的树梢说,"今天风很大,不是吗?刚才不小心迷了眼睛……"

孔芳菲扬起脸,感受着索洛托干燥的季风,她点点头,不疑有他:"我就说嘛,经理你怎么可能哭鼻子呢!放眼整个基地,只有你欺负别人的份儿,哪有人能欺负得了你呀。"

长安脸皮一烫,咳了咳:"你找我什么事?"

"哦,严连长找你,喏!他来了!"孔芳菲朝左侧指了指。水塔边新修的小路上,一个身材魁梧的军人正迈着大步朝她们走来。

"那我先撤啦!"孔芳菲冲着长安挤挤眼。

"哎!"长安没来由感到一阵心慌,她试图拉着孔芳菲做伴,谁知这丫头不知哪根筋不对了,竟像条泥鳅似的,出溜一下跑了。

长安轻轻地吸了口气,捋了下被风吹乱的头发。严臻转瞬走到眼前。跟随他而来的,还有一堵无形的压力墙。

"什么事?"长安抬起头,目光清澈地问。

严臻看着她红通通的眼睛,抿了下嘴唇,目光炯炯地说:"明天恢复日常武装巡逻,你,要不要去营地看一看?"

啥!长安的眼睛顿时瞪得滚圆,里面却有欣喜的小泡泡不断地涌出来。严臻心口一紧,但仍然抓着她的目光不放。

"我,我能去吗?纪律允许吗?"长安语气激动地问。她无时无刻不在惦记着营地,惦记着未完工的工地,天知道她有多想回去看一看。

严臻看着她,徐徐颔首:"可以。"

长安习惯性地闭了下眼睛,双手握拳,在暗处用了用力。看着她这些熟悉的小动作,严臻的心里涌起一阵惊涛骇浪,他目光轻闪,转过身,说:"明早八点,4号步战车集合。"

"我一定到!"长安冲他的背影喊道。

清晨,嘹亮的集合号伴随着晨光唤醒了宁静的蒙特里基地。维和官兵像出闸猛虎一样迅速跑向操场,列队集合。庄严肃穆的气氛、整齐划一的队列,一张张年轻英俊的面孔洋溢着对祖国的无限忠诚和热爱。

"真帅啊!"孔芳菲禁不住驻足赞叹。

"肤浅!一看你就是个外貌协会的。男人漂亮有啥用,关键是要看第一眼的feel(感觉),看你俩有没有撞对眼!你懂不懂!"旁边有人插言道。

嘿!孔芳菲偏头一看,身边站着的竟是那个心理素质最差的九零后,就是上次严连长护送他们回基地,那个被不明武装人员吓得跌跤的龙建员工小曾。

孔芳菲撇撇嘴,哧了一声:"说得好像你有女朋友一样。"

小曾摸摸鼻子,表情微妙地说:"快有了!"

孔芳菲纳闷不已,四下里瞅瞅,发现营地里除了隆达的老婆和年幼的女儿之外,没有其他异性了。蓦地,她眼睛一亮,指着小曾,惊诧不已地问:"你,你喜欢上难民营的姑娘了?那可是违反纪律……"

营地有个不成文的规定,不准在工作期间与当地姑娘谈恋爱。

"我晕!"小曾抚着额头,气急败坏地说,"拜托你长点儿脑子行不行,我连她们说话都听不懂,怎么可能和她们谈恋爱!"

孔芳菲推了推眼镜,眼神更加困惑了:"那你还说快了,快你个头啊,你做梦谈恋爱呢!切,还真有你这种异想天开的人。"

小曾根本不介意孔芳菲说什么,他一副我自己知道就不告诉你的贱模样,拍拍孔芳菲的肩膀走了。孔芳菲搓了搓胳膊,一脸嫌弃地嘟哝:"神经病啊!你喜欢谁,我才懒得关心呢,反正不会是……"

孔芳菲忽然哑口,脸一下子涨得通红。不会吧。这个杀千刀的小曾,不会是看上自己了吧!越想越觉得有这个可能,她不禁恼怒,这个死小曾,敢打她的主意!他不知道她早就芳心暗许,已经有喜欢的人……不行,她得找小曾说清楚。于是孔芳菲神色羞恼地跺跺脚,朝小曾追了过去。

"齐步走!"严臻率领一队全副武装的维和战士向步战车走去。途中,石虎用眼角的余光跟随着那抹娇小可爱的身影,他看到她在追一个男人,追上去,扒着人家肩膀,面红耳赤地说着什么。他脸色一变,从心口处忽然传来一阵不适的感觉,没来由的,胃里泛起一股酸水。

"集中精神!"严臻朝他瞥了一眼。石虎面露愧色对正脚步,再不敢胡思乱想了。

晨光普照,微风轻拂,空气中氤氲着非洲独有的清新气息。一抹纤细窈窕的身影听到脚步声,唰一下从树下转过身来。

严臻的心里重重一震,连带着脚步也跟着晃了晃,但很快就恢复如初。

长安凝视着朝她大步走来的严臻。他站在队列一侧,耀眼的晨光在他的脸上投下一片光亮,显得整个人神采奕奕、英武肃然。她呼吸一顿,手指蜷缩紧握在手心,走上前,迎向队列。

严臻朝长安摆摆手:"出发。"她点点头,跟随维和战士登上步战车。同行的,还有一辆突击车。车辆一前一后驶出基地。

因为沿途大部分是坑洼不平的土路,所以步战车在行驶中让人感觉异常颠簸,可以想见在雷声不止的雨季,在这条路上巡逻的维和战士将会是多么艰难。

透过车窗,长安看到草木茂盛的森林和草原,野生动物穿梭其中,自由自在地享受着非洲的阳光。远处,星星点点的茅草屋点缀其中,与蓝天白云构成一幅自然的美丽图画。战士们对眼前的美景早已经司空见惯,他们关注的,是隐藏在这片祥和与宁静之下的危险。

车行一半,长安觉得胃里开始翻腾,她把手压在胃部,轻轻按揉。这时,从对面座位射过来一道冷峻的目光。长安与他视线相遇。眼神一个幽邃,一个清澈,看似不可融合,却谁也没有选择躲避。

严臻静了几秒,忽然倾身,抓住她的手腕。四周的战士立刻像是绷紧的发条一般僵直不动。而长安愣了愣,脸上泛起一团红晕。她羞恼地挣了挣,低声斥责他:"你做什么!你……"

长安愕然失语,低下头,盯着严臻紧扣在自己手腕横纹向上两寸部位的拇指,愣了片刻,才明白他只是给她按摩穴位,缓解晕车症状。

四周近乎凝滞的气氛也暂时得到缓解，只有石虎嘴角噙着一抹别有深意的微笑，时不时地冲着严臻和长安眨眼睛。

从内关穴源源不断传来又麻又痛的触感，被严臻牵握的手部肌肤也像是受了传染一样，除了麻痛的感觉之外，还觉得烧灼和酥麻。心脏怦怦狂跳不休，长安一直垂着眼睑，不敢直视他的眼睛。

"还难受吗？"他问道。

长安抬起头，看着他，摇摇头："好多了。"

严臻立刻撤回手去，长安的手骤然失去托力，僵硬地伸在半空，那姿势看起来很是古怪，就像是她在向他祈求着什么。她脸色一白，蜷缩手指，慢慢收回手。

紧接着，严臻收到驾驶员报告，下达停车命令。路边停着一辆被焚毁的货车，他们要下去对毁损车辆进行侦察分析。

"你别下去。"严臻对长安说。她点点头。

透过车窗，可以看到严臻指着车体上的弹孔和焚烧痕迹同巡逻的战士讨论着什么。虽然听不到他们谈话的内容，可是她知道，这就是专业的讨论和分析，根据一个弹孔的大小得出它出自哪种枪械，就像她拈起一把地基土，就能分析出它的成分，得出它合不合格的结论一样，都是一种对待专业高度负责的态度和高超的技能。

术业有专攻，小领域大专家。以前，她总觉得军人的工作不过是训练和演习，只要体力好，脑子聪明，就足可以胜任工作。可通过这件事，却让她对军人这个职业有了更深的了解。即便是一个小小的弹孔，路边一片被烧焦的炮痕，他们也可以凭借无数次巡逻、无数次处理紧急情况掌握的知识储备，在战争真正来临之际，为己方赢得更多的机会。

一路向前，陆续又遇见几辆连窗玻璃和车辘辘都烧化的汽车骨架，长安没有下车，但她听石虎说，有一辆车里，还残留着一具炭化的尸体。

步战车驶入营地便道，明显比之前平稳了许多。长安的视线盯着远处那片蓝色的屋顶，身子随着步战车轻轻摇晃，她抿着嘴唇，表情显得异常严肃和沉默。

"我们只有十五分钟，尽快。"严臻跃下步战车。

长安紧随其后，跳了下去。她本以为自己去就行了，没想到严臻会跟着她。"这里还不是很安全。"

长安默然颔首。两人并肩朝营地走去。

营地还是离开前的破败模样，之前整洁的水泥路面被黄土覆盖，到处散落着弹壳和被炮弹炸碎的山石，损毁最严重的办公区几乎找不到一间可以使用的房屋，宿舍生活区也被毁掉一半，只有一半的宿舍外观尚算完好。

站在旗杆下，长安凝视着满目疮痍的营地，沉默了许久，也思考了很多以前从未想过的问题。

他们没有错,甚至于对这里的人民,对这个国家是功臣,是友谊的使者,可他们最终得到了什么?破碎的家园,毁坏的工地,以及一颗失望愤怒的心。战争是罪恶的,无论以何种名义挑起战争的人,他们都是人民的罪人,都将会受到正义的审判。

严臻默默地看着长安,在她的眼里流露出愤慨的怒火时,他伸出手,拍抚着她的肩膀:"会好的,一切都会好的。"

长安眼神愕然地看着他,一时间竟有些恍惚,眼前这个铁血冷峻的军人不是应该恨她吗?为什么从他的眼里、动作、语气里却丝毫感觉不到那种抵触和愤恨的情绪呢?不应该是这样的。

长安心神不宁地跟着严臻来到宿舍区。

"这里曾被洗劫过。"严臻指着房门大开的宿舍,里面所有的物品都散落在地上,值钱的不用说,早就没了,剩下的,就是一些旧衣服和生活杂物。

看到这一切,长安的脸色蓦然一变,她推开严臻,朝之前居住的宿舍跑了过去。

严臻几个大步追上她,握住她的手臂:"危险!"

长安抬起头,朝他祈求地望过去:"我有个很重要的东西落在宿舍。我得找到它。"

严臻深深地盯了她一眼,指着一幢被炮弹炸得面目全非的房子:"是那里吗?"她点点头。

"你站在这儿,我过去找。是什么东西?"严臻问道。

长安张嘴刚想说,可是又眼神犹豫地顿住,她看看严臻,轻轻吸了口气:"照片。"

"照片?"严臻不禁皱起眉头。

想在炮火中保留一张纸质照片的难度,想必长安比他更清楚。

"很重要吗?"他凝视着她。

长安这次毫不犹豫地回答他:"很重要。我自己去找就行了,我知道放在哪里。"说完,她就甩开严臻的手,朝宿舍跑了过去。严臻紧紧跟上。

宿舍无一处完好,长安拨开黑炭一样的墙体,朝记忆中的卧室跟跟跄跄地走了过去。

"行李箱!它居然还在!"长安从废墟里拉出一个辨不出颜色的方形物体,转身惊喜地冲着严臻叫着。谁知脚下一沉,她的身子猛地打了个趔趄,朝后面仰倒过去。严臻猛冲一步,揽住她的腰,将她硬生生拽了起来。长安向前一扑,恰好坠入他宽厚的怀抱。

眼前闪动的是草绿色的作战服,呼吸间尽是浓烈熟悉的男子气息,她像条被钓住的游鱼一样,紧张到手指发麻,脑子里几乎是一片空白,心脏在胸腔里扑通扑通狂跳,窒息的感觉又回来了。长安伸出手臂,想推开他,可手臂却像是被定住了似的,就那样悬在半空，无法落下去。

长安不记得自己是不是听到了一声叹息，紧接着，她就被严臻揽在怀里，紧紧地抱着。谁也没有出声，长安鼻尖发酸，手指轻轻揪着严臻的衣角，静静地依偎在他怀里。

"连长！连长你在哪儿！"通话器里忽然传出石虎的呼叫声。

长安猛地惊醒，把严臻推开，他没防备，连退了几步才站稳。看到他狼狈的样子，长安又急又气地辩解说："是你，是你的通话器响了！"

严臻看着长安竭力掩饰情绪而显得泛红纠结的脸庞，以及漆黑的眼眸、生动的眉毛，不禁觉得心口一烫。

这个石虎！他闭了下眼睛，拿起通话器，语气薄怒地说："回去待命！不要过来！"

那边刚走进营地大门的石虎听到这声暗含威胁的命令，后背不由得升起一阵凉意，他挠挠后脖子，小声嘟哝说："我是好心……"

搅了别人两次好事的石虎不知道自己回去就要面对体罚的命运，这是后话，暂且不表。

这边长安把行李箱递给严臻："帮我拿一下。"严臻接了过去。

长安深一脚浅一脚地踩着瓦砾，走到只剩下一个架子的疑似单人床旁边，俯身在床头部位寻找着什么。

"没有。被炸掉了吗？"长安神情焦虑地扒拉着四周辨不出形状的物什，没发现要找的东西。

情绪一下子坠入谷底，她垂下睫毛，转过身对严臻说："找不到。"

严臻放下箱子，走过去让长安退到一旁，不像她小范围地扒拉物什，而是捡起一样扔一样，觉得像的则会拿给她看，由她来辨别。可找了很久，还是没有找到她要的照片。

严臻看看时间："我们得走了。"

长安的眼里闪过一道失落的神色，但她很快就控制住了情绪，对他说："好。"

虽然没找到，可他们已经尽力了，或许真的是在战争中被炮火烧毁了，毕竟只是一张照片。

长安深一脚浅一脚地朝外走，严臻望了望她的背影，迈开脚步想上前扶她一把。

"嘎吱！"忽然，脚像是踩到什么东西，发出清脆的碎裂声。长安登时顿步，一脸惊喜地转过头。

严臻的眼角抽了抽，徐徐弯腰，将脚底下一个七寸大小的东西捡了起来。竟是一个被掩埋在灰土之下的相框。可惜的是，玻璃面已经被他踩碎了。严臻抖了抖相框上的碎玻璃和厚厚的尘土。

"呀！"长安惊叫一声，不顾脚下的瓦砾，跟跟跄跄地朝严臻冲过来。几乎是撞进他的怀里,将相框一把夺过去。她看也不看地贴放在胸前,目光闪烁地对他说:"就是它,我们走吧。"

不说一句谢谢,不看一眼相框,就确定是她的东西?严臻目光深邃地看着她。

"不看看吗?我看相框里不是你的照片,像是一个小男孩儿……"严臻话还没说完,就见长安的眼里闪过一道锐光,胸口剧烈起伏几下,语气急迫地说:"哦,是我的。他是宁宁的儿子,我的……侄子。"说完,也不看严臻的表情,深一脚浅一脚地走了出去。

长安走得有点儿远,脚步也有点儿急,她背对着严臻,小心翼翼地擦拭着相框里的照片,不知照片是不是有损毁,她再次面对他的时候,眼睛竟是红通通的。

严臻不动声色地瞥了长安一眼,拎着她的箱子,指着大门说:"走吧。"

回程路上,长安一直保持着沉默,她的腿面上扣着那个破损的相框,手一直贴放在上面,凝视着窗外的风景……

第三十七章　中国味道

索洛托局势渐趋稳定,蒙特里基地附近已经很久没有听到枪声了。

好消息接踵而至,当地电信公司的维修人员开始维修损坏的线路,电话以及网络信号很快就能恢复。不过这里相对落后,根本没有4G网络,就算是3G网络,也得看当地电信公司的网络覆盖面以及周围是否有干扰。维和步兵营和AS63项目因为工作性质特殊,所以之前由政府出面,特意在坎贝山附近建了一个通信基站,便于他们开展工作。

当地政府在镇子附近圈出一片空地,搭设塑料布顶棚,容留在武装骚乱中流离失所的民众。之前一直受到维和步兵营庇护的大树村村民也在不久前搬去难民营居住了。他们离开前,特意集合村民在营地大门外载歌载舞表达内心的感激之情,石光明营长代表联合国驻索洛托特派团,代表中国政府向村民表示谢意,并且把粮食和蔬菜赠送给村民。

维和步兵营恢复了日常武装巡逻。几天后长安又跟随严臻出外巡逻了,不过这次促使她出行的原因,是AS63项目的施工区。

就在昨天傍晚,严臻主动到茅草屋找长安,她当时正在整理项目资料,和她同住的孔芳菲不在,四面透风的茅草屋里只有她一个人。

没想到长安应了一声,还没出去,严臻就掀开用蚊帐做的大门,走了进来。长安顿时有些手足无措,下意识地蜷缩起赤裸的脚趾,朝只靠蚊帐布阻隔视线的相邻茅草屋瞅了瞅。那边很安静。

长安微微吸气,强迫自己镇定下来。

"这里挺乱的,连坐的地方都没有,不如我们出去……"长安的话还没说完,就看到严臻拎起手里的东西,朝她一伸,"出去不方便。"

长安微张着嘴,惊讶地看着那个外壳上印有红十字的药箱,片刻后才想起问他:"你……什么意思?"

严臻径直朝长安的行军床垫走过去,熟稔到他才是这个屋子的主人。他把药箱放下,背对着她开始脱衣服。

"喂!你!"长安恼羞成怒,正要上前阻止,却被严臻左臂上方的狰狞创口吓了一跳。

这不是……她诧然抬眸,看着目光深邃的严臻:"怎么会这样,不是早该痊愈了……"怎么看起来,伤口竟像是感染了一样,越发严重了。而且他竟然没有包扎,没有处理,就这样拎着药箱跑她这里来了。

长安忍不住朝远处的医疗分队望了望。严臻冷峻的目光定在她纠结的脸庞上:"你要对我负责到底。"

负责到底!长安怔住。仰起脸,漆黑的眼睛里透着一丝困惑,一丝惶乱。

严臻忍不住别开脸,握拳轻咳了一声,径直在她的床垫上坐下。长安默默地瞅了他一会儿,蹲下身子,单膝跪在垫子上,打开药箱,取出酒精和镊子,给他处理起伤口。

手臂像是被火棍子打了一样,又烧又痛,这一刻,严臻才猛然意识到自己的行为有多疯狂,有多拼命,而且还很不要脸。因为这伤口迟迟未好都是他刻意为之,从不舍得换药,到后来那变色的敷料不翼而飞,再到他对伤口的不经心,他似乎一直在等待着这个机会,等待着被长安用心疼的眼神,用孩子气的呵护,治愈他隐藏在内心深处的创口。

从AS63项目营地巡逻回来之后,长安总是有意无意地回避他,食堂、基地、水塔边都鲜少见到她的身影,即使碰巧遇上了,她也只是点点头,而后脚步匆匆而过。忍耐了很久,也在旁观察了很久,终于,他克制不住自己身体里的渴望,拎着药箱踏进她的领地。临来前,他给石虎下了个命令,让他今晚十点前想尽一切办法拖住孔芳菲,所以他才会泰然自若地坐在这里,不担心有人会闯进来。长安什么都不知道,而且他也不会让她知道,自己冲动起来竟是这样幼稚、这样没道理。

从严臻的角度望去,恰好能看到长安紧蹙的浓眉和纤长卷翘的睫毛,他的手指动了动,心里也像是爬进个虫子,痒得他浑身难受,可手腕刚不受控制地抬了半寸,长安却忽然侧过身,在药箱里寻找接下来要用到的东西。不知怎么回事,她找了半天也没找到,不禁神情懊恼地嘟哝了一句,可是声音太小,严臻没听清楚她究竟说了句什么,然后就见她眉头拧得更紧,重新翻弄起来。

严臻忍不住倾身过去,挨着长安的身子,手伸进药箱,从一堆东倒西歪的药瓶下面,找到了她想要的敷料。长安仿佛被这种意外的亲密碰触惊到了,脸霎时变得通红,身体后仰,试图以距离感减轻严臻带来的这种无形的压力。严臻却一直向前,几乎压着她,直到她腰肢弯曲,五官也变得纠结,他才把敷料带放到她的手上,坐正,气息平稳地提醒她:"是这个吗?"

长安忍耐地闭了下眼睛,嗯了一声,继续为严臻包扎。可手劲儿却比之前加重了不少,几次勒得他皱眉,可他只要轻轻一动,她立刻便会紧张地看他,然后手里的动作就会变得轻柔起来。

严臻嘴角微微上扬,视线一瞥,却看到了一个充当床头柜的木椅上放着一个似曾相识的相框。他目光一顿。伸手拿起那个相框。相框表面的玻璃已经被他踩碎了,相片一角也被战火烧掉,所幸照片里的小家伙依旧笑得粲然发亮。

小家伙只有两三岁,身上穿着一件白色T恤和蓝色短裤,T恤下摆束在腰里,在橙红色的跑道上摆出跑步的姿势,冲着镜头大笑。小家伙看起来很神气,也很活泼。乌黑精短的头发,饱满的额头下面是一对飞扬浓密的眉毛,他的鼻梁很高,显得人很帅气,又特别。最好看的是他的眼睛,清澈黑亮的大眼睛里仿佛荡漾着水波,像阳光下波光粼粼的水纹,一看到他就觉得温暖和敞亮。

那笑容,十足十是他的翻版,他小时候的照片,同相框里神气活现的小家伙简直如出一辙。那天匆匆一瞥已是惊喜交集,寤寐思之,今天得窥全貌,心里更是激流暗涌,各种复杂难言的情绪齐齐朝严臻袭来。

长安将最后一条胶布粘在敷料上面,轻轻地吁了口气:"好了。"

长安抬起头,看到严臻手里的东西,脸色骤然变白,紧跟着她身子前倾,就要去夺相框。谁知严臻像是知道她接下来的反应一样,手轻轻一抬,把相框举高。可他没想到,长安竟忽然惊叫一声,朝他怀里扑了过来。

严臻单臂将长安揽在怀里,低下头目光闪闪地望着她。长安愕然一怔,垂下眼帘,想避开严臻的视线,可她忘了严臻没穿上衣,这一低头,入目尽是他轮廓分明的健美胸肌。她脸红心跳地撑着地面,想快点儿站起来,可是因为久跪变得酸麻肿胀的双腿却不听话,她又一次倒在严臻怀里。

"嗯……"严臻忽然闷哼一声,表情古怪地瞪着长安。

长安不明所以,咬着嘴唇感觉了一下,猛地缩回手,神色尴尬地别开脸,低声说:"对不起。"她不是故意的。

趁严臻思想松懈,她忽然劈手抢过他手里的相框,并且姿势笨拙地移坐到一旁。严臻看着她,漆黑的眼睛里带着一丝无奈,声音低沉地问她:"他叫什么?"

他只知道他叫豆豆。可他知道豆豆只是小名,他想知道他的大名,学名叫什么。

长安瞥了严臻一眼,眉头紧拧着,像是不愿意跟他说,却又不得不说,别别扭扭地回答道:"豆豆,他叫豆豆。"

"大名呢?"严臻看着长安。

大名。长安忍不住闭了下眼睛,用微怒的语气、极快的语速说:"长凌!"

长岭?严臻皱起浓眉:"山岭的岭?"

"凌云之志的凌！严臻！你没事做吗？没事做也不用对别人的孩子这么关心！"长安忍无可忍，面色潮红地冲他吼道。

别人的孩子！严臻脸色一沉，眼里也闪过一丝怒意，他沉默着，等长安的怒气平息下来，他才问："豆豆今年多大了？"

长安瞪着圆圆的眼睛，不可置信地看着严臻，仿佛不敢相信这个围绕一个问题纠缠不休的男人就是她熟悉的那个人，他什么时候变得这么有耐性了。可她不想回答，关于豆豆，她没什么好说的。

长安腾地从垫子上站起来，起身朝外面走。

"明天巡逻要经过项目工地，你只需要回答我的问题，我就带上你。"严臻看着长安的背影说。

长安猛地停步，唰一下回头，目光愤怒地瞪着他："豆豆跟你有什么关系？你问他做什么？"

严臻看了长安一眼，从一旁拿起军用背心朝身上套。长安站在原地，像个负气的孩子似的呼哧呼哧喘着气，和平时镇定从容的女强人形象大相径庭。可最终，她还是败下阵来，她退后一步，眼神复杂地看着严臻："豆豆三岁多了。可是严臻，你能告诉我，你为什么会对他的事这么关心吗？"

严臻双腿用力，从垫子上站起，他拎起药箱，把军装搭在肩头，走向长安，长安又退了一步，背部已经贴上灌木枝捆扎的墙面。树枝戳着她的脊背，传来一阵刺痛的感觉。

严臻深邃的眼睛落在长安的脸庞上，犹如一片结了冰的湖水，笼在她的头顶。长安攥紧手心，倔强地瞪着他。

严臻伸出手，搭在长安头部一侧，身子俯低，眼睛与她平视，然后一字一顿地对她说："我觉得，我和这孩子有缘。"

长安的瞳孔猛地一缩，眼睛黑黝黝地盯着严臻，却没有力气去反驳什么。

严臻大步离开。

等熟悉的脚步声渐渐消弭无声，长安才头重脚轻地滑坐在地上。

严臻说，他觉得，他和这孩子有缘。是啊，她怎么忘了，这世界上还存在着一种叫作血缘的神奇的东西。即使素未谋面，彼此也不知道对方是谁，可就是有一种神奇的力量在冥冥中牵引着他们，让他们在背道而驰的轨道上发生不可思议的碰撞，而后相遇而行。

豆豆喜欢军人。从他开始认人的那一天起，他就对穿着绿军装的军人情有独钟。宁宁曾试着让豆豆去接触其他一些穿着制服的人，可是豆豆却表现出很强烈的排斥行为，他只有见到军人的时候，才会笑得跟一个追星的小傻子一样。豆豆喜欢枪，家里堆满了各式各样的玩具枪和模型，他最近迷上了乐高，小小年纪就能自己摸索着拼出一支冲锋枪。他对军人的崇拜是刻在骨子里、血液里的,就像严臻对军营的感情一样,这种奇妙的传承,真的是血缘造就的。

严臻呢,他虽然从未见过豆豆,也不知道有这样一个小东西与他血脉相连,但一点儿也不妨碍他在灰烬遍地的营地废墟里一脚踏上这个相框。

长安是个坚定不移的唯物主义者,但是在这样的情况下,她真的,真的,愿意相信有奇迹发生。

严臻说,他觉得他和豆豆有缘。长安知道,这不仅仅是肤浅的表面的缘分而已,他们之间,真的存在一种神奇的血缘联系。

刚才,有那么一刻,长安冲动到想吐出真相,想把豆豆的事情告诉他!可不知怎么了,一接触到严臻冰冷的眼神,她就什么勇气都没了。

就这样瞒着他吗?可是几次面临生死关头的考验时,那种不顾一切向他坦白的心思又是那么明晰深刻。她在豆豆面前,已经是一个罪人了,她不想让他,也成为一个不可饶恕的罪人。总会有那么一天的,她会告诉严臻真相,而且她也会尽可能把时间提前,在她准备好迎接一切风暴以后,把所有的秘密都告诉他。

第二天一早,长安如约赶到步战车附近等待严臻。可这次的巡逻人员里面,却多了一个言辞犀利的女军官。

"她怎么会来?"廖婉枫皱着眉头询问严臻。

严臻冷冽的目光扫过廖婉枫,她一脸不情愿地抿住嘴唇,还狠狠地瞪了长安一眼。

"登车!"严臻下达命令。

廖婉枫正准备登上步战车,严臻伸臂一挡:"你去另一辆车。"廖婉枫愣了愣,咬着嘴唇委屈地瞪着严臻,严臻不为所动,她气得哼了一声,转身跑向突击车。

严臻指着载员舱,对长安说:"上车。"长安点点头,略微弯腰,利索地登上步战车。

今天的巡逻执勤进行得非常顺利,车队比预计时间提前了半个钟头到达AS63项目工地。

到了工地现场一看,长安不禁怔住了。所有大型施工机械全都在原地待着,没有破损,没有被烧毁,更没有被开走。

"虽然我知道这样说有些幸灾乐祸,可我还是想感谢这里的落后,他们不知道这些大家伙的价值,也没人能开得走它们!"长安的脸庞发亮,表情激动地抚摸着似乎有温度的压路机。她的脑子里都是这些有灵魂的大块头轰隆运转的模样,曾经觉得扰人清静的噪声,却在此刻变成一首首天籁之音,让她一想起就浑身痒痒,迫不及待地想再听一遍。

炽烈的阳光下,长安眼角的纹路清晰可见,发间竟也闪烁着几根银丝。严臻心头巨震,忽然冲动地握住她的胳膊:"长安……"

长安回过头,嘴角还噙着一抹微笑。严臻的手指渐渐用力,目光却显得越发深邃,他的眼睛一眨不眨地盯着长安,低沉却又坚定地说:"长安,我们在一起吧。"

今天巡逻的里程很长,午餐就在一棵肥胖的猴面包树下解决。每人一盒速食米饭、一壶水。

附近是树木茂盛的植被,大风一吹过来,就能听到狒狒吱吱哇哇的叫声。头顶的猴面包树高大粗壮,给歇脚的人带来一大片荫凉,而远处高低错落的杂树林,搭配着绵延起伏的山峦、古怪清奇的山峰,就像是一幅绝美的水墨图景。尤其可贵的是,这里没有雾霾袭扰,人行走在空气清新的野外,犹如置身于雨后的森林一样,令人精神一振。

可非洲的野外也有缺点,那就是气候异常干燥炎热,对于维和官兵来说,每天吃饭就是个大问题,因为米饭干得太快,如果一口米一口菜那样正常吃饭,不等吃完,米饭就干瘪缩水变成石头了,所以为了锁住米饭的水分,他们平常吃得最多的就是盖浇饭,用多汁的菜肴盖住米饭,然后狼吞虎咽地把它吃完。

野外巡逻,任务艰巨且危险重重,饮食方便快捷是第一原则,主要为了完成补充能量的任务。

石虎的米饭好了,他掀开盖子,凑上去闻了闻:"鱼香肉丝还挺香。你什么味儿的?"

他凑到隔壁战友那儿看了看,看到标签后,顿时拉下脸来,愤愤不平地质问严臻:"连长,你也忒不够意思了,我爱吃红烧牛肉,你却给他……"

"我和你换,我的是牛肉的。"长安把手里未开封的速热米饭递给石虎。石虎刚想去接,可忽然感觉身上升起一阵寒意,他飞快地睃了睃严臻,嘴角耷拉下来,悻悻然收回手:"不用了,我爱吃鱼香肉丝。"

长安还想说什么,手里的速热米饭却被身边的严臻抢过去,他一边撕开包装,按照说明要求加水发热,一边指着石虎说:"速度点儿,换小程他们来吃饭。"

出于安全起见,午饭期间,也要有人放哨。

"哦。"石虎一边吃饭一边眼馋地盯着严臻手里的牛肉袋子。

石虎和战友们几分钟就把饭吃完了,他们整理好装具,去替换之前站岗放哨的战友。

廖婉枫是第二批吃饭的战士。

"你去那边坐!"她用力扯住一个小战士的衣服,把他推到一边,自己却扑通一下坐在了严臻身边。

严臻把加热好的米饭递给长安:"抓紧时间吃,干了就不好吃了。"长安看看他,接过饭盒,低声说了句"谢谢"。

看到两人之间的亲密互动,以及在四周隐隐流转的情愫,廖婉枫不禁心口一抽,胃部泛酸,恨不能扑上去打翻那盒米饭。

"咻!还女强人呢,连个发热米饭也不会弄,还得麻烦别人。"因为嫉妒和愤怒,廖婉枫的语气也跟着变得尖刻起来。

严臻看看廖婉枫,把一包牛肉饭递给她。她却不接,视线迎着那双暗含警告的眼睛,一字一顿地说:"我也不会弄,连长,我要你帮我!"

严臻皱了皱眉,把米饭袋子朝她身上扔了过去,廖婉枫下意识伸手接住,却听到严臻说:"哪来那么多毛病!"廖婉枫一下子气得眼眶通红,脸也垮了下去。四周战友的视线刺激得她几乎坐不住,可是她又不敢在巡逻途中同严臻发生争执,所以她便将所有的委屈和怨恨都怪罪到了安然吃饭的长安身上。

长安也察觉到了廖婉枫朝她投来的目光,是那样的怨毒,那样的不甘和愤怒。她想,如果此刻只有她们两个人在场,只怕廖婉枫怀里那支枪的枪口就要对准她了。

长安转过头,主动迎上廖婉枫挑衅的目光。廖婉枫没想到她会望过来,那样清澈明亮的一双眼睛,嘴角却带着一丝冷峭和嘲讽,如同多年前一样淡然镇定,仿佛世间所有的困难到了她的面前都会自动溃败消散。

"除非我放手,不然他永远也不会和我分开。"不知为什么,廖婉枫的脑子里忽然蹦出这样一句话。当时的长安是有多强的自信,才敢说出这样狂妄的话呢。可事实证明,长安说的都是对的。即使她放手,严臻心里住的那个人仍然是她,她依旧是他心里那朵永远不会枯萎的铁线莲,而自己,又是什么呢……廖婉枫心绪紊乱,显然被刚才那道视线搅乱了心神,她表情僵硬地愣在那里,直到她听到四周响起一阵此起彼伏的吸气声。

"连长,你居然偷偷带了宝贝!"

"连长,你从哪儿弄得?是不是又撬了司务长的墙脚!小心他回去骂街!"

"哇!我最爱吃的老干妈!"

"还有小榨菜!"

一时间,原本安静的四周变得喧闹起来,附近站岗的石虎闻听还有老干妈,急得抓耳挠腮,却偏偏不能过来尝一口。

严臻把瓶子举高,用勺子挖了一勺颜色酱红的老干妈放进长安的饭盒,又挖了一勺橄榄菜放进去,长安躲了躲:"够了,让他们吃吧。"严臻这才放手,战士们眼冒绿光,一拥而上,片刻间就要把几瓶咸菜和酱菜分光了。

"哎呀!哎呀!小程,你挖那么多干啥!给我留一口!我回去帮你洗衣服成不成!"石虎急得抛出撒手锏。

小程的头摇得跟拨浪鼓似的:"不换!我宁可穿脏衣服,也要过过嘴瘾,哈哈!急死你!"

"你个混蛋!"石虎大骂。

长安用勺子柄戳戳严臻:"你们喜欢吃这个?"

严臻一边咀嚼米饭,一边解释说:"基地由联合国统一提供给养物资,可是再好的东西也不是中国味儿,大家吃不习惯。反而是这些稀罕物,才能给大家解解馋。其实这些普普通通的酱咸菜,他们在国内的时候很少吃,也不怎么喜欢吃。可到了这万里之遥的索洛托就不一样了,这家乡的味道,这印刷包装上的中国字,才是他们迷恋这些稀罕物的理由。他们吃的是中国味道,吃的是一种思乡情,吃的是一种家国情怀。"

小菜虽小,寓意深刻。睹物思乡,期盼凯旋。

望着这群吃得津津有味的蓝盔卫士,长安的眼里流露出钦佩和敬意。正是有了他们的默默奉献,才有了这一方安宁与和平的世界。

简单吃过午饭后,巡逻车队继续完成使命。

林贝镇周边有十几个村子,它们特别分散,每个村落与村落之间都相隔很远。村子的建筑物以茅草屋居多,星星点点地分布于齐人高的灌木丛里,远远望去,一幢幢圆顶草屋与蓝天白云交相辉映,展现出一派原始部落的风貌。沿途,有许多返回家园的难民站在路旁朝他们挥手致意,有孩子在步战车后面奔跑,他们的脸上、眼睛里,洋溢着喜悦的情绪。看到这一幕,车里的维和官兵都变得神色肃然而又自豪。脚下崎岖不平的道路也变得可爱起来。

薄暮时分,车队驶入蒙特里基地。辛苦了一天的战士们神色轻松地跃下步战车。

"自行解散!"人群里传出严臻的声音。

长安最后一个跳下车,严臻已经站在车旁。

"累吗?"他问道。

长安扶着肩膀抻了抻胳膊:"还好。"

严臻双目炯炯地看着她:"我在工地跟你说的……"

"严臻!"长安神色淡淡地看着他,"你快去洗洗吧,灰头土脸的,跟黑风怪一样。"

严臻低头看了看身上的尘土,又摸了摸黏糊糊的脸,自嘲地笑了笑:"这也是基地的一大特色,只要赶上风天,巡逻回来个个都是黑风怪。"

"那你快去休息吧,我去看看雷河南。"长安避开他灼烫的目光,转身走了。

严臻一直目送那道纤细窈窕的背影消失在道路尽头,才转过身,可刚一迈步,他的身子却晃了晃。他皱了皱眉头,按着从下午开始就发烫灼痛的伤口,摇摇头,大步走向宿舍。

长安一口气走到医疗分队,才扶着门外的大树急速地喘息起来。刚才的镇定从容早已不复存在,她现在满脑子都在回响着严臻在工地跟她说的那句话:长安,我们在一起吧。

他是疯了吗？他忘了当年她是怎么伤害他的？他怎么可能放下仇恨，主动再来追求她呢？乍一听到严臻的表白之声，长安耳朵里、脑子里顿时一片空白，等有意识了，就对自己不停地重复一句话：不可能，不可能，不可能……

严臻一定是脑子短路了，才会这么讲，又或许是他正酝酿着一场阴谋，一场能够打击她、报复她、让她痛不欲生的阴谋，所以他才会用媲美奥斯卡最佳男主角的演技对她来了一次出人意料的告白。就像多年前在军营的竣工典礼上，他带着战士们当众向她求婚一样，他这个人，总喜欢出人意料，总喜欢稳稳地控制住局面，然后看着她像只被蛛网粘住的飞蛾一样，乖乖地投入他的怀抱。

以前明知道他骄傲自负又自信，可还是心甘情愿地坠入他织造的情网，那是因为有爱情做底，她不怕坠入深渊。可这次，可这次，怎么能和以前一样呢。他对她讲出那句话的时候，真的是出于爱吗？如果是，那他有什么理由原谅她，有什么理由给了他莫大的勇气，让他违背当初立下的誓言，再和她这个狠毒的女人同行呢？

她不是当年那个长安了，对爱情和婚姻懵懂无知，以为拥有了他就拥有了整个世界。她现在是三十六岁的成熟的有担当的长安，虽然曾经撞得头破血流、狼狈不堪，可她却因此拥有了一个坚硬的外壳，她不会再轻易动心，不会再轻易相信任何人，在这个世界上，除了豆豆和长宁，她真的，真的没有多余的力气再去爱别人了。哪怕是严臻，也不行。

决定告诉严臻豆豆的身世，和他们之间关系的改变毫无关系。长安希望严臻能明白她拒绝他，并非只是说说而已。

"你在和大树说话吗？"忽然，前方传来一道嫌弃的调侃声。

雷河南穿着大汗衫、肥大的裤子，像当地人一样站在医疗分队门口。他比上次见的时候又瘦了，不过精神尚可，而且，他现在已经能够下床活动了。

长安笑了笑，松开坚硬的树干，朝雷河南走过去："你的建议倒是不错，不如我们在这里搞个木屋怎么样？"

雷河南揪着眉毛，神色鄙夷地瞪着她："胡说八道。"

长安双手叉腰，哈哈大笑。薄暮夕阳的红光投射到她的脸上，显得整个人神采奕奕，迷人至极。

雷河南的眼神轻闪了一下，避开那灼人的画面，开始扶着门转身。

"嗨！雷公，你猜我今天去哪儿了？你肯定猜不到！"长安上前拍了拍雷河南的肩膀。

"懒得猜。"雷河南朝前走。

"你这个人，真是无趣！好吧，看在你努力恢复的分儿上，我告诉你好了。我啊，今天去咱们工地了！"长安兴奋地追上雷河南。雷河南脚步一顿，朝她望过来。

长安面泛红光地点点头:"真的!工地所有大型机械设备全都在原地乖乖地等着我们,一个都没少!你说是不是个奇迹?我猜啊,不是他们太笨,就是他们太渴望这条路能够早点儿修好。你觉得呢,你觉得是哪种可能?"

雷河南的视线盯着长安略显干燥的嘴唇,那张嘴一张一翕不停地动着。这样的长安,既让他感到熟悉,又让他感到惶乱,曾几何时,她也是这样爱笑、爱说的姑娘……那个时候,一样有他,有那个伟岸如山的军人。只要他在,她的世界就会洒进一片阳光。

"喂!我问你话呢,你发什么呆啊,难道你觉得这不是一件值得庆贺的大喜事吗?!"长安拧着眉,不满地说。

雷河南回过神,尴尬地笑了笑:"的确值得庆贺。"

长安心满意足地闭了闭眼睛:"我没别的要求了,真的,雷公,我只剩下一个愿望,那就是我们能顺顺利利建成这条象征着友谊和希望的和平之路,给师父,给龙建集团,给索洛托人民,给大家一个圆满的交代。"这就是她的愿望。

雷河南却目含深意地望着长安,心想,应该再加一条,那就是一家团圆,让豆豆的人生走上正轨。

虽然做出这个决定的时候,他嫉妒得快要发疯,恨不能替代那个男人完成这一切,可最终,理智还是战胜了情感,因为他比谁都清楚,他并不是长安最合适的归宿,一味强求痴缠,不仅会失去她,而且还会失去豆豆……他不想让自己变得一无所有,更不想失去她这个朋友。

心情极佳的长安从医疗分队出来,立刻就把何润喜找了过来,让他去通知每一位员工,第二天一早在3号宿舍开会。

她和孔芳菲居住的4号宿舍最小,其余几个宿舍都是能够容纳十余人通铺休息的大茅草屋。

何润喜应声去了,谁知没过多久,原本黑乎乎的基地忽然变得明亮起来,很快基地四周便响起震耳欲聋的欢呼声。

"来电了!来电了!"

"快!打电话!打电话!"

几乎所有人都在第一时间拿起已经没电的手机,朝基地唯一对外开放的通信室跑了过去。那里有各种型号的手机充电线,看到蜂拥而至的龙建员工,维和官兵主动退到门外,把宝贵的机会让给他们。工人们觉得过意不去,就和战士们各分一半,这样一来,大家都有机会打电话。

不大一会儿,小小的通信室里响起此起彼伏的开机提示音,有人惊喜地吸气,有人欢乐地大叫,可很快他们就变得沮丧起来。因为电来了,却并不意味着通信信号就恢复了。看着零信号的手机屏幕,大家失望地沉默着。

"这是我女儿,妙妙!可爱吧!"忽然,一名龙建员工指着手机里女儿的照片,让身边的人看。

"好可爱。"旁边的人夸奖说。

"几岁了?"

"我走的时候两岁半。"年轻的父亲眼睛泛红,他小心翼翼地擦拭着手机屏幕,想把里面梳着羊角辫儿的小姑娘看得清楚一点儿,再清楚一点儿。

"这是我女朋友,漂亮吧!"一旁的工友把手机凑过来,让这位年轻的父亲看。

谁知引来一大群围观者,就连自律严谨的蓝盔战士们也挤过来凑热闹。

照片里的人是个妙龄姑娘,杏脸桃腮,圆圆的眼睛像是会说话一样,冲着镜头羞涩地微笑。

有人看不到要过来抢,年轻人赶紧把手机贴在胸前,当宝一样护着。

"真漂亮呀!她是不是明星?要不,就是在外企工作的白领?"大家的眼里闪着光。

"我要有个这么漂亮的女朋友,我可不舍得走这么远。"

"就是,只能隔着手机看,连小手也不能摸,你小子不着急啊,哈哈哈……"

"你们这些俗人啊!一天到晚脑子里都想些啥!"年轻人晃了晃手机,一脸骄傲地说,"告诉你们这群眼拙的家伙,我女朋友既不是什么明星,更不是什么办公室的金领、银领,她啊,是我们龙建一公司的员工!去年到了埃塞GD86公路项目上,和咱们是一个时区!"

啊?大家面面相觑,真没想到,这个漂亮的姑娘竟是他们的同行,而且竟也在一公司的海外项目上工作。

"她是舍不得你,追你来了吧!"有人笑道。

年轻人大笑:"想离我近点儿是一方面,最关键的,是我们商量好了,想趁着年轻有精力在海外多奋斗几年,多赚些钱,为我们的将来打基础!"

由于海外项目员工背井离乡,经常到条件艰苦危险的地方工作,所以公司这些年一直在不断地提高海外项目员工的薪酬。就拿AS63项目来说,员工在这里拿的工资要比在国内的时候翻一番,干得好的话,奖金也非常丰厚。要是两个人共同努力,几年下来,的确能攒下一笔不小的财富。这也是公司海外项目吸引一批又一批年轻员工走出来的动力之一。这些具有真才实学的大学生员工经过海外工程的磨砺和锻炼之后,会迅速成长为集团的骨干和中坚力量,他们才是集团的未来和希望。

"还是你们年轻人想法多呀!"

"加油干!争取早点儿把人家姑娘娶回来!"

"一定不负众望!"年轻人拱手致谢,周围的人都笑了起来。

夜深人静,长安正打算睡觉,屋外忽然传来石虎的叫声:"长安,长经理!"

原本睡下的孔芳菲一听到熟悉的声音，刺溜一下扯开被单，起身撩开门口的蚊帐，向外面瞅了瞅。皎洁的月光下，石虎正站在外面的空地上。

"石虎！"孔芳菲冲着石虎招招手。

石虎看到门缝里露出一张脸，听到声音，不禁心中暗喜，快步走过去："你怎么还没睡啊？"

"听见你叫经理，我就醒了。"孔芳菲没戴眼镜，头发也乱蓬蓬的，可就是这样，也让石虎感觉心跳加速。

"哦，我找你们经理，她在吗？"石虎问。

孔芳菲伸出手臂，拦住身后的长安，脸色未改，笑眯眯地看着石虎说："她睡啦，不过这会儿醒了，你等一下啊，她穿衣服呢。哎呀，经理，你快点儿好不好，怎么又躺下了！"

站在孔芳菲背后的长安忍不住翻了个白眼。这鬼灵精，为了追求石虎，把她也利用上了。

石虎四下里看了看，从兜里掏出一个东西递过来，孔芳菲接过来，低头一看，不禁兴奋地叫起来："牛肉……"

"嘘！"石虎一着急，上前就捂住孔芳菲的嘴唇，又惊又气地警告说，"小声点儿，我的姑奶奶，这可是我好不容易弄到的。"

牛肉干在基地绝对称得上是稀罕的零食，也不知道这家伙从哪里搞到的。

孔芳菲扑闪着眼睛，含情脉脉地望着石虎："爷爷……"

爷爷？他的辈分啥时候变这么大了。石虎愣了愣，才反应过来她说的是谢谢。

手心被孔芳菲嘴里呵出的热气烫得直痒痒，石虎倏地撤回手，眼睛不自在地看着别处，脸上却泛起阵阵红潮。

孔芳菲扑哧笑了，她从门缝里伸出手，戳了戳石虎坚硬的手臂："行了，不逗你了，真的谢谢你，我会好好吃的。"

孔芳菲是真的很感动。之前和石虎聊天的时候，她只说过一句她最爱的零食是牛肉干，没想到他真的放在心上，还特意准备了送给她。这样的男人，错过了，她肯定会后悔终生。

石虎哦了一声，问："你们经理呢？我有急事找她。"

"哦，哦，经理来了，经理来了！"孔芳菲赶紧拉开门帘，把身后的长安推出去。

长安回头瞪了一眼孔芳菲，这丫头却冲她伸伸舌头，又挤挤眼。她只好苦笑，转头问石虎："什么事？"

石虎面色一肃，立正答道："连长发高烧，一直说胡话叫你的名字，我怕别人听见，就……"

长安皱了皱眉头，迈步就朝前走："他在哪儿？"

医疗分队。长安走进闷热的病房,一眼便看到白炽灯下拧眉熟睡的严臻。他的脸看上去很红,嘴唇干裂,呼吸急促而又沉重,手背上贴着胶布,一瓶看不出是什么药物的透明液体正通过输液管流进他的身体。他的上身只穿着一件背心,露出古铜色的肌肉轮廓,下身盖着一条薄薄的被单,因为身材高大,和雷河南一样,躺下时有大半的脚丫子露在床外面。

长安上前,轻轻拽了拽被单,盖住严臻的脚。其实,他的脚长得很好看,和他魁梧健壮的身躯不太搭调的秀气的脚趾,曾经是长安调侃他的武器。他那时笑得多温柔啊,眼里没有冰刀霜剑,没有怨毒憎恨,看着她的时候,眼里只有浓浓的柔情与爱意。

长安垂下睫毛,在床前站了一会儿。

已是深夜,周围静悄悄的,没了之前发电机的嗡嗡声,一切都显得那样平静。

不锈钢床头柜上放着一个水杯和一袋棉签。长安在床边坐下,抽出一根棉签蘸了点儿水,在手背上试了试温度,然后微微倾身,用湿润的棉签擦着严臻的嘴唇。

索洛托气候异常干燥,很多人初来乍到都觉得很崩溃,在这里,即使每天喝很多水,即使不停地抹防晒、护肤品,还是经常会出现唇皮干裂、皮肤干裂的情况。

虽然项目工地和维和官兵的工作并无交集,可他们的工作环境都在条件恶劣的野外。

在工地,长安从来不是什么高高在上的领导,员工顶着烈日、迎着狂风在援非工程一线挥洒汗水的时候,她亦是毫不犹豫地参与其中。在她看来,没有什么比这样的平等更能表达出她对员工们的尊重和敬佩之情。

不是谁都能义无反顾地追随她完成这项复杂艰难的援非工程,也不是谁都有勇气抛家别子在陌生而又危险的非洲度过三年光阴。就冲这一点,她做再多的牺牲,也都值得。但也不是毫无代价。非洲的日晒和风沙令她和员工变得消瘦而又苍老,孔芳菲昨天就对着镜子里那个黝黑干瘦的影子感伤了好久。她没什么可以劝慰小孔的,因为她自己就是个最差的例子。

如同现在的严臻,他把他的兵都变成了世界上最幸福的人,可轮到他自己,除了忽视便是遗忘。同她一样,他们在善待自己这方面,从来,从来都不是一个好榜样。

棉签轻轻柔柔地落在严臻的嘴唇上,发白干瘪的唇皮被滋润后显现出原本的红润色泽。忽然,他皱了皱眉头,脑袋在枕头上晃了晃,似是要醒过来。

长安心中一惊,哐啷一下放下水杯,起身就想走。可还未转身,她的手腕就被严臻猛地箍住。腕间传来明晰的痛感,令长安不禁怀疑严臻是否真的病了,可他指尖烧灼的温度,却证明他没有耍什么阴谋。他的确病了。

"长安……"长安被这声近乎嘶哑的呼唤叫得心神一乱。她转过头,迎着严臻黑黝黝的视线,轻声劝慰他:"你病了,我去叫孔医生。"

今天孔医生值班。这个医术精湛又善良可爱的老军医，每次见到她都会跟她聊聊工地上的事。

长安伸手想拨开严臻的手，却没能如愿，正在发高烧的他不知哪里来的力气，竟攥她攥得死紧。

"我……渴。"严臻微张着嘴，眼神恳求地望着长安。

长安抿了抿嘴唇，示意严臻放开手，她才能去拿杯子。严臻想了想，放开她，但视线却一直紧锁在她的脸上。

长安端起水杯，俯低身子，手臂从严臻脖子下面穿过去，把他半扶起来，然后把杯口贴放在他的唇边。严臻就着长安的手，咕咚咕咚喝了起来，嘴边不小心漏出来一些水，她赶紧用手指帮他擦了，严臻神情怔然地看着她，喘着气，身子一动不动。

长安放下严臻，搁下水杯，手却又被他握住。没有之前那么紧，那么迫切，但她知道，自己不用力的话，根本挣不脱。

长安微张着嘴唇，刚想说话，却听到严臻沙哑的声音："我病了……"然后，就像之前那样不加掩饰地看着她。

长安脸皮一烫，垂下睫毛，轻轻嗯了嗯，说："我知道，我不走。"

严臻嘴角向上弯了弯，重新闭上眼睛，但是仍然攥着长安的手。过了许久，听到严臻均匀的鼻息，长安松了口气，正想悄悄把手抽回来，"你做什么？"长安吓了一跳，抬头一看，严臻正瞪着一双黑溜溜的大眼睛瞅着她呢。

长安尴尬地笑了笑："手有点儿麻了，我……"

严臻却忽然丢开她被握住的手，转而握住另外一只，然后闭上眼睛说："我们换着来。"

长安不禁气结。早知道如此，她就不该接到石虎的消息就急火火地冲过来，看严臻的模样，病是病了，可高烧说胡话，应该是没有的。不然的话，孔医生刚才就跟她说了。这个石虎！

"你别怪虎子，是我教他这么说的。"严臻攥了攥她的手。长安愕然一怔，呆呆地望着严臻，心想，他怎么知道自己在想些什么。

"我了解你，我知道你现在对我还是半信半疑，对那天的事耿耿于怀。你觉得我应该恨你才是正常的，你觉得我那天对你说的话都是假的、都是阴谋，对吗？"严臻慢慢睁开眼睛，眼神清亮地看着她。

长安抿唇不语。严臻忽然笑了笑，抬起正在扎针的右手，抚向她的鬓角。长安下意识躲了躲，严臻却嘘了一声制止，然后用手指勾过她的脸颊，再轻轻一扯。鬓间传来一下尖锐的疼痛。来得快，去得也快。

长安蹙紧眉头，望着严臻。他举起她的手，将手里的东西放在她的手心。

"你看,我们都不再年轻了。"

长安愕然低眸,看到手心那一根失去生命的银丝,在灯光下闪烁着冷峭的银光。她盯着那根白发沉默了许久,眼神却变得复杂而又抗拒:"你什么意思,严臻?你是想提醒我,我已经老了?除了你,这个世界上没有人会喜欢一个心肠狠毒的老女人?"

严臻眉心微蹙,眼神微怒地瞪着这个像刺猬一样敏感、攻击力又超群的女人。她,总是这样曲解他的意思吗?

屋里的气氛显得特别沉闷。

"咕咕咕……"忽然,从严臻那边传来一阵怪声。

长安抬头望着严臻,谁知该脸红的人倒是淡定自若,而她的脸上却涌起阵阵热潮。严臻揉了揉肚子,朝她眨眨眼睛:"我饿了。"

长安怔了怔,随即脸上显出一丝愠怒。饿了干吗跟她说,她又不是司务长。

"我去找石虎。"长安转身想走,却又被严臻攥住了手腕。她隐忍地闭了下眼睛,压低声音,轻斥道:"你怎么变成无赖了!"

"我就是饿了,怎么就无赖了。"嗓子哑了,连眼神也变得可怜兮兮的。

长安恼羞成怒,挣了挣:"你拉我做什么!我又不会做饭!"

"可我就想吃你做的饭,什么都好,哪怕是白水煮面条。"严臻眼神灼灼地望着她。

"你有病!"

"我就是病了。"严臻冲她眨眨眼。

长安单手抚额,用掌心不停地拍打着额头,一副快要崩溃的样子,挣扎了半天,从鼻子里哼了一声:"好吧,我去给你做,但是有一条,我做什么你吃什么!不许挑三拣四,不许说我手艺差!你能做到吗?"

看着长安宝石般的眼睛里燃烧的烈焰,严臻举手,放在耳边,嘴角含着笑意保证道:"绝对!不废话!"

十几分钟后,基地餐厅后厨,司务长徐广全一边打着哈欠,一边把小半袋面粉、三个鸡蛋放在案板上。

"还要别的不?"徐广全一说话又是一个长长的哈欠,他眼泪巴拉地问严臻。

"可以了,可以了,你快去睡觉吧。"严臻朝徐广全拱手致谢,示意他可以撤了。

徐广全朝站在案板前对着食材发呆的长安瞥了一眼,不忍心地嘟哝道:"你想喝面汤跟我说就是了,我又不是不会做,有必要去麻烦人家小长……"

"咳咳……咳咳……"严臻用拳头压着嘴唇重重咳了几声,并且给徐广全递了个眼色。迷迷糊糊的徐广全这才有点儿回过味儿来,他伸出双手食指,一边指向长安,一边指向严臻,然后指尖相对,戳了戳。严臻赞许地点点头。徐广全顿时激动得两眼放光,刚想说点儿什么,却被严臻用眼神及时制止了。严臻指指大门的方向,徐广全会意,冲着严臻挤挤眼睛,大步流星地走了。

　　这边长安却对严臻的小动作毫无所觉,她鼓着腮帮子吐了口气,拿起一个碗舀了一些雪白的面粉,试了试深浅,然后皱着眉头摇摇头。她回头去看严臻,却见他坐在方椅上,一边打点滴,一边冲她摊开双手,那意思好像在说,这是你自己选的。包括她刚才对司务长说她要做鸡蛋面汤,他也没有提一句反对意见。反正她做什么他就吃什么。

　　长安满脸羞恼地转过头去,抓起水瓢就朝碗里倒水,没想到呼啦一下倒多了,她赶紧丢下水瓢,用筷子搅面,谁知水瓢又翻了,水洒得哪里都是。她放下碗,到处找抹布找不到,于是更加着急和生气,她气自己到了这把年纪却还是如此笨拙,连搅面这么简单的事情都做不好,最主要的,是在严臻面前丢脸。这比杀了她还让她难受。

　　长安觉得自己的脸变成了一块红烧炭,坏情绪迅速累积到极致,她啪地拍了下案板,噔噔噔走到严臻面前:"我不会做!你另请高明吧!"

　　这次长安离得远,严臻碍于打点滴够不到她,她转身就走,却在快走到大门时,听到他音质偏冷的声音:"你还是我认识的长安吗?这么容易就放弃。"

　　长安倏地停步,在原地反复呼吸几次,忽然转身,回到严臻面前。她依旧绷着脸,但是眼神里的倔强明显压过了之前的愤怒:"好,我不放弃,但你得教我。"

　　严臻看着她,目光深幽,竟似别有深意。片刻后,他点点头:"好,我教你。"

　　严臻还要继续输液,所以一切都在他的遥控指挥下重新开始。

　　"抹布在水池上面挂着,拿一块把案板擦干净。

　　"你拿错了,那是洗碗布。

　　"舀两勺面粉,开始顺着一个方向搅面,直到面团上劲儿。

　　"你又错了,不能两个方向搅面。

　　"饧面,二十分钟。

　　"筷子不要插在碗里,不礼貌。

　　"开火,在小锅内添上比一半稍多一点儿的清水,烧开。

　　"水多了,倒掉三分之一,又少了,再加四分之一。

　　"鸡蛋打碗里,搅成鸡蛋花。

　　"里面有两块鸡蛋皮,把它们取出来。"

　　长安用肩膀蹭了蹭头上的汗珠,抿着嘴唇,用筷子尖将蛋液里的鸡蛋皮挑出来扔掉。她回头去看严臻,他竟自己拔掉针头,用手指按着胶布下的针孔止血。

　　水咕嘟咕嘟开始冒热气。

　　"好了,搅一下饧好的面团,让它变得柔软且有韧性。"严臻说。她依言照办,用筷子搅动饧好的面团,发现果然变得比之前柔软了。

"可以下锅拌面穗儿了。"严臻说。

长安闭了闭眼睛，暗自吸了口气，知道最难的一个环节就要来了。掀开盖子，看着咕嘟咕嘟冒热气的清水，她的手却忽然开始发抖。

你可以的，长安！这不过是最简单的面汤而已，你一定能像妈妈当年那样，打出漂亮细长的面穗儿。

可还是失误了。刚准备用筷子搅面穗儿下锅，可那块拳头大小的面团却出溜一下，从碗里滑了出去，咚的一下整块掉进了滚水里。

"呀！"长安的心扑腾一沉，脑子里浮现出一连串的坏了坏了坏了。

就在长安惶急失措的关键时刻，身后却忽然冒出来一双手臂，从背后拥着她，然后握住她的手，在锅里飞快地搅拌着那块雪白的面团。她浑身僵硬，身体所有的感觉都集中在了与他肌肤相贴的部分。耳朵被严臻灼热的呼吸烤得开始发红，她身子一颤，手也跟着晃了晃。

"别动……"严臻贴着她的耳朵警告说。

渐渐地，那块面团分离成无数丝絮状的面穗儿，越变越细，越变越长，长安看着那神奇般的变化，满脸的失望和沮丧被震惊和欣喜覆盖。

严臻维持着后拥的姿势，端起鸡蛋碗，握着长安的手，变戏法儿一样将蛋液从筷子的缝隙里漏下去，专门找水花沸腾的地方洒蛋液，这样轻轻一翻滚，金黄色的鸡蛋花便浮在了玉色的面汤之上，空气里弥漫着麦香和鸡蛋的清香。

"好了！"严臻关火，松开长安的手，直起身来。

背后骤然一空，心里面也像是缺了一块似的空落落的。

小锅还架在炉子上，锅里金黄色的面汤向外冒着热气，汤的表面在炉火余温的作用下，时不时会爆开一朵沸腾的花。

长安舀了一碗面汤，找到汤匙，回头看严臻："要加糖吗？"他点头。

长安找到糖盒，舀了两勺糖放进碗里。白糖遇水颜色变暗，很快就沉了下去，和汤融合在一起。她搅了搅，端起碗，递给严臻："烫嘴，你慢些喝。"

严臻接过碗，却不着急喝，而是又加了两勺糖，搅匀，然后用汤匙舀了一勺面汤，凑近长安的嘴边："你替我尝尝。"

长安脸庞烫热，浑身不自在，却又不好拒绝，低下头正要喝，谁知严臻又把汤匙收了回去，放在嘴边吹了吹，然后才喂着她喝了。

面汤入口香甜绵软，鸡蛋花和面穗儿又增加了口感的丰富性，温热的汤水一路从喉咙滑进胃里，蛰伏在心灵深处的记忆也仿佛被这熨帖的味道唤醒过来。从朔阳到G省，又到与祖国万里之遥的非洲索洛托共和国，三十六年的记忆里，总是与这种味道相依相伴，对于她来说，这不只是简简单单一顿饭食，而是一段独一无二的爱的记忆。

严臻果真是最了解她的人。知道她最想回避却又放不下的始终是那份温暖的记忆。他早就猜到她会做出这样的选择,所以故意袖手旁观,看着她出丑,看着她顾此失彼、手忙脚乱,之后像救世主一样现身,让她无地自容,羞惭难当。在他面前,她宛如一个透明人一样,完全没有秘密可言。这样的严臻令她感到焦虑和不安,但不可否认的是,刚才与他合作并且力挽狂澜的感觉,真的很特别,很好。

一直以来,遇到任何难题都是她冲锋在前,能解决的、不能解决的困难,她从来不会主动去麻烦别人。刚才面团掉进锅里,如果没有严臻,她会毫不犹豫地选择关火,倒掉重来,她从未想过,致命的失误也是可以弥补的,关键要看当事人的态度,如果她刚才就放弃了,何来口中香甜熨帖的美味。

等等!她怎么又喝了?长安不由得瞪大眼睛,神色诧然地看向严臻。他正用汤匙喝汤。脸上享受愉悦的表情,说明她的辛苦没有白费。

长安咽下嘴里的汤水:"你慢慢享用,我……啊!"长安低叫一声,后面的话却说不出来了,因为被严臻的汤匙堵住了嘴。

看到长安震惊的样子,严臻咧嘴一笑:"放心,我不是感冒,只是伤口感染。你不会被我传染的。"

长安气结。现在是理论这些微不足道的细节的时候吗?她若是在乎这些,那她在索洛托的三年时光是怎么坚持下来的。

他也不看看这会儿几点了,她再晚回去,小孔会怎么想她。虽然小孔已经严重怀疑她和严臻的关系,可她问心无愧,行得正走得端,不怕小孔多想。但这次不同,石虎一说他病了,她就不顾一切地冲来照顾他,如果再闹到深更半夜回去,那她这个项目经理的脸就可以不要了。

长安拨开严臻的手,把口中的面汤咽了下去。

"可以走了吗?"她问。

"陪我喝完这碗汤,我就送你回去。"说完,严臻竟冲她笑了笑。

长安指着喝了一半儿的碗:"就这一碗?"

"就这一碗。"严臻点头。

"那你快点儿。"长安环着手臂靠在案板边缘,正待安心等严臻喝汤,谁知他却舀了一勺面汤,朝她的嘴唇凑过来。

长安脑袋一偏,嘴抿着:"我不喝。"

"哦,不喝了。那好吧,我慢慢喝。"严臻像品酒师一样抿一点儿,品一品滋味,再抿一点儿,品一品,再抿……

长安倏地抓住严臻的手腕,把汤匙送进自己嘴里,把剩下的汤喝完。

"你不喝,我可以帮你。"她想去抢严臻手里的碗,他却把碗朝后一缩:"我喝啊,我

第三十七章

说过了,只要是你做的,我什么都爱吃。"

这个人!简直不要脸了。长安脸皮一烫,别开脸,不去看他。

严臻笑了笑,自己喝了一勺汤,然后又去喂长安,这次她不躲了,乖乖张开嘴,由着他喂,还主动要求说再加一勺。于是,两人就这样你一勺我一勺,在细碎如絮语般的拌嘴声里,把那一小锅鸡蛋面汤喝了个精光。

严臻把用过的餐具洗刷干净,又把炉火台擦干,收拾好输液用品,这才陪着长安走出后厨板房。

基地的院子静悄悄的,偶尔传来几声咯吱咯吱的脆响,严臻告诉长安,那是战车零件摩擦发出的声音。

长安看看身旁的严臻:"还烧吗?"他站定,微微低头,让她温热的手掌心贴着他的额头。手掌感觉的温度令长安安心,她指着不远处的茅草屋,轻声说:"我自己回去就行了,你也快回去休息吧。"

严臻看着她,扬起浓眉,正要说话,"丁零零……"

长安愣住。严臻也愣了。他们反应了几秒,长安忽然激动地吸了口气,然后从口袋里掏出只充了一格电的手机,一看屏幕,她的眼睛就红了。

手指划过屏幕的一瞬间,长安忽然意识到严臻就在这里,可是不接,她又怕错过宝贵的机会。她背过身,竭力压抑着激动的情绪,颤声喊道:"豆豆!豆豆,是你吗?"

长安没有看到背后的严臻听到她讲话的一瞬就将脊背挺得笔直,他挺拔的身体微微前倾,发光的眼睛死死地盯着那个磁石一样的东西。他听到长安用夹杂着哽咽的声音向豆豆报平安,询问豆豆生活和学习情况,当不大清晰的童音透过电波向她炫耀自己又得了英语朗诵比赛的一等奖时,他和前方因为喜悦而显得格外激动的长安一样,心里都生出一种与有荣焉的自豪感。

通信信号刚刚恢复,没过多久,就又断掉了。

"豆豆!豆豆!"长安的声音在静寂的夜里显得那样急迫和不甘。可是没有办法,她再试着拨回去,却是毫无声息。

长安低头,手背迅速在脸颊上擦了擦,然后转过身,看着严臻:"断了。"

"豆豆?"

"嗯。是他,他说他每天都会在这个时间给我打电话,打了好多天,好多次,只有这一次打通了。"长安学着豆豆讲话的语气,眼眶微红地说。

严臻拉着长安的胳膊,把她轻轻揽入怀中。

"不难过了,以后啊,都是好日子。"严臻说。

第三十八章　昭告天下

　　基地通信信号时断时续，为了能跟家人联络上，休息时间几乎所有的人都举着手机满院子找信号。尤其是地势高的地方，譬如房顶、步战车车顶，甚至是大树树杈上面，只要高点的地方都有人举着手机在等待。

　　"哎哎，风来了！风来了！"大家顿时兴奋起来，各自占据制高点。

　　"嘀嘀嘀……"手机提示音此起彼伏，整个蒙特里基地顿时变成一片热闹欢腾的海洋。

　　基地餐厅。官兵们正围在桌前就餐。长安走进餐厅，里面嗡嗡嗡的声音蓦然一停，大家都朝她望了过来。长安愣了愣，有些不自在地理了理鬓边的碎头发，然后朝附近一个正盯着她看的战士回望过去。战士的脸腾地红了。长安笑了笑。

　　"经理，这边！"坐在餐厅里侧的孔芳菲冲她用力挥手。她指了指取餐区，示意长安先去取餐。

　　取餐口有战士在排队，看到长安过来，立刻就要给她让位，她摇摇头，把躲到一边的战士拉回去："你先来。"

　　小战士挺内向的，脸红红地跟她说了声"谢谢"，长安不禁哑然失笑，这还谢什么呀，本来就是他排在前面。还有，今天餐厅的气氛好奇怪，她总感觉有人在悄悄注视着她。

　　"经理！我告诉你一件事……"孔芳菲忽然从身后冒出来，吓了她一跳。

　　孔芳菲个子矮，只能踮着脚尖扒着她的肩膀，凑在她耳边低声说话。

　　孔芳菲的呼吸潮潮的，拂在长安的耳朵上，又痒又麻，而她话里的意思，更是令长安的眉梢越挑越高。还没听完，长安就直起身子，蹙起浓眉，低声训斥孔芳菲："你听谁胡说八道呢？"

　　孔芳菲一听，委屈地推了推鼻梁上的眼镜，瞪着一双特无辜的眼睛，看着长安说："大家都这么说，说严连长和你，和你这个……"孔芳菲伸出双手食指，朝一起对了对。

　　长安的右眼皮痉挛一般猛跳了几下，用手紧按住，可它时不时还在抽风。

第三十八章

左眼跳财,右眼跳灾。长安暗自咕哝了一句民间谚语,想着这欲加之罪的流言应该算是灾祸了吧。

"你还不知道我吗?我若是有那个时间,还不如去修条路呢。"长安拍拍孔芳菲的肩膀,"去吃饭吧,到我了。"她指指取餐口。

孔芳菲瞅着长安,眼神很特别,长安心里咯噔一沉,想起昨夜在树下被严臻抱着的情景。其实,那个拥抱单纯而又温暖,和暧昧扯不上任何关系,但若是让不明其中缘由的人看到了,那倒是要另当别论。莫非,被这鬼灵精看到了?刚想细问,孔芳菲的目光闪了闪,指了指自己就餐的饭桌:"我过去等你。"说完就跑了。

长安无奈地摇摇头,走上前,冲着戴着口罩的司务长徐广全笑了笑:"司务长,给我来份套餐。"

徐广全看到她,眼睛赫然一亮,他笑眯眯地拿起不锈钢餐盘,给长安打了一份套餐,递过来的时候,又夹起一个酱色浓郁的鸡腿放进盘子里。

"这不合适,司务长……"身后还站着等待取餐的战士,他们的盘子里,肯定不会有额外的鸡腿。

徐广全摆摆手:"这是一连长特意叮嘱的,说你贫血头晕,需要补补。"

贫血?她是有轻度贫血,可吃鸡腿补血吗?她还真不知道。可现在关键的不是她贫不贫血的问题,而是司务长这么一说,不就证实那些流言并不是空穴来风了?她要不是和严臻有点什么,严臻怎么会求司务长给她加鸡腿?部队这么多官兵,再加上龙建员工,可不止她一个人贫血,凭啥就给她搞特殊?这不明摆着吗,一连长稀罕她,一连长在追求她!想到这里,长安不禁浊气上升,心浮气躁地回头去饭桌上找人。

一扭头,长安愣住了,像她来时一样,整个餐厅的人都在盯着她看,估计司务长那一嗓子大家都听了个真真切切!

长安的视线掠过身后这群眼睛犹如探照灯一般豁亮的军人,暗自腹诽,谁再敢说解放军同志不喜欢八卦,她就把他们拉到这里来试试!

搅乱一池宁静的罪魁祸首不在,唯恐天下不乱的石虎却在长安视线掠过来的时候主动向她挥手致意:"连长在医疗分队!"

端起盘子,长安转身就走。"嘭!"取餐口旁边的通道竟站着一个人,长安躲闪不及,重重地撞了上去!不锈钢餐盘在撞到那个人之后,底面猛地朝里一扣,刚打好的饭菜悉数扣在了长安的白色T恤上面。她的短T恤里面只穿了一件内衣,热烫浓郁的汤水迅速浸透薄薄的布料,直抵她的肌肤表层。所有的人都惊呆了。

腹部先是感觉到烫,而后就是烧灼般的剧痛,长安倒吸了一口气,揪起胸前的衣服,让滚烫的汁水流到地上。

正在打饭的徐广全看到这一幕,拿着一瓢水就跑了出来,一下子浇在长安胸前:

"烫伤了没?"长安轻轻摇摇头。

石虎和孔芳菲他们都跑了过来,询问情况,徐广全则指着闯祸的人,厉声训斥说:"小廖,你怎么搞的,这边不能走人,你不知道啊!"

打饭队伍左边这条通道不允许站人,是就餐者在餐厅取餐时需要遵循的一条不成文的规定,这条通道只允许取好餐的人通行,就是怕出现这种被烫伤的危险情况。

廖婉枫扬起下巴,既不道歉,也不服软,回嘴说:"我不知道啊,谁也没跟我说过啊。"

"小廖,你这么说,就是我的错了?可地上这道线,是你在炊事班帮忙的时候亲手画的,没错吧?"徐广全指着地上白色的分割线,问廖婉枫。廖婉枫愣了愣,白皙的脸庞浮上一层羞恼的红晕:"是我画的,那又怎么样,我又不知道它是干吗用的。"

"你!"性格耿直的徐广全被气得说不出话来。这明明就是廖婉枫的错,她却一概不认。

这条线连到基地暂住的龙建员工都知道它的用途,并且人人遵守,而她一个维和军官,还曾在餐厅工作过很久的人竟然不知道守规矩! 这太气人了!

"我找连长去!"石虎脸色一沉,刚想走,却被长安拽住:"你跟他说这个干吗!去拿笤帚,我把这儿打扫了。"

石虎伸手一指,气哼哼地说:"让她扫!"

"就是,谁做错了谁来扫!"孔芳菲瞪着基地里她唯一不喜欢的人。以前,她真是瞎了眼睛,才会觉得这个女翻译官帅气!

廖婉枫看看四周围观的战友,发现没有一个人流露出要帮她的意思,不禁恼羞成怒,指着长安,大声呵斥道:"长安,你别在这儿装可怜了! 你以为你故意制造谣言,说你和严臻有一腿,你就会重新得到他了! 告诉你,你做梦! 只要有我廖婉枫在一天,你就只能是他的前妻! 前妻! 你记住了! 他恨你! 过去的几年里,他无时无刻不在痛恨你!"

轰! 廖婉枫的话无异于在人群里投下一颗重磅炸弹,四周响起接连不断的倒气声,石虎的瞳孔猛地收缩,和表情精彩的孔芳菲互相望了望,又同时缩了缩脖子。

我的妈呀! 这顿午饭,真没白吃啊。居然让他们知晓了一个天大的秘密。而石虎,这时才彻底搞明白那天在密闭闷热的步战车里,这两位"老相识"那阴阳怪气又火星飞溅的对话内容缘何而来了。

前妻,前夫! 妈妈咪呀! 孔芳菲内心是崩溃的,她没想到口口声声说和严臻没什么的长安竟骗了她! 怪不得自己昨夜不放心久去不归的长安,去找她的时候,会无意中撞见他们在树下深情相拥的一幕。她还以为只是像石虎说的那样,两人对彼此有点儿意思,可万万没想到,他们竟,竟是这种关系!

"经理！你也太不够意思了。"孔芳菲掐了长安一下。

长安的脸色有点儿白，她抱歉地看着气鼓鼓的孔芳菲："对不起，我不是有意要瞒你。"她不想骗任何人，只是觉得这件事并没有昭告天下的必要，因为她很快就要离开蒙特里基地了，以后，桥归桥，路归路，总归是不会见面了。

孔芳菲看到长安诚恳的眼神，心顿时就软了，她噘着嘴，撒娇一般说："那你答应我，以后不许拿我当外人，好不好？"

长安看着她，点点头："好。"

说完，长安看着围观的战士和员工说："大家都散了吧，别让战士们吃不上饭。"

长安语声清晰，态度平和，让人听了非常舒服。大家相继散开。

廖婉枫疯了一阵，这会儿气也撒得差不多了，竟也想拍拍屁股走人，没想到刚转身，就被长安叫住："廖婉枫！"

廖婉枫回头看着一身狼狈的长安，撇了撇嘴："怎么，想打架？"

长安抚了抚沾上汤汁的胳膊，如冷泉般清澈见底的眼睛直视着廖婉枫，目光毫不退缩地说："我无所谓。你想吗？"

廖婉枫微张着嘴，神色震惊地瞪着长安，可能没想到长安会像个泼皮无赖一样接她的话，并且摆出一副奉陪到底的架势来。

打架。廖婉枫倒是真想同长安痛痛快快地打上一架。这些年，他们虽然离了，可严臻那个痴情种，没有一刻忘记过已经离婚的前妻。嘴里说着痛恨，其实心里一直爱着长安。这些日子以来，她真的受够了，受够了严臻的心口不一，受够了他们见面后的默契和含情脉脉。所以她一听到战士口中的八卦消息，就控制不住自己的情绪，故意来找长安的碴儿，故意在她打好饭后撞上去，让她狼狈丢丑。

是！她就是想跟长安打一架，痛痛快快地打一架，以泄心头之恨，可她低眉之间，却看到了身上草绿色的军装，这身军装像一盆冷水将她浇了个透心凉。打架的后果是什么，她比谁都清楚，长安也清楚，所以长安才敢这样肆无忌惮地挑战她的底线。

廖婉枫的脸气得一阵红一阵白，拥着脖子跟长安吵："谁要跟你这个野蛮人打架！"

野蛮人。长安眯了眯眼睛，目光淡淡地掠过廖婉枫那张精致漂亮的脸，然后四顾看看，拉住一个吃完饭准备去送餐具的小战士，从他手里接过汁水淋漓的餐盘。小战士被吓到了，不知道自己做错了什么，一脸无辜地看着长安。长安冲他笑了笑，示意他可以走了。小战士一步三回头地离开了。

长安转身就走到了廖婉枫面前，她个子比廖婉枫高出一个头，看人的时候，就有些居高临下的气势。

"你，你要做什么！"廖婉枫朝后退了一步，满眼戒备又恐惧地盯着长安和她手里的盘子。

"当然是做野蛮人该做的事。睚眦必报,十倍还之!可我不能跟你一样浪费粮食,所以……"长安晃了晃手里的盘子,廖婉枫吓得又退开一步,"所以,就用剩饭将就一下。"

长安刚扬起手,廖婉枫就抱着头开始尖叫:"别泼!别泼我!"

"道歉。"长安嘴里只吐出两个字,声音不大,却让廖婉枫感到莫大的压力。但她骄傲自负,从未向人低过头,这次她也绝不会屈服。

两人对峙了几秒,谁也不说话,只用眼神传递着各自的立场。片刻后,长安扑哧笑了,她看着表情僵硬的廖婉枫,说:"行,不道歉也可以,咱们换一种方式……"她把盘子递给旁边座位上的战士,然后抓住廖婉枫的手腕,不顾她的挣扎把笤帚塞到她手里,指着一片狼藉的地面,叮嘱道:"打扫干净,好好干。"说完,她拍拍廖婉枫的肩膀:"走了。"身后传来浊重急促的喘息声,长安唇角微扬,大步走离餐厅。

医疗分队。

"好好干!"石虎当着严臻的面,正绘声绘色地表演长安方才在餐厅力压廖婉枫那一幕。

"我的妈呀,连长你是没看到,长安当时有多帅!廖翻译脸都被气绿了,却偏偏说不出一个字。哈哈……哦,对了,我听龙建的员工说,当年他们经理初出茅庐的时候,也是靠这样一扣打开局面的,而且当时被扣了一嘴饭菜的人就是……"

话没说完,正在输液的严臻却腾地坐了起来,趿鞋下床。

石虎愣住了,赶紧制止:"连长,你干啥去?"

严臻拔掉输液针头,推开一脸震愕之色的石虎,大步而出。石虎愣了愣,一脸困惑地摸摸下巴:"我说错啥了?"

严臻越走越快,最后竟跑了起来。他站在4号茅草屋前叫了声长安。里面静悄悄的,没人答应,他浓眉一蹙,径直上前,撩开门口的蚊帐,走了进去。屋内光线昏暗,空气里弥漫着一股刺鼻的药膏气味,一个人影从地上站起来,慌忙向下拽着衣摆。

"你跑来做什么?"长安故作镇定地问。

严臻沉着脸,一言不发地盯着长安看了一会儿,忽然上前,握着她的胳膊,就去撩她的上衣。长安大惊失色,用力挣扎,不让严臻得逞,可这个男人想使劲儿的时候,再加一个长安也斗不过他。

衣服撩开,露出一片红通通的肌肤,上面有一半抹了药膏,还有一半没有抹。

长安放弃挣扎,无奈地闭上眼睛,冷声说:"看够了没?看够了就松开我。"

严臻轻轻放开手。长安跳开,神情戒备地瞪着他:"这里不方便,你可以走了。"

严臻仿若未闻,从床垫上拿起药膏看了看,然后拽着长安的胳膊就朝外走。

第三十八章

长安拍打着他,厉声呵斥:"你干吗!严臻!你放手!放……"

忽然,严臻转过身,把长安紧紧抱在怀里。她的鼻子闷在他胸前,一时竟无法呼吸。

"最后一次,我保证,这真的是最后一次。以后,谁也不能再伤害你,谁都不行!"低沉坚决的声音夹杂着一丝病中的沙哑,像在立誓一样,每个字都敲在长安心上。

长安鼻子微酸,手指揪着严臻的衣摆。

"经理!经理你在吗?经……"门帘被人从外面掀开,阳光顺着门帘的缝隙倾泻进来,恰好笼着门口相拥的两人。

长安赶紧挣脱,严臻这次没有犯浑,而是规规矩矩地站在一旁。长安用掌心压了压发烫的脸颊,朝门口表情惊愕的年轻人望过去:"小曾,你有事吗?"

小曾背在身后的左手紧了紧,他摇头:"没、没事了,没事了,你们聊、聊吧。"他唰一下放下门帘,脚步仓促地走了。

长安诧异地蹙起眉头,严臻却走到门边,掀起蚊帐看了看那个仓促的背影。那个年轻人应该是受刺激了,都走了,居然还维持着刚才那个古怪的姿势。

再一细看,严臻的眼睛里不由得射出一道锐光。因为那个叫小曾的年轻人背在身后的手里竟拿着一束当地人用来求爱的鲜花!

严臻微微眯起眼睛,这个小伙子叫什么来着?小曾是吧。他记住了。

"你赶紧走吧!"长安在背后推了他一下。严臻却顺手攥住她的手腕,拉着她出去。

"喂!你放开我,会被人看到……严臻!咳咳!咳咳咳!"长安忽然呛了口气,重重地咳了起来。

严臻果真停下脚步,却并不放她自由,而是微弓着腰,动作温柔地拍抚着长安的脊背,帮她顺气。

"你这脾气得改改了,说着急就着急,说上火就上火,看看,是不是呛着了。"严臻手下的动作一顿,语气忽然变得正经起来:"营长!"

长安蓦地直起身子,脸一下子涨得通红。他们右前方,石光明营长同几名军官迎面走了过来。

长安用力挣了挣手腕,可严臻仍旧紧握着,她怒视着他,他却丝毫不为所动。石光明停下脚步,看到严臻紧握长安手腕,眼里不禁露出一丝诧异之色,同行的一名军官上前在他耳边悄声说了几句话,石光明朝那个军官看了看,方正刚毅的脸上流露出恍然大悟的表情。

怪不得以前看严臻他们相处的样子总会觉得有些异样,总觉得他们之间有故事,不像严臻口中说的仅仅只是认识的关系。结果他猜对了,又好像没猜对,因为他只猜到双方互有好感,有可能把关系更进一步,却没猜到这对欢喜冤家曾经是一对恩爱夫妻。当年，也不知是什么误会迫使一对有情人分道扬镳，不过姻缘这事，若非真的不可调和，岂是说断就能断的。这不，神奇的缘分又在发挥作用了，不但让他们在万里之遥的非洲重逢，还给了他们共患难、增进感情的机会。

　　石光明一直非常欣赏严臻，所以在维和步兵营成立之初，他便向韩思齐要人，想把严臻从基层连队抢过来，谁知他还没行动，严臻就主动找到他请缨，要加入维和步兵营，他当即拍板，打破先例，任命严臻为作战连连长。严臻的身上，有一种遇大事沉稳从容的气度，他在战场上运筹帷幄、指挥若定，同时又有种置之死地而后生的勇气，是军营难得一见的优秀指挥人才。可他也有一个缺点，那就是如官兵反映的一样，他是个不会笑的连长，因为不易亲近，再加上训练时要求严苛，所以战士们私下里给他起了个"阎王"的绰号。

　　可严臻真的就是性子冷淡吗？以前有人问的时候，他估计还得想一想才能做出判断，可是现在……

　　石光明冲着严臻意味深长地笑了笑："这是要去哪儿呢？"

　　严臻挺直脊背，响亮回答："我带长安去医疗分队，她可能受伤了。"

　　哦？受伤了？石光明的视线落在长安脸上，长安面红耳赤地看着他，急忙摆手解释："我没受伤。营长，你别听他瞎说。"

　　哦。没受伤。

　　"还是去看一看的好。"石光明笑了笑，冲着身旁的军官摆摆手："咱们走吧，别耽搁一连长。"

　　"是！"

　　有人在偷笑。

　　长安闭了闭眼睛，伸手掐了严臻一下。他朝她看了看，露出惬意的笑容。

　　这个人！可她已经不能随意发脾气了，因为去往医疗分队的路上，不断有人出来和他们"偶遇"。不断地打招呼，不断地停下说话，几十米的距离，竟用了二十分钟才走到地方。

　　看到他们手牵手进来，孔医生倒不是很惊讶，和他聊天的雷河南也没有做出什么剧烈的反应，而是脸色一沉，推开严臻就走了。

　　孔医生给长安检查烫伤部位，要她撩起衣服。

　　"你出去！"长安指着门口，对严臻说。

　　严臻却环着双臂，靠在治疗床前，目光炯炯地看着她："只要孔医生说你没事，我马上就走。"

　　长安气结，却又没办法跟他吵，因为孔医生正噙着一抹微笑，笑望着他们这一对。

　　长安背着身让孔医生检查。严臻看不到，却能听到那熟悉而又谨慎的呼吸声。

检查完,孔医生脸上的笑容不见了,取而代之的,是眼睛里的薄怒和严肃的语气:"幸亏来得及时,你这烫伤可不是自己随便处理一下就可以的。"

很严重吗?长安轻轻放下衣摆:"对不起,我不知道会这么严重。"

"现在天气炎热,创伤面若是处置不得当,很容易感染发炎,他,严臻,他就是个例子!"孔医生恨铁不成钢地朝严臻指了指。

长安的脸唰一下红了。孔医生一定不知道,他的伤口是她处置的。

"扯我干啥,孔队长,你赶紧给她治疗啊。"严臻说。

孔医生扶着眼镜腿微微低头,露出那双慈祥带笑的眼睛,看着严臻,一字一顿地说:"你可以出去了。"

严臻摸了摸高高的鼻梁,悻悻然走了。他站在门外,靠在墙壁上等着长安出来,却撞上给他扎针的男护士小张。小张一见到他,就摆出一副要跟他决斗的样子来,严臻不禁想起了在附近流连的黑色流浪猫,凶起来的时候,也是这般模样。他皱了皱眉头,刚想躲掉,却听到身旁的病房门咣一声响,然后从里面探出雷河南的脑袋,冲他招招手:"哎!你进来一下。"

严臻毫不犹豫地走进雷河南的病房,关门之前,他对门外的小张抱歉地说:"我保证回来输液。"小张怒气冲冲的脸庞被关在了外面。

严臻松了口气,刚转过身,却被雷河南用力揪住领口,他的脊背重重撞在墙上,发出咚的一声闷响。雷河南的眼睛里冒出愤怒的火光,他压低声音,冲他低吼:"你算不算个男人!有种你就保护她,别让她因为你的烂桃花再受伤害了,行不行!"

看严臻保持沉默,雷河南怒极,用力卡着他的喉咙,说:"你做不到就给我放手,我哪怕等她一辈子,也会护她周全!"

严臻闭上眼睛,重重地吐了口气,用力拨开雷河南的手臂,把他甩到一边:"我的女人自有我来护着,用不着你在这儿表现。还有,雷河南,你最好从现在起,断了你这份心思,不然的话,后悔的,可是你自己!"说完,他重重摔门而出。

门口,小张正一脸错愕地站在那里,见到严臻,扬起手里的黄色橡胶带:"输……"

"等会儿!"严臻推开小张就走到了院子里。

迎着非洲干燥的季风,严臻径直来到宿舍区:"石虎,去把廖婉枫叫来。"

石虎正穿着背心在室外练体能,听到命令他一溜烟儿地跑走了。很快,他带着廖婉枫回来了。

廖婉枫的耳朵上还戴着连通随身听的耳机,想必石虎去叫她的时候,她正在宿舍做斯瓦希里语练习。

"严……连长,你找我?"廖婉枫面露喜色。

严臻看看她,指着远处的水塔:"我们去那边谈谈吧。"

廖婉枫愣了愣,抿着嘴唇娇羞地笑了笑:"好。"

严臻大步流星地走在前面,廖婉枫小跑着紧随其后。

水塔附近视野开阔,人迹罕至,而且有大树遮蔽阳光,的确是个谈事情的好地方。

"严臻,我能叫你严臻吗?这里没有外人。"廖婉枫朝严臻那边挪了挪。

"可以。"严臻望着远方郁郁葱葱的灌木丛,轻声应道。

廖婉枫愣了愣,转过头,目光惊讶地望着严臻的侧脸。原以为他会像往常一样拒绝,所以她在提要求的时候并没有抱任何希望,可他竟一口答应下来,这痛快的一声竟让她觉得极不真实,有种做梦一样的感觉。

廖婉枫低低地吸了口气,鼓起勇气说:"严臻,我今天给宋姨打电话了,她很惦念你,让你有空的时候,给她回个……"

"我知道了。"严臻看着她说。

廖婉枫的心怦怦狂跳起来,抿着嘴唇,犹豫了一会儿,轻声说:"宋姨还说,让我们,我们选个日子,等回国后,把婚礼办了。"

"是吗?我妈和你说的?还是你向我妈建议的?"严臻扯了扯嘴角,看着像是挂了一丝笑意,但落在廖婉枫的眼里,却更像是嘲讽。

廖婉枫脸色一变,心里那点儿因为严臻态度变化而升起的喜悦骤然间消失无踪。她就知道,就知道他没那么容易改变。她眼神复杂地看着严臻:"这很重要吗?我为了你,这些年牺牲了多少,你不是不知道,宋姨都默许我们的关系了,你也没有反对,我才毅然决然地跟着你到非洲来的!这地方,你觉得是人待的地方吗?"

"那这些战友、这些在林贝镇待了三年的龙建员工他们是什么?不是人吗?不是中国人吗?"严臻指了指身后的板房和茅草屋。

"我不是那个意思,我也没有诋毁战友,我是说,我为了你,为了你……"廖婉枫的眼眶变得红通通的,委屈地瞪着严臻。

"婉枫,如果我记忆力没有偏差的话,我记得我从来没有让你等我,或是为我做什么!包括我的母亲,她在我离婚之后,答应过我,从此不再干涉我的婚姻自由,所以,她根本不可能向你许诺什么,如果有,那她就会失去我这个儿子。"严臻目光清冷地说。

"可我一直在等你啊,虽然你一直拒绝,一直不准我靠近你,可我们当初在上海的时候,你对我还是有感情的,不然的话,你也不会,不会……"廖婉枫卡在这里,剩余的话却说不出来了。

"逾距?"严臻忽然望向她。

廖婉枫愕然一怔,随即脸庞涨得通红,结结巴巴地说:"你,你没忘,当时,当时你抱着我……"

"你在撒谎,婉枫!"严臻锐利的双眸中隐隐透出洞悉一切的坚定。

廖婉枫眼神惊慌地躲闪着严臻的视线："我不知道你在说什么……什么撒谎……"

严臻望着她，脸上露出一丝复杂的神色："那个冬夜，那个雨夜，所有发生的事情，都是你自导自演的一场闹剧。我没有对不起长安，而你，只是耍弄手段逼她痛下决心……"

廖婉枫的脑子里轰一声炸开一团白光，身子猛地晃了晃，扶着旁边的树干才勉强站住。她的脸色惨白难看，嘴唇轻轻哆嗦着，颤声说："你……你……"他竟然全都知道，知道……

廖婉枫不明白，既然严臻全都知道，为什么没有当场戳穿她呢，在医院，在家里，在亲人面前，在长安面前，他有大把的机会澄清这一切，戳穿她的真面目，他为什么不去做呢？四年多了，他竟把这个秘密在心里藏了四年多。

廖婉枫的手指紧抠着坚硬的树皮，抿着嘴唇，身子却在轻轻发颤。

"婉枫，在我的心里，你一直是个可爱单纯的妹妹。所以，尽管你做了许多不可饶恕的错事，可我一直对你抱有一丝怜悯之心，甚至顾惜着你的颜面，顾惜着严、廖两家的情谊，选择对你的错误缄默不言。可是今天，我才赫然明白过来，我错了。"严臻抬起头仰望天空，脸上露出愧悔的神色，"我不该缩在人生的阴影里面，对身旁的人漠不关心，这等同于纵容你，让你在这条没有出口的绝路上越走越远，甚至迷失了方向。婉枫，你低下头，看看你自己，看看你还是当年那个天真善良的小婉枫吗。我认识的廖婉枫，绝对不会主动伤害别人。可是你……"

廖婉枫的脸色更白了，眼里含着泪水瞪着严臻大声吼道："我就知道她会去告状，没错！是我故意站在通道口去撞她的，那又怎么样！谁让她得到你又抛弃伤害你，现在到了非洲还阴魂不散地缠着你！我讨厌她，我恨她！我不要让她接近你，我就是要让她疼……啦！"

廖婉枫的身子向前一冲，差点儿跌倒，手腕处被严臻攥着的部位传来一阵剧痛，她死咬着牙跟着他跌跌撞撞地朝前走。

"这几天一定要注意防水，保持创面干燥，按时来抹药检查……"孔医生正在叮嘱长安。

"咚！"门被人大力撞开。里面的人吓了一跳，孔医生扶着眼镜，神色讶然地看着一高一低两个人走了进来。确切地讲，后面那个人是被前面那个人拖着进来的。

孔医生转过头，看了看微微蹙眉的长安。

严臻把廖婉枫猛地朝前一推，让她站在长安面前，然后上前，不顾长安的挣扎，撩起她的上衣，让那一大片触目惊心的烫伤痕迹显露出来。

"她没有跟任何一个人说她受伤了，她甚至支走室友独自上药，打算就这么凑合过去！是我，是我察觉异样主动去找她的。婉枫，你看到这一切，还会无动于衷吗？"严臻眉头紧锁地低吼道。

廖婉枫面色惨白地盯着长安身上还在渗出血丝的创面,手指紧攥着军裤。

"道歉!"严臻低声吼道。廖婉枫的牙齿死死地咬着下唇,唇边已经变得青白。

长安朝廖婉枫的嘴角瞥了一眼,然后一根一根掰开严臻僵硬的手指,她放下衣摆,仿佛眼前的一切都不曾发生过一样,起身对孔医生说:"谢谢您,我先回去了。"

孔医生微笑:"我也去看看病号。"

两人一前一后出去,门被轻轻关上。

室内弥漫着淡淡的酒精气味,窗口枝叶浓绿,在地面上投射出斑驳的树影,四周静悄悄的,落针可闻。

廖婉枫低下头,用手背胡乱擦了下眼睛:"我现在就打报告回国!这下,你满意了吧!"她转身就走。

"我建议你直接转业。"严臻语气冷淡地说。

廖婉枫蓦地停住脚步,猛地转身,瞪着他说:"你有什么权力干涉我的选择?我有错,我认了便是,可你让我转业,凭什么?"

严臻瞥了她一眼,语带嘲讽地说:"凭你意气用事,没有担当,更没有责任心,你就不配做一名军人,尤其是维和军人!"

"我哪里不配了?是我专业素质不优秀了,还是我拖步兵营的后腿了!或是哪次巡逻任务我没上,还是我军事体能成绩不达标!告诉你,严臻,我不是仅仅为了你才加入维和步兵营的,在蒙特里基地,也不是只有你严臻一个人才称职,够标准!你没资格这么说我!"廖婉枫眼眶通红地吼道。

严臻嘴角撇了撇,双臂环在胸前,目光闪烁地说:"哦?你的意思,是我错怪你了?那我刚才听你说,你要打报告……"

"你做梦!我不但不会走,而且还会比你更出色地完成维和任务!我要让蒙特里基地的每一个人提我,都会竖起大拇指!"

严臻不置可否地挑了挑眉毛。廖婉枫被严臻的态度气得满脸通红,她攥着拳头,竖起眉毛,低吼道:"你等着!看我能不能做到!"

严臻直起身子,沉声说:"先去向长安道歉,只要你能做到,我姑且相信你一次。"

廖婉枫张开嘴,愣在那里。严臻目光炯炯地注视着她,并不像先前那样刻意回避。

外面传来步战车的隆隆声响,想必是执行巡逻任务的车队回来了。每天这个时候,基地里总会像这样热闹一阵,留守的战友和出征的战友之间互致问候,打闹嬉戏,彼此间总有聊不完的话题,院子里不时响起战士们爽朗自豪的笑声。

这些以身许国的战士,拿起枪和放下枪的样子判若两人,如果不是参军入伍,他们现下也和国内普普通通的年轻人一样,享受着和平富足的生活,远离战争,远离灾难,远离恶劣的生存环境。可总有这样一群人,他们心怀热血,向往孤山几处看烽火,壮士连营候鼓鼙的军旅人生。在他们眼里,没有光鲜靓丽的明星或是走在科技前沿的电子产品,他们关注并为之奋斗的,是高高飘扬的五星红旗,是身上神圣庄严的松枝绿。如今,他们远赴索洛托执行维和任务,在危险环境下,他们这一群新时代的军人,用行动践行着以身许国的铮铮誓言和使命担当,他们中的每一个人都是英雄!

廖婉枫眨了眨发涩的眼睛,倔强地挺直脊背:"去就去!"

廖婉枫到底还是找到长安道了歉。当着数十名龙建员工的面,对长安说她错了,希望长安能原谅她的过错。虽然廖婉枫的态度和语气依旧生硬艰涩,可对于她这样一个极好面子的女人来说,已经算是极限了。长安心里还是有些惊讶的,她很好奇严臻对廖婉枫说了些什么。

可严臻却像是人间蒸发一样,紧接着失踪了好几天。石虎也不在,长安猜测,他们应该是执行重要任务去了。那几天,她的心总是静不下来,听到稍微大点儿的声音,她就会撩开帘子朝远处张望,生怕是枪声什么的。

其实,再次发生武装骚乱的可能性已经很低了,因为就在严臻走后,新闻中传出索洛托政府军在这场骚乱中最终获胜的消息,机场通航,火车重新开始运转,逃难的民众回到家园,开始新的生活。他们也要离开蒙特里基地了,上午的临时会议已经决定,周末他们就要起程返回项目营地。不知临走前还能不能见到严臻,向他告个别。至于豆豆的事,长安还没准备好,或许,还需要再等一等。去医疗分队换药的时候,长安眼前总是晃动着严臻左臂上面鲜血淋漓的伤口。

外面闹哄哄的,想必是步兵营又在准备训练,连步战车都参与其中。

"孔医生。"长安轻轻叫道。

孔医生朝她慈祥地笑了笑:"小长,你是想问你的伤什么时候能好吧?很快,很快就能好了。你看,这几处破溃的地方已经结痂了,创面颜色也浅了,最晚下周,你就能痛快洗个热水澡了。"

长安抿了下嘴唇,感激地笑了笑:"谢谢您。"

"哎呀,不用谢。一连长走的时候,特意叮嘱我要看顾好你的伤,我答应他了,当然得做到。"孔医生摆摆手。

严臻?长安心中一动,忍不住问:"他去哪儿了,您知道吗?"

孔医生摇摇头:"不知道。走的时候还输着液,接到命令自己拔了针就跑了,害得小张在我耳边念叨了好久。"

"哦。"长安的心仿佛卡在了半中央的位置,半天下不去。

孔医生低下头,从眼镜缝隙里瞅她,然后眯着眼睛算了算:"该回来了。他走的时候,我拽着他给他拿药,他只拿了三天的。今天是第四天,可不就该回来了。"

听说严臻带着药,长安顿时松了口气,卡在半中央的心脏也回到了原位。正要说话，何润喜一脸兴奋地从外面跑了进来："经理，王总来了！来看我们了！"

王总。长安的心怦怦狂跳起来，扶着桌沿站起来，惊讶地瞪大眼睛："你……说……"

"王总！王向春总经理，从国内赶过来看望我们了！"何润喜激动得眼眶通红。

长安向孔医生打了声招呼，一路小跑冲出医疗分队，刚跑到院子里，就看到明晃晃的阳光下，一群人正有说有笑地朝她走过来。

有人冲她扬起手："长安——"

竟是石虎。他的身边站着头戴蓝盔、身材挺拔高大的严臻，听到喊声，他扬起头，深邃迷人的眼睛牢牢地盯着她。长安呼吸一窒，迎着严臻的视线和他对视了几秒，他轻轻颔首，仿佛在跟她打招呼。

长安的视线滑过去，落在一旁的王向春身上。王向春穿着白色衬衫和黑色长裤，鬓角花白的刚毅脸庞上布满了长途飞行后的疲惫，看到她，这位老人的眼睛赫然一亮，他冲着身边的石营长说了句什么，就迈开大步，朝她走了过来。

"王总……"握住王向春温暖的大手，那实实在在的感觉，就像是在外流浪的孩子终于找到了家一样，那么踏实，那么惊喜和感动。

王向春神情激动地打量着长安："瘦了，瘦了啊。"

长安眼眶潮热，鼻子泛酸地笑了："省得减肥了。"

王向春重重地握了握她的手，一切尽在不言中。

闻讯而来的龙建员工和长安一样激动，有的甚至掉下了眼泪。

"大家辛苦了，我来晚了，来晚了！你们辛苦了！"王向春主动上前慰问员工。孔芳菲则握着王向春的手不肯放："王总，我不是在做梦吧！"

王向春哈哈大笑，他让孔芳菲掐他一下，证明她没有做梦，孔芳菲还真用力掐了王向春一下。"哎！"王向春倒吸了口气，"你这丫头，还来真的！"

"是真的！王总是真的！"想到之前经历的危险和艰难困苦，孔芳菲撇撇嘴，激动地大哭起来。最后，还是石虎上前把她拉到一边，柔声劝慰了一阵才止了哭声。

"你的伤怎么样了？"长安耳畔忽然传来一道沙哑的声音。她转过头，看着严臻漆黑如墨的眼睛。

"你呢？"她反问道。

"我好了。"严臻笑了笑，摘下蓝盔，捋了捋被压倒的短发。这顶蓝盔他不知戴了多久，竟在脑袋四周压出了一道深深的折痕，有几缕头发，更是桀骜不驯地野蛮生长，任他怎么压制也不肯顺服听话。

长安踮起脚尖，帮他把鬓边的一缕头发顺下去。触手湿漉漉的，浓郁的汗气扑面而来。

严臻愣了愣，眸色瞬时暗了下来，他目不转睛地盯着她，眼里毫不掩饰的情意让长安感到一阵心慌。她蓦地缩回手:"我也好了。"

严臻挑眉。长安笑了笑:"快好了。真的。"

严臻用手掌扇扇风,回头看了看正和员工交谈的王向春:"我们也是到了机场才知道需要护送的贵宾是王总。索洛托国际机场通航后第一架降落的航班,就是龙建集团的慰问专机。他很惦记你们,通航后,第一时间就带着慰问团队和物资赶过来了。"严臻指了指基地里停放的几辆大货车。

长安不由得望向人群中那个坚毅沉稳的老者,看到他,就像是看到了她的恩师易键璋,无论他们在索洛托经历多少艰难困苦,遭遇多少危难险境,只要一想到有王总,有恩师牵挂护佑着他们,就什么困难也不怕了。

"听虎子说,你们这周就要回去了?"严臻忽然问道。

长安点头:"总不能一直住在这儿,给你们添麻烦。"

严臻深深地看了她一眼,低声咕哝说:"不麻烦。"

长安心口暖暖的:"你们有工作,我们也有工作,这里的老百姓,都盼望着这条路早点儿建成呢。还有这些员工,他们出来太久了,想家,想念亲人,我要尽早把他们带回去,顺顺利利、平平安安地把他们带回去。"

第三十九章 爱与和平

王向春和随行领导亲切看望并慰问了AS63项目员工,他还代表龙建集团领导向维和步兵营的官兵表示了最诚挚的敬意和感谢。座谈会上,王向春代表集团向维和部队捐赠了价值三十万元的生活物资,石光明营长接受捐赠清单,并向王向春等领导表示感谢。

军队和企业领导紧紧握手,王向春激动地说:"经历过这次事件,我才真真切切地意识到祖国的强大,军队的强大。中国公民无论身在世界任何一个角落,只要遇到危险和困难,都会受到祖国的庇护。谢谢你们,谢谢中国军人!"石光明举手敬礼,会议室内掌声雷动。

王向春和石光明相谈甚欢,王向春看到基地清一色的战士们,心中一动,向石光明建议第二天搞一个联欢会,一是向这些天来给予照顾的维和部队官兵表示感谢,二是想丰富一下战士们的业余文化生活。这个建议得到大家热烈拥护,简单商议之后,联欢会地点就设在基地操场。维和部队的宣传干事和龙建员工代表孔芳菲已经积极行动起来,着手拟定节目单了。

"小长,我们去营地看看。"王向春对长安说。

"您要不要先休息一下?"长安指了指王向春发青的眼窝。

从上飞机到现在,王向春一路奔波,一刻也没有休息,长安担心他的身体会受不了。

"不用休息!不去营地看看,我睡也睡不踏实。"王向春拒绝了长安的好意。

"那好吧,我去安排一下。"长安说完,便去找何润喜了。

夕阳西下,蒙特里基地退去喧闹和浮躁,在瑰丽的晚霞映衬下,呈现出一种不可抗拒的美丽。干燥的季风吹拂着王向春的鬓发,近两个月来,只有此时此刻,他才觉得他能够像一个正常人一样自由痛快地呼吸。

自从和AS63项目部失去联系后,他更是几乎没有连续睡过两小时以上,每天都处于一种高压状态之下，精神高度紧张。他的工作重心全放在索洛托的局势上面，但凡从大使馆那边传回来一点儿消息，他都会第一时间告知那些和他一样苦苦焦急等待的员工家属。得知有员工在骚乱中受伤，他心急如焚，连续几个昼夜失眠难安，没想到曹同知又因涉嫌职务犯罪，收受他人巨额贿赂，被检察机关带走调查，那段时间，一公司可谓风雨飘摇，一度被推到舆论的风口浪尖之上。

王向春的头发一下白了很多，嘴里起了大片燎泡，连说话都困难。可就在他最艰难的时候，在一公司最艰难的时候，有一群人站了出来。这些人就是AS63项目的员工家属。他永远也忘不了那个暴雨瓢泼的夜晚，开完通报会之后，他像往常一样等着情绪不稳定的家属向他"开炮"。可那天，会场却出奇地安静，没有人愤怒地指责他，也没有人大声哭泣，会议结束后谁都没有离开，而是静静地坐在座位上看着他。最后，家属代表长宁站了起来。这个年轻有为的律师是长安的弟弟，听说他在律界非常有名气，最擅长打经济类的官司。他曾跟长安说过，想聘请长宁担任一公司的法律顾问，长安说她忙完了索洛托的项目，回来就安排他们见面，可谁能想到，这一去竟是……

索洛托AS63项目是国家援非重点工程，是"一带一路"倡议下建工企业落地开花的硕果。投标之初，长安便主动请缨，想揽下这个烫手山芋。他当时是犹豫的。因为索洛托共和国刚刚独立不久，国家安全局势并不稳定，而且当地气候炎热，处于传染病高发区，万一出去遇到危险，她一个女性，无论从性别还是体能方面都不如男人合适。可长安却说，她有丰富的海外施工经验，抗打击能力和应激能力也比其他人优秀。之前履约良好的恩特斯项目工程就是她的成绩单。可他仍然不松口。

当时长安低头沉默了一会儿，再抬起头，眼眶已经变得红通通的："您就让我去吧，我想去看看师父，去完成他没能完成的事业。"

王向春顿时愣住了。他竟忘了，忘了老友还长眠在那片神奇的非洲大陆上。

最终他还是拗不过长安，把意义重大的AS63项目交到了她手上。这些年，长安在索洛托的不凡表现，不仅让她在业界闯出"女魔头"的名号，更展现出了龙建人务实担当的精神内涵。

还记得起程出发那天，在机场的欢送仪式上，长安曾向自己保证，她会圆满完成工作任务，把员工一个不落地带回来。这是她向他立下的誓言。

和长安容貌相似的年轻人站在王向春面前，打开保温袋，从里面掏出一个热气腾腾的饭盒，放在他的手里。

"王总，我听长安说您爱吃打卤面，这是全城最正宗最地道的打卤面，您趁热吃了，吃饱了，好好睡一觉。哦，还有，公司如果有法律方面的问题需要我帮忙，我义不容辞。而且，我们家属都商量好了，不会再给公司添麻烦，再给您添麻烦，这是联名保证书，您收下。"长宁把一个信封放在王向春手里的饭盒上。

"小长……"这些年来,经历过大风大浪的王向春鲜少出现这种情绪失控的情况。

长宁眼睑下方也是一片浓重的黑色,一看就知道,长宁同他一样,焦虑得睡不好觉,可这个坚强的年轻人,却选择在这样的时刻,用这样的方式支持他,帮他渡过难关。

王向春心情复杂得说不出话,心里却有一股热烫的暖流不断向上奔涌,眼眶变得潮湿,视线也变得模糊。长宁却笑了,淡淡的微笑,坚强的眼神,这样望过去,他竟好像看到了熟悉的长安。

"王总,我姐说过,困难是个纸老虎,看着吓人,其实一戳就破。只要不放弃,多给自己一些耐心,一些勇气,就一定可以战胜它!你看,我姐这些年就是这样走过来的,她从来不是一个懦弱的人,肯定不会主动放弃生的希望,所以,我坚信,所有的员工包括我姐,他们一定能够渡过这个难关。"长宁神色坚定地说。

正是有了长宁的支持,有了这一番安定人心的鼓励,王向春才能够坚强地站起来,之后跨越千山万水,走到员工身边。

"王总,我们可以出发了。"忽然,身边响起一道熟悉的声音。

是严臻。这个认识很久却一直不曾深交的老朋友,令王向春的神色渐渐变得复杂起来。

他和长安……王向春眸光一暗,拍了拍严臻的肩膀:"走吧。"

一辆步战车,一辆商务车,一前一后到达 AS63 营地。

王向春在办公区的断壁残垣前默立了许久,才跟着长安一行去察看营地的受损情况。

长安边走边介绍:"当地局势稳定之后,我已经分批安排员工回来进行自救,现在水电、网络已经通了,之前被压在香淞港口的生活物资也已经在运输途中,预计后天就能到林贝镇。营地呢,根据清理后的情况看,有近一半的房屋遭到损毁,但还有一半的房屋可以继续使用,我想过了,与其把时间都浪费在重修房屋上面,不如就地拆除废墟上的板房,直接种草绿化。宿舍不够,大家可以挤一挤,这里的生活设施,比起蒙特里基地的茅草屋要好得多,我想员工们是不会有意见的。另外,工地也要尽快运转起来,我已经让小何通知当地劳务中介负责人周六到营地来商议当地工人复工的事情,我也会去附近村镇走访慰问这些工人家庭,争取让他们尽快回来工作。"

王向春颔首:"和他们都签有合同吗?"

"有。每名雇工都签有正规用工合同,并足额按月给他们发放工资。另外,王总,我想把这两个月的工资也给他们发了。毕竟,他们也是这次事件的受害者,很多人因此失去家园,我想帮帮他们。"长安说出自己的想法。

"好,就按照你的想法来,你造个预算,资金方面公司来解决。"王向春痛快地说。

"真的!"长安惊喜不禁地叫道。

王向春笑了："你这鬼丫头，跟我啰唆这么半天不就是想省下自己的钱袋子。"

长安大笑，指着自己的鼻子，辩解说："我很大方的，好吧？这些年，我们项目光是资助附近贫困户的资金，就能盖两所小学了。还有，王总，我今年三十六岁，不是十六岁，您再仔细看看，我哪儿还像个丫头呀！"

王向春望着神采奕奕、目光坚毅的长安，不禁在心中感叹，时间过得真快啊，一转眼，当初那个初出茅庐就一鸣惊人的奇女子，已经蜕变成为能够独当一面、业务能力卓绝的海外项目经理了。只是在她事业成功的背后，感情经历却着实令人感到惋惜。王向春忍不住回过头，朝远处昂然挺拔的身影望了望。

"长安，当年你和严臻的事，我一直对你心怀有愧，总想跟你当面道歉，可又怕打扰到你，所以这几乎成了我的一块心病，每每想起来便寝食难安。这次来，我打算无论如何也要去了这块心病。"王向春轻蹙眉头，看着敛去笑意的长安。

"要不是我没了解你的情况就把恩特斯的项目强加于你，你也不会因为无法兼顾事业和家庭与你的婆家闹矛盾，更不会因此和严臻产生误会而导致离婚的严重后果。我知道的时候，已经晚了，心中愧悔不已，我还曾去部队找过严臻……"王向春声音停住。

长安惊讶地抬起头："您去找过他？"

"去过。我觉得你们这样分开实在是太可惜了，所以在你去恩特斯之后，我曾去部队找过严臻。我向他道歉，想劝你们重归于好，可他当时却拒绝了。"王向春坦白说。

长安直直地望着王向春，表情显得有些复杂。

"他说离婚的事与任何人无关，而且把离婚的过错揽在他一个人的身上，他说对不起你，没能做到当初对你许下的承诺。其余的话，他一概不提，我看他态度坚决，以为你们真的是无法挽回了，所以就失望地回去了。可这件事成了我的心病，一直折磨着我。我愧对你，也愧对严臻，我觉得是我害了你们。"

"不是这样的，王总……"长安抢过话刚说了一句，却看到王向春摆摆手，示意听他说。

"你们不用给我开脱，我知道自己错在哪里。所以这么多年来，我一直想尽力弥补，却苦于没有找到让你们重归于好的机会。可我万万没想到的是，机会就在这距离祖国万里之遥的索洛托！长安，你想不到当我走下飞机舱梯，看到身着军装威武的严臻时，那一刹那，除了震惊和不可思议，我的脑子里，只冒出两个字：有戏！"王向春说到这儿笑了起来，长安望着两鬓斑白的王向春，心中忽地一跳。

"寒暄后，我主动向严臻提起你，和许多年前那个眼里藏着伤痛的男人不同，这次的他明显比上次显得，显得，"王向春咂了下嘴，凝神想了想，"显得有人气，像正常人一样的气息，而且提到你的时候，我看到他的眼睛里有光，闪闪亮亮的，像最初见到他一样,一看就知道他心里藏着你。而且啊,这一聊之下,竟让我发现一个秘密。"王向春神神秘秘地笑道。

长安眉毛一跳,心里怦怦作响,心想,是什么秘密?不会是豆豆……

"呵呵……"王向春笑了,"我总跟他聊你也不行啊,于是就聊起了公司的事,公司这几年的发展轨迹,你猜怎么着,哈哈,这小子对咱们公司的事了如指掌,尤其是关于你的,哪一年中标什么项目,哪一年获得国家质量奖,哪一年起程赶赴非洲,这些事,他都像刻在脑子里一样,记得门儿清。你说,他要是心里没有你,他费这功夫干啥,而且啊,我严重怀疑,他这次到索洛托来维和,其中不乏也有你的因素……"

长安的脸顿时热燥燥的,可能吗?这些年来,严臻一直关注着她,甚至为了她到条件艰苦的索洛托来维和。想到这儿,她不禁愣了愣。石虎曾经说漏嘴,说严臻当初并不是他的连长,而是加入维和步兵营后才成为一连长的,而且是他主动向石营长请缨,才被破格选入维和步兵营的。难道他真的是因为她……

"以前,总觉得缘分这事不靠谱儿,都是些镜中花水中月的幻境。可看到现在的你和严臻,你们在这儿还能遇见,还能一起共渡难关,你说,这算不算是难得的缘分?我看他比以前更在乎你,你呢,长安,你是怎么想的?"王向春问道。

长安最终没有回答王向春的问题。但她沉默时脸上的纠结和眼里的挣扎,这些细微的表情变化落在王向春眼里,却像是给他吃下了一颗定心丸,让他感到无比振奋和激动。他还真怕长安像当年的严臻一样,毫不犹豫地拒绝,那可就麻烦了。

但感情的事,也非一朝一夕就能看到好结果,毕竟夫妻之间破镜重圆的概率还是太小,全看双方如何努力了。不过当面确定过他们的心意,王向春已经很满足了。

临走前,王向春询问易键璋的陵墓,长安指着夜色中巍峨耸立的坎贝山:"在山谷里,改天我带您过来。"

王向春神色黯然地拍拍长安的肩膀:"回吧。"

翌日。基地一大早便洋溢在热闹喜庆的气氛里。

中国结、大红灯笼、彩色气球、彩旗等等一系列极富中国传统元素的饰物把蒙特里营地装点得喜气洋洋。参演的官兵、龙建员工积极排练预演,基地的空地、屋子里,不时传出悠扬的歌声和铿锵的鼓声。

作为联欢会联络员的孔芳菲跑前跑后,忙得满头大汗,脚不沾地。午饭时,她终于在餐厅逮住了正在陪王向春吃饭的长安:"经理,晚上的节目你也要上啊。我看看,你是单独表演呢,还是……"

长安在桌下踢了踢孔芳菲的小腿,脸上却皮笑肉不笑地瞪着孔芳菲,从牙缝里挤出一套说辞拒绝说:"我哪儿会什么才艺啊,难不成,你想让我在舞台上修条路?"

"噗!"孔芳菲刚喝到嘴里的水扑哧一下全喷了出来。

周围的人都在笑。王向春也仰头大笑,然后用筷子点点身边的长安:"我看你挺幽默的嘛,表演个脱口秀,或是小品啥的,一定会大受欢迎。"

长安皱着眉头:"那还是修路好了。"

众人笑得更厉害了。

石光明擦擦眼角,面露笑容说:"我看小孔这建议不错,小长你就上吧,管他修路还是架桥,只要你肯上去表演,我们就给你鼓掌!"

"营长!"长安闭了闭眼睛。

孔芳菲就着长安的杯子喝了口水:"那就这么说定了,到时节目定下来,我再给你详细说。"

孔芳菲起身就要走,却被长安拽住衣摆:"哎!什么说定了,我还没答应呢。"

"反正各位大领导都同意了,我就做主安排了。是不是啊,王总,石营长?"孔芳菲朝他们眨眨眼。

"哦,举双手赞成!""赞成!"两人相视大笑。

孔芳菲笑眯眯地走了,长安说什么也没用了,只好瞪着算计她的两位领导继续吃饭。

长安原以为只是一台小型的联欢会,没想到从下午开始,就不断有受邀贵宾抵达基地。联合国驻索洛托特派团的军民合作部部长伦卡因、中国驻索洛托大使馆文化参赞何英、AS63项目业主方代表索洛托宽查市公路局局长尤马利,以及身着盛装的当地难民代表共计几十位贵宾受邀参加联欢会。

基地里一派欢声笑语,武装巡逻车队结束一天的工作,也沐浴着火红的夕阳返回了基地。

严臻从步战车上轻盈跃下,他那矫健的身姿、俊朗的脸庞,吸引了许多人的目光。有一个黑人小男孩儿高声喊着"Mjomba(叔叔)! Mjomba!"朝他跑过去,严臻微笑着弯下腰,张开怀抱,稳稳地接住他,并把他抱起来,转了几个圈。四周回荡着孩子们欢快的笑声,严臻抱着黑人小孩儿喁喁交谈,忽然他转过头,朝几米开外,穿着一袭白色连体裙裤的美丽女子望了过去。

长安不防严臻会忽然看她,两人目光撞了个正着,她像是被他眼里的光芒烫到了,脸腾的一下红了。她看到严臻侧过头和怀里的小男孩儿说了句什么,然后就看到那个身材羸弱单薄的"喝水"男孩儿向她挥手致意:"Binti, ni nzuri sana!(阿姨,你好漂亮!)"

长安听不大懂,却仍然举手,朝那个男孩儿微笑。

"他说,阿姨,你好漂亮!"身旁忽然传来一句熟悉的调侃声。长安愕然回眸,却看到桑切斯那一口洁白的牙齿。这时,周围的人都朝她望过来,她一不小心就变成了全场关注的焦点。

"桑切斯……"长安用手指撑住额头。

桑切斯却上前拥抱她:"你今天真美!安,你像个女神一样闪闪发光!"

长安拧了桑切斯一下,挣脱他的怀抱。桑切斯吹了声口哨,哈哈大笑。

长安朝严臻望了望,他也在看着她,虽然相隔有点儿远,可她还是能够看到他眼里毫不掩饰的光芒。

长安去后台看了看准备上台演出的员工,看到他们一个个精神饱满,信心十足,她的心略微放下。惦记着午饭时的插曲,想找小孔确定上台演出的事情,可是小孔不在,她只好和员工们聊了几句,回到舞台下方找到她的座位。刚准备坐下,就听到有人喊她:"长安!"

长安的心咕咚一跳,偏头一看,座位区旁边的过道上严臻正冲她招手。她欠身走过去,刚想问他什么事,就被他握住手,朝水塔那边走去。

众目睽睽之下,他们这一对显得格外扎眼。长安觉得脸上的热度又噌噌噌上来了:"我跟着你就行了,不用拉我。"

"不行。"严臻头也不回地说。

长安咬了咬牙,当迎面过来的一群战士不存在,目不斜视地走了过去。身后传来阵阵笑声,居然还有吹口哨的。

好不容易到了水塔边的老地方。"你有话就说,不要……"长安指着排成一排的几个黑人小家伙儿,惊讶地张开嘴,"他们……"

严臻咧嘴笑了,他顺势掐了下长安的脸颊:"你不想让他们在这儿?"

长安顿时瞪大眼睛,被他手指触碰过的地方火辣辣的,再听到他的话,不禁恼羞成怒:"严臻!"

"好好好,不闹你了。拉你来这儿是有正事。我问你,待会儿的联欢会,你是不是要上场表演?"严臻双手叉腰,目光炯炯地望着她。

长安怔住。他怎么知道?

严臻摸了摸鼻子,苦笑着说:"我也要上台。"

严臻也要表演?长安怔了怔。

看她沉默不语,严臻心里打了个突突,试探着问:"你准备好节目了?"

提起这个长安更愁,摇摇头:"我想好了,他们要是硬逼我上去,我就给他们背首唐诗。"

背唐诗!哈哈,这小孩儿耍赖的招数,亏她想得出来。

严臻笑望着她:"正好我也没准备,我们干脆来个二合一,人多力量大,你说呢?"

合演?长安想也不想就拒绝:"我自己想办法。"跟他一起登台,想想那个画面,她就浑身起鸡皮疙瘩。她转身想走,却听到严臻在背后说:"上去背唐诗吗?让外国人笑话你，笑话咱们中国人没有才艺？"

长安脚步一顿，回头冲他怒目而视："唐诗怎么了？唐诗也是中国文化！"

严臻扯起嘴角，轻轻一笑："我并没有贬低唐诗的意思，我是说，如果你有董卿的声音，你随便，哪怕念首儿歌呢，照样能赢得满堂彩。可是……"

"可是什么！可是我不是董卿，是吧！我就知道，你这个人，不打击我你心里不舒服！"长安恼羞成怒。

"考虑一下，跟我合作，保你赢得漂亮！"严臻目光闪闪地盯着她。

长安抿着嘴唇，低头思忖了一会儿，猛地抬起头，眼神晶亮地看着他："你保证？"

"我保证！"严臻举起右手，又加了一句，"而且，不会为难你。"长安心动了。

"我们能合演什么节目呢？"她可是什么都不会。

严臻的眼里溢出笑意，他指着几个可爱的黑人小孩儿，建议说："和他们一起表演，怎么样？"

晚上七点，由中国赴索洛托维和部队、中国龙建集团AS63项目部共同主办的联欢会正式在蒙特里基地拉开序幕。维和部队宣传干事徐林和龙建员工孔芳菲担任联欢会主持人。联欢会开始前，联合国会歌、索洛托国歌、中华人民共和国国歌依次庄严响起，基地举行了隆重的升旗仪式。

"下面，由维和部队官兵为大家带来激情澎湃的鼓舞表演《中华武魂》！"

整齐划一的十二名军人，人人腰前绑了一面鼓，鼓槌上的红绸带上下翻飞，热烈铿锵的鼓声扣人心弦，用一种自信昂扬的气魄为联欢会暖场。全场的气氛被阵阵鼓声推动得热烈无比。

接下来，演出正式开始。龙建员工张建国送上一首声情并茂的歌曲《想家的时候》，这首描述士兵离开家乡对家乡深深想念的歌曲带入感极强，离家万里的维和官兵和龙建集团的员工，无不被歌曲的意境深深打动。

"同志们，歌唱得好不好啊！"

"好！"

"好，还不鼓掌！"主持人孔芳菲把麦克风对准现场观众。台下掌声雷动。

"下面，为我们带来精彩表演的是维和部队的一连战士，他们表演的节目是街舞《我是一个兵》！大家欢迎！"孔芳菲报完节目下台，谁知正迎面撞上准备上台演出的一连战士。

打头那个大高个，黑黝黝的长脸膛，明亮如星的大眼睛，看到孔芳菲就咧开嘴笑。石虎！妈呀，他要跳舞，还是前卫时尚的街舞！

石虎冲孔芳菲眨眨眼，在交错而过的时候，飞快地捏了捏她的手，闪身而过。孔芳菲诧然一怔，随即拍着胸口美滋滋地笑了，她原本想趁着报幕间隙去找长安确定一下节目内容，可一看到心上人在台上表演，她这腿就像是粘在了地上，再也动不了了。

没想到又刚又硬的军人歌曲也能用动感明快的街舞动作演绎出另一种魅力。这种急促又富有动感的节拍型舞蹈，充溢着生机勃勃的力量，军人独有的阳刚之气，随着富有动感与节拍的音乐让肢体自在舞动，让舞者从身体到心灵都得以充沛地释放。

石虎居然还是主角，看到他在台上潇洒奔放的模样，根本无法把他和训练时严谨端肃的模样重叠起来。孔芳菲一颗心犹如小鹿乱撞，无处安放，精彩的舞蹈快要结束了，她才想起掏出手机拼命地拍照。

接下来小品《穿越生死线》、戏曲《苏三起解》、小合唱《小白杨》等节目一一登场。最值得一提的是，当地居民表演的歌舞节目《赞歌》，欢快热烈的非洲鼓点，动感夸张的舞蹈动作，悠扬新鲜的歌声，将现场气氛推向高潮。

"Asante!（谢谢！）Wewe ni mzuri!（你们太棒了！）谢谢，你们太棒了！"孔芳菲用当地语言向受邀前来表演的大树村村民表示感谢。

"下一个节目，是一个非常特别的组合，他们将为大家带来中国民族乐器琵琶、竹笛的合奏曲《雁南飞》和《十送红军》，大家掌声欢迎！！"孔芳菲报完节目，刚准备下台，却想起漏掉一件重要的事，于是像个犯错的孩子一样又跑了回去，拿着话筒补充说："sorry，忘了告诉大家，这个组合的成员就是我们维和部队唯一的美女翻译廖婉枫和AS63项目技术总工雷河南！"

戎装飒爽的廖婉枫手持竹笛和穿着工装怀抱琵琶的雷河南一同登上舞台。

台上只有一把椅子，廖婉枫轻轻抬手，雷河南颔首落座。

哇！这个组合……绝了！哗哗哗！观众一边议论，一边热烈鼓掌。

廖婉枫举起竹笛，熟稔优雅地吹奏起来。清脆的鸟鸣声回旋在基地上空，竹笛悠扬的前奏过后，神情肃然的雷河南低头拨动琵琶。

"雁南飞，雁南飞，雁叫声声心欲碎……已盼春来归，已盼春来归，今日去，愿为春来归。盼归，莫把心揉碎，莫把心揉碎，且等春来归……"

"一送里格红军，介支个下了山，秋风里格细雨，介支个缠缠绵绵……台高里格十丈白玉柱，雕龙里格画凤放呀放光彩，朝也盼来晚也想，红军啊！这台里格名叫介支个望红台……"

如泣如诉的琵琶声同曲折飘扬的笛声搭配在一起，简直就像是天上的神曲一般。两首乐曲旋律优美，其中每一处转折，每一处停顿都似蕴含了许多用语言无法传递的人物内心的情感波澜，令人深深地沉迷其中，不能自拔。

严臻和长安刚走到候场区，便听到了这一曲将琵琶、竹笛结合起来的形式新颖的天籁之音。长安惊呆了，她目不转睛地盯着台上的两个人，口中低喃："他从来没有弹过……"

长安认识并熟悉的雷河南，是一个不修边幅、性格刚硬直爽的真汉子，他从来没在她面前弹过琵琶，她也压根儿没把琵琶这种专属于女人的民族乐器同五大三粗的雷河南联系起来。可他就那样稳稳当当、气质出众地坐在台上，总是拿着绘图笔或是地基土的粗糙手指，却像是被乐器赋予了非凡的灵气，五指流水一样拨动着琴弦，那优美缠绵的音符便轻而易举地流泻出来。

　　严臻也是同样震惊，廖婉枫会吹笛子他知道，以前他也听过，可今天这曲子里，却多了一种他说不清道不明的味道在里面，仿佛历经沧桑后大彻大悟的从容和淡定，让人忍不住心生唏嘘之感。雷河南就更不用说了，这个隐形情敌的出色表现，简直让他妒火中烧，他真的不敢想象，如果他没到索洛托来，如果他没有遇到长安，他们之间会不会发生点儿什么故事，谁也说不准。

　　曲罢。现场一片寂静，紧接着台下观众爆发出潮水般的掌声，经久不息。

　　联合国驻索洛托特派团代表冲着中国大使馆文化参赞竖起大拇指，用不标准的中文夸奖："中国音乐……浩（好）听！太浩（好）听了！"

　　雷河南和廖婉枫走下舞台，奇怪的是，在台上配合默契的他们下场后却无一丝交流。他们把借来的乐器还给大使馆的人，转身要走，却和后台的严臻和长安撞了个正着。

　　廖婉枫脸色一白，视线匆匆掠过两人，绕开他们走了。雷河南步子缓了缓，朝长安点点头后，又朝严臻目含深意地看了一眼，这才迈步离开。

　　孔芳菲走过来："准备好了吗？"

　　"好了。"严臻看看长安。

　　作为最后一个节目，他们将面对更大的压力。

　　　　AMANI NAKUPENDA NAKUPENDA WE WE
　　　　AMANI NAKUPENDA NAKUPENDA WE WE
　　　　它　主宰世上一切
　　　　它的歌唱出爱
　　　　它的真理遍布这地球
　　　　它　怎么一去不返
　　　　它可否会感到
　　　　烽烟掩盖天空与未来
　　　　无助与冰冻的眼睛
　　　　流泪看天际带悲愤
　　　　是控诉战争到最后

伤痛是儿童
我向世界呼叫……
天　天空可见飞鸟
惊慌展翅飞舞
穿梭天际只想觅自由
心　千亿颗爱心碎
今天一切厄困
仿佛真理消失在地球
无助与冰冻的眼睛
流泪看天际带悲愤
是控诉战争到最后
伤痛是儿童
我向世界呼叫
AMANI NAKUPENDA NAKUPENDA WE WE
TUNA TAKA WE WE
AMANI NAKUPENDA NAKUPENDA WE WE
权利与拥有的斗争
愚昧与偏见的争斗
若这里战争到最后
怎会是和平
我向世界呼叫
AMANI NAKUPENDA NAKUPENDA WE WE
TUNA TAKA WE WE
AMANI NAKUPENDA NAKUPENDA WE WE……

　　舞台上，严臻和长安牵着几名黑人儿童的手，倾情演绎Beyond乐队的经典反战歌曲《Amani》。

AMANI NAKUPENDA NAKUPENDA WE WE
TUNA TAKA WE WE
AMANI NAKUPENDA NAKUPENDA WE WE……

　　当黑人儿童用斯瓦希里语反复吟唱呼唤人们爱护和平的主旋律时，他们那略显沧桑的声音，爱好和平的呼声和刚刚经历战乱的心境融合在一起，深深地进入了观众的内心，也深深地打动了每一个人。到了最后，全场观众都站起来与台上的孩子们一起歌唱，现场变成了一片歌声的海洋。

演出结束，掌声经久不息，台上的严臻与长安拥抱着今天晚会真正的主角黑人儿童们，台下的观众也紧紧相拥，这一刻，不分肤色、不分种族、不分国家，所有的人都是平等友爱的一家人。

所有演员连续三次登台谢幕，现场观众仍然用最热烈的掌声挽留着他们。

长安悄悄走下舞台，独自一人走到水塔边，脚下是一层被风吹落的树叶，踩上去发出嘎吱嘎吱的响声，水塔边的空气总是比别的地方湿润一些，她深深地吸了口气，平息着内心海潮般的思绪。她没想到演出的效果会这样好，不，简直可以称得上震撼。有生之年，这是值得她镌刻在记忆之树的闪光点，可能永远也忘不了吧，曾经有那么一天，她也能用歌声去传播爱与和平。如严臻承诺的那样，他们的合作绝对是全场最亮眼的组合，而且赢得非常漂亮。

可长安还是觉得惭愧，因为整个节目她是陪着黑人孩子们哼唱至结束的，没有丝毫难度，甚至连动作也不需要有，若论起贡献度，她肯定是被打分最低的那个角色。但严臻一点儿也不在乎，仿佛只是让她陪着他站在光华璀璨的舞台上，同他一起感受歌曲的内涵和深意，和他一起分享成功的喜悦。

严臻做到了。世上最难的事到了他的面前，也变得不那么困难了，他的身体里像是蕴藏着无穷无尽的智慧宝藏，需要了，就随意打开一个，再艰难的事情也会迎刃而解。

操场上的联欢会还没有散，鼓声、笑声、歌声、喧闹声依旧清晰地传过来，长安弯起唇角，脑海中浮现出台下观众载歌载舞的画面。忽然，一双睫毛很黑很长的眼睛浮了上来。这双眼睛不大，却具有十足的穿透力，同时又闪烁着机敏智慧的光芒，可望着她的时候，却又似美丽深邃的香淞海，每一道波纹，每一处闪光，都透着无与伦比的浪漫与柔情。

长安承认，刚才在台上和他眼神对视的那一瞬间，她被他深深地吸引了，像坠入情网的年轻少女，她心跳加快，喉咙发干，视线紧紧黏在如同发光体一样耀眼夺目的严臻身上，几乎忘了他们之间的关系……

长安背靠着枝叶繁茂的大树，手抵着额头，轻轻地懊恼地敲打着。她在胡思乱想些什么？难道她还幻想着有一天和严臻重修旧好，再续前缘吗？他可以，她也不可以。她需要的不是幻想和绮梦，而是现实和理智。有些人，有些事，一旦错过了就是一生，再也回不了头了。可她该如何跟他坦白豆豆的事呢，他会像她盼望的那样维持目前的平静局面吗？如果自己当初没有做出那样的决定，是不是就不用这么烦恼了，可她并不后悔,数次惊险地跨越死亡线,使她体会到人之将死的感觉。那种不想留下遗憾的欲望强烈到令她恐惧,而她在那个时刻,想得最多的,竟是他和豆豆……

豆豆。

长安凝望着远处充满了自然和原始气息的夜景,不知不觉中时间已走过午夜,操场的喧闹声渐渐安静下来。

"叮咚叮咚……"口袋里的手机忽然振动起来,响起微信视频连线的提示音。

长安拿出手机一看,嘴角不禁微微上扬。手机屏幕上正闪烁着豆豆可爱的笑脸。

"豆豆,你起床了吗?"上海现在已经是清晨了。

"我起来啦。姑姑,姑姑,我是豆豆,你看到我了吗?为什么我看不到你呀?"屏幕上的豆豆蹙着浓黑的剑眉,一脸不解地问。

"噢,我在外面,你等我啊,我去找个亮点儿的地方。"长安转头看看四周,发现前面的图书阅览室里有灯光。她快步走过去,透过窗户看到里面没人,于是她一边把手机凑到灯光下,一边推门进屋:"豆豆,看到我了吗?"

"看到了,姑姑你今天好漂亮!"豆豆展露欢颜。长安心口一烫,亲了亲手机屏幕:"谢谢。"

手机里传出豆豆欢快的笑声。之后,手机忽然晃了晃,然后屏幕里出现长宁拧着眉头的脸庞:"姐,打扰你休息了吧,我会说豆豆的,让他不要在这个时间和你视频。"

"没关系,我睡得晚,不影响。你可别凶他啊,豆豆只是想我了。你跟他说,任何时间都可以找我。"长安说。

长宁捏了捏豆豆凑到屏幕前的脸颊,无奈地说:"你就惯着他吧。"

长安笑了笑。

"姐,你最近怎么样?"长宁问。

"挺好的。"长安露出笑容。

姐弟俩聊了一会儿闲话,长安忽然对长宁说:"这次你帮王总说服家属的事,王总来都跟我说了。讲真的,我挺惊讶的,我真没想到你在大是大非面前能表现得这般冷静,深明大义。以前总觉得你小,是因为你虽然已经成家立业,可在我眼里,你始终是当初那个靠在我肩膀上默默哭泣的弟弟。这些年来,我也习惯了照顾你、守护你,我以为这样就会是一辈子。可让我没有想到的是,就在一转眼间,你就长大了,从一棵小树苗长成了一棵参天大树,不仅为我遮风挡雨,而且在我累了、倦了、孤单痛苦的时候,还能敞开胸怀让我依靠。谢谢你,宁宁,我为有你这样的弟弟而感到骄傲。而且,还不止这些,以前发生的,所有的事,都谢谢你。"

长宁愣了愣,脸上的笑容渐渐化为期盼:"姐,既然我在你的眼里已经长大了,你是不是可以放开手,去寻找属于你的幸福了?"

长安一时间默然以对。长宁知道她的脾气,于是点到为止,赶紧把豆豆叫过来救场。果然,小可爱出马,无往不利。豆豆三言两语之下,屏幕上的长安又展露了欢颜。

可长安也真是一个没有聊天天赋的"姑姑",像以前一样,聊着聊着就把天给聊死了。

"英语班测试了吗?"

"手工剪纸你学会了吗?"

"不要让雷奥舔你的手指,那样很不卫生……"

看到豆豆脸上的笑容越来越少,长宁叹了口气,走过去,牵着雷奥的狗绳,安慰地摸摸豆豆的脑袋:"和姑姑好好聊天。你不是很想她吗?"豆豆乖顺地点点头。

长宁凑近屏幕,提醒长安说:"姐,他是豆豆,不是你的员工,注意你的态度,注意一点儿啊。"

他这个女强人姐姐,别看她在社交场上呼风唤雨,应对自如,可实际上,她是个言语很少的人,习惯于把心事和痛苦都默默地藏起来,不让人知道。尤其是离婚后的这些年,她常在海外工作,变得越发寡言少语,像刚才那样对他一次性讲那么多话的时候还真不多见。但她对豆豆是真的好,只是性格使然,她的劲儿总使不到正确的地方。

长安怔了怔,抿着嘴唇,轻轻嗯了一声,然后摆摆手,示意长宁闪开。长宁捏了捏鼻子,后退一步,撤到一边。

豆豆重新掌握手机,他们又聊了起来。这次的谈话内容就好多了,至少长宁听到了乐高、足球等等豆豆感兴趣的话题。

长宁正准备把时间和空间留给他们母子,带着雷奥离开,谁知豆豆忽然在他身后叫了起来:"你是谁!不要抢我姑姑的电话!"

长宁脚步一停,拉开门,让雷奥出去,然后折回来,趴在豆豆头顶上方,朝手机屏幕望去。这一看之下,他的脑子嗡一声炸开一团白光,整个人如同被电击了一样,浑身麻木不堪,心脏怦怦狂跳。

屏幕上那个眉目深邃的军人,不正是他心存愧疚的姐夫严臻!他怎么在非洲?而且和姐姐在一起!

姐姐!再看和严臻争抢手机的长安,面红耳赤,情绪激动,俨然一副如临大敌的模样,他的耳朵里嗡嗡作响,然后就听到严臻用他无比熟悉却又遥远的声音,主动问候他和豆豆:"宁宁,别来无恙。豆豆,你好,我是……你姑姑的朋友,也是宁宁……你爸爸的朋友。"

心情复杂纠结的长宁看着严臻,张开嘴,讷讷地说不出话来。豆豆却疑惑不解地望着屏幕里的陌生人:"我为什么没有听他们说过你呀?你叫什么名字?你穿的是什么呀?"

豆豆感兴趣地指了指陌生人露出来的衣服。严臻一面举高手机，避免被长安抢走，一面握住她的手，紧紧地攥住。他冲着屏幕露出微笑："他们可能忘了告诉你了，我叫严臻，严肃的严，至臻的臻，我身上穿的是……军装。"

豆豆先是愣了一下，而后眼睛赫然一亮，朝手机屏幕凑了过来："解放军叔叔，你是第一个跟我说话的解放军叔叔！爸爸，爸爸，我可以认识他吗？"

豆豆仰着头，用力摇晃着长宁的胳膊。长宁望了望屏幕上的严臻，眼神复杂地说："可以。"

豆豆振臂高呼了一声"耶"，然后对屏幕上的解放军叔叔说："我最喜欢解放军了，我长大了，也要当解放军，保护姑姑！"

严臻明显察觉到身边的人变得安静下来，他偏过头，看了看神色愣怔的长安。两人飞快地交换了一个眼神，严臻扭过头，问豆豆："为什么不保护爸爸妈妈？而是保护姑姑呢？"

豆豆眨眨眼睛，浓眉微蹙，似是在认真思考这个问题。他这个表情，像极了身边的长安，可微微向下的嘴角，又和他的习惯一模一样。胸口涌上阵阵烫热的感觉，严臻目光贪婪地盯着手机屏幕上那个帅气的小家伙儿，恨不能把他的模样刻在脑子里。

小家伙儿似是认真思索过了，可他显然没能找到合理的答案，于是吭吭两声，说："嗯……嗯……我也不知道，就是想保护姑姑，因为她比较爱出危险。"

严臻手指一紧，身旁的人也是浑身一颤。他觉得自己的眼眶湿润润的，心里更像是有一根细针不停地在戳着，那绵密的疼痛夹杂着一股子难以言喻的心酸滋味，让他一时间五味杂陈，气息渐渐变得粗重起来。

这可怜的小傻瓜，竟不知道这是血缘的力量所致。天生崇拜军人，天生想保护自己亲近的人，这就是血脉相连的由来啊。

"以后你的姑姑，由我来保护。"严臻怜惜地盯着屏幕上的小人儿，郑重地说道。

长宁的身子猛地晃了晃，豆豆仰起头，关心地问："爸爸，你怎么了？冷吗？"

长宁伸手按住豆豆的脑袋，目光慈爱地说："爸爸没事，刚才没站稳。"

"那就好，你吓了我一跳。"豆豆拉住长宁的手，放在自己的肩膀上。

看到父慈子爱的一幕，严臻嫉妒得两眼冒火，可看到豆豆凝视自己的眼神，他的那股子火气顿时又消弭无踪了。

"叔叔，为什么你要保护我姑姑呢？你是想追求她吗？"豆豆语出惊人。

长宁手指又是一紧，豆豆仰头，不解地看着他，心想，今天的爸爸好奇怪啊。

严臻心里也是打了个突突，下意识地去瞅长安，长安却像只被针戳到的刺猬，猛一下跳起来，着急忙慌地阻止豆豆说："你这孩子，怎么什么都敢说！好了，不聊了，挂了！"

长安想去抢手机，双手却被严臻控制着，根本动不了，她就用脚踢严臻的小腿，低声警告他:"你不要胡说八道。豆豆还小。"

严臻任由她踢,反正也不疼,他高举手机,脸上露出微笑,看着豆豆,一字一顿地说:"我就是想追求她。重新,开始。"

豆豆哪里知道成年人的心里在想些什么,他只是被严臻的话给打击到了。严臻想抢走他的姑姑,他觉得问题很严重。豆豆沉浸在自己的小情绪里面,连长宁低声惊呼也没察觉,他紧蹙眉头,噘着嘴巴,想了一会儿,脸涨得红红地质问严臻:"可我想保护姑姑!"

"可你现在还小啊,哪里都不能去,你怎么保护姑姑呢?"严臻问。

"我……我……我长大了当解放军。"豆豆眼神倔强地说。

严臻的心顿时一阵酸软,这个小人儿,脾气像谁呢。

他叫了声豆豆,然后问:"你喜欢解放军吗?"

"喜欢。"

"叔叔就是解放军,喏,这是我的肩章,两杠一星,少校军衔,叔叔打仗很厉害的,你可以相信我,我能保护你的姑姑。"严臻把手机照在明晃晃的肩章上。

小家伙儿眼睛里的戒备之色果然淡去不少,但还是纠结犹豫:"可是……可是……"

"这样吧,不如我先帮你守护着她,等你长成男子汉了,当了解放军,我再把姑姑还给你,你说,这样好吗?"严臻双眸如星地看着豆豆。

"好!"豆豆立刻高兴起来,他冲着屏幕比了个"V",然后回头,笑望着不知何时已经退后几步的长宁:"爸爸,我当了解放军就可以保护姑姑了,叔叔说,他会把姑姑还给我!"

长宁神色勉强地笑了笑,他被忽然出现的严臻和他说的那一番话怔住了,脑子里乱乱的,总感觉要出大事,可又隐隐对此有所期盼。

长宁走出豆豆的房间,妻子凌薇从沙发上转头看他:"你和豆豆在聊什么呢,这么久。"

长宁走过去,摸了摸凌薇的头发,然后心事重重地坐下。凌薇诧异地看看他,又回头看了看紧闭的屋门。

长宁进去好一阵子了,她先是听到他和豆豆的说笑声,后来雷奥耷拉着脑袋从小主人的屋子里出来,可他却留下了。这是怎么了?莫非他知道豆豆被叫家长的事了?

凌薇心中一惊,撩起眼皮观察着长宁的表情。只见他姿势僵硬地坐在沙发上,脸上没有一丝笑容,目光盯着茶几上的水果,不知在想些什么,看起来竟像是愣怔着了。莫非,他真的教训豆豆了!

上次长宁因为豆豆被叫家长的事大发雷霆,也是这样严厉训斥了豆豆一番才失魂落魄地站在阳台抽烟。若不是她闻见烟味去阳台察看,还不知道她老公竟学会抽烟了。这次比上次好了点儿，至少没听见他训斥豆豆，也没去阳台抽烟。

其实上次的事和这次的事都不能全怪豆豆，因为豆豆太疾恶如仇了，看不惯同班的小霸王欺负小朋友，所以才想法儿教训对方的。

上次是豆豆直接动用武力被对方家长告了，她才被老师叫去学校，长宁知道后气得不行，回来就把豆豆教训了一顿，可事后他又悔得不行，一个人抽闷烟惩罚自己。这次豆豆学聪明了，他不再动用武力，而是编了首儿歌教训那个屡教不改的小霸王，谁知因为这首儿歌朗朗上口，传唱的小朋友太多又被对方家长告到老师那里去了。她昨天下午把豆豆领回家时，和老师说好了，不要对她老公提及此事。可看现在的情形，长宁像是已经知道了。

凌薇心一横，决定维护豆豆。孩子是非观念重，是好事，而且这次也没有动用武力，只是动脑选了一首儿歌改了歌词去教训那个小霸王，昨天下午和老师说起这件事的时候，老师都笑了，说你家长凌太聪明了，别的小朋友，根本想不出这个办法。

凌薇当时又骄傲又担忧，生怕豆豆再去"多管闲事"，可她叮咛豆豆的时候，豆豆却委屈地反问她："坏人不该受到惩罚吗？"她当时被豆豆质问得哑口无言，自己这么大的人了，脸皮通红，半响才挣扎着说："不是有老师吗？你可以告诉老师。"豆豆却不屑地撇撇嘴，说："老师只会罚站，他站完了又会去欺负小朋友，所以我才吸取上次的教训，只是改唱儿歌惩罚那个坏孩子。"

在豆豆单纯无瑕的心灵世界里，黑就是黑，白就是白，正义永远战胜邪恶。

是他们思想太狭隘了，一听说叫家长就觉得很严重，觉得一定是自己孩子的过错，其实深入了解了豆豆的想法，才知道错的，是他们家长，是学前托班老师。

凌薇憋了一口气："老公——"

"薇薇——"

两人同时出声，又同时怔住。

"你先说。"长宁示意女士优先。

"好吧，我先说。昨天被叫家长的事，真的不能怪豆豆……"凌薇看到长宁脸色不对，赶紧打住。

长宁黑沉着脸："豆豆又被叫家长了？"

凌薇愕然一怔："你不是……知道了？"

"我知道啥？他又打小朋友了？"长宁怒道。

"没！这次他没打架，只是改了首儿歌教训那个小霸王，起因是小霸王欺负班里的小朋友，把小朋友的耳朵咬出血了，豆豆气不过，所以……老公，你别生气呀。"凌薇解释说。

长宁拍拍额头："好哇，怪不得他昨天回家那么老实呢，不看动画片了，也不逗雷奥了,躲在屋子里学英语赚表现,是怕我揍他,是不是!"

"反正你这次不能说孩子,豆豆他没错,你要是敢教训他,我就去告诉姐姐,我要问问她,豆豆教训一个老师管不了的小霸王,究竟错在哪里了!"凌薇直起腰板,眼神坚定地说。

"你不许去打扰安安!"长宁怒道。

"老公,你不要给自己太大的压力好不好!我也心疼豆豆,我也希望他过得比任何一个孩子都幸福,可是,过犹不及,有时候太希望他好,对他,对你,都是一种巨大的压力。豆豆昨天问我,坏人不该受到惩罚吗,我竟无言以对。我想,如果换作姐姐,她一定不会让豆豆有这样的想法,她一定会支持豆豆的!"凌薇大声说道。

"你不要再牵扯安安,现在我们才是豆豆的父母!"长宁心烦意乱地吼道。

凌薇心中一悸,堵在胸口的话便冲口而出:"姐姐才是豆豆的亲妈!她比谁都有资格教育豆……"

身后的房门吱呀一声开了,豆豆站在门口,右手扶着门锁,眼睛漆黑地望着表情惊慌的父母,问:"你们又吵架了?"

严臻走出阅览室,那道纤细的影子已经步履飞快地消失在浓浓的夜色里。

长安在生气,气他未经允许就侵犯她的生活圈子,或许还有些怕,怕他看出点儿什么,在他和豆豆说话的时候,一直紧张地盯着他的嘴,那身子绷得就跟一把拉满弦的弓似的,随时准备攻击他。

严臻抿起嘴唇,敛去嘴角笑意,低下头,看着微信里最新加入的好友长豆豆。

豆豆。这个只消一眼就让他刚硬的心化为绕指柔的小精灵,他的到来,是上天给他的恩赐,是对他这些年孤独坚守最好的补偿。看着他,听着他童稚悦耳的声音,严臻觉得眼前的世界都变得多姿多彩起来。心里更像是有什么东西在挠他的痒,恨不能穿过屏幕把豆豆抱在怀里狠狠地亲一通,再用胡子扎得他嗷嗷叫。

他想把豆豆扛在肩上,走遍军营的角角落落,想在每一个曾经喜欢炫耀子女优秀的战友面前骄傲地宣布:"看,这是我儿子!我严臻的儿子!"严臻想,我要给他最好的一切,最完整的家!我要把他这些年缺失的父爱百倍、千倍地补给他。

豆豆。这个聪明好学的小家伙儿,脑袋瓜儿里怎么能容得下那么多的东西呢?!他好像对什么都感兴趣,对什么都好奇。刚才自己就差点儿被豆豆关于非洲狒狒的问题问住,幸亏他之前了解过非洲动植物的特性,不然的话,初次见面,就要被他给搞砸锅了。看来,他没事也要拿起书本好好做功课了,不然哪天真的被豆豆问住了,他这脸还不丢到太平洋去了。

"叮咚!"手机忽然震了一下。

严臻低头一看,手指竟抖了抖。豆豆!他赶紧点开微信消息。是一条语音。是啊,他才上幼儿园学前托班,怎么可能给他打字呢。打开语音,把手机贴在耳边:"叔叔,我遇到麻烦事了。"

严臻心一紧,按着语音发去一条:"可以跟叔叔说说吗?"

"我可以帮你。"严臻紧跟着又发了一条语音。

豆豆那边没动静,严臻的心也跟着揪起来,猜测是不是长宁为难豆豆了。

焦急等待的十几秒里,一向自诩冷静自持的严臻却慌了神儿,脑子里浮现的尽是豆豆被长宁训斥的画面,心口堵着一口气,他紧蹙浓眉,指尖不停地点着豆豆的头像。

"叮咚!"消息来了。他赶紧打开。这次是条长信息。

豆豆应该是怕长宁夫妇听到,刻意压低声音给他发了条二十多秒的语音。

严臻越听越心惊,越听脑袋越大,越听越生气。他重重地喘了口气,然后打开语音说:"豆豆,这件事交给叔叔处理,你赶快去吃早饭,其他的什么也不要想,什么也不要做,今天晚上叔叔给你看非洲斑马的视频,好吗?"

这次豆豆很快就回过来了:"说话算话!叔叔!"

"说话算话。"

我的宝贝。严臻温柔地亲吻着屏幕,在心中默念了一句。

严臻叉着腰在原地站了一会儿,低头打开手机,拨了一串数字。很快,电话通了。他不说话,对方却不着急询问他是谁,双方静默了一会儿,那边的人才用低沉沙哑的声音叫他:"姐夫。"

严臻愣了愣,眼睛像寒星一样在夜色中闪闪烁烁,有多久了呢,他没听到这个称谓了。鼻子不禁有些发酸,他垂下眼帘,轻轻地嗯了一声。

长宁在那边叹息:"你知道吗?我等你这个电话,足足等了四年多。我以为你这辈子都不会再主动联系我了。"严臻默然不语。

"你想问我什么?我今天都会告诉你。"长宁语气坚定地说。

严臻心中一震,握紧手机,目光炯炯地望着灯火点点的蒙特里基地:"好。"

……

翌日。一大早,龙建集团员工就起床收拾行李准备回营地去了。营地是海外员工的另一个家,马上要回家了,大伙儿一个个喜笑颜开,彼此间开着玩笑,心中的喜悦溢于言表。

束着高马尾、穿着白T恤天蓝牛仔裤的长安走到木屋前。

"经理,王总走了吗?"有名员工拉住长安。

"连夜走的,公司有急事。"长安回答说。

"唉，我还想让王总给我家属捎点儿东西呢。"那人遗憾地说。

"你可拉倒吧，王总多大的领导，还给你捎东西。"赵铁头走过来按了按那人的脑袋，"啥好东西？你偷偷攒的私房钱？"

"胡说八道！你以为我是你啊！"那人急了。

周围的人哈哈大笑。

"老赵，你和老邓各带一队人留下来拆木屋，记得活儿干利索了，别给部队添麻烦。"长安叫住赵铁头。

"我干活儿你就放心吧，保证不会留下一根木桩子！"赵铁头向长安保证道。

长安拍拍他的肩膀："辛苦了。"赵铁头摆摆手，示意他们可以走了。

两辆大巴车停在基地大门外，桑切斯从车上下来，冲着长安招手。

"大家上车吧！"

"走喽！"员工们走了一段，纷纷回头望向住了一个月的木屋。

这几间简陋的房子，陪伴他们度过了人生中最艰难的时光，在这里，他们感受到了友情、亲情和生命的可贵。若干年后，当他们对着子孙讲起这段经历时，依然会想起这段难忘的岁月，想起这几间简陋的木屋。

"还有点儿舍不得呢。"有人唏嘘了一句。

"是啊，要不是还要修路，我们就在这儿住着也挺好。"

"我每天看着兵哥哥们出操训练都成习惯了，这猛一回去，让我怎么适应啊。"

"在这儿特别有安全感，睡觉也特别踏实。"

"哎！走喽！"

"再见了！"

"再见了！"

基地首长石光明带着步兵营的领导亲自来送龙建员工。

长安走到石营长面前，主动伸出手："谢谢您，这些日子，给你们添麻烦了。"

石光明用力握了握她的手，笑着说："说起感谢，我们最应该感谢的人是你们啊。你看，这清甜甘冽的自来水、方便实用的洗澡房、明亮笔直的路灯，哪一样不是你们的功劳？以后啊，咱们常来常往，互帮互助！"

长安点点头："好。"

她一路过去，同基地政委等人握手，表示感谢。正打算上车，身后的步战车却轰隆隆响了起来。

长安转过头，看到全副武装的石虎正向她招手。她惊讶地看着石光明。石光明微笑，眼里带着一层深意向她解释："小长，我忘了跟你说了，王总临走前，恳请步兵营能在武装保安到达营地之前派人去保护你们，我啊，把这项重要任务交给一连长了！"

第四十章　来日方长

车声隆隆。彻夜未眠的长安靠着椅背假寐,可身边的孔芳菲就没那么安分了。她一会儿回头望望紧跟在大巴车后的步战车,一会儿又跟屁股被针扎了似的在座位上磨来蹭去,再一会儿,她又想起什么好事哧哧偷笑起来……

这丫头。长安觉得左侧脑壳隐隐作痛,她轻蹙眉头,睁开眼睛,看着身边不安分的孔芳菲,警告说:"你再乱动,我就把你赶下去。"

孔芳菲见她醒了,调皮地吐了吐舌头,之后兴奋地拽住她的胳膊,低声问:"严连长他们真的要住在咱们营地吗?"

长安看着目光灼灼的孔芳菲,伸手把她滑到鼻梁骨的眼镜推上去,无奈又好笑地说:"你就那么喜欢石虎?"

孔芳菲顿时面泛潮红,但九零后女孩特有的爽气又让她大胆承认:"我就是喜欢他呀。"

"喜欢他什么?"

"喜欢……"孔芳菲向上瞅着车顶,想了想,趴在她的耳边说,"喜欢他的全部,好的不好的,所有的,我都喜欢。"

长安身子一震,脸上露出若有所思的神色。孔芳菲叹了口气,松开她的胳膊,靠向座位,语气惆怅地说:"可我这心里总是没底,不敢去想我和他的未来会怎样。毕竟,毕竟我们是搞土建施工的,人也会随着工程项目走,有可能这个月待在繁华的大都市,下个月就会奔赴偏远山区,或是像现在这样,远离祖国,远离家乡,连打个电话都要碰运气,你说,哪个男的愿意娶我啊。"车里忽然就变得安静起来。

长安看着身旁的孔芳菲,就像是看到了当初的自己。只是当年的她比小孔多了些无知无畏的勇气,但最终还是在现实的墙上撞得头破血流。她本身就是个最坏的例子,根本没有资格去安慰劝说她。正犹豫着要不要转换话题,孔芳菲却主动靠向她的肩膀:"经理,你和严连长当年为什么离婚呀?"

长安的身子僵了僵，脚尖向前滑，顶着座椅的框架，渐渐用力。见她不说话，孔芳菲叹了口气，朝她偎得更紧了："算了，你不说我也能猜到。肯定是严连长不喜欢你当女强人，再加上你不肯生宝宝，所以……唉，经理，我们要是能变成男人就好了，就不会有这么多的烦恼了。"

长安诧异得很，低头看着孔芳菲被非洲阳光晒成蜜色的脸庞，心想，这丫头有特异功能吗，居然猜得这么准。

"我是不是猜对了！咻咻，还真是！"孔芳菲仰起头，瞅了长安一眼，咻咻笑了起来。

长安拧着眉头，咳了咳，别开脸，不去看她。

"你别恼啊。"孔芳菲像只耍赖的花猫似的又黏了上来，"我能猜到是因为我从你的身上看到了我的未来。本来呢，我挺受打击的，就连石虎跟我许诺回国后就娶我，我都没敢答应，可后来，我发现你和严连长远远不是我认为的那样，尤其是你们在索洛托相遇后，你们，你们……"

镜片后面那双圆圆的杏眼骨碌碌打着转，嘴角却噙着一丝别有深意的笑意，这样的孔芳菲看得长安心头直跳，她挑起眉毛，眼里露出一丝愠怒的神色，瞪着话说一半的孔芳菲，轻斥道："话那么多，你舌头不疼吗？"

孔芳菲捂着嘴，咻咻笑了几声，然后低声笑道："不疼，不说才疼呢。"

"嘿嘿，我知道，严连长还喜欢你，你也喜欢他。"

"孔芳菲！"长安真的恼了。

"我说实话你还凶我！你敢说，你没在梦里叫过严连长的名字？"孔芳菲一着急就抬高了音量，长安的耳朵嗡一声响，下意识就去捂孔芳菲的嘴。

"咚咚！"身后传来两下敲打声，长安回头一看，竟是脸色暗沉的雷河南。

长安抱歉地点点头，转身低声在只露出一双眼睛的孔芳菲耳边警告说："不许再说了！"

孔芳菲眨眨眼睛，示意她知道了。可长安刚松开手，孔芳菲就闪到一边，接着说："你除了睡觉叫人家的名字，还经常会看着他训练时的样子发呆，要是巡逻车晚回来几分钟，你就心神不宁，连饭也不吃了，还有，还有石虎说，说，呀！咻咻，石虎说，说看到你们在医疗分队……唔唔……唔唔……"

孔芳菲被脸泛红潮的长安捂着嘴，手伸向后面坐着的雷河南，向他求救。雷河南目光清冷地扫过她，换了个姿势坐着，眼却看向窗外。

孔芳菲神情悲愤地瞪着他，在心里把事不关己的臭雷公骂了个底朝天。可看到长安真恼了，她也不敢再胡闹了，悻悻然咕哝了一句道歉的话，然后头一歪，眼一闭，装起死狗来。

长安也拿她没办法，但心情总归无法恢复平静，她的眼睛望着窗外，其实眼里什么也看不到,脑子里乱乱的,一直在回想孔芳菲的话。她真的做得那么明显吗?如果连性格大条的孔芳菲都看出了她对严臻的心思,那素来以知觉敏锐出名的严臻难道没有一丝察觉?她的心跳开始加速,贝齿咬着下唇,脸皮滚烫得像是火烧一样。还是说,还是说他早就知道她的心思,却故意装作不知情,任由她像个傻瓜似的,每天望着他的背影犯花痴。

噢。长安难以忍受地闭上眼睛,紧紧攥起拳头,压在腿上。

"咚咚!"长安愕然一惊,转身后看。眼前出现雷河南黑黝黝的脸庞,他不带一丝笑意地指了指窗外:"到了。"

长安看着窗外熟悉的景物,愣了愣,才点头说:"哦。"

看来员工们还是喜欢自己的家,大巴车刚一停稳,他们就迫不及待地冲了下去。一路上叽叽喳喳的孔芳菲也失去了踪影,长安摇摇头,和雷河南一前一后走下大巴车。有行李的都在原地等着司机打开行李车厢。长安也站着等。

步战车隆隆驶入正在修整的营地,石虎等人身姿矫健地跃下载员舱,最后,那抹伟岸挺拔的身影才跳下车来。长安垂下睫毛,盯着脚下一块碎裂的水泥路面,脑子里机械性地计算着修复这样的路面需要用到的材料和工时。

脚步声近了,长安看到两条穿着黑色军靴的大长腿稳稳地踩在那一小片碎裂的水泥地上。她慢慢抬起头,看着面前这个高大英俊的军官。

"我们谈谈。"严臻盯着她的眼睛,语速缓慢地说。

长安抿了抿嘴唇,转身朝大巴车后走了过去。严臻慢了半拍,待她走了以后,才迈开大长腿,跟了上去。

"说吧,你找我谈什么?"看到严臻走过来,长安甩了甩头发,一脸愠怒地问道。

严臻静静地看着她,看着她黑漆漆的眸子里跳跃的火焰。

"我跟你说一声,我马上要回基地开会,晚点儿再过来。"严臻朝步战车的方向指了指,"石虎他们就交给你了。"

就这事!当着大家说就可以了,干吗把她支到车后面来。

长安皱起眉头:"你不说我也会安排好的。还有其他事吗?"

严臻看着她,没动。长安摆摆手:"没事了,我就去忙了。"

长安向左跨了一步,想绕过严臻回去,可他却突然攥着她的手腕,低声说:"豆豆……"

"你不要打扰豆豆!"长安像只炸毛的刺猬,瞬间竖起身上的尖刺,微弓着腰,眼神愤怒地瞪着他。

严臻看着面前熟悉而又陌生的长安,心里忽然涌起一阵滚烫的悸动,这一瞬间,仿佛有什么东西在他的身体里慢慢复苏了。

"你为什么害怕我接近豆豆?"他哑声问道。

长安的心咚咚跳着,那么清晰,那么沉重,就像她这些年经受的痛苦一样,只能隐藏,不能明说。她看着严臻黝黑深邃的眼睛,嘴角痛苦地抽搐了一下,之后低下头,用另一只手去掰他的手指,可是他丝毫不为所动,任由她的动作从简单克制渐渐发展到烦躁愤怒。

"严臻,你……别这样……"长安脸色苍白地低声恳求他。

可刚刚仰起头,就觉得身子后仰,脊背咚的一下撞在大巴车的车尾板上。长安预感到什么,睁大双眼,惊惶不安地看着严臻。他将她牢牢禁锢在他和车体之间,之后盯着她微颤的嘴唇,慢慢俯下头。

"严臻……"长安只来得及叫了声他的名字,就被他的气息包裹住了。一刹那,耳边的风声、人声都听不到了,伴随她的,只有扑通扑通的心跳声,一声快,一声慢,渐渐带出了痛意,她手足冰凉,鼻尖发酸,呼吸也越来越急促……

远处站着的雷河南看到这一幕后,神色黯然地背过身去。

"经理呢?宿舍还没分呢!"一个男员工走过来要找长安,却被雷河南拦住:"找小何去,他那儿有名单。"

"可我想和大胖住一起,我想跟经理说说,给我们调调。我还是得找她。哎!雷工,你别拉我呀,雷工!"男员工被雷河南推搡走了。

这边严臻放开了长安,可视线却仍黏在她的脸上。长安胸脯起伏剧烈,神色复杂地盯着他:"你究竟想怎么样?"

严臻伸手想摸摸她的脸,可被她警惕地避开了。他的手指在半空中尴尬地搓了搓,垂下来,嘴角微微一抿,说:"我说过了,我想重新追求你,直到你答应为止。"

"你做梦!"长安气极,脸庞一瞬间涨得通红。

严臻眯了眯眼睛,翘起唇角,看着她,一字一顿地说:"长安,咱们……来日方长。"说完,他退后一步,冲她笑了笑,转身潇洒离开。

长安怔怔地看着严臻的背影,半晌,抬起手,按着发烫的脸颊和嘴唇,崩溃一般大声斥道:"混蛋!"

营地共清理出二十四间能继续使用的房屋,留出五间房办公,五间房当餐厅和活动室,其余十四间就成了员工宿舍。

长安拍拍手,示意大家集中:"因为营地房屋有限,所以四人一间宿舍,生活用品去小何那里领新的。有需要调换房间的也去找小何,做好记录。今天大家先安顿下来,明天一早全员清理营地垃圾,大家都听到了吗?"

"听到了!"

"好!散了!"

员工朝生活物资发放点涌了过去。

何润喜和小曾一个负责记录,一个负责发放王向春带来的生活用品。

"哇,袜子、裤衩!王总想得可真周到!"

"还有零食呢!哈哈哈,都是我爱吃的!"

"哈哈哈……"

营地里一片欢声笑语。

石虎和战士们站在一旁,正好奇地看着设施先进的营地,小声议论着。石虎看到长安,立刻挺直脊背,面带微笑地冲她招招手。长安走过去:"委屈你们暂时住在活动室,一共三间宿舍,要是不够住的话,我可以再匀一间出来。"长安指了指活动室的方向。

"够住,够住!"石虎羡慕地看看四周,咂着嘴对她说,"你们这儿的条件也太好了吧,跟公园似的,我听芳菲说,你们宿舍里不但有空调,还有抽水马桶?"

"还能洗澡,而且有专人洗衣服。"长安笑着补充。

"乖乖!"石虎旁边的一个小战士挠挠后脖子,惊叹说,"要是我们也能住上这么高级的宿舍就好了。那样的话,我们再也不用上厕所还带着铁锹了,哎呀!"石虎弹了小战士一记栗暴,小战士揉着额头,苦着脸。

"净想美事!我们是军人,是来维和的,不是来享受的!啊,长安,我可不是说你们享受啊,你们也很辛苦,我不是那个意思。"石虎不知道该怎么说了。

长安笑了笑:"比起你们,我们的确算得上享受。不过,这也体现出了龙建集团对援非项目的大力支持。一个有人情味、懂得关照员工所需所想的企业,才能赢得员工的尊重。你说,是吗?"

石虎点头:"你说得对,你们领导一看就是好人。"

长安笑了,她指着物资发放点,对石虎说:"你们去领东西吧。"

"我们也有?"石虎指着鼻子,惊讶地问。

"有啊,不是说好了,咱们是一家人嘛。"长安拍拍石虎的肩膀,笑着走开。

长安准备去新分的宿舍看看,不想却看到营地的花圃前,员工宋博成正蹲在地上,捡起一枝被炮火烧焦的花木,小心翼翼地抚摸着。

"宋师傅。"长安走过去。

宋博成赶紧起身:"经理。"

长安看着宋博成通红的眼睛,心里也很难受,营地这一棵棵一排排的花草树木,都是作为园丁的他每天浇水、施肥、松土、捉虫,像父亲照料自己的孩子一样,精心照顾着长大的。可是如今却毁去大半。

"你还记得营地刚建成的时候,是什么样子吗?"

宋博成怎么能忘呢?

三年前，营地建成之时，除了板房之外，这里没有一棵树一寸草。营地受到气温、土质的影响，花草成活率极低，当地园丁都不愿意到这儿工作，后来喜欢养育花草的宋博成主动承担起营地的绿化工作。

为提高营区植被覆盖率，他利用闲暇时间走遍了林贝镇的角角落落，最后从一处废弃的工地移植来大片草皮。为了把这些象征着生命的绿色草皮移回来，他带了几个当地员工走了近二十万步，硬是用平板车一车一车地把它们运回了营地。

还有那几棵郁郁葱葱的面包树，是他从大树村买来的。当初选中这几棵树后，他便去拜访大树的主人，希望大树主人能把树卖给他，可主人坚决不同意，他没轻易放弃，而是采取迂回战略，每天去大树主人家报到，并且拎上一些当地紧缺的生活物资，甚至还帮他们家干农活。慢慢地，对方的态度有所松动，他也渐渐融入到对方家里，不仅能用简单的斯瓦希里语同他们交流，而且还被他们邀请一起吃手抓饭，又过了一段时间，对方主动找到他，同意把树卖给他，而且还赠送给他许多小树苗。如今这些小树苗都长到两米高了，可以预见，它们将会给营地带来一大片宝贵的阴凉。

还有他手里拿着的这枝被烧焦的花卉，名叫海神花，也叫普洛蒂亚。它是以希腊神话中海神普罗透斯的名字命名的。这片如同海水一样碧蓝晶莹的花圃，是他付出心血最多、最值得骄傲和开心的成果。每个从这里经过的人，都会忍不住驻足流连，拍照留念。可是昔日里员工的打卡胜地、明星景观却被炮弹毁于一旦，如今只剩下一片焦黑的黄土和残枝败叶。

宋博成神色黯然地转了转手里的花枝："记得。当时营地里寸草不生，当地园丁来了又走，谁也没办法在这儿种草栽树。"

"可后来你创造了奇迹。你看看那边，那边长势喜人的香蕉树、面包树，都是你的功劳！"长安指着营地一隅没被损坏的草皮，"这是你去年从喀什马带回来的草籽，你看，经过雨水的洗礼，已经泛青长出幼苗来了。"

宋博成惊讶地望向长安手指的方向，停了一瞬，他丢下手里的枯枝，一脸惊喜地迈开大步朝那一小片浮绿走了过去。长安微微弯了弯唇角，也慢步走了过去。

"还真是！真的活了！"宋博成像个发现新大陆的探险家一样，手指小心翼翼地在青草上方掠过却又不碰到它们，他蹲在地上，歪着头，冲着长安高兴地大笑："经理你看，它们都活了！"

太不可思议了，这些曾被当地园丁弃之不用的草籽，他当宝一样捡回来种上，精心养护，可它们一直没有动静，原以为都是些无用功，但没想到它们却选择在此刻给了他最大的惊喜和感动。

长安也蹲下，伸出手，指尖扫过细细茸茸的青草，有一种痒痒的感觉从指间一直蔓延至心里，她眨了眨眼睛，双眸清亮地说："野火烧不尽，春风吹又生。我们也要像青草一样坚韧乐观地活着,像当年创造奇迹一样,重新开始。"

宋博成神情激动地望着长安:"我一会儿就带人去附近移植些草木种上。我就不相信,我们还不如这些青草了。"

长安微笑着拍拍他的肩膀:"加油!"她现在需要的正是这样斗志满满的员工。

长安原想着回宿舍休息一下,可找她的人就没断过,她在营地里来回穿梭,竟逐渐找回一些从前的感觉。这一忙就没个尽头,下午营地负责采购的赵云龙在维和战士的护送下去市区采购,看到冷藏车走了,她才揉着隐隐作痛的脑壳朝自己的宿舍走去。

宿舍里静悄悄的,孔芳菲并不在屋里。单人床已经铺好了,蚊帐也绑得结结实实的,她的行李箱靠在床头,一切都似乎回到了那些忙碌而又平凡的时光。没有恐惧,没有战争,没有那些挥也挥不去的烦恼。

长安伸出手,轻轻抚摸着自己柔软的嘴唇,脸颊却变得热烫起来。她闭了下眼睛,睁开,朝窗外的天色看了看。之后,弯腰把行李箱摊平打开,收拾起自己的东西。差不多拾掇完了,孔芳菲像一阵风似的卷了进来:"经理,经理,告诉你一个好消息!"她冲上来抱住长安,一阵摇晃。

长安看着面若桃花的孔芳菲,心中一动,猜度说:"怎么,石虎向你表白了?"

孔芳菲微张着嘴,眼镜从鼻梁上滑下来,表情愕然地看着她:"你,你咋知道的?"

长安用食指戳了戳孔芳菲的额头,笑着解释说:"你啊,这不都写在脸上了。"

孔芳菲呀地叫了一声,双手捂着脸,退后一步,扭了扭身子,低声撒娇说:"经理……"

长安笑了笑,取出行李箱里的相框,用手心擦了擦上面根本不存在的灰尘,准备放在床头柜上。孔芳菲过来缠着她的胳膊,从她手里抽走相框,一边低头看着相框里的小人儿,一边犹豫着说:"其实,其实前几天我和石虎说开了,我把咱们工作的缺点都跟他说了,我让他考虑清楚,要是能接受,我们再谈恋爱,要是不能,就……他当时就想回答我的,可是我逃了,我想给他时间好好考虑清楚,今天他来找我了。他告诉我说,他看中的是我的人,当然,也包括我的工作。他说以前不了解建工行业,觉得我们这行就是架桥修路的,出力就好,没什么技术难度,可通过这些天的接触,他觉得我们的工作非常神圣、重要,要是没有我们,当地人别说发展经济了,就是他们外出巡逻都很困难。而且他觉得我们很勇敢,能吃苦,他很敬佩我们。他说,无论我做什么,他都会支持我,哪怕我被派驻到海外工地,他也会一直等着我。经理,我答应石虎了,我觉得找一个恋人,谈一场恋爱都很简单,但是想找一个真正懂你、了解你并支持你的人却很难,我不想错过他,我想跟他在一起。"

长安看着神情坚定无比的孔芳菲,却不自觉地想起她和严臻相恋相知的岁月,一时间感慨良多,竟怔怔地说不出话来。

孔芳菲忽然指着相框惊讶地叫起来:"咦!你的小侄子咋长得这么像严连长呀!"

长安的心扑通一跳,从孔芳菲手里抢过相框,低声呵斥道:"哪里像了,我看你是眼花了吧。"

长安背过身,把相框胡乱塞进行李箱,身后的孔芳菲却蹙着眉头,噘着嘴,困惑着说:"就是像嘛,脸形、鼻子、嘴巴,和严连长像是一个模子刻出来的,就是眉毛和眼睛不大像,但是感觉特别熟悉,像,像……"孔芳菲看到长安嗔怒的面孔,脑子里灵光一闪,猛拍了一下手掌,大声说道:"像你,像你呀,经理! 浓眉大眼,还有微翘的眼尾,和你超级超级像!"

长安上前就敲了孔芳菲一记栗暴,趁孔芳菲抱头呼痛的间隙,她一边朝门口走,一边回头对孔芳菲说:"我和弟弟是双胞胎,像我很正常,好吧?"

孔芳菲挠挠头,纳闷地想,豆豆长得像你是不奇怪,可是,像严连长是怎么回事?孔芳菲皱着眉头,还在纠结这个问题,长安已经加快步速,走到了宿舍外面。

长安回头看了看,长长地吁了口气,朝办公室走去。路上碰到了急匆匆跑来找她的何润喜。

"经理,刚才劳务中介打电话说,部分雇工因为要修缮家里的房子,所以不能按时复工。"何润喜气喘吁吁地说。

长安的心一沉,拧着眉头问:"大概有多少这样的工人?"

上次和劳务中介经理见面时,她已经把意思表达得非常清楚了,一切都要按着劳务合同来,在确定复工时间时,她也尊重并采纳了中介经理的意见,尽量将日期后延,给他们留下充分的准备时间,可眼看着复工在即,他们却说不行了! 那项目怎么办,等当地员工修好房子再回来工作,原本就因为种种不可预见因素而导致延期的工程岂不是要创下施工纪录!

从感情上,长安同情并理解这些饱受战争袭扰的非洲雇工,业主方和监理方却不会听她解释那么多的客观原因。

"我统计了一下,大概有七十多人,大都是熟练工,如果解雇他们的话,我们的工程也就停了。而且追究中介机构责任,要求赔偿也是个漫长的过程,我们现在最耗不起的就是时间啊。"何润喜说。

长安又何尝不知道呢,之前公司的一个海外项目就是因为类似事件同当地中介机构对簿公堂,结果却是赢了官司,输了工程,不仅赔偿款迟迟拿不到手,而且还因为招不到人贻误工期,导致工程违约,反而倒赔了业主方一笔巨款。就算不追究中介责任,要求他们再次招新,补充劳动力的缺口,可新人未经培训的话,很难在短期内上手,这样耽搁的还是工程本身。

"我们怎么办啊,经理?"何润喜急得直挠头。

长安皱着眉头,垂下睫毛凝神思索片刻,对何润喜说:"我们明天去这些雇工家里看看情况再说。"不到万不得已,她不想随随便便就解雇他们。都是一家的顶梁柱,他们失去这份工作,等同于失去生活来源。

"你去看他们,他们也不会回来的,我听隆达说,当地人对家园有种虔诚的崇拜意识,房屋受损,在他们看来,不吉利,是会给家族带去灾祸的,所以他们才会迫不及待地想要修好房子。"何润喜也是刚刚才知道个中缘由。

长安缓慢地点点头:"行,我知道了,但我还是想去看一看。"

"那好吧。待会儿拉卡回来,我跟他说一声,明天让他开车带我们去。"

"他还没回来?"长安看看腕表,就快到晚餐时间了。

何润喜摇摇头,刚想说话,营地大门那里传来隆隆的车声。他们望过去,何润喜指着驶入营地的大巴车,说:"他们回来了!"

何润喜说他去找拉卡,就迈开步子走了。

从蒙特里基地返回的工人从车门处跃下,赵铁头和邓先水也在其中,他们扭着头,面带笑容和最后一个跳下车的人说着什么。看到熟悉的蓝盔和迷彩绿,长安的心忽然怦怦狂跳起来,还来不及垂下睫毛,对方就像是察觉到有人在偷看他一样,朝她这边望了过来。

呼吸一窒,脸上不禁浮上一层红晕,长安唰一下转过身,大步朝餐厅走去。

这边严臻望着那抹高挑的背影,心不在焉地应道:"喝酒是吧,嗯,我想想啊,想想……"

赵铁头顺着他的视线一看,扑哧一下笑了:"好,我的严连长,你算是完蛋了,被我们经理拿得死死的。"

"谁说的。"严臻咳了咳,转回视线。

赵铁头嘿嘿笑道:"俺老赵说的,咋啦。你啊,别搁这儿装了,心里放不下就赶紧去追,不然的话,让别人抢走了,你可别后悔!"

邓先水也添油加醋:"就是,喜欢俺们经理的人多了去了,以前那个外国监理,不就是因为追求经理被调走了,还有咱们项目部,也有人惦记着经理呢。"

严臻皱了皱眉,心想,这怎么又冒出来一个监理。他以为,对他构成威胁的只有雷河南一个人。不对,还有个乳臭未干的小伙子,那个人叫什么来着,小曾,对,小曾。

严臻肩上忽然挨了一拳,赵铁头瞪着眼训他:"严连长,你可抓点儿紧啊。"

严臻不禁苦笑。抓紧,他已经抓得很紧了,再紧,那个刺猬一样的女人就要和他拼命了。

"哎哎哎,你到底晚上能不能喝酒?能喝,咱们就抿两口。"赵铁头问他。

严臻摇摇头:"喝不了,今晚我巡逻。"

今天是来营地的第一天,晚上他要带着一名战士值夜。

"唉,找你喝个酒真难,算了,还是我们老哥俩喝吧。"赵铁头难掩失望地说道。

严臻摆摆手:"改天吧。总有机会的。"

赵铁头点点头,拉着邓先水走了。

谁知严臻刚走到宿舍区,就听到背后响起一阵急促的脚步声:"严连长,等等,严连长!"

严臻停步转身,面露诧异地看着邓先水:"老邓,还有事吗?"

"我刚听拉卡说,说经理明天要去附近村子劝说当地雇工回来上班。严连长,这可是你们单独相处的好机会,你可要抓住了。"邓先水说完,朝他肩膀上拍了一下,转身走了。

夜深了,营地里的灯光渐渐暗下去,和远处黑黢黢的坎贝山仿佛融为一体。

严臻和石虎沿着营地周边巡逻。石虎偏头,看着身边的严臻。严臻正目光如炬地盯着营地附近的灌木丛,偶尔停下来,用微光夜视仪看一看觉得可疑的景物。

石虎用崇拜的目光望着严臻。在来索洛托维和之前,他们同属一支部队,却不是一个营的。他们营领受维和任务之后,石光明营长向上级点名要人,把严臻从别的营调来担任步兵营作战连连长。

石虎很早就见过严臻,在一次声势浩大的表彰仪式上,他们曾一起站在主席台上受奖。严臻不仅是全军赫赫有名的军事指挥人才,听说他还是清华大学毕业的硕士生。在见面之前,石虎一直以为严臻是那种文质彬彬的奶油小生,没想到站在他身边的上尉竟是烈烈威武的男子汉。严臻个子很高,身姿笔挺,留着长长的连须鬓角,青黢黢的下颌棱角分明,眼睛很大,精光闪闪,身上透出的军人气魄给人留下极深的印象。

严臻是个感觉极其敏锐的男人,仿佛察觉到石虎在看他,下台前他主动转头,冲石虎点了点头。石虎愣了愣,没来由地,竟觉得有些激动。

那次见面他们并没有什么言语上的交流,可石虎却始终记得严臻的样子。后来再见,就是在维和步兵营的成立大会上了,严臻作为作战连的代表在台上发言。

严臻发言的时候不用稿子,底气很足,声音洪亮,充分展现出维和战士的崭新风貌和昂扬斗志。大家哗哗鼓掌,看得出来,他这第一炮打得很准,很漂亮。

到了索洛托蒙特里基地后,严臻迅速融入作战连,他独创的训练方法,让每一个参与其中的战士都感觉到巨大的压力。许多人受不了,背地里说闲话,甚至有人骂他是冷酷无情的"活阎王",可坚持了一段时间后,在和其他兄弟连队比试抗衡时,一连战士总是能够拔得头筹,赢得胜利。渐渐地,战士们体会到好处,对严臻的能力佩服得五体投地,这才明白为什么有那么多人削尖脑袋也想调入他们连队了。战士们的态度变了,闲暇时间总是朝严臻身边凑,想多学点儿东西,他也来者不拒,只要能帮到战士们的,他从不藏私,倾囊相授。

严臻和战士们逐渐打成一片，培养默契度，后来，在之前发生的大规模武装骚乱中，这种相互间的默契就充分发挥了作用，并且体现出它的难能可贵之处。

石虎崇拜严臻，他希望自己将来能够成为严臻那样优秀的军事指挥官。

"咚！"头盔忽然发出一声闷响，石虎的脑袋晃了晃，惊讶地看着严臻。

"想什么呢？"严臻撇了撇嘴角。

石虎这才回过神来，挠挠后脖子，憨厚地笑了："想起那次军事对抗赛的事了。连长，你还记得吧，那次营长为了考验锻炼我们在战场上的临机处置能力，专门挑我们体能接近极限的时候为难我们，让我们在五分钟内解救藏在基地里的人质。基地那么大，那么多间房子，鬼才知道人质藏在哪里，关键是大家都没力气了，走一步都觉得肺要炸掉了，怎么去找人，还只给了我们五分钟。你还记得吧，当时我们五人小组，三个已经挂了，只剩下我们两个人在死撑，接到任务之后，你对我说，石虎，给你一次当英雄的机会，你要不要。我愣了一下，说要。你就笑了。对对对，就像现在这样，冲我笑。"

严臻摇摇头，摸摸鼻子。

"你说，没有你的命令不许动。可我没想到你是牺牲你自己去成全我！你攒足劲儿冲出去，并且在'中弹'之前大喊人质在老刘宿舍。可我冲上去，没有救人质，却选择救了你……"

严臻抬手，用力敲了敲石虎的头盔："笨蛋！"

石虎把掉到眼睛下面的头盔扶正，眼神复杂地看着严臻："为此，你还关了我24小时禁闭，让我想清楚我错在哪儿了。后来，还带着我和一连战士重温了当时的情景，你告诉我们，军人以完成使命为天职，即使等待我们的是危险和牺牲，也不能有丝毫的犹豫或是退缩。如果真遇到演习时的情况，你说，解救人质才是最重要的。其实，我的心里一直不服气，我觉得你太没人情味儿了，连战友兄弟都可以抛弃。直到发生武装骚乱，和你去营地解救受困同胞，亲眼看到你舍生忘死地保护他们，我才赫然明白，当初你的无情，才是真正的有情。"石虎动容地说着。

严臻笑了笑，拍拍石虎的肩膀，朝前走去。石虎赶紧跟上去，和严臻保持同一步速："连长，我还有个事……"

"说。"

"我想问问你，问问你，怎么做才能讨女孩子欢心？"石虎表情有些扭捏地问。

严臻偏头看看他，嘴角一撇，笑了："小孔为难你了？"

"没有。我这不是第一次谈恋爱吗，没经验，不知道怎么做才能让她高兴。连长，你是过来人，你跟我传授传授经验呗。"石虎朝严臻靠过去。

"别介！"严臻胳膊一横，挡住他，"这事你得去问老刘，他谈了好几个女朋友，应该很有经验。"

"咻！问他？他就是能吹,谈了好多是吧,那怎么没一个姑娘肯嫁给他呢。"石虎撇嘴。严臻一想也是,可让他给石虎传授经验,岂不是……

"咳咳,那我也算了,我还离过婚呢。"严臻说。

石虎怔住,眨眨眼,低声嘟哝说:"那怎么能一样呢。你和长安,你们虽然那个了,可你们彼此心里都装着对方,复合那是分分钟的事。"

严臻弯了弯嘴角,表情变得柔和下来。

"你真这么觉得?"

"当然了！全营的人都知道了好不好。上次联欢会,你们在台上那黏糊劲儿,那暧昧的眼神,就连那个'喝水'小男孩儿也捂着嘴偷笑。而且这次来营地,也是石营长特意安排的,想撮合你们呢。"

严臻呵呵笑:"我看,是便宜了你这小子。"

"嘿嘿。反正我就是佩服你,能搞定长安那样的女王,连长你肯定有秘诀,快告诉我,不许藏私。"石虎觍着脸凑上来。

严臻想了想,偏过头,在石虎耳边说了一句话。石虎眨眨眼,脸皮上的温度直线上升,半晌,他朝前方的严臻追过去:"连长,你整个温柔点儿的,这太,太……"连长这办法也太直接了。

后半夜,有战士出来换班。严臻说他值夜,让石虎回去歇了,石虎不敢违抗命令,嘟着嘴走了。

严臻和小战士在营地巡逻,遇到几个值夜的龙建员工,他们互相打了个招呼,又各司其职,分头走了。

其实营地之前有一套专门的保卫制度,也有保卫人员轮流值夜,安全意识很强。他们来了之后,这些保卫人员并没有懈怠偷懒,反而比之前多出一人加入值夜队伍。想必是长安的安排吧,想减轻维和战士的工作量。而且,据严臻观察,营地的大事小情,没有不通过长安的。一顿寻常的晚餐,长安足足吃了四十分钟,其间被打断十余次,有两次,还丢下饭碗,出去处理完突发情况后才回来继续吃饭。

想到长安,严臻的目光情不自禁地转向那片静谧的宿舍区。

一排黑黢黢的房子,只有一间屋子还亮着灯。远远望去,就像是一颗不小心坠落凡间的星星,在夜色中闪烁着柔和的光芒。那应该是一盏台灯,光线不甚强,严臻心中微微一动,示意身边的战士先走。他朝那个亮灯的宿舍走了过去,在距离它七八米远的地方停住。像是回应他一样,蓝色窗帘上面映出一道纤细修长的人影。是她。只消一眼,他就知道里面的人是长安。只见她走到窗前,低下头,用手指掐着眉心,过了片刻,她又张开手臂,伸了个大大的懒腰。

严臻抿着嘴唇,眼前闪现出长安嘟嘴皱眉的样子。以前在一起时,她也像现在这样,总是借着昏暗的灯光,记录工作笔记或是学习研究技术规范和合同标书。

长安的娱乐时间很少,几乎没有,他总是在休假时强迫她出去,可她每次都不愿意走远,只是喜欢挽着他的胳膊,依偎着他,和他在附近的公园里散步。两个人也不说话,只是那样静静地朝前走着,就觉得时光真是美好,仿佛可以这样一直走下去,一直走到白发苍苍。

严臻的眼睛里浮起一片光亮,里面有安谧的窗口,有她……

屋里的灯灭了。严臻眼中的光芒却仍旧在黑夜中闪烁,他在原地站了一会儿,才转身,迈着大步从容离开。

翌日。因为要去附近村镇,长安起了个早,出门时看到一队穿着短袖迷彩T恤的战士汗流浃背地跑了过去。其中就有石虎,他冲她挥手,又指了指一旁的白色越野车。

长安转头,一眼就看到了军装威武的严臻。他正和何润喜说话,可能察觉到她的目光,他回过头,朝她望了过来。

长安看着他,眼仁黑漆漆的,不知在想些什么,怔了一会儿,才迈步朝他们走过去。拉卡已经坐在驾驶位上。何润喜拉开副驾驶车门:"经理,你……"

"她坐后面。"严臻推了何润喜一下,将他赶到车上,然后拉开后车门,转头看着长安。长安默然上车,他绕到另一边,拉开车门坐了上去。

"开车吧。"长安对拉卡说。

汽车立刻发出轰鸣声,车身颤了颤,缓缓驶出营地。路旁,有工人还在废墟上清理垃圾,看到车子,他们纷纷直起腰,朝车子望过来。

何润喜转过头:"今天差不多就清理完了,到时再栽上花草树木,还会像以前一样漂亮。"长安点点头。

车子驶出营地,一路向西,开往今天行程的第一站大树村。大树村在这次武装骚乱中损毁严重,不能复工的当地员工有一半都居住在这个村子。

拉卡嫌车里太安静,他一边开车,一边打开车载音响。

  它 主宰世上一切
  它的歌唱出爱
  它的真理遍布这地球
  它 怎么一去不返
  它可否会感到
  烽烟掩盖天空与未来……

熟悉的音乐旋律在狭小的空间里盘旋回荡,长安蜷起手指,用眼角的余光打量着身边的严臻。他整个人仰靠在座椅上，姿势是完全放松的。严臻闭着眼睛，微微抿着嘴唇，收着下巴，双手叠放在小腹上方，修长的双腿分开，身子随着车身摆动的幅度轻轻晃动着。一缕阳光透过车窗照在他的脸上，在鼻翼两端形成了一段寸许宽的光带，从她的角度望去，感觉像是看到影视剧里那些脸上涂着油彩的特种兵。

不知怎的，长安忽然忆起很久以前严臻搞突然袭击回家那次。他脸上涂着黑乎乎的油彩，一双眼睛却亮得如同吃人的妖怪一般，在夜里闪闪发光。许是想她想得狠了，顾不得去洗漱便痴缠上她，闹到半夜饿得去厨房偷吃剩饭，被她抓了个正着……

"嗯。"严臻的眼皮忽然动了动。

长安唰一下转过头，假装看着窗外的风景，心却怦怦乱跳，生怕他开口说话。谁知身边再没了动静。

长安转头望过去，发现他真的睡着了。看来，他也不是铁人。一晚上巡逻下来，且在她窗外站了那么久，他怎么能不困呢？

看到严臻脸上的光带有逐渐上升的趋势，长安动作很小地朝他那边挪了挪，探出手，按住车门上的车窗升降开关，把车窗慢慢升上去。

"嘎——"拉卡猛地踩下刹车。长安正侧着身子关窗，重心不稳，加上毫无防备，竟重重地跌落在严臻身上。温热的男性气息扑面而来，她呼吸一窒，脸皮热烫，就要坐起来。可她动不了，因为有人拽住她，不让她起来。

长安背对着前排，看不到发生了什么，只能听到何润喜夸张的喘气声和拉卡欢快的笑声。是在笑她吗？一定是的。

长安闭了闭眼睛，咬牙切齿地瞪着面前睡眼惺忪的男人，用口形警告他："你放开我。"

严臻咧开嘴，笑了笑，垂下眼帘，仿佛没看到她一样。

车子重新启动。长安用力掐了严臻一下，他吃痛，扬起长长的睫毛，她趁机捅了他一拳，拉着车门坐正。

长安捋了捋鬓边的头发，按揉着太阳穴，听何润喜和拉卡说起刚才碰到长颈鹿群的事。她松了口气，绷紧的表情也变得柔和了一些。

刚把手放下，却被旁边的人抢了去，长安身子一僵，偏头，怒视着严臻就要发作，可是他却比了个噤声的手势，然后指指前面谈兴正浓的两个人，目光灼灼地冲她笑了笑。

第四十一章　意外受伤

大树村村口长着一棵巨大的蝴蝶树，它也因此而得名。

车辆驶入村子，道路上扬起一层黄色的灰尘。因为时间尚早，村民大多还在休息，所以没有人来迎接他们，平常在村口嬉戏打闹的孩子们也失去了踪影，远远地，只能看到三个头顶塑料盆的非洲妇女走了过来。

说起头顶功这个绝活儿，就算是技艺高超的杂技演员也不敢与非洲人争锋。在这里，男女老幼外出时都会在头顶箍上一圈类似软毛巾的东西，然后在上面放上你能想象到或是根本想象不到的东西。长安曾亲眼见过顶着硕大的木质家具在路上健步如飞的男人，也曾在香淞海湾见过将刚捕捞上来的大鱼顶在头顶的渔民，就连身材瘦小的儿童，也能轻而易举地顶起七八层的煤炭或是水果在集市上叫卖。而且据当地人说，这项技能是他们从小就锻炼出来的。

她们好奇地看着汽车，拉卡放慢车速，探出头，用斯瓦希里语问她们："艾伯特住在哪儿？"

非洲妇女同陌生人打交道时通常都很羞怯，她们一边害羞地笑着，一边指着村子东边，告诉拉卡，他们要找的人住在那里。

前面的路很窄，车辆难以通行，长安让拉卡停车，他们一起走着过去。拉卡下车后侃侃而谈，说他们当地人起名字都很随意，经常想到什么就取什么名字。有孩子因为父母懒惰取名犯懒，有的因为父亲是酒鬼取名在啤酒杯里，还有用官职取名的，譬如少校、部长等等。

拉卡笑着说："当地人喜欢用心情取名字，高兴、痛苦，都有人用它们做名字。"

"高兴就算了，还有人叫痛苦的？"何润喜不可思议地说。

"有啊，因为他是母亲难产生下来的，所以他母亲一气之下，就给他取名叫'痛苦'。还有一位因为是双胞胎，名字叫珍珠鸡。"

"哈哈……"何润喜笑了。

拉卡继续说:"还有更可笑的呢。我曾经认识一个朋友,第一次见面时我问他叫什么名字,他却跟我说:再见!我愣住了。这时,他的妹妹走了过来,我问他妹妹叫什么,他妹妹说:你好。我晕了,就问他们到底叫什么名字,他们还是那样回答我,就这样重复了好几遍,我才恍然大悟。原来,他和他妹妹就叫再见和你好。"

啊!虽然知道拉卡的描述有夸张的成分,可他们还是被逗得哈哈大笑。

何润喜揽住拉卡的肩膀,调侃说:"那你呢,拉卡,你的名字又是什么意思?"

拉卡眨眨眼睛,露出洁白的牙齿:"我也不知道,我妈妈可能希望我长大了开卡车吧,哈哈哈……"大家哄然大笑。

被这种愉快的气氛感染,长安也不禁露出了久违的笑容。一转头,却看到严臻明亮灼热的目光正牢牢地锁着她。

阳光下,微风里,戎装英武的蓝盔军人,让她心里也生出一阵悸动的感觉。

"经理,你看!"何润喜忽然叫了起来。

长安扭过头,朝何润喜指的方向望过去,嘴角的笑意渐渐隐去。

那是一幢被战火损毁的茅草屋,房子塌了大半,只剩下一个黑乎乎的框架,屋子前有一条流浪狗在觅食,看到陌生人出现,它警惕地竖起耳朵,朝他们狂吠起来。

"这是一个单身汉的住所。"拉卡指着房屋周围的空地,"因为它没有扎围墙。"哦,原来单身汉住的是没有围墙的房子。

房屋的主人也不知道去了哪里,想必因为房屋失去修缮价值主动放弃了。那他又去哪里住了呢?

长安抬起头,望着满目疮痍的村庄,心里像是压了块石头,很难受。

越往村子里面走,看到的景象就越是触目惊心,房屋的状况比想象中更加糟糕。

这里的房屋大多是传统的草顶,条件好点儿的会盖着简陋的瓦楞板,圆圆的或是四方的一圈木架子,下面用土坯糊实了,然后在房子四周竖起像亭柱一样的木棍支撑起屋顶。土坯房在国内已经鲜少见到了,可是在非洲,在索洛托的乡村,这种房子仍然占据主流。

对他们这些常年搞土建施工的人来说,修缮这种房屋可以说毫无技术难度可言,不过是费些人工而已。可眼下劳动力短缺,项目上尚且自顾不暇,哪还能抽出人手过来帮忙呢。可亲眼看到了,心里就惦记上了,走了老远,长安眼前还晃动着那些残破的房子和流离失所的难民。

"到了。"拉卡指着一处扎着草编围墙的房子说道。

艾伯特的家,三幢茅草屋只剩下一个草顶泥壁的小棚,听到声音,艾伯特带着一家老小从屋子里走出来,何润喜嘟哝了一句"乖乖"。从大到小,竟足足有九口人。

艾伯特看到长安他们,惊讶得张大嘴巴,用拗口的中文招呼他们:"经理,何助理……"

长安点点头："你好，艾伯特。"

这时从人群后面钻出一个黑黑的小孩儿，他看起来很是眼熟，长安刚认出他就是那个可爱的"喝水"男孩儿阿米，他就露出洁白的牙齿笑了起来。

阿米从哥哥姐姐们身后冲出来，朝身材魁梧的严臻快速跑了过去。严臻眼睛一亮，弯下腰，伸开双臂，将他抱起，高高地举起。"咯咯咯……"院子里响起孩子愉快的笑声。

严臻从兜里掏出一块巧克力送给阿米。艾伯特的子女看到这一幕，顿时嫉妒地吵嚷起来，艾伯特压低声音训斥着他们，却抵不过孩子们的声浪，最终选择妥协，他想从小儿子手里抢走那块巧克力分给其他子女，可是阿米却一直揽着严臻的脖子，不肯下来。

严臻的表情有些尴尬，他没想到为长安准备的巧克力会惹下一堆麻烦。他朝长安看过去。长安却双手抱着手臂，就像看好戏一样看着他。

严臻用口形说："帮帮我。"

长安扬起嘴角，眼睛却故意避向一边，假装没看到。

看到长安俏皮使坏的模样，严臻的心竟痒痒的，他俯身对阿米说了几句什么，阿米虽然不情愿，可还是听他的话，把巧克力分成两半，把其中的一半分给他的哥哥姐姐们。孩子们一哄而散。

艾伯特邀请长安他们进屋。走进昏暗的屋子，他们不禁惊呆了。这个只有十几平方米的屋子里，除了一口锅、一个水罐、几个塑料盘、一排破草席之外，再无其他家什摆设。

屋子里光线昏暗，散发着一股特别的气味，长安看到地上的锅里，有一团白花花的东西。

是木薯泥。

木薯，非洲人的主食。木薯产量丰富，富含碳水化合物，当地居民把木薯磨成粉，制成饭团、糊状的主食来吃。

想必他们来的时间不凑巧，正赶上艾伯特一家在吃饭。

"你们先吃饭，我们在院子里转转。"长安示意何润喜他们出去。谁知艾伯特的妻子却热情地拉着长安，把她朝锅那边推。长安赶忙摆手，示意她不吃饭。

"你拒绝她，是很不礼貌的行为。"严臻拉着长安的手，带她坐到锅旁的垫子上。随后，何润喜和拉卡也被艾伯特推过来坐下。

小小的一口锅，没有碗筷，没有勺子，艾伯特家里也根本没有这些东西，大家挤着坐下，艾伯特的大女儿坐在严臻身边。这个十七岁的少女长得非常漂亮。

"Malaika。"艾伯特指着女儿向大家介绍,"女儿,我的女儿。"

"哇!Malaika,天使,Malaika在我们国家的语言里就是天使的意思。艾伯特,你有一个美丽的天使!"拉卡羡慕地说。

艾伯特也以女儿为荣,他摸了摸女儿的脸颊,笑着用斯瓦希里语同拉卡交谈起来。聊了几句之后,艾伯特把手伸进锅里,抓起一小块蒸木薯泥,蘸了蘸盆子里的酱料,塞进嘴里。艾伯特的妻子也照做吃了一口,然后夫妇二人都瞅着长安。

拉卡凑到长安身边,低声提醒说:"经理,他们等着你吃呢。"长安目光闪了闪,蜷了下手指。

"我先来吧。"严臻已经伸手去锅里挖了一块木薯泥,学着艾伯特那样蘸了些料,放进嘴里。

大家都看着严臻。他咀嚼了几下,浓眉一挑,眼睛里溢出笑意:"Nzuri kula。(好吃。)"

艾伯特和他的家人笑了。Malaika则侧着头,倾慕地看着身边这位英俊的外国军人。

长安也像严臻那样挖了一块木薯泥,但没蘸料,直接送入口中。何润喜看着她,嘴角禁不住抽了抽。

长安慢慢咀嚼着嘴里的食物。木薯她并不陌生,项目部的食谱上就有蒸木薯这道主食。可营地厨师做出来的蒸木薯和艾伯特家里的木薯不论是从口感还是从味道来比较,都有许多不同。就像是盖浇饭和咖喱饭的区别,这里的木薯感觉更冲鼻,更地道一些。

食物准备得不多,他们也只是吃了几口,就推托饱了退出主屋,艾伯特叫孩子们回来吃饭,孩子们争先恐后地跑进屋里,阿米落在最后,进屋时还被绊了一下,狼狈地倒在地上。

Malaika从屋里走出来,她用火辣辣的目光望着严臻,问他想不想喝水。严臻摇头拒绝,拉卡却叫唤口渴,让Malaika给他倒杯水来。Malaika很生气地瞪着拉卡,但她还是用一个搪瓷缸子舀了一杯水端过来。

拉卡刚喝第一口就皱起眉头:"哇!什么味儿!"

Malaika听不懂他讲的是什么,但从他的表情可以看出来,他对这水很不满意。Malaika更加生气了,她噔噔噔走过去,一把抢过拉卡手里的杯子,端到严臻面前,示意他喝。

严臻低头看了看缸子里浑浊的水,抬起头问Malaika:"你们平常就喝这样的水?"

Malaika听不懂中文,疑惑不解地看着他。

"拉卡,你翻译一下。"严臻说。

拉卡用斯瓦希里语问了一遍，Malaika点头，说村民世世代代喝的都是大河里的水。拉卡翻译给严臻，指着村子东边，说："那里有一条河，村民吃饭、喝水、洗澡、洗衣服都在那条河里。"

长安走了过来，她从严臻的手里拿过缸子，低头喝了一口。

"经理！"

"不能喝！"

何润喜和拉卡同时叫出声来。只有严臻目光炯炯地看着长安。长安抿了抿嘴唇，压住口腔里那股怪异刺鼻的气味，她又用手指从缸子里蘸了点儿水，放在鼻子下面闻了闻。

"这水污染严重，长期饮用会减少人的寿命。拉卡，你问问Malaika，村子里最长寿的人活了多大岁数？"长安对拉卡说。

拉卡问了Malaika之后，告诉她："四十五岁。"

四十五岁！长安和严臻互相对视了一眼，何润喜直接就惊叹叫道："我的天呐！"

四十五岁，在中国还属于中青年。可是在大树村，却已经到达生命的极限。

长安看过艾伯特的简历，他今年三十八岁了，也就是说，他顶多还有七年的寿命。想到可怜的阿米，还未成年就会失去他的父亲，她的心顿时闷闷地疼了起来。

可能大家都想到了艾伯特，所以院子里便静了下来。

严臻走过去，从长安手里接过缸子，把水倒进喂鸡的盆里。Malaika困惑不解地看着他，乌黑的眼睛里浮现出一丝受伤的神色。

长安转头对拉卡说："你去把车上的矿泉水都搬来，送给艾伯特。"

拉卡愣了愣："全部……吗？"

因为他们今天要跑好几个村子，所以越野车上备了两箱从国内运来的矿泉水。

"全部。"长安眼神坚定。

拉卡去搬水了，何润喜去一边接电话，长安就走到院子一隅，在一处准备动工修缮的废墟前停下。Malaika黏着严臻，一边打着手势，一边用斯瓦希里语同他交谈，可严臻假装听不懂，朝长安走了过来，Malaika紧紧跟着。

长安歪着头，看看他："怎么，不聊了？"

严臻嘿嘿笑道："不敢聊了。"

长安挑了挑眉毛。严臻叹了口气，说："怕某人生气，不理我。"

长安瞪着他，严臻笑了笑，拉住她的手，轻轻地攥了攥。长安脸皮通红地甩开他，蹲下身子，拿起搁在木板上的刀朝他睃了一眼。

这刀是用来剁菜叶子的。

严臻哈哈大笑，微弓着腰，揉了揉长安绾在脑后的发髻。长安的脸更红了，有一半是气的,有一半是羞赧,她一边扶着发髻,一边低声斥道:"严臻!"

严臻兀自还在笑着,眼睛亮亮的,看得她一阵心慌。

Malaika看到这一幕,嫉妒得两眼喷火,她可不懂什么叫知难而退,只见她噘着嘴,忽然上前猛推了长安一下。

"啊!"长安姿势狼狈地朝前趴去,严臻反应机敏,揽着她的腰把她从地上捞了起来,可她手里的刀刃却不小心划过她的手背。鲜红的血水一下子涌了出来,Malaika吓呆了,尖叫着向后退。

屋里的人听到动静,纷纷跑了出来。

寂静的院子顿时乱作一团,艾伯特大声叫着Malaika,似乎想弄清楚缘由,可Malaika缄口不言,阿米缩在母亲身后,探出脑袋,一脸惊恐地盯着地上的血迹。

何润喜一边问拉卡车上有没有药箱,一边从身上翻找着能够止血的东西。只有严臻保持冷静,在长安受伤之初就丢掉她手里的刀,然后抬高她的左臂。

严臻的手扣上长安的锁骨,她颤了颤,抬起黑黢黢的眼睛看他。严臻抿着嘴唇,目光冷肃地盯着她的伤口,手指紧压住她锁骨窝动脉搏动处。

长安学过简单的急救知识,知道这样做可以减缓血流和加速凝血,也可止上肢出血。是她误会了。

这会儿长安才感觉到伤口处传来阵阵痛楚,火辣辣的,像泡在辣椒水里一样,她屏息蹙眉,手臂轻轻抽搐了一下。

"疼?"严臻低下头。

长安脸色苍白地摇摇头。严臻凝视着她:"再忍一忍,等血凝住我就给你包扎。"长安嗯了一声。

过了一会儿,严臻对神情紧张的何润喜说:"去找些干净的布条。"

"好。"何润喜刚要去艾伯特的家里,严臻又出声阻拦:"算了,你过来,握紧她的手腕。"

何润喜跑过来,小心翼翼地接过长安的腕子:"这样按住吗?会不会太重了?"

严臻正在寻找可以用的东西,听到何润喜的话,扫了一眼,说:"你再用点儿力,不然没用。"

何润喜哦了一声,手指重了些,但还是怕长安疼,一边朝下按一边瞅着长安的脸色。长安笑道:"你只管来,看我会不会眨一下眼睛。"何润喜这才放心大胆地掐着她的手腕。

艾伯特家里卫生条件太差,根本找不到可用的止血用品,药就更不用提了。找了半天,严臻从屋里拿着一瓶新鲜的棕榈酒走了出来。

棕榈酒是非洲特产。酒液来自棕榈树,需要在树干上部凿个洞,插一根塑料软管,管下接瓶子之类的容器,乳白色的汁液便会滴入瓶中,接满后,加盖,放几小时便成了酸甜的棕榈酒。没有酒精,棕榈酒也聊胜于无了。

严臻双手叉腰看看四周,最终把目光锁定在长安身上。他走过去,低声对长安说:"你的衣服,要用一下。"

还没等长安反应过来,严臻已经拽着她白色T恤的边沿,利索地撕开一道口子,再一用力,她的长T就变成了短T。

长安目瞪口呆地看着严臻。他直起腰,伸手,揉了揉她的脑袋:"赔你一件新的,你记着账。"

长安的脸火燎似的烫,伤处的疼竟轻了不少。

这时,艾伯特端着一个黑碗走了过来。他用斯瓦希里语比画着说了半天,拉卡才翻译道:"艾伯特说,这是谷壳灰,能止血。"

黑碗里沾着一层灰色的黏稠状物质,长安眼角抽了抽,对拉卡说:"不用了,你跟艾伯特说,谢谢他的好意。"

拉卡转达。艾伯特仍然固执地捧着碗站在原地。

严臻用棕榈酒给长安的伤处清洗消毒,伤口渐渐露了出来,足足有两寸多长,幸好刀刃不算锋利,划得不算太深。但少了止血措施,血水又涌了出来,严臻目光微凝,朝艾伯特招招手,把他手里的黑碗要了过来。

"喂,我不要擦这个……"长安对土法抗拒得很,因为小时候她曾用香灰为长宁止过血,可血没止住,还闹得他感染住进医院。打那以后,她就再也不相信什么民间偏方、民间土法了。

"那我们现在就回营地。"严臻用食指顶了顶头盔,目光清亮地看着长安。

"不。不回去。"回去就要耽搁一天,她现在最耽搁不起的就是时间。

"那就听话。"严臻语声一转,竟带了一丝恳求的意味。

长安愣了愣,慢慢松开紧蜷的手指,垂下眼帘,偏过脸去:"那你快点儿。"

严臻竟呵呵笑了两声,然后握着长安的手,敷上一层谷壳灰,又用白布条包扎结实。

"举一会儿吧。"严臻帮她把手肘竖起来。

长安嗯了一声,低头瞅了一眼手背上的布条,眼里涌上复杂的神色。

因为意外受伤,艾伯特非常自责,Malaika不肯说出长安受伤的原因,他就缠着拉卡给他翻译,想弄清楚事情原委。这可能是当地人的风俗,客人在家里受伤的话,主人家会觉得很没面子。

"经理,你跟他说清楚吧,艾伯特他很固执。"拉卡指了指他的脑袋。

长安朝Malaika望了过去。这个年轻健康的黑人少女,正揪着花色俗艳的裙摆,眼神惊慌地回避着她的视线。

长安沉吟片刻,对拉卡说:"你告诉艾伯特,是我不小心划到了,与他人无关。"

何润喜叫了她一声,焦急地指着Malaika。长安冲着何润喜摇摇头,何润喜委屈地低下头。

严臻看着淡然自若的长安,若有所思地抿住嘴唇,眼神渐渐变得深邃而又悠远。

受伤这事揭过去了,接下来,长安和艾伯特就复工的事情聊了很久,艾伯特最终还是拒绝回去工作,他向长安致歉,长安并未发火,她对艾伯特的固执表示理解,毕竟亲眼看到他们真实而又艰难的生活现状,如果再对他施压,那他们成什么人了。

从艾伯特家里出来,他们又走访了十几名大树村的雇工,他们的情况和艾伯特差不多,大多因为修缮房子的事拒绝回去上班。

午饭是在另外一个村落的雇工家里解决的。为了招待他们,这个叫尼克的雇工从邻居家里借了一块羊肉,做了手抓饭请他们吃,他和一家老小却吃蒸木薯凑合。

长安他们怎么可能安心享受美食呢,最后手抓饭让给了尼克的六个孩子,他们则和尼克一样围坐在一起吃蒸木薯。

尼克非常感激长安能来看望他,他向长安允诺会按时复工,也会劝说同村的工友一起回工地上班。

"谢谢你,尼克。"长安的脸上露出了久违的笑容。

天色渐晚,一行人开车返回营地。车窗外微风习习,远处的草原被晚霞镀上一层金色,路旁的树林变成一片黑暗的轮廓,林子深处隐约传来热烈欢快的鼓声,拉卡一边开车,一边跟着鼓点轻轻扭动着身体。长安将头倚在窗框上,沉默地望着窗外的景色。

"经理,今天收获不小,七十多名雇工里面,有一半的人承诺按时复工呢。我们这一趟,真没白来。"何润喜转过头,一脸兴奋地说道。

长安收回目光,神情却淡淡的,她的脸被夕阳映得通红,瞳仁却黑黝黝的,神色间透出一股子镇定和沉稳。她看着何润喜:"我在想,延后复工的事情。"

"延后?"何润喜瞪大双眼,目光直直地看着长安。

延后复工。这就是长安在各个村子辗转辛苦了一天之后做出的决定。对这个结果,急盼回家的何润喜表现得很是抗拒,回程的路上,他一直耷拉着脑袋,话也没了。车厢里没人说话,气氛变得有些微妙。

长安看了一阵车外的风景,其实已经算不上风景,黑乎乎的一团影子,像是蛰伏在林间的怪兽,伺机而动,随时准备朝她扑过来。她心神一悸,匆忙转头,却撞上一双黑沉沉的目光。

严臻。他不知这样看了她多久,以至于他那张棱角分明的脸庞上竟似带了些许凝思的神色。被他黑沉沉的眼睛看着,长安很是不自在,刚想扭头避开,搁在腿边的手却被他轻轻握住。严臻的手掌干燥而又粗糙,指肚上长年握枪磨出的老茧摩擦着她的手心。他握着她,就像握着一件易碎的稀世珍宝,力道把握得刚刚好。

长安抬眼看严臻,他也看着她,目光温暖而又坚定,其中又流露出赞许的意味。

长安怔了怔,胸中不禁涌起一阵滚烫的热流。严臻支持她的决定。他一直都懂她。懂她纤细复杂的心灵下面隐藏着的善良和怜悯,懂她在沉默中思考的人生的责任和意义。这么多年过去了,他始终如一,一直都是最懂她的那个人。可反观她自己,却毫无进步,她从没有考虑过他在想些什么,他想要什么,他又希望她做些什么。

原本是要挣脱的,可心念这样一转,长安竟这样由着严臻牵着自己,一直到车辆驶入营地大门。

下车之后,长安自是变回那个油盐不进的"女魔头",可就在严臻离开之后,她还是忍不住回头,朝那抹挺拔的背影望了望。之后,她神色严肃地吩咐何润喜:"你去通知办公室、技术部、物资设备处、财务部的管理层还有各施工工长,晚上七点准时到会议室开会。"

何润喜答应了一声,刚转身走了几步,就听到长安叫他:"你也来,一起听听。"

何润喜一般不参加这种管理层的会议,闻声讶然地看着长安:"我也参加?"

"嗯。"长安肯定地说。

晚餐,赵云龙带着厨师团队准备了干煸豆角、香煎茄子、红烧排骨、蜂蜜烤鸡翅、西湖牛肉羹等等中式菜肴,员工们好久没吃到这么丰盛可口的饭菜了,一个个兴高采烈,边吃边聊。

严臻到得晚,他走进改建后的餐厅,大家都已经吃了个七七八八。一些人低头看表,起身准备去开会。他目光炯炯地睃了一圈,没发现他要找的人,正想退出去……

"连长!这边!"石虎冲他招手,并且兴奋地拿起盘子里的烤鸡翅,示意他赶紧过去吃饭。

严臻点点头,到打饭窗口对赵云龙说:"赵师傅,来一份套餐打包。"

赵云龙看到是他,立刻露出笑容:"严连长,又去值夜啊,在这儿吃饱了再去呗。"

"不用了。"严臻笑了笑。

赵云龙每份菜都加足了分量,又给他多包了一份烤鸡翅,之后把塑料袋递给他。

"谢了。"严臻冲着赵云龙摆摆手,退出喧闹的餐厅,朝宿舍区走了过去。

长安听到敲门声时,正在给手上的伤口敷药,药箱里的东西散了一桌子,她来不及收拾,一边应声,一边把手藏在背后,走到门口。

"谁啊?"她问道。

肯定不是孔芳菲,她有钥匙用不着敲门。

外面的人没有应声,长安拧了下门锁,门呼一下开了,她的心咕咚一跳,眼前已经多了一抹高大魁梧的身影。是严臻。

长安后退一步,蹙眉看着他:"你有事……喂!你锁门做什么!喂!别拉我!"

"严臻!"长安刚想开口斥责,却忽觉眼前一暗,再然后,严臻就将她箍在了墙壁与他中间,上身贴合毫无缝隙,俯下头来,吻住她的嘴唇。

严臻的嘴唇温热,口中竟有些香甜,长安一晃神,就被他撬开齿关,吻得更深。

过了许久,严臻气息微喘地抬起头,可长安水光激滟的眼睛和红润的嘴唇,却让他一阵怦然心动,忍不住再次低头,亲了她半晌,才重新站直。

长安瞅着他,眼睛里涌动着复杂的神色。

严臻摸了摸长安的脸庞,牵起她的手腕,走到卧室里面。

看到桌上凌乱的一团,他不禁无奈地笑了笑:"就知道你在这儿瞎整。"

长安窘得抽出手,想要去收拾,却被严臻揽住腰,带到一旁的床上。他摸摸她的头发:"坐着,别动。"

严臻把食盒放在桌上,把袖子朝上撸了撸,之后像变戏法儿一样把药箱里的东西归置整齐,然后留出几样需要的,扯了把椅子,坐在长安对面,给她处理起伤口来。

屋里弥漫着酒精和食物混杂的气味,长安吸了吸鼻子,嘴里咕哝说:"马上要开会。"

"很快。"

严臻动作利索地为伤口消毒,之后敷上云南白药,又用敷料包起来。做完这一切,他还掐了掐长安的脸,赞许道:"表现不错。"

长安忍不住看着他,可视线却不受控制地落在他的嘴唇上面,想到刚才火辣辣的一幕,她不禁用手心贴了贴脸颊。

"我得走了。"长安站起来。

"吃了饭再过去。"严臻低头看看腕表,把长安拉坐下来,然后打开食盒,凑到她鼻子下面晃了晃,"都是你爱吃的菜。"

看到颜色味道俱佳的菜肴,饿了一天的长安忍不住咽了口口水。

严臻拿起筷子,塞到她手里:"快吃,再看下去,就要迟到了。"

长安不再跟他客气,夹起一个焦黄诱人的鸡翅放进嘴里,咀嚼了两下,她忽然愣了愣,看向严臻。这味道,和刚才甜丝丝的亲吻……

"你偷吃了?"长安指着他的嘴。

看到长安像个护食的孩子似的表情,严臻不由得哈哈大笑,他凑上去,亲了亲她的嘴唇,低声说:"吃了一个。"

长安瞪大眼睛。严臻又亲亲她:"两个。"

长安哼了一声。严臻哧哧笑道:"三个,没多的了,你可以数数,一份蜂蜜烤鸡翅是几个。"

长安瞥了他一眼,又啃了一个鸡翅,然后把筷子塞到他手上:"你带来的,你负责把它处理掉。"她指指食盒。

严臻笑了:"放心,保证一粒米也不会留下。"

长安低头看看表,起身绕过他朝外面走:"走的时候,记得关门。"

严臻侧过身,冲着长安的背影喊道:"待会儿开完会,我去接你啊。"

长安脚步一顿,大声回道:"不用!"

"说定了啊。"严臻又喊了一声。

长安嘴角微扬,拉开门,大步走了出去。

夜色降临,营地的路灯亮了起来,干净整洁的水泥路延伸至远方,空气里散发着青草新鲜自然的气息,缓步行走其中,给人带来一种安谧祥和的舒适感。

严臻在一株刚刚移植的三角梅旁边停下脚步,夜风渐起,吹动着他的衣角,发出噼啪的响声。他仰起头,望着散落在青黑夜幕上犹如碎钻般的星星,脑海中不禁浮现出清代和邦额在《夜谭随录》中写的:"今闻朔风霍霍,思家迫切。"

他很久没有主动给父母打过电话了,上一次通话,还是武装骚乱平息之后,他向家里报平安。记得当时刚拨过去电话就通了,耳畔紧接着传来母亲宋志娟的声音,破碎地、哽咽地、焦急地,一遍遍问他好不好。他沉默了一会儿,才说他好,一切都好。

宋志娟开始哭泣,起初是小声啜泣,后来渐渐发展到号啕痛哭,电话换到父亲严定尧手上,他一边劝慰妻子,一边询问儿子的近况。严定尧说,出事之后,宋志娟每天手机不离手,就连睡觉如厕也要握在手里,电视二十四小时运转,固定在新闻频道,从未看过其他内容。

廖婉枫前两天打电话回家报平安,他们夫妇才从邻家小女儿口中得知他一切安好的消息,心虽是落了地,可一刻没听到他的声音,就总觉得心里不踏实,没想到他会主动打来电话。这些年,他同家里联系的次数两只手数都数得过来,而宋志娟自从那年从上海回来后,也像是变了个人似的,再也不提去上海照顾儿子的话,电话也不敢打了,而且从来也不提长安,有时严定尧无意中感慨一句,她就会发脾气,过后又失魂落魄地躲在一边发呆,要等好久才能缓过劲儿来。

当年的事,父亲严定尧也是真伤心了。记得他老人家得了信儿之后,第一时间就赶到部队找到他,见面二话不说,先甩了他一巴掌,父亲气是真气,把他劈头盖脸地痛骂了一顿,转身就要去找长安。他从背后抱着父亲,恳求父亲给他留点儿脸面,他和长安真的是无法挽回了。

严定尧像打了败仗的士兵一样,整个肩膀都垮了下去,他和严臻就那样维持着别扭的姿势沉默着,许久他才目露怆然地拨开严臻的手,低声说:"但愿你不要后悔。"

悔吗？严臻望着父亲一瞬间就变得佝偻弯曲的背影越走越远，他的视线却像是蒙上了一层雾气，渐渐模糊起来……

草丛里响起一阵蛐蛐的叫声，越发显得夜晚静谧和安详。严臻从兜里掏出一只平常只用于工作的手机，低调的黑色，国产品牌，陪伴了他很多年，利用率却极低。不过，最近却用得多了，而且随时都要带在身上，休息时会用它拍视频、拍照片，晚上再遴选出好的，待到周末时向万里之遥的小家伙儿晒宝炫耀。

小家伙儿。想起如精灵般可爱开朗的豆豆，想起他每次挂电话时豆豆明显依恋不舍的目光，他不禁扬起嘴角，满足地吁了口气。

又站了一会儿，严臻按下手机开关，打开屏幕，找到母亲的电话，拨了出去。

苏州。宋志娟正在家中和童蓉两口子聊天，严定尧在厨房准备晚餐的食材，准备一会儿和廖青岩喝两盅。

"臻臻最近打电话了吗？"童蓉抓了一把南瓜子，一边嗑，一边问宋志娟。

提起儿子，宋志娟不由得神色一黯，她摇摇头，语气无力地说："没呢。可能是忙吧。"

廖青岩扯了扯妻子的衣服，用眼神提醒她不要再说下去了。童蓉是个心直口快的主儿，既然说了，总不能就这样说一半丢一半，她看着没精打采的宋志娟，笑着说："你别担心了，昨天婉枫打电话回来，说他们现在好着呢，那边也不打仗了，他们工作不算忙，还能轮着休息。"

"那婉枫有提起臻臻吗？他还好吗？"宋志娟关切地问。

"还好吧。婉枫没提，我也忘了问了，要不，下次我帮你问问。"童蓉说。

宋志娟的眼里涌起失望的神色，她搓了搓手，强作欢颜道："哦，算了，没消息就是好事。"

"就是。臻臻是维和部队的骨干，他肯定比婉枫忙多了！"廖青岩插言道。

"我和志娟聊天，你插什么话，去去去，帮老严做菜去！"童蓉推搡着丈夫。

廖青岩笑着走了。童蓉起身，坐到宋志娟旁边，她看了看厨房，压低声音对宋志娟说："眼看着婉枫就三十岁了，每次我为她的婚姻大事急得烧心挠肝，这死丫头就在那儿跟我打马虎眼。她的心思，我不是不知道，这么多年了，她若是肯放下，孩子估计都能叫姥姥了。志娟，你比我聪明，啥事也比我看得明白，这孩子们的事……"

宋志娟看着眼神充满期盼的童蓉，轻轻摇摇头："他们的事，还是让他们自己拿主意吧。以前，以前的事，你也知道，要不是我干涉太多，臻臻也不会走到离婚这一步，婉枫也就不会那么固执，耽搁终身大事。"

"那我们也不能坐视不管呀，眼看着他们岁数都大了，臻臻今年快三十八了吧，就算他们今年结婚，生孩子也要快四十岁了。我们都老了，再等下去，别说给他们带孙子了，反倒还要他们回家来照顾我们老的。"童蓉劝说道。

现在的宋志娟哪里还敢想孙子呀，只要儿子肯主动走出离婚的阴影，活得稍微快乐一点儿，她就阿弥陀佛了。想起过去种种，她的眼里不由得蒙上一层薄薄的雾气，看着什么也不知道的童蓉，轻轻吸着气说："你以为我不想他早点儿结婚吗？看他一个人在外漂泊着，我的心都要碎了。可我不是不想管，而是不敢管呐，我怕重蹈覆辙，永远失去他这个儿子。"

童蓉怔住了。竟是这么严重吗？当年严臻离婚的事，让严家大伤元气，听儿子说，严臻这婚离得很是惨烈，而且和她的宝贝女儿脱不了干系。她盘问过廖婉枫，可女儿一个字也不愿多说，她又不好向宋志娟求证，这事就这么稀里糊涂地过去了，如今听宋志娟说得这么严重，童蓉不禁在肚子里打起小鼓来。

莫非当年的事，真和婉枫有关？正犹豫着要不要问宋志娟。"嘀嘀……"搁在角儿上的手机忽然响了起来。

"电话！"童蓉提醒宋志娟。宋志娟按了按湿润的眼睛，拿起手机，低头一看，竟愣住了。

"谁啊，骚扰电话吧，你直接按……咦，是臻臻！"童蓉看着手机屏幕上的名字，不禁惊讶地叫出声来。

"妈。"耳畔传来严臻低沉熟悉的声音，宋志娟的嘴唇哆嗦了几下，才压着哽咽应道："哎，哎。"

"你们身体还好吗？"严臻又问。

"好，好着呢。"宋志娟说完，忽然想起什么，表情紧张地问，"你呢？怎么忽然想起打电话了，是不是那边又出什么乱子了，你没有……"

"没有。妈，我很好，真的。"

宋志娟的心还在怦怦乱跳，她抚了抚胸口，沉默下来。严臻也沉默着。

过了一会儿，宋志娟张开嘴，却表情犹豫地僵住，她有一千句、一万句话想对儿子说，可是话到嘴边，却顾虑重重地噎在嗓子眼儿里，看得一旁的童蓉直发急，童蓉干脆一把抢过手机，和电话那端的严臻聊上了："臻臻，我是童姨啊。啊，对，我们今天在你家聚餐呢，你爸爸和你廖叔在厨房忙活呢，你要和他们说话吗？哦，行，跟我聊聊，好，你说……"

童蓉的声音起初挺大的，模样也欢快，可渐渐地，她脸色变了，笑容也没了，眼里隐隐藏着怒气，直着嗓子说："你的意思我懂了，你是说我们家婉枫配不上你！"

宋志娟直起腰，紧张地盯着童蓉。不知严臻在电话里说了句什么，童蓉忽然就生气了，她把手机用力掼在宋志娟身上，起身就冲着厨房喊道："老廖！老廖！"

廖青岩不明所以，从厨房探出脑袋，脸上还挂着笑容："咋啦？"

"回家!"童蓉面若寒霜地拧身就走。

宋志娟赶紧拉住她:"嫂子,你别跟孩子一般见识,他说错了话,我跟你赔不是。"

童蓉被宋志娟拽着,走也走不了,廖青岩走过来,拉着妻子,强把她按在沙发上,抬头见宋志娟正拿着手机低声恳求对方别挂电话,他蹙了下眉头,用力捏了下妻子的手臂,厉声警告道:"胡闹啥你!"

童蓉吓得怔住了,瞪着眼睛,不可置信地看着平常日子温言细语的丈夫。

严定尧走过去,按住廖青岩的肩膀:"你厉害啥,有话好好说。"

廖青岩面色沉沉地抬起头,对一旁的宋志娟说:"志娟,你先和臻臻说话吧,他难得打次电话,别因为……"他的目光睃了睃妻子,"别因为我们耽搁了。"

童蓉咬着嘴唇,脸涨得通红。

严定尧给妻子使了个眼色,宋志娟会意,说了声"不好意思",就拿着手机脚步急匆匆地进了卧室。门一关上,宋志娟就迫不及待地拿起手机,说:"臻臻,臻臻,你还在吗?"

严臻沉默了一下:"在,妈,我在。"

宋志娟鼻子一酸,仰起头,一边擦拭着湿润的眼角,一边用柔和的语气说:"你童姨就是那样的性子,再牵扯到婉枫,她肯定是要生气的。可是臻臻,你,你和婉枫……"

严臻沉默着。宋志娟一阵心悸,悔得想抽自己一嘴巴,哪壶不开提哪壶,儿子心里想的什么人,别人不知道,她还不知道吗。她略扬起声调,赶紧解释说:"妈明白了,只当我没说过,没说过啊。你愿意怎么样都行,都好,只要你能顾着自己一点儿,稍微高兴一点儿,我就放心了,我没别的要求了,真的,没别的……"

声音落到最后已化为遮掩不住的哽咽,严臻垂下眼帘,握着电话的手指慢慢收紧:"妈。"他叫。

宋志娟憋着气,视线模糊地嗯了一声。

"以后常联系吧,等我回国,就休假回去看你们。"严臻缓缓说道。

宋志娟的身子晃了晃,眼眶里一下涌出憋了很久的泪水,她捂着嘴,压抑着哭声,扶着墙慢慢蹲下去。

"臻臻,妈妈对不起你,是妈妈对不起你呀……"

片刻后,眼眶通红的宋志娟打开卧室门,走了出来。客厅里的几个人回头看她。她笑了笑,走过去,把廖青岩撵走,挨着童蓉坐下。

"嫂子,还在生臻臻的气呢?"

童蓉的眼也是红通通的,想必刚才也是痛哭过的。

童蓉眼神复杂地看了看宋志娟,哼了一声,说:"真要气,我早就被气死了。"见宋志娟笑了,她不禁蹙眉,拧了宋志娟一下,大声埋怨说:"你还笑,我家都乱套了,你还能笑得出来！"

宋志娟绷住脸上的表情，可笑意还是从眼角眉梢流露了出来。

廖青岩瞪着妻子："咱家过成这样，怨谁？要不是你在儿子的婚姻里横插一杠子，儿子能离婚吗！还有婉枫，你除了惯着她胡闹，哪次肯坐下来好好规劝她！现在好了，茜茜跟着马晶，我们见孙女还要提前半个月跟马晶打招呼，婉枫也这样单着，你说，这都什么事啊！"

"都怪我是吧，那你呢，你这个当爹的就没一点儿责任了！"童蓉大声吼道。

廖青岩挥开严定尧的手，怒道："我当然有错！我错就错在太过纵容你，太过相信你！早知道你想逞什么婆婆威风，我就该拉着你，不让你去祸害苻翊和马晶，还有婉枫，我就该一巴掌打醒她，让她知道什么该做，什么不该做！"

童蓉恼了，指着丈夫，面红耳赤地跟他吵："你现在知道放马后炮了，当初我去上海的时候，你怎么不拉着我呢。"

"我拉你，我还绑着你呢！你多大的人了，啊，比茜茜还小吗，让人教你怎么做？童蓉，有时候我可真佩服你那股子狠劲儿，宁可让茜茜家庭不完整，也得让你自己占了上风！可你真赢了吗？上次去看茜茜，茜茜跟我们说想爸爸，你为啥背着我们躲在走廊里哭？你以为我没看到？我是看到了却不想说，不想在你的心里扎刀子，可你吃了苦头还不吸取教训，不仅死犟着不肯向马晶道歉，而且现在还要去为难臻臻。你啊，你可真是越活越回去了！"廖青岩怒道。

童蓉咬着嘴唇，眼里闪烁着泪光，却没像之前一样大吵大闹。

"嫂子。"宋志娟握住童蓉的手，悔恨地说，"我们犯了同样的错啊，你别拗着了，该说的尽早了说，该做的也要尽早了做，不然的话，真的要把孩子们给耽搁了。"

童蓉神色怔然地看着宋志娟，宋志娟点点头，轻轻拍拍她的手："我们该回头了。"

严臻到会议室的时候，里面还亮着灯。透过门上的玻璃，他看到十余位项目部的骨干正聚精会神地听着长安讲话。走廊静谧无声，他的身影被头顶的廊灯照着，在灰色的地上扯出一道细长的影子。

长安的声音从门缝里透出来，一口字正腔圆掷地有声的普通话，将她今天去村子里看望当地雇工时的所见所闻告诉每一位参会骨干。

"这些年在索洛托施工，我的脑子里、眼里、心里从未想过与项目无关的事情，今天去村子里走访之前，坐在车上，我还在绞尽脑汁思考着让雇工回来工作的办法。可没想到今天的走访经历，却实打实地给我上了一课。这里的人民饱受战争袭扰，他们失去家园，吃不饱饭，喝不到洁净的井水，他们的平均寿命不超过五十岁，他们恶劣贫困的生活现状，我们如果不亲身感受一下，真的很难想象，这个世界上还有这么落后的地方。再反观我们自己,即使远离祖国,远离亲人,可我们的营地同当地村民的茅草屋比起来,真可谓是天上地下。今天我们在员工艾伯特家里做客,他的妻子悄悄告诉我,她最想要的,甚至是她这一生最大的梦想,就是能够拥有一间大大的结实的房子,这样,她的七个子女就能有容身之处,她的丈夫也就可以安心出外赚钱……

"我们在非洲援建,不仅要保质保量地完成工程任务,而且还要尽己所能地造福一方,将龙建公司的志愿精神传播到海外……

"我们的力量虽然微薄,可滴水也能穿石,如果我们能把突击工程的干劲儿拿出来,在最大程度上帮他们一把,拉他们一把,我想,他们复工时即使拿不出百倍的干劲儿,至少,也能踏踏实实安安心心地工作。"

会议室里静悄悄的。

过了一会儿,长安又说:"我知道,这样一来,就牵扯到延期复工的问题。而且很有可能,竣工日期也会延后,大家在索洛托又要待上一阵子了。对此,我很抱歉,因为我知道你们有多想回家,多想和家人团圆。可大家别忘了,我们不是普通人啊,我们是四海为家的工程建设者,我们的肩上除了担着自己的小家,还扛着企业责任,我们走出国门,不仅代表着中国企业,更代表着中国形象。在当地民众眼中,我们不单单是会修路的工程人,我们还是中国人。"

会议室里响起热烈的讨论声,看得出来,长安的一番话说进了他们心里。

何润喜举起手:"经理,我能说一句吗?"

长安看着他,目光闪了闪:"可以。"

何润喜挠挠头说:"那我们怎么帮他们啊?给他们捐钱吗?还是给他们送吃的?可这样和延期复工没太大关系呀!"

长安点点头,声音清朗地说:"小何的问题问得很好。我是这样打算的。今天走访了几十户不能按时复工的雇工家庭,他们最大的问题集中在房子上面,我打算先给他们修缮房屋,然后为附近的十个村庄各打一口水井,解决村民的饮用水问题。等他们复工了,我还想办一所技能培训学校,为这里培养一批技术工人,以后我们离开了,他们也能凭着一技之长养活一家老小。"

"可这些都要钱啊。"何润喜提醒长安。

"又不是盖高楼大厦,用不了太多钱,而且我问过当地人,在这里打口水井的费用是二百美金,十个村子也就是两千美金,我们项目上完全负担得起。水井打好之后,村民们就有了洁净的水源,这是造福子孙后代的大事,如果因为我们的一次善举,就能让当地人减少疫病,延长他们的寿命,我想,这是用金钱也无法衡量的巨大价值。至于培训学校,我们的工地、营地就是天然的校园,可以省去一大半的费用,我想过了,到时我们可以联系世界权威商检机构给培训员工颁发合格证书,到时候,他们不仅可以在国内工作,而且还能像我们一样,走出国门,到国外工作赚钱。"长安眼睛极亮地说。

何润喜低头思索片刻,忽然举起手:"那我捐一口水井可以吗?"

长安愣了愣,随即露出微笑:"好啊。"

"我也要捐!不就是二百美金吗,我少抽点儿烟就省出来了。"物资部的小徐说道。

大家热情高涨,纷纷起身响应,不大一会儿,打井的资金就有了着落。

过了这阵热闹劲儿,雷河南扶着桌子缓缓站了起来:"经理,你的提议很好,我举双手赞成,可有一个大问题,业主和监理方那一关,你要怎么过?"

大家愕然怔住,就连长安也是面色一僵,笑容从嘴角渐渐隐去,她轻蹙起眉头,手指抚着额头,静静地思考起来。

关于项目复工时间,之前三方已经通过工作邮件确定下来,她这样单方面决定延期复工,业主方好说,有桑切斯在中间斡旋,问题不会太大,但是素来对项目挑剔苛刻的监理方未必就肯答应。

提起监理方,最令长安头痛的人物就是外籍总工程师索布里,这个四十多岁的中年男人,脾气暴躁易怒,行事武断跋扈,他经常在施工现场挑毛拣刺,无理取闹,为此,性格耿直的雷河南没少跟他吵架,有一次,两人还差点儿上演全武行。她居中调解,却被索布里嗤之以鼻,他甚至极其无礼地质疑中国的土建水平,说龙建集团是个三流企业,竟会派一个女人担任项目负责人,并且说她是最不听话的乙方代表。

长安当然不是索布里口中那些对监工唯命是从的合同经理,但也不会跟他撒泼闹翻。她找出双方吵架的原因,不卑不亢,有礼有节地跟他摆事实、讲道理,一遍说不通就两遍、三遍、五遍,直到将索布里堵得哑口无言,尴尬挠头,她才强势要求他道歉。

索布里在她这里吃了一次亏,丢了面子,就对她很有成见,不仅在三方碰面会上总是刁难她,而且还有一段时期,他借口项目周转资金不足,每天只允许工地筑路一公里,多余的工作量不认可,不付款。他的恶意报复行为,致使项目陷入半停滞状态。后来,长安被逼急了,一个人单枪匹马地冲到宽查市市长的办公室,同他讲明情况,请求他的帮助。市长把索布里叫去,费了好大劲儿才做通他的工作,项目这才正常运转下来。从那以后,索布里就像是一道阴影笼罩在工地上空,只要他一来,所有的人都自动绷紧神经,不敢和他正面接触。

索布里原本就嫌弃项目进展太慢,耽搁了他的赚钱机会,长安若提出延迟复工,那索布里……

"这事交给我,你们安心做好自己分内的事情。"长安甩甩头,看着目露忧色的雷河南说。

长安说散会后,大家纷纷起身,朝门口走去。等人走得差不多了,雷河南才起身走向长安。

"你的手怎么回事?"雷河南眼里露出一丝担忧的神色。

长安瞥了瞥受伤的手背:"被刀刃划了一下,破了点儿皮,不碍事。"

"刀?你遇到歹徒了?严臻是吃素的吗?他就看着你受伤?"雷河南握紧拳头,皱着眉头连声问道。

长安放下会议本,笑了笑:"你想多了。是,是我不小心划到的。"

雷河南将信将疑地盯着她:"真的?"

"我骗你做什么。"长安站起来,拿起桌上的会议资料,看着雷河南,"一起走吗?"

雷河南刚想回答,却听到身后响起一道洪亮的男声:"他肯定不想跟我们一起走。是吧,雷工?"

雷河南拧着眉头,闭了下眼睛。他徐徐转身,看着倚在门框上眼角眉梢都带着一丝戏谑意味的严臻,咬着后槽牙,混沌不清地咕哝说:"我有事,不打扰你们了。"

"那不送了,雷工。"严臻扬起手。雷河南头也不回地走了。

长安抚着额头,走到严臻面前,瞪着气定神闲的他:"你能不能收敛一点儿?"

严臻咧开嘴,露出八颗整齐洁白的牙齿:"好。"

长安气结,甩掉严臻就朝外面走。严臻快步跟上来:"你什么时候去找索布里?我可以护送你过去。"

长安脚步一顿,偏过头,挑起浓黑的眉毛:"你偷听?"

严臻用拇指和食指挤了挤,说道:"一点点。"

长安走了几步,忽然停下来,这次眉毛扬得更高,盯着严臻,目露疑惑地质问道:"不对,我在会上没有提到索布里,你是怎么知道他的?"

严臻笑了笑:"我还知道很多事,要不我们找个地方,我慢慢讲给你听。"

"不要!"长安像只奓毛的小猫一样,就差跳起来拒绝他了。

严臻双臂环在胸前,嘴角挂着一丝若有似无的笑意,静静地瞅着长安。她不自觉地舔了下嘴唇,垂下黑浓的睫毛,语气微弱地说:"对不起,我,我情绪有点儿过了。"

严臻眼神灼灼地看着她:"没关系,我早就习惯了。"

长安没应声,低着头,慢慢朝前走。严臻迈开脚步,很快就和她保持并排,他从长安手里拿过滑溜溜的文件夹,让她可以松快一些。

四周静悄悄的,两人谁也没有说话。看到宿舍的灯光,长安忽然开口说:"明早七点出发。"

严臻目光一亮,嘴角轻扬,露出洁白的牙齿。长安却像是和他赌气一样,转身就跑向宿舍门前的台阶,可跑了几步,她又忽然停住,扭身跑了回来。她劈手抢过严臻手里的文件夹,转身又想跑的时候,却被他一下子抓着了胳膊。

长安赫然转头,漆黑的眼睛里闪过一丝惶乱,嘴唇轻轻翕动,似乎下一秒,就会吐出一连串令他难堪羞愧的咒骂声。

严臻无声地笑了,长安反而怔住了。他笑起来的样子很……很……不知道该用什么恰当的词来形容,才能描述出她此刻内心的悸动。夜空里那么多的星星,也没有这抹笑容闪亮。

看长安出神,严臻叹息着揉了揉她的脑袋,叮嘱她:"回去洗澡的时候注意包着手,还有……"

长安怔怔地望着严臻。看着她像宝石一般晶莹璀璨的眼眸,严臻禁不住咽了口唾沫,低声说:"你今晚很棒,真的。"

说完,严臻忍不住摸了摸长安光滑的脸颊,然后松开手,退开一步,看着她:"晚安。"

严臻走了。背影挺拔而又威武,即使融于深浓的夜色里,也依旧那么醒目,那么吸引人。

长安怔怔地站在原地,许久她用只够自己听到的细弱的声音,深情地喃喃:"晚安。"

第二天,营地还陷在沉睡里,长安已经洗漱完毕,正在镜子前化妆。

孔芳菲一边揉眼,一边打着哈欠坐起来。

"醒了?"长安回过头,看着正拉开蚊帐准备下床的孔芳菲。

孔芳菲眯着眼睛,瞅着镜子前穿着精致时尚的长安,愣了愣,才发出感叹:"经理,你也太漂亮了吧。"

长安低头看了看身上只穿过一次的蓝色裙子,成熟利落的设计风格,因为领口略低被她束之高阁。

"会不会太露了?"她用手在胸口处遮了遮。

"哪有!全凭这设计出彩呢,再说了,露得也不多啊,顶多算是有一点点小性感,特别符合你的气质。经理,我发现蓝色就是你的本命色,以后,你可要多穿这种颜色的衣服。"孔芳菲趿拉着鞋子走过来,拉着她的裙子,瞅着镜子里的淡妆美人啧啧赞赏。

长安却犹豫了:"我还是换套衣服。"

"换什么换,换什么换!你不是要去大战索布里那个恶魔吗?就得穿得女王一点儿,压他一头!"孔芳菲拉着她。

长安还是过不去心里那道关卡,又在内里穿了一层同色的抹胸,这才在孔芳菲的取笑声里狼狈地逃了出来。

索布里,索布里。一提起那个在四十度的高温天里还西装革履的工程监理,长安的头就开始发胀。她可以想象,如果她穿着一身工装到他办公室去,恐怕还没进门,就会被他轰出去。

宿舍门口停着银色的SUV。长安低头看看腕表，心想拉卡还真是个勤快又守时的小伙子，差五分钟七点，他已经擦好车子，整装待发了。可是还有人没来。

长安朝附近的两条水泥路望了望，禁不住蹙起眉头。她抿了抿嘴唇，拉开副驾驶的车门，坐上去。

"恐怕还要再等……"她微张着嘴，神色震惊地盯着驾驶位上的男人，"你，你怎么……"

严臻的视线在她的身上停顿了几秒，微笑道："拉卡病了，我替他开车。"

病了？昨天晚上拉卡还活蹦乱跳地在她眼前晃，怎么一晚上就病了？

长安沉下脸："那我去看看他。"

"不用了，我已经通知张医生了。"严臻看看手表，"我们该出发了。"

严臻熟练地发动这辆老款SUV，一踩油门，车子便像离弦的箭一样，在蜿蜒曲折的营地道路上飞驶而去。

"好好休息，再见，拉卡。"长安把手机塞回兜里。

没想到拉卡真的病了，急性痢疾，已经吃了张磊开的药，目前还在观察中。

"就这么不相信我。"严臻似笑非笑地看了长安一眼，侧过身，从后座拿了个袋子，递给她。长安接过袋子，打开一看，不禁怔住了。

透明的打包盒里，整齐地码放着一层手工煎饼。金黄的鸡蛋，碧绿的野菜，配色极其精致悦目。煎饼旁边，是一盒鲜榨豆浆。袋子热乎乎的，想必做好没多久。

长安转过头，看着严臻棱角分明的侧脸，张开嘴，想说什么，最终却什么也没说出来。

严臻偏过头，看了长安一眼，而后点点食盒，提醒她："凉了就不好吃了。"

长安低声说了句"谢谢"，打开食盒，一股浓郁的麦香味扑面而来，饥肠辘辘的她禁不住咽了口口水，正要用指尖拈起一块煎饼，却听到严臻的笑声："盒子下面有筷子。"

长安窘然顿住，抬起食盒，从下面抽出卫生筷，夹起一块表面金黄的煎饼送入嘴里。她小口咀嚼着，尽量不发出声音，可脸上越来越放松的表情以及使用筷子的频率还是让身边的男人察觉到了，严臻扬起嘴角，脸上露出愉悦的笑容。

因为煎饼吃多了，豆浆只喝了一半就觉得撑，长安正要把一次性豆浆杯装回袋子里，一只骨节分明的大手忽然伸了过来，抢走了她的杯子。长安愕然转头，却看到严臻已经用嘴唇裹着她用过的吸管，用力吮吸着杯子里的豆浆。几秒钟，或者更短的时间，杯子就空了。

严臻把空杯递给长安，神色如常地瞥了瞥目瞪口呆的长安，笑着解释说："我也没吃饭。"

长安怔了怔，下意识地把食盒举到他面前："还剩了……"话说到一半就顿住了，因为剩这个字用得实在不那么恰当,长安忍不住脸皮一烫,手僵在半空。

严臻看看她:"我开车呢,怎么吃?"

长安抿着嘴唇,飞快地睃了严臻一眼,然后拿起筷子,夹了煎饼送至他的嘴边。严臻张开嘴,却够不到。长安的身子微倾,将筷子再朝前递了递,严臻偏过头,眼睛仍注视着前方的路况,张嘴咬住煎饼,仰头,吞了进去。严臻的喉结上下滚动,手臂也在流畅换挡的动作中显露出健美的肌肉轮廓。

长安胸口热热的,刚要转开视线,却没想到严臻又张开嘴,要求她继续投喂,她只好神情寡然地把剩下的半盒煎饼都喂给他吃了。严臻的脸上一直挂着笑容,看样子非常满意。

长安把袋子放在脚边,而后靠在椅背上假寐,原是想着避开严臻,没想到竟昏昏沉沉地睡着了。再醒来时,车子已经驶入宽查市区。

长安仰躺在座位上,一睁眼就看到了车窗外面的电线杆。她的下颌处堆着一团东西,略微一动,就闻到一股熟悉的男性气息。她挣扎着坐起来,先是看到搭在她身上的草绿色军装上衣,而后就看到不知何时被放倒的座椅。她拿起身上的衣服,弓着腰把座椅还原。

穿着军用T恤的严臻转过头,看着她,笑着说:"睡醒了?"

"你怎么不叫我?"长安嘟着嘴,扬起胳膊,把耳朵后面的碎头发别进发髻里面。

严臻又看了她一眼,低声说:"看你睡得挺香,就没叫你。"

长安不禁有些懊恼,不是生他的气,而是气自己,她引以为傲的自控力何时变得这么差了,居然在严臻的眼皮底下呼呼大睡。

"哦。"长安把衣服递过去,"谢谢。"

严臻示意她先拿着。

看严臻将车窗放下,朝外面探看路况,长安猛地想起他不知道路。

"我来开吧。"长安提议说。

"不用。"严臻神情淡定地说。

"你经常到市区来吗?"长安指着狭窄的城市街道问。

严臻摇头,看着街道上竖起的路标:"第一次。"

第一次!第一次就能准确无误地找到通往监理公司的快捷路线?

长安惊讶地看着他。

严臻大声笑起来:"你不用这么看我,我没有超能力。我知道走这条路,是因为来之前,拉卡给我做了功课。他把你常去的几个部门公司的大致方位和道路名称都告诉我了,所以我才能在宽查市出入自如。"

原来是这样。可严臻的记忆力也太好了。拉卡的中文水平她是知道的,虽然在工地数一数二,可很多时候他是能听得懂,却表述不出来,也不知道短短的时间里,他是怎么教会严臻记住这些拗口古怪的街道名的。不过也难怪,严臻向来不都是优秀的吗,不论学习还是工作,向来都是出类拔萃。

长安点点头,没吱声。

好久没到市区来了,透过车窗,长安看着市区的风景。宽查市主城区规模很小,和国内的县城差不多,因为受到交通因素的影响,市民生活水平普遍不高。这里鲜少有像样的建筑,路旁大多是低矮破旧的茅草店铺,店铺里主要卖点儿廉价服装、香烟、瓶装水等生活用品。秩序好的时候,街道上也是乱哄哄的,许多当地人横穿马路,不遵守交规,他们生活随意,外出时经常不穿上衣,包括个别女性,也和男人一样光着上身,怀里抱着奶娃娃,随时喂奶。这里的街道狭窄、脏污,路面坑坑洼洼的,汽车行驶在上面竟觉得比林贝镇的施工便道更差一些。

公路局的尤马利局长曾感慨说,AS63工程就是他们的救命路、致富路,这条路连接首都和宽查市,起到承上启下的交通枢纽作用,修通后将极大改善宽查市甚至是全国的交通状况。而公路由政府管理,也将有效遏制民间因为争路引发的武装械斗,它对整个国家的影响是深远的、不可估量的。所以当地人将AS63工程命名为"和平之路",他们希望这条路能给国家、给民众带来和平与安宁。

汽车渐渐慢下来,在一幢灰色的两层楼房前停下。

严臻指着外面:"到了。"

长安看着楼房入口处金光闪闪的公司名牌,不禁眯了眯眼睛。她跳下车,低头拽了拽有些折痕的裙子,转头对车里的严臻说:"你在这儿等我。"

索布里的办公室在二楼,老式的楼梯特别狭窄,台阶斑驳不平,边缘处水泥脱落,露出里面的砖块。

长安走在前面,到了二楼,她回头看着严臻,指着右侧一间黑乎乎的屋子:"这里有休息室,你在里面休息一下,我很快就出来。"严臻点头,顺着她手指的方向,走了过去。长安吁了口气,心想,待在下面不好吗,非得跟着她上来。

索布里办公室的大门紧闭着,长安敲敲门,无人应声,她又去敲隔壁房门,这次出来了一位与索布里年龄相仿的黑人男子,他告诉长安,索布里还没来上班。

没来上班?长安愣了愣,随即心里涌起一阵烦躁的情绪,看来索布里是想毁约了。她掏出手机,找到索布里的电话,拨了过去。铃声响了很久索布里才接,先冲入耳膜的是喧哗吵闹的背景音,而后才是索布里恼火的吼声,问了几句,才得知他的汽车坏掉了,现在被困在宽查市的闹市区。

问清地点,长安匆忙走到休息室。"索布里的车坏了,我们得过去看一下。"她说。

严臻站在窗前,手里拿着一本供人打发时间的书,正在低头翻看,听到长安的声音,他把书放回书架,而后迈着大步走过来。

"哪儿坏了?"严臻拉开门,让长安先出去。

"好像是启动不了,他的心情很糟糕,看来我今天来得不是时候。"长安苦笑着说。

为了节省时间,这次长安驾车,不到十分钟就找到了索布里和他的汽车。

看到长安和一个俊朗高大的维和军人一起出现,索布里的脸上露出惊讶的表情。长安用英语为初次见面的两人做了介绍,索布里同严臻握手,态度傲慢地说:"你们中国也是有男人的嘛,可为什么会派一个女人来这里工作!"他耸耸肩,表示很困惑。

严臻浓眉一挑,用熟练标准的英文回答他:"在我们中国讲求的是男女平等,女人和男人一样可以经商,可以从政,而且,我们国家有很多像长安一样优秀的女性工程经理,她们用实力和能力证明了自己。"

索布里怔住了,他没想到这个英俊帅气的中国维和军人竟然听得懂英文,而且不但听得懂,还讲得一口流利的英文。

索布里是国家为数不多的享受政府津贴的本土高级土建工程师,他在工作生涯里,几乎没有尝过被反抗的滋味。合同经理见到他基本上都是唯命是从,奉他为权威,他也极其享受这种高高在上的感觉。可自从担任AS63项目的总监理工程师后,他的绝对权威却一而再再而三地受到挑衅,先是遇到乙方总工,那个脾气像炸药桶似的野男人冲他大吼大叫,挥拳相向,后又遇见了他工作生涯中第一个女性项目经理。这个外表精致时尚的漂亮东方女人,用她具有说服力、洞穿力的犀利言辞和出众的管理能力,狠狠地给了他致命一击,让从未尝过败绩的他遭受重挫。此后的三年里,他们陆续还有过几次交锋,可每次他都讨不到什么便宜,总是败下阵来。这次又是这样,居然还带了个厉害的帮手,一见面就给他来了个下马威。

索布里沉下脸,嘴里嘟哝了一句诋毁女性的乡间俚语。他以为两人听不懂,殊不知长安他们前些天去村子走访时,恰巧听人说过。长安脸色一变,刚想驳斥索布里,却看到严臻朝她投来一抹安抚提醒的眼神。她抿着嘴唇,偏过脸,看着熙熙攘攘的城市街头。严臻则拉着索布里,去查看车况。索布里却显得很不情愿,他告诉严臻,他叫了汽车维修工,工人很快就来了。

严臻刚退到一边,一辆摩托车就风驰电掣般地冲了过来。街上行人纷纷闪避,有性格火暴的女人一边扶着头上的筐子,一边回头大声斥骂这个冒冒失失的骑手。

严臻拉着长安的胳膊把她护在自己身后,索布里就没那么幸运了,他连跑带跳地大声叫嚷着,可飞驰的摩托还是剐到了他的西装,只听吱啦一声响,他那件价值不菲的西装上衣就从后背裂开了一道口子。

摩托车摇摇晃晃地停了下来。骑手还没站稳就被气急败坏的索布里揪住衣领要求赔偿,他的吼声响彻整条街道,很快四周就围满了看热闹的市民。

骑手缩着脖子,指指他车后的工具箱,用斯瓦希里语告诉索布里,他是维修工。索布里张大嘴,随即张开双臂,做了个气极又无法发作的动作,大声埋怨骑手为何骑那么快。骑手特别无辜地解释说,是索布里打电话要求他十分钟内赶到,不然的话就要老板扣他一个月的工资,他没办法,所以才飞车赶过来,只是没想到会冲撞到他,而且还刮坏了他的衣服。索布里得知原因后,表情变得特别精彩,眼睛瞪得像铜铃,鼻孔冒火,口中喷出一串串浊气。

　　严臻听到背后响起扑哧的笑声,转过头,看到长安正装模作样地扭过头看着别处,可她脸颊上若隐若现的酒窝,却不小心泄露了她的真实情绪。严臻摸了摸她的头发,眼神宠溺地看着她:"笑,就知道笑。"

　　长安抿着嘴唇,肩膀轻轻耸动着。严臻忍俊不禁地提醒她:"收敛点儿,小心被他看到了。"

　　长安的眼睛里溢满光彩,整个人显得神采奕奕的,格外吸引人。严臻目不转睛地望着长安,她笑着笑着脸就僵了,纤长柔软的睫毛颤了颤,轻轻落下来,遮住眼睛。

　　严臻忽然凑过来,俯在长安耳边说:"你真美!"

　　长安吸了口气,猛地背过身去。严臻盯着她的背影看了几秒,转过身,冲着索布里摊开手,表示他也无能为力。

　　索布里懊恼地搓着额头,想借此发泄怒火,黑人小伙儿上前求饶,他便顺势踹了人家一脚,大声训斥那个小伙儿,让他赶紧去修车。小伙子不敢怠慢,拿出工具,就开始干活。

　　他们在烈日下足足待了二十多分钟,小伙子苦着脸从引擎盖下探出头,告诉神色不耐烦的索布里:"我修不好……"

　　索布里暴跳如雷,他揪着身材干瘦的维修工,那狠劲儿竟像是要把人家吊起来暴打一样。

　　"嘿!索布里先生,您这样可称不上绅士!"身后响起严臻的声音,索布里只觉得手腕一酸,手指紧接着失去力量,整条手臂便无力地耷拉下来。

　　黑人小伙儿得了自由,一脸畏怯地撒丫子就跑,可跑了几步又忽然停下,他指着工具箱,神色畏惧地挪过去,怕索布里再过来打他,他胡乱扣上盖子,抱起箱子就跑了。

　　索布里揉着又酸又麻的手腕,目光阴鸷地瞪着严臻,严臻上前拍拍他的肩膀,态度诚恳地说他可以试一试。

　　专业的维修工都修不好,他一个外行却说要试试。索布里神色鄙夷地哼了一声,双臂交叉握于胸前,大声说:"随你的便。"

　　严臻对索布里恶劣的态度已经习以为常,他走到车前,拉起汽车引擎盖,猫着腰,在里面查看起来。索布里神色傲慢地站在一旁,冷眼旁观。

过了一会儿,严臻从引擎盖下出来,直起身子,对索布里说:"让我看看你的油箱。"

索布里皱着眉头,非常不情愿地带严臻去看油箱。

严臻用手指蹭了蹭油箱口,又放在鼻子下面闻了闻,他的眼睛里闪过一道锐光,重新直起腰,对索布里说:"找到原因了。"

索布里眨眨眼,不可置信地看着严臻:"你说什么?"

维修工摆弄了近半个钟头也没发现问题,严臻就这样敲了敲引擎马达,闻了闻汽油味儿,就知道车辆无法启动的原因了?

严臻指着油箱,问索布里:"你最近在哪里加的油?"

索布里愣了愣,声音弱下来:"加油站。"

"肯定不是正规加油站吧,我听说,宽查市有几家售卖汽油的黑窝点,你是不是找他们了?"严臻目光清亮地看着索布里。

索布里嗫嚅着嘟哝了一句,低声说:"我只加过两次。不是为了省钱,而是城区加油站供应紧张,时常会断油。"

原来如此。

严臻点头:"我刚看过了,打不着火的原因主要是因为你加了质量很差的汽油,而且你的进气门积碳过多,这也是导致汽车熄火的原因之一。"

索布里皱着眉头,满腹牢骚地说:"进气门积碳我很早就知道了,原本跑跑高速就解决的小问题,可在国内,在市区周边哪儿有这样的路呢。安,说起来还是怪你,如果你能早点儿把公路修好,我的车也就不会坏了!"

长安刚走过来,就听到索布里的埋怨之声,她吸了口气,恨不能朝那张傲慢无礼的面孔狠狠挥上一拳,可想到自己有求于他,也只能把冲到喉咙的那些话压制下来。

严臻关上油箱盖,转头,目光严肃地看着索布里,说:"索布里先生,请你在指责别人之前,先搞清楚主次原因。我说了进气门积碳过多只是导致汽车无法启动的原因之一,这个之一,说明它并不是最重要的,而且修路和你的爱车发生故障不存在任何必然联系。你现在需要做的,不是指责或是埋怨谁,而是应该尽快在你的油箱里加入专用的汽油清洁剂,这样你的爱车才能起死回生。"

索布里沉下脸,正要发作,严臻却走过来,扶着他的肩膀笑着说:"别生气,索布里先生。要不,我给你变个魔术?"

索布里愣住,微张着嘴,不知道该怎么回答。长安同样也惊讶地看着严臻,低声提醒他:"你别胡来。"惹怒了这尊大佛,她可吃不了兜着走。

严臻安抚地冲长安笑了笑,然后对索布里说:"这个魔术需要你的配合,而且我保证它会给你一个大大的惊喜。"

索布里将信将疑地跟着严臻走到车边。"索布里先生,请上车。"严臻指着驾驶位。

索布里拉开车门,坐进他的黑色越野车内。严臻打开后车门,把面露愕然之色的长安推进后座:"安静看着。"

　　严臻绕到副驾驶位,开门上车。

　　"索布里先生,请先把钥匙拧到ON(发动)的状态。"严臻抬手示意索布里照做。

　　"好的,现在请稍稍回一下,一点儿,不要回多了,好的,现在再开到STRAT(开始)开关处,好,点火!"

　　随着严臻一声令下,索布里顺势一拧,一踩。"轰——"沉寂了许久的汽车竟启动着了。索布里瞠目结舌地看向严臻,严臻微笑着拍拍他的肩膀。

　　"天呐!这可真是个神奇的魔法!严,你是怎么做到的!"索布里惊叹大叫。

　　严臻笑道:"这个方法不是我想出来的,具体原理我想可能是让车载系统运转计算一下水温以及适合的进气量,给系统一个缓冲期,这样再打火就会容易些。"

　　"总之你很厉害!这个魔术你一定试验了很多次,是吗?"索布里语气兴奋地夸赞道。

　　严臻摇摇头,竖起食指,微笑说:"这是第一次。"

　　索布里的表情变得比刚才打着火时还要夸张,等他接受严臻的说法后,他竟破天荒地给了严臻一个大大的拥抱:"你知道吗,你真的很棒!中国军人,厉害!"

　　坐在后排的长安惊讶地望着他们,尤其是索布里,在她的印象里,这个傲慢无礼的男人从未当面夸赞过哪一个人,至于主动做出这种热情友好的举动更是闻所未闻,可见他对严臻的印象有多好了。严臻拍拍索布里的肩膀,朝瞠目结舌的长安眨眨眼,比了个胜利的手势。

　　果然,在解决了困扰索布里的难题之后,索布里的态度也随之发生了变化。哪怕在他那间略显凌乱的办公室里听到长安提出延期复工的申请后,他也只是紧蹙着眉头,一言不发地低头沉思。

　　预想中的狂风暴雨没有落下,这让长安感到意外而又庆幸,毕竟这样"没脾气"的索布里太难见到了。

　　"索布里先生,你对项目的了解程度不亚于乙方的任何一个人,你也比谁都了解你的同胞,这些经历战乱的当地雇工,他们现在迫切需要的是什么!我提出延期复工的申请,不是故意拖延工期,而是想帮他们,帮助这些流离失所的雇工重建家园。索布里先生,据我所知,你的亲戚也在工地工作,并且在这次战乱中损失惨重,你作为亲属,难道不想帮助他们吗?"长安俯低身子,双手撑在办公桌边缘,目光期盼地问。

　　索布里这个倔强又傲慢的男人,在思考了很久以后,还是态度坚决地拒绝了长安。他不同意延期复工,要长安自己想办法,如果工人不能按时回来工作,那么项目从现在开始就要招聘新人。

宽查市和林贝镇都设有招聘点,会不定期更新招聘信息。中国企业的好口碑以及优厚稳定的报酬让应聘者趋之若鹜,有的应聘者竟来自四五百里外的省份。可招人简单,能不能上岗却得另说。当初非洲雇工入职之后,每个人都经过了近两个月的培训实习期,合格的才被正式录用,到工地上班。

索布里让长安重新招人,其实他是故意忽略了培训这个重要的时间成本,把难题、棘手事都甩给她,到时再看她笑话。

"索布里先生,我……"长安还想再劝,却被索布里抬手制止:"好了,安,你不要再说了,我是不会改变主意的。"

长安低下头,沉默片刻,收回手:"那我明天再来,您再考虑考虑。"

"你不要来!我是不会同意的,即使市长先生找我也不行!"索布里态度生硬地说。

长安看着索布里,黑沉沉的眼睛里露出倔强的神色:"我会来,也请您再考虑一下!"

索布里自顾自摇头,完全没听进去。

长安走出索布里的办公室,到休息室找严臻。严臻看她进来,放下手里的书,站起来,打量着她:"怎么,不顺利?"

长安轻轻嗯了一声,低下头,语气悻然地说:"看来,你的魔法失灵了。"

严臻听了竟笑起来,他靠近长安,动作温柔地摸了摸她的头发:"要放弃吗?"

"不!"她仰起头,脸上露出坚定的神色,"绝不放弃!"

严臻挑起眉毛,眼神灼灼地望着她:"还要来?"

"来!"长安不相信自己的诚心感动不了索布里。

严臻露出赞赏的神色,又摸了摸她的头:"我陪你,无论你想做什么,我都陪着你。"

长安看着他,漆黑的眼睛里似漾起一片流光,闪闪烁烁的……

接下来的几天,长安每天九点准时出现在索布里的办公室。索布里起初还会不耐烦地应付两句,后来干脆借口有事让长安吃起了闭门羹。长安却执着地找到他家里,怕打扰他的家人,她和严臻就守在门外,白天高温,又不能坐车里一直开着空调,他们就坐在行道树下,用纸板扇风降温。就这样一直等到深夜,直到喝得醉醺醺的索布里晃晃悠悠地出现在家门口,他们才主动现身搀扶他回家。可即便这样,索布里仍然不愿见长安,长安却表现得耐性十足,第二天去索布里家的时候,她戴了一顶宽帽檐的太阳帽,而且还在严臻热得满头大汗之际,从包里掏出一个迷你小风扇,送给他用。

"这玩意儿不错,你从哪儿买的?"严臻吹了两下,把风口对准长安。

"小孔给我的,还有帽子,也是她送的,她说,要是我再不注意防晒,回国的时候可能会被拒绝入境。"长安扬起嘴角。

严臻大笑:"小孔还挺幽默。"

长安叹息，严臻转过头，目光灼灼地端详着肤色如蜜的长安："好像是黑了。"

长安下意识地摸摸脸，蹙起眉头问严臻："很黑吗？"

"嗯，很黑。"

长安的五官迅速皱成一团，就要去包里掏镜子。严臻哈哈大笑，用力敲了敲她的帽檐："这样更好看，我喜欢现在有活力、有干劲儿的你，特别，嗯，特别迷人。"

长安怔住了。脸一下子烧了起来，她嗔怪地望着严臻，心想，这个人怎么什么话都敢说。严臻目光坦然地看着她，仿佛他刚才说的不是情话，而是朋友间再普通不过的聊天而已。长安被他看得心里也发了烫，手指紧攥着皮包的带子，垂下眼帘，紧盯着地上的阴凉儿，不知该怎么说才合适。

四周热浪滚滚，小风扇呼呼吹着热风，两人低着头，沉默着。

"以前，你也经常这样吗？"严臻开口问道。

长安转头看着他，眼里有一丝迷惑。严臻指指他们坐着的样子："经常也像这样……"他顿了顿，考虑措辞。

"狼狈？"长安明白他的意思，主动开口接过他的话。严臻笑了笑。

长安抱着双膝，视线望着对面的院子，气息悠长地叹了口气："比这狼狈的时候多了去了。突击攻坚时期，电话像是长在了耳朵上，一天用尽三块充电宝。为了要到钱，我抱着铺盖住到甲方代表的办公室，我跟他吵架，闹得整幢楼的人都来看热闹。有一次，真把我逼急了，我随手拿起水果刀就准备跟他拼命，他这才怕了，当着我的面让财务去银行转钱。还有，在国外施工，几乎每一天都会冒出一些你根本无法预料的难题。记忆最深的，是在施工关键期，甲方国家贸易部忽然宣布中断国外水泥进口，造成水泥价格短期内翻了几倍，工地被迫停工，我天天在政府和甲方之间寻求帮助和支持，嗓子哑了就用手写，官员们去哪儿我就跟着去哪儿，我听说其中一个官员的私人农场里需要大型设备，我立刻就把工地的设备调去帮忙，类似这种事做得多了，水泥供应难题自然而然就得到了解决。可我却因此大病一场，嘴里的燎泡，整整折磨了我半年。还有，除此之外，还有很多不得不去的应酬，不得不喝的酒，不得不看的脸色……"长安闭了闭眼睛，吸了口气，甩甩头，似是想把那些不好的记忆抹去。

"这算什么啊。"长安叹息着说完，忽然意识到自己扯得有点儿远了，她摆摆手，神情懊恼地说，"我跟你说这些做什么。"

严臻神色复杂地看着长安，方正的下颌紧紧收着，脸上浮现出浓浓的怜惜之色。一直以来，只是知道长安辛苦，却没想到在她繁重的工作背后，竟藏着这么多不为人知的辛酸往事。他的手指蜷了蜷，又松开，朝长安搁在膝头的手伸了过去……

这时，身后的大门吱呀一声开了。长安和严臻同时回头，看到从门里走出一位穿着花布长裙的非洲女人，她看着他们，露出善意的微笑，用英文招呼说："你们可以进来。"

长安和严臻对视一眼,严臻扶着长安起来,朝那个女人颔首致意:"谢谢。"

这个女人是索布里的妻子杰西卡,她带着严臻和长安参观了雅致的庭院后,又邀请他们到客厅喝咖啡。刚一进门,一个蹒跚学步的黑人小女孩儿就摇摇晃晃地朝他们走了过来,杰西卡上前抱起她,微笑着向严臻他们介绍说:"这是我的小女儿艾娃。"

艾娃咬着手指,瞪着一双大大的眼睛,好奇地望着家中的客人。长安捏着她胖乎乎的小手,轻声和她打招呼:"Sawa, Ava.(你好啊,艾娃。)"

艾娃先是目光怔怔地看着长安,而后听到自己的名字,她忽然咧开嘴,冲着长安笑了。随后艾娃噘着嘴,朝长安靠过来。长安不明所以,看着她。

杰西卡笑道:"她想亲亲你。"

长安赶紧把脸颊凑过去,艾娃重重地亲了她一下,之后不好意思地躲到母亲怀里去了。

"她很喜欢你,安。"杰西卡说。

长安被艾娃纯净的目光触动了内心潜藏的母性,她主动伸出手:"我可以抱抱你吗,艾娃?"

艾娃却扭头看着杰西卡,似是在询问母亲的意见。杰西卡微笑点头,艾娃这才倾身过去,主动抱住长安的脖子。

长安小心翼翼地抱着艾娃柔软的身子,转头看着严臻,笑笑地说:"她像个棉花团一样,真可爱。"

严臻目光温柔地望着长安,冲着艾娃挥挥手:"嗨!你好啊。"

艾娃瞅着严臻,朝他伸出小手。

严臻他们和年幼的艾娃玩了起来,杰西卡端着咖啡出来,示意艾娃到她这边来。严臻把坐在他腿上的艾娃放到地上,艾娃便像个可爱的小鸭子一样,摇摇晃晃地朝妈妈走去。

杰西卡把一个盛满果汁的水瓶递给女儿,然后把咖啡递给严臻和长安。

"谢谢。"

杰西卡微笑着说:"索布里,也就是我的丈夫,他有时非常固执,我也拿他没办法,但这次,我要帮你们。"

长安和严臻互相看了看,长安惊喜地说:"太好了,杰西卡!可是,可是你是怎么改变主意的呢?"

促使杰西卡最终改变立场的原因,竟是一段来自大树村的视频。视频里,她表弟在战乱中坍塌的房屋已被中国工人修缮一新,表弟一家站在新房前欣喜地向她报告好消息。

杰西卡说,她非常感激中国企业的善举,同时也被长安和严臻的坚持和尊重所打动。在她看来,丈夫这样做是极其无礼的,是不被原谅的恶劣行为。杰西卡向长安承诺,一定会想方设法说服丈夫,让他改变决定。长安高兴得满脸放光,她握着杰西卡的手,激动得只会说谢谢了。

艾娃一摇一摆地走过来,她依偎着长安,抬起羊毛卷似的脑袋,黑黑的大眼睛,好奇地看着她。长安的心顿时酸软成一团,她抱起艾娃,狠狠地亲了一口。艾娃咯咯笑出声来,杰西卡也在笑。

严臻看着眼前温馨的一幕,只觉得眼眶里涌起一股暖暖的潮气,他低下头,看着白色马克杯里轻轻晃动的咖啡,不知为何,他竟想起了远在万里之外的豆豆。在豆豆很小很小的时候,长安一定也是这样满眼慈爱地抱着他,亲吻他,恨不能把全世界最好的一切都捧到他的面前。

长安爱孩子,那种发自内心的呵护和宠爱令严臻感到震惊。这样的长安,怎么会舍得放弃她腹中的骨肉呢?是他太笨,是他混蛋,居然一直误以为她是个冷酷自私的女人,居然一直痛恨她,远离她,让她孤零零地承担人生的风雨。

有时候,严臻真的很感激长安。感激她内心的强大,性格的独立,如果没有这些内在撑着,或许,这个世界上,真的没有豆豆了。

这些年,经历过磨难和挫折的长安变得越发成熟而富有魅力。以前和她相处,只是觉得她能力超卓,比一般人都优秀,可经过这些朝夕相处、患难与共的日子,那些隐藏在她身体里的韧劲儿,那种对事业无尽的热爱和忠诚,以及潜藏在她骨子里、血液里的母性,一次又一次刷新了严臻的认知。

现在的长安,让严臻感觉既熟悉又陌生,这种新奇的陌生感,就像是一个巨大的宝藏,每天都能挖掘出新的、不重样的宝贝,让他沉迷其中,无法自拔。

严臻又何曾真正从往事里拔出来过呢,又何曾真正去恨过长安。即使是最残忍的时刻,他宁愿杀了自己,也不忍心动她一根手指。恨到极致,其实都是爱的原动力在后面作祟,有句话说得好,没有爱哪来的恨,以前他不懂,也不想懂,可是现在却真切理解了它的另一层深意。

从索布里家里出来,上车后,严臻并不急着打火启动,而是倾身过去,把面露喜色的长安抱住。

"喂!你又发什么疯!"长安捶着他的肩膀,却没用多少力气。

严臻闭上眼睛,在长安耳边说:"别动,让我抱抱你,就一会儿。"她果然不动了。

清浅的呼吸吹拂在严臻耳郭边缘,痒痒的,勾起他内心温柔的一角。

长安觉得严臻接下来会做点儿什么,可没想到这次他却出奇地老实,只是抱了她一会儿,就松开她,专心去开车了。反而是她觉得不习惯,心里空落落的,感觉少了点儿什么。

看着车窗外树木葱茏的景色,长安沉默片刻,主动问:"是你让小何先修帕马家里的房子,对吗?也是你让小何提醒帕马用手机发视频给杰西卡,对吗?"

严臻挑起眉毛,伸手托着青黢黢的下巴,偏头,看着目光漆黑的长安:"怎么猜到的?小何告的密?"

长安摇摇头:"知道帕马和索布里是亲戚的人,只有我和你,我只是让小何先修缮大树村的房子,却没让他先修帕马家的房子,我……"

"吱!"车子忽然减速,停在路边。

长安只说了一半,就觉得眼前一暗,紧接着,她的嘴唇就被严臻重重地吻住。严臻的力量很大,箍在她腰际的大手几乎要陷进她的肉里,他热烫急促的呼吸喷在她的鼻尖,一瞬间就起了汗,可又舍不得分开,好像只有这种把人吸到肚子里去的狠劲儿,才能纾解体内熊熊燃烧的火焰。

等到两人分开,严臻却用额头抵着她,眼睛里闪过一丝懊恼和无奈:"我那些自诩聪明的伎俩,在你眼里是不是很可笑?"

长安扬起睫毛,看着他眼里的亮光,低声说:"我不但不觉得可笑,反而很感激你。严臻,你做了我该做却想不到去做的事,你让我感到惭愧,在战术策略方面,我的确比不过你。"

"我有这么好?"严臻看着她。

严臻挡住大部分光源,可长安还是被他灼灼有神的目光烫到了,她咬了下嘴唇,忽然,毫无征兆地仰起头,亲了他一下。严臻呼吸一窒,眼睛顿时瞪得铜铃似的,嘴角却是越扬越高。这可是他追求长安这么久之后,她第一次主动亲他。虽然只是一个蜻蜓点水似的轻吻,可对于他,对于他们来说,都是具有里程碑意义的重要时刻。想到她正敞开心扉,慢慢接纳他,心里的愉悦就像是春天里包裹不住的新绿,噌噌噌地冒出来。

第二天,没等长安和严臻继续去索布里家报到,索布里就主动打电话联系长安,让她九点到他的办公室。见面后,索布里说他同意延期复工,但有一个条件,不能更改事先确定的竣工日期,这是他的底线。

索布里以为长安要回去和她的团队商讨一下才能给他答案,没想到她只是低头思索片刻,就抬起头,神情笃定地回答他:"可以。"

可以?索布里怔住了。他神色震惊地看着长安:"安,你确定吗?你确定你能把浪费掉的时间补回来?"

原本工期就紧,再加上剩余工程施工难度大,处理起来非常麻烦,长安能在半年内完成项目履约,顺利交工吗?

"索布里先生,我承诺过的事情,没有做不到的。而且这段时间并非如您所说,是浪费,是虚度,它或许,不,是肯定,肯定能够成为我,成为AS63项目中方员工一生中最值得珍藏的美好记忆。"长安用流利的英文语气铿锵地说。

索布里若有所思地看着她,片刻后,他主动起身,朝长安伸手,说:"sorry。"

过了索布里这一关,长安感觉浑身上下都在云上飘一样,轻松惬意。严臻看到她眼角眉梢抑制不住的笑意,心情也变得放松起来。他看了看汽车电脑操控屏幕上显示的时间,问她:"着急回去吗?"

长安想了想:"不用。"

项目还未复工,现在中方员工都已经分散到各个村落帮着修房子、打井,营地也没什么要紧事找她。

"不着急的话,我们可以在市区逛逛。"严臻指着路两旁的商店说。

长安把目光投向那些平民商店,蓝色的瓦楞板屋顶,像国内的批发市场一样,每个商店门口都挂满了琳琅满目的货物。再往前走,长安看到一家海鲜餐厅正在举行开业典礼,很多本地人载歌载舞地加入欢庆队伍,看到餐厅门头上悬挂的硕大假龙虾,她心中一动,转头看着严臻黝黑英俊的侧脸说:"我带你去个很棒的地方。"

严臻偏头看看她,笑了:"有多棒?"

长安眨了眨光彩熠熠的眼睛,示意他们换位:"到了你就知道了。"

接下来的一个小时车程里,长安沿着索洛托等级最高的公路行驶在蔚蓝色的海岸线旁。

"看到那片沙滩了吗?它有一个好听的名字,叫白莲海滩。"长安指着公路旁的海岸线向严臻介绍说。

严臻用手掌遮着炽烈的阳光,眺望着远处明晃晃的白色沙滩。

"因为颜色而得名?"他问道。

"有这方面的原因,但是我听当地人说,白莲其实是一个非常漂亮的姑娘,她最心爱的男人在战乱中丧生,她便在这个沙滩投海殉情自尽了,当地人为了纪念她,就用她的名字为这片海滩命了名。"长安边说边瞥了一眼车窗外的景色。

公路宽阔平坦,道路两边生长着巨大的热带灌木,沿途有当地人的摊位,卖一些简单的食物和水果,长安又说:"这里的水果是真好吃,甜度极高,而且非常便宜。"

严臻指着路边卖芒果的摊位:"吃芒果吗?"

长安摇头:"不,我要留着肚子。"

严臻挑挑眉,心里更加好奇,不知道长安要把他带到什么神奇的地方去。

香淞海湾,一个安静唯美的海边度假胜地。它拥有世界上最清澈碧蓝的海水、茂密的森林,行走其中,仿佛置身于一块巨大的天蓝色翡翠之中,步步成景,处处洋溢着世外桃源的气息。严臻叉着腰,神色震撼地望着这一大片原始的未被人为污染的银色沙滩和碧蓝色的海水,不禁生出一种想要跳进去,和这片大海融为一体的强烈冲动。

海边巨大的棕榈树自由生长,硕大油亮健康的树叶迎风摇曳,像一个微笑的长者一样俯视着这一处大自然的杰作。沙滩上星罗棋布地分散着几个简陋的茅草屋,在大海和绿树之间,平铺着厚厚的银白色的沙粒,这些沙子在阳光下熠熠闪光,远远望去就像是一层细碎的钻石。蔚蓝色的海岸线拉得很长,除了他和长安,这里空无一人,相比之下,国内那些人满为患的著名海滩,真的都不算什么了。

站在沙滩上,海风夹杂着潮气拂面而来,严臻远眺海水的尽头,想象着在海的另一边,又是怎样一处繁华盛景。

"美吗?"长安走过来,静静地站在他的身边。严臻点头,伸开手臂,把她揽在怀里。

"我在想若干年后,这里是否还能保持现在的纯净和美丽。"严臻喃喃说道。

"我也不知道。"长安叹息着朝他偎依过去,严臻被这一微妙的举动激得心神一漾,忍不住低下头,亲了亲她的唇。长安竖起眉毛瞪他。严臻哈哈大笑,拉着她在沙滩上散步。

长安的高跟鞋可真碍事。走了几步,她干脆脱掉鞋子,光着脚和严臻走路。严臻的视线在长安白皙漂亮的脚趾上停顿了几秒,忽然问她:"想下水吗?"

长安用力摇头,不要,她什么都没带,怎么能下水呢。再说了,她根本不会游泳。

严臻的眼睛里闪过一道狡黠的光芒,长安背后一凉,刚想退开几步,严臻却忽然弯腰把她抱起来,朝碧蓝的海水抛出去。长安大惊失色,紧揽着他的脖子,闭眼大叫:"严臻!"

"哈哈哈……"严臻畅快大笑,手臂托着长安的腰,俯身在她耳边说,"亲我一下,我就放了你。"

长安拧着好看的眉毛,面红耳赤地瞪着严臻。他的手沉了沉,她惶急大叫,更紧地贴着他,然后主动凑上去,飞快地在他的嘴唇上亲了一下。严臻眼眸一暗,就这样抱着长安,不知餍足地亲了下去。

过了许久,严臻才放开长安,她的脚踩进清澈的海水里,洁白的脚趾像是美丽的白珊瑚一样,随着水波的纹理变幻着形状。

起初长安还有些拘束,拎着裙摆,一只脚踩在另一只脚上,迟迟不肯挪步。可清凉的海水拂在脚面上,又迅速退去,犹如一个顽皮的孩子在跟她戏耍捉迷藏,逗得她心里痒痒的。于是,她便放开了,一边尽情地踩水一边在沙滩上漫步,时不时会停下来,向严臻介绍香淞海湾的情况。

"从这里往东两公里,就是索洛托最大的贸易港口香淞港,项目上所需的大型机械设备、粮油生活物资,都要从中国出发,走水路,最终抵达香淞港后再转运到营地。"长安指着东边,向严臻介绍说。

"香淞港比这里热闹多了,港口的工人就有几千人,还有附近的渔民,打鱼归来靠岸时,岸上的亲人就会跳起欢快的舞蹈,庆贺丰收。"长安目光悠远地描绘着港口热闹繁华的景象,"但我还是喜欢海湾,这里除了碧蓝纯净的海水,还有……"
　　长安顿住要说的话,扬起嘴角看着严臻。严臻目光灼灼地看着她,嘴角亦是轻扬。
　　长安伸出修长白皙的指尖,指了指附近大片的棕榈树:"穿过树林,就是我们今天的目的地。"
　　长安正要拉着严臻朝树林那边走,严臻却转过身,把她拥在怀里。
　　以为严臻又来闹她,长安下意识地躲了躲。严臻扣着她的脊背,不让她乱动,而后语声低沉却有力地说:"长安,我们复婚吧。"

　　越过一片巨大的棕榈树林,眼前豁然开朗,一排造型古朴别致的棕色木屋矗立在银白色的沙滩上。这是当地一家很有名气的海鲜餐厅,老板是一对六十多岁的外籍老夫妻。这里供应的海鲜不仅新鲜,而且价格出奇地便宜,在国内要卖上几百甚至上千的大个儿海蟹和龙虾,在这儿却只需要几十块钱就能享用到。而且餐厅的海鲜都是用果木炭火烤制的,现场烤,开放式操作台,保证食物的原汁原味和卫生。
　　长安熟门熟路地找到一处树荫下的桌子:"坐吧,我去点菜。"
　　严臻说他去,长安摇头拒绝:"这里我比你熟,况且,我还欠你一个天大的人情,于情于理这顿都应该由我请客。"
　　严臻笑了笑,没跟她计较,大大方方地坐下。
　　长安走去吧台那边和老板交谈起来,她弓着腰,对着透明的水族箱指指点点,很快便选中了心仪的海鲜。老板和长安很熟悉,一边记账一边和她攀谈,他们脸上都带着笑容,不时发出愉悦的笑声。
　　过了一会儿,长安拿着几个易拉罐走了过来:"啤酒?还是饮料?"她扬起手里的罐子。
　　严臻指了指饮料,长安低头看了看罐体上的英文标识,把两罐橙子味的汽水放在黄色的桌布上,她自己则打开了一罐进口的德国啤酒,仰起头,一口气喝了大半。
　　严臻看着她,眼角浮着一抹兴味。
　　长安放下啤酒罐,用手背按了按因为闭气而显得红润的脸颊:"天气真热。"
　　严臻笑了笑:"还好。"伸手,示意她坐。长安低头看了看已经被严臻拉开的椅子,慢慢坐下。
　　长安的手指抚摸着沁凉的啤酒罐,眼睛却一直盯着罐体上的图案。湿润的海风吹起她的裙角,发出噼啪噼啪的响声,她胡乱压住裙子,正犹豫该怎么开口,身后却忽然传来一阵热闹的响动。回头一看,却是一群男男女女的外籍游客,七八个人说说笑笑的,顿时打破了四周的宁静,还有弥漫在她和严臻之间的尴尬氛围。

长安暗自松了口气,抬起视线,却看到严臻正在注视着那群游客。其中有人也看到了他们俩,他们在一边窃窃私语,似乎是在讨论严臻身上的军装。

有一个拿着鸭舌帽的年轻人走了过来,他态度友好地跟严臻和长安打招呼,先是用英文夸赞长安独特的东方气韵令人过目不忘,而后问严臻:"你是军人?真正的?"

严臻目光黑沉地看着面前的小伙子,并未立刻回答他。其实,他不笑的时候便会给人一种不怒自威的感觉,再加上冷色调的军装,看起来就更显威严。小伙子可能也意识到了他的行为不是那么恰当,他尴尬地挠挠脖子,刚想道歉,却听到这个长相威武的军人用流利的英文回答他:"我是中国维和军人,真正的军人。"

小伙子愣了愣,用英文重复了一遍,严臻抬起左臂,指了指手臂上鲜红的国旗。

"噢!是的,中国!你们在这里维和,真的太了不起了!我哥哥也是一名军人,但是这里,他们不会来,怕吃苦。你们是勇士,我很敬佩你们!敬佩中国!"小伙子冲着严臻竖起大拇指。严臻扯了扯嘴角,总算露出一丝笑容。

小插曲过去,老板亲自来上菜。看到比人的脑袋还要大的海螃蟹和比胳膊还要粗的龙虾,严臻的确有点儿吃惊,他问长安价格,当得知这样的龙虾和螃蟹也不过花费人民币一百多块时,他不禁开玩笑说,他们不如改行往国内贩卖海鲜得了,这一趟,可有得赚呢。长安被他逗笑了,说:"行啊,到时候,你可以划着船去海上捕捞,我就给你织补渔网。"

说完了,忽然觉得有什么地方不对,于是长安红着脸补充说:"我不是那个意思,我只是开个玩笑,随口说的。"

严臻挑起浓黑的眉毛:"哦?随口说的?"

男耕女织,这可是夫妻眷侣向往的神仙生活,看来,在长安的潜意识里,已经接纳他了。所以说,他不必为她迟迟不作回应而心生烦恼,他只需耐心等待,等待这朵美丽的莲花为他绽放的那一刻。

两人都饿了,龙虾、螃蟹足够大,用叉子一叉一转,大块肥美鲜甜的肉就掉下来了。

"好吃吗?"长安一口肉,一口啤酒,吃得痛快淋漓。

严臻点头,把叉子上的龙虾肉放进长安的盘子里。长安把虾肉放进口中,顿时享受地眯起眼睛,喉咙里发出满足的哼哼声。严臻微笑着看着她,端起饮料,喝了一口。

"长安。"

"嗯?"长安睁开眼睛看着他。

严臻抿着嘴唇,手指轻轻转动着饮料罐,像在思索着怎样开口。

长安害怕严臻再提出刚才那样的请求,于是也收敛起脸上的笑意,静静地看着他。严臻似是想好了,他把饮料搁在桌上,目光炯炯地看着她说:"我们要回基地报到了。"

长安神色愕然地看着严臻，心里忽然塌下去一个角，变得空落落的。她猛然意识到，原来习惯才是这个世界上最可怕的东西，过度依赖一个人，这种依赖就会慢慢变成一种习惯，一旦把她从这种习惯中剥离出来，她立刻就会感到空虚和失落。默然半晌，她轻轻问道："什么时候走？"

"后天。"

后天？长安攥紧手里的叉子。

"明天武装警卫就要到营地了，你回去就能得到消息。在我走之前，我想，你能给我一个答案。"严臻的眼睛又黑又沉，像口深邃的古井，能把她的魂魄给吸进去。

严臻忽然告知的消息瞬间搅乱了长安平静的心湖，在她淡然的外表下面，是早已汹涌翻腾的波涛。她抓起手边的啤酒罐，仰脖，一饮而尽。

静静地思索片刻，长安抬起眼睛，凝视着对面的严臻："好。"

有些事，真的不是一味回避就能装作它不存在。既然他们的缘分没有终结在四年多前的春天，那这一生她注定是逃不开、避不了同他的爱恨纠葛。想通了这一点，她还有什么好顾虑的呢，无非就是最差的结果。可最差，也好过她这样愧疚地活着。对豆豆愧疚。对他，更是不公平。

深夜，正伏案记录工作笔记的长安听到叩门声，一边起身，一边睃了睃刚刚睡着的小孔。这丫头可能知道心上人要走了，所以一晚上都在辗转反侧，实在熬不住了刚刚才睡着。

长安轻手轻脚地走到门口，打开门，一道黑乎乎的影子遮住了廊下的灯光。严臻！没看到样貌，可她仅凭感觉就知道是他。

光还是从四面八方透了过来，长安目光微讶地看着只穿着背心和迷彩裤的严臻："出什么事了？"他拉起她的手，低声说了一句"你跟我来"，就带着她走出门去。

长安关上门，跌跌撞撞地跟着严臻朝前走。

"你松手啊，有什么话你就说。"虽然已是深夜，可值夜的人随时都有可能从这里经过。

严臻回头看了她一眼，目光很深很亮，长安愣了愣，快走几步，跟上他的脚步。没想到他竟一路把她带到宿舍，站在那间亮灯的房间门口，她犹豫着要不要进去。

"石虎值夜去了，没人。"严臻的右手带了她一下，沉声解释说。

长安跟着他进去。不大的屋子，收拾得干净整齐，一尘不染，单人床上的被单拉得笔直，上面连一丝细微的褶皱都找不出来。酱色的书桌上摊开放着一本厚厚的书和一个黑色封面的笔记本，他惯用的英雄钢笔夹在笔记本的中缝，笔帽却离得老远，与桌子配套的椅子向左侧转了三十五度角，大敞着口，看得出来，他定是临时起意才不管不顾地冲过去找她。什么事呢，紧迫到不能天亮了再说？想起白天在海鲜餐厅应下他的事，长安的头不禁开始隐隐作痛。难道，他等不及了，现在就要她表态？

长安皱了皱眉头刚要说话，却看到严臻从兜里掏出他的黑色手机，手指在屏幕上按了几下，紧接着，屋子里就响起连接微信视频的提示音。她微张着嘴，神色愕然地看着他。

"豆豆病了，高烧不退，已经第二天了。"严臻逆光站着，黑黑的脸庞在光影下越发显得棱角分明。

长安劈手就抢过严臻的手机，攥在手里，身体却在不住地发颤："豆豆找你了？"

长安知道，他们一直保持着联系，豆豆和她视频的时候，曾无数次在她面前提起他那位非常厉害、非常完美的严叔叔。

严臻看了看还在连接状态的屏幕，皱起眉头说："嗯，说是在医院里睡不着，想跟我聊聊天。"

长安的胃里开始泛酸，嘴里也尝到了淡淡的苦味儿。以前这小子病了，最喜欢依赖的人，除了长宁和凌薇，就是她了，哪怕她在外施工，回不了家，他也会打来电话，和她黏黏糊糊地说上一通。这才多久，小家伙儿就开始嫌弃她了。

看长安睫毛扑闪扑闪的，却不说话，严臻抬了抬眉毛，拉着她，把她带到床边坐下。

屏幕忽然一亮，紧接着，屏幕上露出豆豆红扑扑的小脸。刚欣喜地叫了一声"严叔叔"，却不防看到长安严肃的脸冒了出来，小豆豆愣了愣，张着红红的嘴巴，嗫嚅着叫："姑姑……"

长安准备了一肚子的话要问他，可一看到他因为高烧而显得憔悴消瘦的脸庞，那些啰里八唆的话就再也说不出口了。

"你怎么样，小男子汉？"长安用指尖戳了戳屏幕上的豆豆。

豆豆露出整齐的小米牙，冲她甜笑："我感觉不错。护士姐姐说了，只要我乖乖输液，后天就能回家了。"

长安看着穿着病号服的豆豆，鼻尖开始发酸，她的豆豆，虽然看起来高高大大的，可生产时的后遗症造成他肺部功能缺失，如果重体力运动或是受寒感冒了，他的反应总要比其他孩子来得猛烈一些。

"那今天护士姐姐扎针的时候，哭鼻子了吗？"长安问道。

豆豆顿时骄傲地挺起胸脯："没有！我没掉金豆子，比妈妈勇敢！"

豆豆忽然把手机对准毫无准备的长宁夫妇。长宁看到屏幕上的长安，心虚地挥挥手："嗨！姐。"

凌薇匆匆和长安打了声招呼，就羞恼不已地瞪着豆豆："我怎么不勇敢了？"

"因为妈妈看我扎针的时候哭了呀！"

"我，我哪有哭，我就是眼眶红了而已。"凌薇强撑着解释。

豆豆捂着嘴咯咯咯笑了起来，完全不相信凌薇的话。凌薇被他气笑了，上去就胳肢他，他笑得更大声了，手机也差点儿被他甩出去。还是长宁把手机抢了去，拉开门，走出病房。

长宁在走廊的椅子上坐下，然后将屏幕对准自己："姐，你别担心，豆豆这次只是病毒感染，很快就会好的。"

"辛苦你们了。"长安偏头，对着严臻指了指门口，然后站起身，出去了。

严臻看着长安急匆匆的背影，深邃的眼睛里掠过一道复杂的光芒，他抿着嘴唇，拿起滚到桌子边缘的笔帽，啪的一声，合上钢笔。

门外光线太差，长安怕影响战士们休息，于是一直走到宿舍外的空地上，才重新用语音连接长宁。

"姐，你和姐夫……哦，我说错了，你和严臻在一起了吗？"长宁问。

"是他告诉我豆豆病了，不然的话，我还被你们蒙在鼓里。"长安捏了捏发痛的眉心。

"对不起，是我让豆豆别去打扰你的，可他偷偷联系严臻，我也没想到。"长宁叹了口气，"可能这就是父子连心吧，这次豆豆病了，提到最多的人不是我和薇薇，也不是你，而是认识没多久的严臻。在豆豆眼里，我这个连步枪和冲锋枪都分不清楚的爸爸和他厉害的严臻叔叔比起来，简直就是最逊最逊的笨蛋。可即使被豆豆瞧不起，我这个爸爸还是想让他快乐幸福地长大。姐，豆豆的未来，你真的没有考虑过吗？"长安沉默。

长宁又是一声长长的叹息："你若真的忘了严臻，恨他也就罢了，我是什么都不会说的，可你没有，你从未忘了他，哪怕你在产床上生死未卜之际，你喊的仍然是严臻，严臻是你舍了性命都要维护、都要依赖的人，你说你怎么就跨不过心里那道坎儿呢？姐，你别再有这样那样的顾虑了，人生不过匆匆数十载，你们浪费的是什么，严臻不说，你还不知道吗？最重要的是豆豆，为了他，你也不该这样固执下去，让豆豆拥有一个幸福完整的童年，是你和严臻推卸不掉的责任！"

第四十二章　舐犊情深

　　长安整整忙了一天，去村里查看房屋修缮进度，同打井队谈价格，下午又赶回营地欢迎新来的武装警卫队。这一批警卫明显受过专业训练，行为举止和军人没什么两样，而且他们中有不少人学过中文，交流起来非常顺畅。

　　长安终于露出了久违的笑容，她让何润喜安排好队员的住宿，又到后厨让赵云龙按照当地人的饮食喜好添加菜品，让这些初来乍到的黑人小伙子能够迅速适应营地的生活。

　　走出餐厅，长安望了望飘浮在天边的火烧云，又朝严臻住的宿舍看过去。她回来之后就没见到维和官兵的身影，或许他们正忙着整理行装，想到这些日子同他们朝夕相处的情谊，心里不禁涌上一阵离别的愁绪。

　　何润喜汗涔涔地跑过来："经理，都安排好了。"

　　长安点头："辛苦你了。哦，对了，你进去和赵师傅说一声，晚饭再加几个菜，拣好的准备，算是咱们对维和官兵的一点儿心意。"

　　"好嘞！"何润喜正要走，却又被长安叫住，"你见到严连长了吗？"

　　"那边！"何润喜指着东边，"他们都在打篮球呢。"

　　打球？长安摆摆手，朝篮球场走了过去。

　　这个篮球场是在战乱废墟上修建的，标准规格的球场，是一众喜好运动的员工们的"圣地"。每到傍晚夕阳西下的时候，他们就会三五成群聚在一起，在球场上尽情释放体内的荷尔蒙。

　　远远地，就听到咚咚的声音，其中还夹杂着年轻男人激昂的吼声、欢快的笑声。长安看到球场内外影影绰绰，竟有数十人之多，站在外围的观众都是刚刚从班车上下来的龙建员工，他们顾不得洗去一身尘埃就跑到场边津津有味地看起球赛来。时不时，还会为场上球员的精彩表现鼓掌喝彩。

　　"经理！经理，这边！"孔芳菲满面绯红地朝长安招手，示意她赶快过去。

长安刚走到人群边缘,就被孔芳菲一下子拽了进去。那些咚咚的声音顿时变得响亮起来,她看到长方形的水泥场地上,身穿军用背心和迷彩裤的维和官兵正和身着工装的龙建员工展开一场激烈精彩的比赛。

长安一眼就看到了严臻。他那标志性的古铜色肌肤和匀称的肌肉在金色的夕阳下闪着耀眼的光芒。

"今天的球场明星非严连长莫属!他一个人独得二十五分,二十五分呐!你是没见刚才那个漂亮的三分球,唰一下,空心!简直A爆了!呀呀呀!他又拿球了!快看,经理,你快看!"孔芳菲踮着脚尖,又兴奋又紧张地攥着她的胳膊。

长安朝场上的严臻望去。他是军人队的主力,刚拿到石虎抛给他的篮球,就一路朝对方篮筐运球过去。没人能阻止得了他,快到投篮区域时,他一个灵活的假动作晃过防守他的人,然后侧身一个跳跃,"唰!"又一个完美无瑕的三分球,赢得了在场观众雷鸣般的掌声。

孔芳菲把手掌都拍红了,她用手掌围着嘴唇,大声叫着严连长和石虎的名字。赵铁头扯了扯孔芳菲的马尾辫,故意说她是"小叛徒",孔芳菲涨红了脸,向长安告状,说赵师傅欺负人。长安便笑着打了赵铁头一下,说给你报仇了。孔芳菲先是一愣,后被长安难得幽默的举动逗得哈哈大笑,赵铁头他们也在笑,一时间四周都是笑声,就连在场上打球的人都停了下来,好奇地看着他们。

严臻也看到长安了。他缓步停下来,向临时裁判打了个换人的手势,然后下场把一个内向腼腆的维和战士推了上去。小战士一直在摆手,面红耳赤地说他不行什么的,严臻低头跟他说了句什么,他立刻就闭了嘴,老老实实上场打球去了。

严臻走过来,厚实的胸膛剧烈起伏着:"你来了。"

他那张古铜色的脸庞上蒙着一层水润润的汗,露在外面的手臂上也是汗,站在长安面前,弓着腰,一边平复着呼吸,一边擦汗。

长安点头,脸有些烫,但仍然目光平视,先退了出去。严臻跟在她后面。两人都走出好远了,还能听到背后传来阵阵熟悉的笑声。长安一直走到洗漱池才停下来。

"你洗洗吧。"长安指着水龙头。

严臻拧开水管,弯下腰,捧起沁凉的清水扑到脸上和手臂上。

"我去给你拿条毛巾。"长安说。

严臻从侧面抬起头,看着她,长安不禁呆了呆。

这个样子……严臻的头发湿漉漉的,水珠从他棱角分明的脸上滑下来,滴在深绿色的背心上面,迅速洇成深黑的一团,眼神却清澈得像海水一样,定定地看着她,让她心头一跳。长安忽然觉得口干舌燥,转身就想走,却被严臻抓住胳膊,只一下,力量刚刚够阻挡她,却又不会让她感到不快。长安顿住脚步。

严臻笑了笑："不用麻烦。"他又撩起几捧水洗了脸和手臂，准备掀背心的时候，却看到长安偏过头去。他嘴角微扬，还是放下衣服，然后就那样带着满脸的水珠子，语声微哑地问长安："你……是不是已经有答案了？"

长安看看严臻，目光沉静地点头。然后指着夕阳下的坎贝山："你跟我来。"

长安率先走了，严臻在原地站了几秒钟，才大踏步跟了上去。

沿着未被炮火炸毁的石阶一路上行，走了十几分钟光景，就到了坎贝山最美丽的山谷蝴蝶谷。

长安边走边拂开生长茂盛的杂草，严臻要帮她，她却不让。

长安在路边采了一捧野花，小心翼翼地摘除花茎上的残叶，严臻静静地看着她，并不出声询问她为什么这么做。在他看来，长安这些透着仪式感的举动肯定不是心血来潮。终于，长安带着严臻登上一处地势平缓的土坡。

"到了。"

严臻望着这一大片绿草如茵的山坡，心里却涌上一阵奇怪的感觉。凭着多年军旅生涯养成的敏锐直觉，他的视线落向草丛里一块白色的东西。那是……他唰地转头，神色凝重地看向长安。

风有些大，吹得树枝左右摇曳，耳畔回响着呜呜的风声，眼前的坎贝山，仿佛变成了无边无际的绿色麦浪，在山谷间随着风声起伏翻滚。天渐渐暗了下来，这片绿油油的麦浪退去，取而代之的，是无边无际深黑色的汹涌波涛。

长安站在山坡边缘，身上的衬衫和长裤被烈风吹得鼓荡起来，乌黑的发丝在空中飞舞，从背后望去，她就像一只振翅欲飞的蝴蝶，那美丽灵动却又柔弱不堪一击的背影，忍不住想让人去保护她。听到脚步声，长安回过头，看着星光下眉目肃然的严臻。

"你早该告诉我的。"严臻语气低沉地说。

长安的眼里闪过一丝哀伤，仰起头，看着面前高大英俊的严臻："师父一直很欣赏你，你能来看他，他一定很开心。"

严臻回头望了望掩映在草丛里的汉白玉石碑："这次不算。以后我会经常来的。"

长安嘴角一勾，转过头，指着山坡下灯火通明的地方："你看，我们营地。"

AS63营地经受了战火的洗礼之后，涅槃重生，成为坎贝山下一颗耀眼夺目的明珠。

"当初营地在选址的时候，我藏了私心，把营地建在这里，主要是想离师父他老人家近一些，可没想到，他竟在冥冥之中护佑着我们……"长安垂下眼帘，遮住眼底涌上来的潮气。

严臻不禁动容，上前把长安轻轻拥入怀里。长安用额头顶着严臻的胸口，手指微颤地攥住他的衣摆："严臻，你……你还爱我吗？"

严臻皱眉，用力箍了长安一下，用行动回答她的问题。长安闭了闭眼睛，一滴泪水顺着脸颊缓缓流淌下去。

"那你呢，爱我吗？"严臻语声沙哑地问。

长安抿着嘴唇，身子向前一送："爱，我爱你，严臻！"

长安不安地动了动，却听到耳畔传来严臻近乎嘶哑的声音，恳求她："别动，长安，一会儿，就一会儿。"

再也不想放开她了，这一生，他都要这样抱着她，一分一秒也不想和她分开了。为了等她这句话，他等了近五年光阴，这些年鲽离鹣背、东南雀飞的日子，让他尝尽了思念的苦楚。所幸，他来了，所幸，一切都还不算晚。

严臻捧起长安早已变得湿漉漉的脸庞，用额头顶着她的额头。

"长安。"

"嗯。"

"嫁给我！"

长安的嘴唇在轻轻颤抖，雾蒙蒙的双眸里闪过一丝痛楚的微光，就这样沉默了几秒，她忽然背过身，双手捂着眼睛，语声破碎地说："不，我不能。"

严臻炯炯有神的眼睛蓦地变得深邃起来，他沉声问道："为什么？你是怕我母亲，还是因为婉……"

"不是！"长安飞快地转过身，一双红通通的眼睛直直地盯着严臻。

既然不是因为母亲，也不是因为廖婉枫，那……

"拒绝我也得给我一个理由，而且这个理由必须强大到能够说服我，让我充分理解你为什么这么做。"严臻的眼睛瞪得很大，所以唇角的法令纹就显得更深。

现在的严臻在长安的眼睛里只是一个模模糊糊的影子，她的脸苍白如雪，眼里除了蒙着一层雾气，还隐藏着深深的纠结与痛楚。她用力攥着手心，鼓起这几年积攒的全部勇气，抬头看着严臻，说："我……我们……"

长安太紧张了，想说的话都卡在嗓子眼儿里，她急得满面绯红，脊背上汗涔涔的，可舌头偏像是打了结一样，说不出话来。

严臻走近一步，长安退了一步。他再进，她再退。严臻锐利的目光仿佛能够穿透她的盔甲，长安方寸大乱，脸上露出惊惶的神色。

"我……"

"豆豆是我们的骨肉，你想告诉我的，就是这个隐藏了快五年的秘密，是吗？"严臻忽然抢过长安的话，语气缓慢却又掷地有声地说道。

长安耳中轰一声巨响，眼前顿时冒出一大片金色的火星，心脏犹如抽搐中风了一般，停止跳动，僵硬的感觉迅速蔓延至四肢百骸。她的脸由红转白，又变成黯淡的灰色，她张着嘴，大口吸气，像条濒死的鱼一样跟跟跄跄地向后退去。

长安忘了她正站在土坡边缘，几步下去，竟一脚踏空，整个人仰躺着就要坠下山谷。千钧一发之际，严臻一个箭步冲上去，一把拽住她的胳膊，将她从空荡荡的飘浮状态扯回现实中来。

长安惊魂未定地靠在严臻胸前喘息，可刚找回一丝清醒，她就像一只受伤的刺猬一样跳蹦到一边，弓着腰，睁大泛红倔强的眼睛狼狈地瞪着他："谁告诉你的，宁宁吗？"

严臻皱着眉头，目光极深地看着长安："你恼什么？难道我……不应该知道这个秘密？"

长安哑然失语，脸上露出复杂的神色："不是，我不是那个意思，我想说的，可没，没想到你已经知道了。你什么时候知道的？"

严臻扯了扯嘴唇，吐出两个字："你猜。"

长安愣了愣，咬了下嘴唇，说："你既然知道豆豆的身世，怎么不直接找我对质呢，或是，或是更加恨我，因为我一而再，再而三地骗你。你该痛恨我的，这些年，我不知道，不知道你过得这么辛苦。我以为你还在恨我，我……"

严臻目光沉沉地看着长安，伸手捏着她的下巴，抬起来："我的心的确很痛，但不是恨，我对你，从来没有恨过，也学不会去恨你。你欺骗我，独自生下豆豆，并隐瞒我这么久，我都可以不去计较，但有一件事，我却一直想不通，长安。"严臻俯低身子，手从她下巴上拿开，却握住她单薄的肩膀。长安的身子颤了颤，细密的睫毛上沾着几粒晶莹的泪珠，在风中摇摇欲坠。"为什么，为什么你那么爱豆豆，甚至为了他可以牺牲自己的一切，你那么爱他，为什么会忍心放弃他，为什么？"严臻的手随着话音突然用力，攥紧长安的肩膀。

这个疑问困扰严臻好久了。他曾试着从长宁那里找到答案，可不知何故，素来对他信任有加的长宁却在这个问题上选择了缄默。他看得出长宁眼里藏着顾虑，似是有什么难言之隐，难以启口。他没有为难长宁，但心里这个疑问却被无限放大，想忽视也忽视不了，它像是扎在他心底的一根刺，时不时冒出来戳那么一下，顷刻间让他疼痛难忍。现在，他要长安亲手把这根刺拔出来，即使这么做会伤到他，或是伤到她自己，他也要一个痛快淋漓的结果。

"你想听？"长安在沉默了好久之后，抬起黑漆漆的眼睛，看着严臻。严臻点头。

"好，既然你已经知道豆豆的身世了，其实后面这些事也是瞒不住的，原本今天就要告诉你，索性都说了吧。"

长安慢慢吸了口气，说："你问我为什么把豆豆丢给宁宁抚养，自己却不管不顾。其实很大一部分原因你已经猜到了，是的，我不想让豆豆成为单亲家庭的孩子，而我的工作性质也决定了，我不可能像宁宁和凌薇一样一下班就可以回家陪伴他，给他一个健康完整的童年，我不希望，不，是绝不允许我的孩子，像我们姐弟当初那样，一边要承受失去双亲的痛苦,一边还要承受别人的议论,我不要豆豆在那样残酷的环境下成长,我要他快乐,要他幸福,哪怕我因此只能疏远他,只能心碎地听着他叫别人妈妈,可我只要看到他无忧无虑的笑容,我觉得,所有失去的,都是值得的。我从不后悔把豆豆交给宁宁,即使你觉得我自私,觉得我混蛋,但我仍然会这么说,我不后悔。还有……"她顿住,扬起湿润的睫毛,看着严臻严肃的眼睛说:"对不起。对不起,严臻,当年的事,我不该骗你,我以为,以为我离开了,你就能没有负担、没有阻碍地开始新生活,毕竟你和廖……"

"你知道什么!"严臻忽然语气严厉地打断长安,伸手攥住她的胳膊,目光如炬地说,"我和婉枫当年什么都没发生!我没有亲她,一切都是她的心机,她故意模仿你的样子来迷惑我,而后又利用角度让你产生误会。我不相信自己会那么浑,连这点儿自控力都没有,所以我去查了小区监控,监控上显示的画面,和你看到的根本就是两码事,我看到事实真相后欣喜若狂,迫不及待地想要告诉你,可没想到,没想到苻翊告诉我,你在医院,正在做……"

长安睁大了眼睛,直直地盯着严臻痛楚发红的眼睛,嘴唇轻轻发颤。他,他没有……

长安被这突如其来的秘密震住了,以至于像被电击了一样,先是浑身麻痹,而后鼻子发酸,从心口涌起一阵绵密持久的疼痛。她抓着严臻的胳膊,紧紧地,呼吸哽咽地说:"我没有,没有……我舍不得,舍不得啊……"

严臻低下头,擦拭着长安脸上的泪珠:"我是个笨蛋,我不该放你走。"

长安的泪水越发汹涌,顷刻间就泅湿了他的指尖。严臻心里传来阵阵尖锐的痛楚,那些长宁和雷河南描述的,他从未经历却感同身受的画面,一下子变得明晰起来,他仿佛看到她在机场背身而去时眼底流露的酸楚和不舍,仿佛听到她在密闭冰冷的产房命悬一线时呼唤他的声音。那些揪心的画面一帧帧一幕幕地浮现在他眼前、脑海里。长安在坚强的外表下,隐藏着一颗脆弱的心灵,严肃的表情下面,也隐藏着许多不为人知的泪水。

长安。他的长安。

"一切伤痛都会随着时光慢慢淡去。过往的事,你我都有错,我们扯平不提。长安,从现在开始,我说的每一句话、每一个字都是认真的,我爱你的心从未变过,我请求你跟我复婚,我们重新、从头再来。"严臻抚摸着长安被风吹乱的发丝,目光温柔而又坚定地看着她说。

长安小口吸着气,泪眼蒙眬地看着严臻,半响她语声哽咽地叫了声严臻,然后主动靠过去,双臂环着他结实的腰身:"容我再想想,再想想,好吗?"

长安原以为豆豆的事就足够折腾严臻一阵子了,所以来之前,她只是想着如何开口才能把对他的伤害降到最低,至于复婚的事,她还没来得及去细想。现在,她的脑子里容纳的东西太多,太繁杂,一团乱麻似的,根本静不下心来给他一个答案。她还要再想想,真的,要再想一想。

严臻显然对长安的说辞并不满意,于是惩罚地箍紧她的腰,朝前一带:"你还在顾虑什么?宁宁都已经知道了,他很支持我们。至于我父母,你就更不要有思想负担。我爸不用说了,他原本就向着你,因为我们当初的事,他差点儿没和我妈离了;我妈呢,她现在也变了,当然,我说了不算,这得你自己去体会,去判断。"

长安的额头靠着严臻青黢黢的下颌,轻轻蹭了蹭,叹息说:"我知道。"

"你知道?"严臻的目光闪了闪。

"嗯。你还记得吗,当年我离家之前,曾经和妈在屋里说了会儿话。"

严臻点头:"记得。"

"我当时跟她说,如果她还想要你这个儿子,就不要再对你今后的婚姻横加干涉,让你自己去选择最适合你的伴侣。这次我们在非洲相遇,我发现你竟还是孑然一身,惊讶之余,我就知道她没有逼迫你,她把我的劝告听进去了,只是没想到,你竟是为我而来……"

严臻怔住了,片刻后从齿缝里挤出几个字:"谁告诉你的?"

长安抬起头,看着严臻:"石营长。"

石光明。严臻忽然扬起嘴角,笑了。

长安看着严臻的眼睛,并没有在里面找到被抓包之后该有的尴尬或是羞恼等情绪反应,他的眼睛清澈而又干净,像磁石一样吸引着她的目光。

"你信吗?"

长安认真思索片刻,说:"起初我信了。可经历过这么多的事,经历过生死之后,我觉得,你不是那样的人。严臻,你还记得吗,当年我们登上G省十万大山的顶峰,你用一首震撼人心的《Amani》回答我,身为军人,没有什么比捍卫这片壮美的山河,比维护世界和平安宁的生活更有意义的事。所以,当我看到你头戴蓝盔、身着军装出现在我面前的时候,我就知道,这才是你最向往的生活,是你选择当一名维和军人的原动力。"

严臻动容,他拥紧长安,低声说:"人生得一知己,余生尽欢矣。"长安笑了笑。

"但营长说得也没错,我的确是因为你才把维和任务提前了。"严臻忽然说道。

长安讶然一怔,皱着眉头看着严臻。他捏了捏她的脸颊,笑着解释说:"我是下一批维和人员,但你在这儿孤零零的,我放心不下,于是就'偶遇'了石营长,后面的你都知道了。"

长安扑哧笑了:"谁孤零零的,我有员工,有营地,有非洲朋友……"

"可豆豆,他不是孤零零的吗?"严臻忽然话锋一转,提起他们的宝贝儿子,"等宁宁和凌薇有了自己的孩子,他就更孤单了。"

"不会的。"长安神色一黯,说完,她神色犹豫地看着严臻,低声说,"我还有件事没告诉你。"

还有？严臻浓眉一挑,声音跟着沉下去:"长安,你最好全都告诉我。"

长安咬着嘴唇点点头,说:"其实,其实凌薇她不会生育。"

见严臻绷着脸一言不发,长安赶紧解释说:"我并不是因为凌薇不会生育才把豆豆交给她,而是她对豆豆是真的好,你也应该从豆豆的口中了解过,她是一个什么样的人。"

严臻拧着眉头,目光沉沉地看着长安,说:"我没说她不好。但是她经常和宁宁吵架,并且影响到了豆豆,这你不会不知道吧。"

长安语塞,她竟不知道,豆豆连这样私密的事也会向他倾诉。不过这也在情理之中,他们是父子,天生的血缘相吸,豆豆难过,他又怎会置身事外。

"凌薇因为不会生育的事背上了沉重的思想包袱,她曾提出过离婚,但是被宁宁拒绝了,宁宁说他爱的是她这个人,他们的婚姻不需要维系在一个无缘的孩子身上,他还说,这辈子有豆豆就足够了。可女人的心,你可能还是不太了解,一丁点儿的事情到了她的眼里都会被无限放大,尤其像凌薇这样压力大的女人更是如此。他们因为一些莫须有的事情吵架这我知道,但是经常吵架,并且影响到豆豆,我却是不知情的,如果真像你说的这样,那我需要和宁宁、和凌薇好好谈谈。"长安皱起眉头。

"谈什么？让他们好好过日子,做豆豆的模范父母？"严臻盯着长安,"你是不是觉得,只要维持现状对豆豆来说就是公平的？"

长安的心里掠过一阵尖锐的疼痛。严臻的话像一把尖刀狠狠地刺入她的心脏,溅起血花的同时,也暴露出她一直回避的血淋淋的事实。严臻说得没错,她的确抱有这样天下太平的想法,认为只要对豆豆有利的事,那就都是对的,她不愿破坏豆豆平静幸福的生活,可她却刻意忽略了一件至关重要的事,那就是豆豆,豆豆的立场。他虽然小,什么都不懂,可他终会有长大成人的一天,当他知晓自己的身世之后,他会怎么想,会怎么看待"抛弃"他的亲生父母。

"我理解你当初把豆豆交给宁宁抚养的苦衷,所以我从未怀疑过你对豆豆的感情。但是,长安,你选择向我坦白,就应该做好我会把豆豆要回来的准备,因为你清楚我是什么样的人,我不打算只做豆豆口中的严叔叔。"严臻目光坚定地看着长安。

"你别胡来!"长安的眼里闪过惊惶的神色。

严臻抿着嘴唇,嘴角的法令纹在月光下显得格外清晰,他看着长安,一字一顿,语气铿锵地说:"我绝不会放弃你,更不会放弃豆豆。"

听到严臻犹如宣誓一样的言语,长安怔住了,心里顿时乱作一团。有些事一旦开了头,再想回到原有的平静就不可能了。她不怕狂风骤雨加身,却独独怕豆豆伤到一分一毫,这才是她犹豫并退缩不前的根本原因。

坦白意味着什么,长安比谁都清楚,却又比谁都恐惧。在她三十几年的人生里,从未像现在这样矛盾过,也从未像现在这样对未来感到恐惧,她像是行走在一片漆黑的路上,前方是柳暗花明的世外桃源还是深不可测的万丈深渊,她全然不知。

严臻会怎么做?长安看向身旁的严臻,他表情肃然地凝视着树影憧憧的山谷,似是陷入深深的思索。

两个人都沉默着,过了许久,严臻转头说:"回去吧。"

长安点点头,心情复杂地跟着他下山。

严臻把长安送回去就走了,看得出来,他身上的包袱比她要沉重得多。

有心事怎么睡也睡不着,索性把师父留给自己的工程笔记拿出来研读,一直熬到凌晨四点才躺下。朦朦胧胧中长安听到孔芳菲说话的声音,似乎提到了她的名字,她挣扎着想恢复意识,可还是耐不住困意睡熟了。等醒过来,发现已是日上三竿,宿舍里静悄悄的,隔壁床被褥整齐,空无一人。

长安侧过身,看着相框里笑容粲然的豆豆,发了会儿呆,之后坐起来,揉了揉发胀的脸庞,从床头拿起手机。看到屏幕上显示的时间,她猛地想起严臻今天要走,一边翻身下床洗漱,一边给严臻打电话,可电话无法接通。

长安用最快的时间洗漱后,换上工装就急匆匆地跑向维和官兵的宿舍。走廊上静悄悄的,推开那扇紧闭的房门,屋内一片寂静,单人床、桌上空荡荡的,连一丝杂物都找不到。一声不响地离开,可见他对她失望到了什么程度。棕色的房门缓缓关上,长安的心也像是空了一大截。

"嗨!"身后有人叫她。

长安唰地转头,看到一个年轻的黑人警卫正抱着被褥站在走廊上,看到她的脸,年轻人愣了愣,表情紧跟着变得紧张起来,他站得笔直,用不大标准的中文问候她:"经理,你好。"

长安点头,露出微笑:"你好。"她指着背后的房门,问那个年轻人:"你要搬进来?"

"是的。中国军人走了,我们就可以搬进来了。我住这间。"年轻人说。

长安重新打开房门:"进去吧。"

"谢谢。"年轻人侧身入内,把被褥蚊帐放在单人床上,然后回头对长安说:"这里的设施太好了,像酒店一样,是我待过的最好的地方。"

年轻人看起来非常高兴,打量着四周的陈设,对什么都很好奇。长安露出微笑,示意他慢慢收拾,便退了出去。

这些黑人警卫大多在矿山从事安保工作,矿山企业都是私营老板,不会给他们多花一分冤枉钱,所以他们的待遇可想而知。听何润喜说,昨天安排好食宿之后,有的黑人警卫竟感动地哭了,他们说,第一次在雇主面前觉得自己活得有尊严。其实,不只是黑人警卫有这样的感觉,工地的当地雇工,也跟她说过类似的话,他们说在项目上工作虽然辛苦,但心里很快乐,而且报酬很高,几年积攒下来,虽说比不过当地的富人,但是比大多数人要富有,年长者可以做点儿小生意,年轻人就会选择盖新房、娶老婆。

长安曾听何润喜说过,他们项目上的当地雇工光棍率是最低的,几乎个个都讨到了老婆。这和项目多年来按时履约、按时给他们发放工资奖金有很大关系。毫不夸张地说,中国企业在援助当地基础建设的同时也切实提高了老百姓的生活水平。这样想来,长安不再阴郁,心里也变得不那么难受了。

不知不觉竟走到了一片开阔的草地。原本土黄色的草皮上,冒出一片绿油油的小草,一阵微风吹过,小草随风摇曳,像是在欢迎她的到来。

"吱吱——"忽然,树林边的灌木丛里响起一阵凄惨的叫声。

狒狒!每天像闹铃一样准时叫她起床的动物叫声,此刻听起来却瘆人得很。脊背一阵发凉,不知怎的,长安竟生出一种不好的预感。

树林里恐怖凄厉的叫声没有停止的迹象,靠近营地的灌木丛也像是被狂风凌虐过,树干和枝叶都在发狂般地颤抖。长安听到一阵急促的脚步声,回头一看,竟是刚才那个黑人警卫,他一边用力吹响用于联络的哨子,一边神情紧张地指着那片灌木丛,提醒长安跑回屋去:"花豹!有花豹!"

花豹!长安心中一惊,朝那片灌木丛飞快地瞪了瞪,脚步不停地向后退。

初来营地的时候,夜晚常有花豹、狮子等大型猛兽在附近出没,随着营地安保设施的完善及保卫人员二十四小时不间断地巡逻,近半年来,已经看不到它们的影子了,可没想到,原本只在夜晚出没的猛兽,竟会在光天化日之下出现在营地附近。

哨声急促,很快就有训练有素的持枪警卫跑来增援,长安刚走回廊下,就听到树林那边响起一声沉闷的枪声。她攥紧了拳头。

没过一会儿,黑人警卫跑了过来,大声向她报告:"花豹中弹逃跑了,可是它咬死了一只狒狒。"

"我去看看。"长安走了出去。年轻人跟上来,做出保护的姿态。

"你叫什么?"长安问他。

"阿里。"年轻人露出洁白的牙齿。

阿里。长安不由得想起阿米,艾伯特的小儿子,那个"喝水"男孩儿。好像这里有很多类似名字的人。

"母狒狒死得很惨,脸被咬破了,它的女儿不知道它的母亲已经死了,一直守在尸体旁边。"阿里目露怜悯地说。

出事地点一片狼藉，草木被压塌了不少，还没到地方就闻到浓郁的血腥味，几个黑人警卫正用母语指着母狒狒的尸体议论纷纷，见到长安来了，几人很自觉地让出一条通道。

长安的目光在地上血淋淋的狒狒尸体上停留了几秒，又望向坐在一边守着母狒狒的小狒狒。当看到它头顶一块硬币大小的胎记时，长安眼前忽然闪过一道白光，头忽然昏眩起来，身子跟着晃了晃。

阿里以为长安被血腥的场面吓到了，于是担忧地看着她："我们来处理，经理你回去休息吧。"

长安抚着额头，摆摆手："不用了，这只狒狒我认得。"阿里惊讶地看着长安。

长安的确认识这对母女，它们经常在她的窗外玩耍，吃她特意为它们准备的食物。长安很喜欢这只头顶有胎记的小狒狒，甚至给它起了个俗气的名字，叫钢镚儿。小钢镚儿看起来很活泼可爱，而且它非常黏它的母亲，每天都要挂在母狒狒身上撒娇。

"嘀嘀……"钢镚儿认出长安了，回过头，神色无助地向她求援。

长安蹲下身子，朝它伸开双臂："钢镚儿，来。"

钢镚儿起身朝她张望，长安以为它会过来，谁知它只是盯着她瞅了一会儿，就又坐在母亲尸体旁边，嘀嘀叫了起来。它在呼唤它的母亲，它的保护神。可是这次，它再也听不到母亲的回应了。

四周静了下来，所有的人都看着眼前残酷而又悲壮的一幕。

"你哭了？"阿里惊讶地叫了起来。

长安别开脸，用手指蹭了蹭湿润的眼角，声音微哑地说："阿里，你把母狒狒埋了吧。"

阿里小心翼翼地说会照办。

长安抬头看了看表情惘然无助的钢镚儿，拍拍阿里的肩膀，转身走了。一直走到阳光下，她还是觉得浑身冰冷，心口处疼痛如绞，她仿佛被刚才的一幕抽干了力气，步子慢下来，越走越慢，最后竟撑不住身体的重量，捂着心口蹲下身去。她的眼前、脑子里晃动的全都是钢镚儿那双惘然无助的眼睛，谁说动物不会说话，谁说动物没有舐犊之情，钢镚儿思念妈妈，可它今后又要去哪里才能找到妈妈。

长安忽然站起来，发疯一般朝刚才的树林冲了过去。可是林子里一片寂静，除了被压塌的草木和地上一摊暗红色的血迹之外，连钢镚儿都不见了。

"钢镚儿！钢镚儿！"长安大声呼唤着小狒狒。可是回应她的，只有耳边霍霍的风声……

接下来的日子，长安每天穿梭于各个村庄之间，检查督促施工进度，解决施工难题。车子到不了的地方她就带着何润喜步行走过去，饿了就随便吃两口面包对付一下，困了累了就靠着树干眯一会儿，一天工作结束，往往工人们已经乘坐通勤车回营地休息了，她还在检查工程质量。就这样，在她的亲自督导下，这项由龙建集团无偿援助的民生工程以超预期的速度迅疾向前推进。照这样的势头发展下去，工期大幅缩短是完全有可能的。

"经理，你看，咱们项目部上报纸了！"孔芳菲龙卷风一样冲过来，抢走长安手里的书本，把报纸塞到她手里。

"你看，这可是《索洛托日报》，第二版，整篇幅报道咱们的事迹呢！喏，还有你的照片呢，不过，把你拍得有点儿凶哦，哈哈哈……"孔芳菲笑着说。

长安拿起报纸，低头朝印有她照片的地方看过去。她的眉头轻轻蹙了蹙，的确，如孔芳菲描述的一样，这张照片把她拍得很凶、很丑。

像素不大清楚的彩色照片里，穿着工装、戴着白色安全帽的她正全神贯注地听村民们讲话。看背景，她分辨不出是哪个村庄，村民的样子她也不记得了。她这个人并不爱笑，也不多话，所以精神过度集中于某件事的时候，五官就会不自觉地收紧，人也因此显得严肃清冷，缺少亲和力。大家都有点儿怕她，再加上她雷厉风行、说一不二的行事作风，所以，"女魔头"这个绰号也就传播开了。

长安并不介意被人叫什么，如果"女魔头"能所向披靡解决世间所有难题，她宁愿被人一辈子这么叫着。可事实并非如此，她或许能在事业上一展抱负，但是回归生活，处理感情的能力却连她自己也要叹息愧疚。有大半个月了，她联系不到严臻，严臻也没有主动打电话给她，两人之间忽然断了联系，就像是回到了重逢之前的状态。

长安曾见过趁着轮休来营地探望孔芳菲的石虎，见面后，她几次欲言又止，想问问严臻的情况，却又碍于面子把那些话咽了回去。倒是孔芳菲无意中透露了一句，说严连长很忙，前阵子去首都执行任务，刚回来，又被调去平民保护区了。是的，他很忙，一直很忙。

从孔芳菲那里得到的信息稍稍让长安好受了些，可她还是心神不宁，白天还好，有回不完的邮件，有走不完的路占满她的时间，让她无暇去顾及他，可每到夜深人静之际，听着小孔轻微的鼾声，她却辗转反侧，始终无法入眠。

有天夜里熬到两点，她睡不着，出去散步，走了一会儿，她拿出手机拨通了常妈妈的电话。

常妈妈鼻音浓重，显见是感冒了："安安，我没事，吃了药，很快就好了。不过都怪你徐叔，是他先感冒的。"之后便是一大串的嘟囔，徐建国在一旁回嘴，两人于是先吵了一架，常妈妈才气咻咻地向长安诉苦："你徐叔就是嘴硬，做错事从来不承认是自己错了，还有妞妞，跟她爸一个模子刻出来的，都是倔板儿。"

妞妞是徐建国夫妇的独生女儿，博士毕业后到上海工作，事业发展得很顺利，但独独不相亲、不结婚，这可把徐叔叔和常妈妈急坏了，可妞妞似乎不打算改变想法，我行我素，谁劝也不听。

"等我回上海了，我再劝劝她。"长安宽慰常妈妈。

常妈妈嗯了嗯，说："我还想劝劝你呢。安安，你想开点儿不行吗，你还年轻，以后的路还很长，你这样孤零零的，让我和你徐叔怎么放心得下。"

除了不肯结婚的女儿，还有不肯再婚的长安，这两个丫头，就是夫妻俩的一块心病。

"常妈妈……"

"我知道你又不让我说了。可我不说你，这世上还能有谁能说得动你呢。可能人老了，总会想东想西，想着让你们个个顺遂平安，过好你们的小日子，但这世上的事啊……唉……"常妈妈感慨地叹了口气，说，"说起倔强，你这丫头，总是排在第一的。当年的事，想想我都心碎，可你却硬是撑了过来。我也是当妈的人，哪能看不见你受的那些苦、那些罪呢，身体上的疼咬咬牙都能忍过去，可心里的苦，真的能把人疼死。安安，常妈妈知道你苦，你心里苦啊。可你又好强，想在事业上闯出点儿名堂来，为了这个目标，你只能一直向前走，不敢停，不敢歇。如今你成功了，做了许多男人也做不到的大事，我们都为你感到骄傲。可是安安，你不累吗？一点儿都不觉得累吗？即使你能承受身体的疲累，可心呢？在国外施工，一年半载见不到亲人，我就不相信，你不想豆豆？孩子，弦绷得太紧了容易断，弓拉得太满了也容易折，这个道理你比我懂啊。累了就歇歇吧，多想想自己，为豆豆考虑考虑，毕竟你才是他的亲妈。你真忍心，让他一辈子只叫你姑姑！"

"常妈妈……"长安鼻尖泛酸，捏紧电话。

"我不管，就算你说我老古董，说我跟不上潮流、时代，我还是要跟你说，你必须把婚姻大事放在心上，人活着就离不开家，更离不开情。没有人情，人活着还有什么意思。安安，你若真孝顺我们，就赶快找个男朋友回来，别像妞妞一样做什么不婚族，还有啊，找男朋友的时候，你的眼睛可一定要放亮点儿，别什么样的男人你都见，我觉得要找还是找小严那……呀！呸呸！瞧我又老糊涂了，浑说，浑说……"

常妈妈琐碎而又温和的劝解声，像是一股股暖流包裹着长安的心脏，让她体味到了人世间真挚而又宝贵的亲情。她何其幸运，身边竟有这么多爱她、包容她的亲人。

"常妈妈，严臻向我求婚了……"长安语气轻轻地说。

耳畔啰唆絮叨的声音忽然消失了，停顿了几秒，又像天上的烟火，猛一下炸开绚丽的色彩和声浪。长安慢慢闭上眼睛，嘴角轻轻扬起细小的弧度……

长安每天起床的时候都会在窗口寻找小狒狒的身影,可是令她感到不安和失望的是,小狒狒一次也没出现,那些放在地上的果子也从没被动过。她问过阿里,有没有见到过小狒狒,阿里说没有,但他猜测,小狒狒有可能会守在母狒狒的墓地。

终于有一天,长安让阿里领路,找到了埋葬母狒狒的墓地。褐黄色的小土包已经被风吹得变了颜色,阿里指着地上的脚印说:"它肯定在这里。"

他们在原地守了很久,大约等了一个小时光景,附近发出噼里啪啦的响声,然后长安看到钢镚儿拂开树叶,从树林里走了出来。瘦得几乎脱相的钢镚儿一瘸一拐地走着,手里拿着几个鲜红的果子。看到长安,它的喉咙里发出嘀嘀嘀嘀的声音。

长安的心像是被谁猛地揪扯了一下,眼前顿时变得一片模糊。她疾步走上前,不顾小钢镚儿惶然的眼神,把它抱在怀里:"这些天你就守在这里吗?从黎明到日暮,为了等妈妈,为了给它摘好吃的果子?你好傻,你真的很傻,知道吗?你妈妈回不来了,你守着它,它也回不来了,你怎么这么傻……"

"嘀嘀嘀嘀……"钢镚儿瞅着长安,漆黑的眼里竟像要淌下泪水。

长安抱着它,忍不住失声痛哭。阿里吓坏了,他手足无措地想要安慰长安,可又不知道怎么说,在他看来,长安对这只小狒狒太好了,可她要知道,在这片无边无际的丛林里,每天都会有这样的小狒狒失去亲人,或是自己被猛兽猎杀吃掉,如果像她这样见一个哭一个,那还不得把眼睛哭瞎了。

长安最后还是没能把钢镚儿带回去,钢镚儿围着小土包转了几圈,叫了很久,后来就消失在莽莽丛林里了。

长安低头按了按眼睛,站起身来,看着表情紧张的阿里:"抱歉,吓到你了。"

阿里担忧地看着她,问她好点儿没有。长安点点头,说:"我们下山吧。"

长安刚走到宿舍,就看到了在廊下原地打转的孔芳菲。

"你去哪儿了啊,经理,我把整个营地都找遍了,就是找不到你!"小孔的眼睛红彤彤的,看到长安,几乎要哭出来了。

"出什么事了?"长安的心一咯噔,紧紧攥住孔芳菲的胳膊。

"石虎打电话告诉我,说平民保护区发生大规模械斗事件,严连长他们去维稳,但,但是对方人太多,还有人开枪,严连长,他,他……"孔芳菲哇一声,哭了起来。

长安耳中轰一声响,身子也跟着晃了晃。

"经理……"

长安面色惨白地推开孔芳菲,脚步踉跄地朝车库跑了过去。

下午三点,在林贝镇附近的平民保护区内忽然爆发大规模械斗事件。中国维和步兵营派出应急力量紧急赶赴出事地点。现场一片混乱,争抢地盘的难民正纠缠殴斗,四周叫骂声、呻吟声、哭泣声响作一团。

严臻浓眉紧蹙,果断下令:"楔形攻势!跟我上!"

楔形攻势是用强大的兵力兵器构成楔子般的队形,向敌方薄弱之处突击,穿破敌人阵地时用到的军事术语。维和防暴分队手持防暴盾牌迅速展开队形,逐步强行切入混战人群。

"砰砰!砰砰砰!"维和战士的盾牌被棍棒和砍刀敲得砰砰作响,不时有石块越过盾牌砸向他们的头盔。

"注意安全!保持队形,不要分散!"严臻大声命令道。

战士们背靠背、肩并肩,始终面向混战双方,最终成功将他们分隔开。

"廖婉枫,立刻警告他们,停止打斗,停止打斗!全体后退!"严臻对随行斯瓦希里语翻译廖婉枫下达命令。

"是!"大病初愈的廖婉枫黑瘦的脸庞上露出一抹坚毅之色,她用扩音设备大声警告现场愤怒的难民,让他们后退。喊话警告起到了一定的作用,一方后撤到可控区域,另一方却步步紧逼,他们把矛头对准了维和防暴队,不断向维和战士发起冲击。

"石虎,发射催泪瓦斯!"

"是!"石虎接到命令后果断向攻击人群发射了一枚催泪瓦斯。

"轰——"巨大的响声将人群迅速驱散。可没过一会儿,又有人涌了上来。

"连长——"现场响起石虎撕心裂肺的吼声,"连长!"

冲在最前面的严臻身上血迹斑斑,身边几个战士也挂了彩。严臻顾不上查验伤口,一把拉住怒气冲冲的石虎:"别冲动!"

许是严臻受伤的一幕让现场情绪失控的难民找回一丝理智,冲击防暴队的一方有人员开始后退,渐渐地,冲撞的力道小了,又过了一会儿,除了几声微弱的谩骂声之外,双方人员都已退到可控区域。

当地军警开着车呼啸而来,石虎把几名寻衅滋事的难民交给他们,械斗双方情绪平稳,平民保护区又恢复了以往的平静。警察和当地部队的人找到严臻询问情况,严臻对他们提出的问题一一做出回答。这一耽搁就是小半个下午过去了。

"谢谢你们,中国维和军人!"一位黑人军官向严臻表达敬意并告别。

严臻微笑、挥手,目送他们离开。刚动了动肩膀,手臂处就传来一阵烧灼般的剧痛,他皱了皱眉头,刚转过身,就看到廖婉枫拎着十字医药箱站在他背后。

严臻瞥了廖婉枫一眼:"不用。"他的伤他自己知道,没他们想象的那么可怕。

廖婉枫瞪着他:"是因为我,你才这么说的吧。那好,我让石虎来。"

廖婉枫转身就走,却被严臻一把拽住:"行了,你来就你来。"

廖婉枫呼了口气,转过身,指着一旁的空地:"你坐下,不然我够不到。"

严臻摸摸鼻子,走过去,找了块能靠的地方,坐下来。他动作生硬地解开衣扣,露出肌肉结实的胸膛,而后拧着眉,将右臂从袖子里脱出来。

廖婉枫低低地叫了一声。严臻皱着眉,勾了勾嘴角:"有那么吓人吗?"

廖婉枫抿着嘴唇,动作笨拙地从药箱里取出棉球和酒精,替严臻清洗手臂上的伤口。虽然只是一道擦伤,可是伤口有些长。

"病全好了吗?"严臻忽然开口问她。廖婉枫的动作顿了顿,轻轻嗯了嗯。

"好了就给你哥报个平安,他前天把电话打到石营长那里问你情况呢。"严臻说。

"哦。"廖婉枫应了一声,忽然又扬起头,"你的手机呢?我哥不是有什么事都找你吗?"

"坏了。"严臻皱着眉说,"可能到寿命了。"

从AS63营地回来后,严臻忙得连一丁点儿的私人时间都没有,更别提去市里买新手机了。

"我多带了一部新的,回去拿给你。"廖婉枫夹起一块碘酒棉球,压在严臻手臂上。

"哒!"严臻倒吸了一口气。

廖婉枫抬头看了看严臻。"我还以为你不怕疼呢。"她说。

"这是肉,怎么能不疼……哒!轻点儿,你这丫头,下手轻点儿!"严臻龇牙咧嘴地叫。

廖婉枫的嘴角抽了抽,手劲儿终是放轻了些。

"你还记得小时候的事吗?那年盛夏,你因为发烧被童姨下了封口令,可又想吃雪糕,我瞧你实在可怜,于是就偷偷买了一根雪糕给你吃,谁知道你哥也买了,当时我和你哥打赌,赌你先叫谁哥哥谁就赢,输家要给赢家买一个星期的雪糕。你呢,看看这个,又看看那个,最后冲着我甜甜地叫了声哥哥,呵呵……"严臻目光悠远地笑了笑,"当时把你哥气得啊,一口就把雪糕塞嘴里去了,冰得他原地乱蹦不说,还威胁你,说再也不要你这个妹妹了。后来过了很久,我才告诉他,你当时哪里是想叫我哥哥,你是看中了我手里的巧克力雪糕。"

廖婉枫神色复杂地看着严臻。他的眼睛清澈有神,笑容坦荡温暖。严臻轻声叹息:"无论怎样,我永远是你哥。"

廖婉枫的手颤了颤,一滴碘酒滴下去,像是染了颜色的泪水一样落在严臻的手臂上……

等廖婉枫帮严臻包扎好伤口,抬起头,提醒他穿上衣服时,却发现他竟靠在身后的草垛上睡着了。

严臻醒来时,已是日落时分,灿烂的红霞布满天际,像一簇簇燃烧的火焰映红了他的脸庞。思绪有片刻恍惚,因为他刚刚做了一个梦,梦里的一切都太过真实,太过美好，以至于让他深深地沉溺其中，不愿意清醒。可还是醒了。一睁眼就被夕阳的光晃了晃，视线变得有些模糊，以为廖婉枫还在一旁坐着，就揉着眉心，哑着嗓子说："你怎么不叫……"

刚一转头，严臻就怔住了。他掐着眉心，眼睛却瞪得很大，一眨不眨地盯着面前的女子，仿佛不会说话了一样，声音沙哑且结巴："你……你……"竟然是长安。

严臻喉咙发干，用力掐了下眉心，感觉到疼，这才意识到自己并不是在做梦。可还是觉得怔忡，因为梦里，也有一双漆黑发亮的眼睛像这样定定地瞅着他，看似平静无波的目光下面，却似隐藏着威力巨大的惊涛骇浪。

细看之下，长安的眼睛有些红，发丝也显得凌乱，想到之前危险的一幕，严臻心中微沉，正要出声询问，却看到她扬起睫毛，指着他受伤的胳膊，皱眉说："看来，廖翻译没有她哥哥的天分。"

处理外伤长安虽然也不够专业，但总归比他手臂上被缠得乱七八糟的要强得多。

严臻愣了愣，听长安的意思，她已经和廖婉枫见过面了。想起之前的恩恩怨怨，他的心不由得紧了紧："她为难你了？"

长安眉目淡淡地笑了笑。严臻神情懊恼地攥了攥拳头，他引以为傲的意志力，在瞌睡虫的攻击下竟溃不成军。说来惭愧，他以为高强度的工作就能消弭内心的不安与苦楚，于是几天几夜不眠不休，不给自己任何喘息的机会，也无暇去思考那些困扰他的难题。效果是有的，他全身心投入到护卫联合国特派团官员的工作中，根本没时间去打扰长安，也没时间去想她，可随之而来的，却是越来越难以控制的暴脾气，对石虎他们百般挑剔不说，甚至对自己也常常感到不满，他知道这样不对，可偏偏无法控制自己。石虎他们个个小心翼翼，连吃饭都要看他的脸色。他心情不佳，整宿整宿失眠，为了不去想长安，他就在宾馆的院子里跑圈，跑到精疲力竭，瘫倒在地上，才能勉强不去想她，不去想一切和她有关的事情，可没想到坚持了这么久，却在刚才的梦境里和她相遇。

梦里的长安欲说还休，如同他们在索洛托的丛林里重逢时一样，她的眼神复杂得令他感到心悸，他紧张得像个坠入情网的青涩少年，心扑通扑通狂跳，一方面怕她说什么，一方面却又祈盼着能够得到答案。偏偏这个时候醒了。心里有着说不出的惆怅，却在转头之间，看到真的长安就坐在他的身旁……

严臻的手垂下来，碰到身上的灰蓝色工装，不由得怔住。她……

严臻把衣服拿下来，递还给长安："谢谢。"长安接过衣服，放在膝头。

严臻拉开军装袖子，想把衣服穿上，可毕竟受了伤，动作显得笨拙而又迟缓。长安侧着身子，抻开他的衣袖，帮他穿上衣服。

严臻闻到长安身上淡淡的香气，不是什么名贵的香水，是她身体自带的香味。清冽微甜，这股香气让他想起了坎贝山里盛开的铁线莲。他的心咚咚跳得厉害。

"严臻。"长安忽然叫他。

"嗯。"严臻看着她。

"复婚的事。"长安沉默了一下，漆黑的眼眸看着他，一字一顿地说，"我愿意。"

说完，不待严臻做出反应，长安就脸颊绯红地撑着旁边的草垛站了起来："我回去了。"

长安起身就要走，可走了还没两步，就被身后冲过来的人拉着胳膊抱了起来。一阵令人晕眩的急速旋转，长安脑后的发圈不知被甩到哪里去了，长发披散下来，在灿烂的夕阳下扬起一圈红色的浪花。

"你答应了！你答应了！"满世界都是严臻热烈欣喜的叫声。

周围的人都朝他们望了过来，有年轻人在吹口哨，有人在起哄，有人居然敲打着手鼓，唱起祝歌来。

正在维持秩序的石虎看到这一幕，不禁长吁一口气，冲着附近的战友比了个OK的手势。大家相视而笑。

严臻终于肯放下长安，他喘着气，紧紧拥着同样颤抖的长安，低下头，亲了下她圆润的鼻尖："我不是在做梦吧？"

长安扬起浓黑的睫毛，在他青黢黢的下巴上咬了一口："你觉得呢？"

下颌麻酥酥的痛感真实而又刺激，严臻眸光一暗，作势就要吻下去。长安身子后仰，笑着推他。严臻也只是吓唬长安而已，他扣着她的后脑勺，压在自己胸前："听到我的心跳了吗？"

长安的脑袋晃了晃。怎么能听不到呢，那么强烈而富有生命力的心跳声，就像是在她耳边敲响幸福的钟声。

"你猜它在说什么？"严臻问。

"不知道。"长安抱紧他。

"它在叫你，安安，安安……"严臻低头亲吻长安的头发，"我爱你，长安。"

长安踮起脚尖，趴在他的耳边，轻声说："我也爱你。"

严臻听后身子一震，刚要低头看她，她却用力挣脱开，跑远了。

"我回去了。"长安笑笑，朝他挥手，窈窕的身影被晚霞镀上一层金红的色彩，远远望去，竟像是要融进夕阳里一般。

严臻扬起手臂，朝长安挥了挥。其实，他还有很多话要问她，有很多的疑问没找到答案，可她就这么走了……

"连长，这下你该睡醒了吧！"石虎忽然冒了出来，一脸戏谑地调侃说。

严臻瞥了他一眼，目光盯着远处已经启动准备离开的银色SUV："是你给她打电话的?"

石虎挠挠脖子,表情不自然地说:"我就是跟我们家菲菲扯了两句,这浑丫头也不知道咋跟长安说的,她竟飞车赶到了平民保护区,你是没看到她开车那劲儿,简直疯了一样,卷着一溜儿黄土就冲过来了。下车也是,揪我的领口就问你在哪儿,我指了指草垛,她看了一眼身子就软了,眼泪那个流啊,哗哗的,我看她是误会了,还没等我解释呢,她拨开我就朝你那边跑,当时要不是廖翻译挡了她一下,她肯定就扑到你身上去了,你……"

严臻心一紧,脑海里浮现出长安通红的眼睛,他抿了抿嘴唇,目光锐利地瞪着石虎:"你跟孔芳菲说什么了?"

石虎朝后退了一步,嬉皮笑脸地说:"没说什么啊,你别瞪我。"

"虎子。"严臻指着他。

"真没说什么!我就是想帮帮你,就跟菲菲说,说,说你身受重伤……呀!不带这样的,连长,你不能过河拆桥!"石虎闪身躲开严臻的飞腿,抱头逃跑。

严臻没有被突如其来的幸福冲昏头脑,他知道,有些事不是只要一个答案就够的。他很好奇,一直抗拒再婚的长安为何会忽然改变决定,同意和他复婚,这半个多月光景,在她身上,又发生了什么神奇的事情。

从平民保护区回到基地已是深夜,严臻刚在宿舍换了衣服,就听到敲门声。拉开门,却看到廖婉枫站在门外。

廖婉枫举起手里的纸袋:"手机,你要的。"

严臻接过去,低头看了看手机的品牌:"谢啦,钱我待会儿用微信转你。"

廖婉枫没吭声,转身就走。走了两步,她又停下,转过身,目光清冷地看着门里那个身材魁梧高大的男人:"你不想问问我,我都和她说了些什么?"

严臻看了廖婉枫一会儿,忽然笑了笑,摆摆手:"快回去睡觉。"

廖婉枫愣了愣,心里腾地升起一股无名火,她转身,噔噔噔走回来,站在严臻面前,仰起头,脸带薄怒地说:"严臻,你心里想说什么就说,想问什么就问,别摆出一副不愿意搭理我的架势出来!跟我哥一模一样,都是喂不熟的狼!"

严臻劈头盖脸挨了一通数落,临了还被骂了,这冤枉啊,都快赶上窦娥了。他摸了摸鼻子,苦笑道:"我不是看你累了一天辛苦嘛,这好心还变狼人了。"

廖婉枫从鼻子里哧了一声,她的大半截脸浸在阴影里,看不清表情,但是听声音,也知道她气不顺得很。

"我是想找她晦气来着,可她却说,从今往后,她绝对不会再让我一分一毫,她还说,你是她的人,不准我再肖想你!哎,你说,谁给她这么大的胆儿啊,她凭什么命令我啊,我的心长在我身上,我愿意喜欢谁就喜欢谁,她一个过气的前妻,不,心狠手辣的前妻,她牛什么牛,我……"廖婉枫还想再说下去,对面的严臻却龇牙笑了,起初只是嘀嘀喘着粗气傻笑,后来,竟仰起头,双手叉腰哈哈大笑起来。

廖婉枫满腹的牢骚被严臻这突兀的笑声打断,就像是一口气喘了半截忽然被堵回去一样难受,她的脸涨得通红,指着严臻:"你笑什么笑!"

严臻就是想笑,他只要一想到长安用他完全陌生的语气和态度怼廖婉枫的画面,他就情不自禁想笑。心情变得豁然开朗起来,就像是习武之人忽然打通任督二脉,那种飘飘欲仙、活力充盈的感觉瞬间就蔓延至他的四肢百骸。

"她……哈哈……真……哈哈……真这么说?"严臻的眼睛亮晶晶的。

廖婉枫咬着下嘴唇,委屈又愤怒地质问严臻:"好笑吗?你看着我被她欺负,你觉得我很可笑?"

严臻边笑边用力摆手:"不是,我不是那个意思。我只是太高兴了,啊,不,你别误会,我没有很高兴,总之,不是因为你挨骂高兴,是我自己心里高兴,哎!你别哭啊,婉枫——"

廖婉枫捂着嘴飞快地跑了,严臻收回手,摸了摸挺括的鼻梁,苦笑着嘟哝:"我真不是笑你……"

他是太开心了,真的开心,因为从他认识长安那天起,她从未对任何一个女人说过如此霸气十足、占有欲十足的话。他又一次深深地懊悔自己睡过去,竟没能亲眼见到、亲耳听到她向廖婉枫宣布主权的一幕。单凭想象,已令他血脉偾张,激动万分,他是不是可以乐观地想象一下,她对他的态度,并不像他认为的那样冷淡而又抗拒。

严臻转身回到宿舍,迫不及待地把之前的电话卡插进新手机里,直接按下长安的号码。电话很快就通了。他就猜她没睡。

"方便讲话吗?"严臻问。

"稍等。"长安那边传来一阵窸窸窣窣的响声,之后声音就显得空旷而又深邃,想必是到院子里去了。问了一声,果然是这样。

严臻心里有些过意不去,叮嘱长安小心蚊虫,之后就直奔主题:"你怎么就同意了?不会是这半个月里发生了什么事吧?"他就随口多说了一句,没想到长安却忽然沉默下来。

严臻的心漏跳了一拍,脸上的笑意也渐渐隐去。果然,没他想象的那么简单。他也不再说话。

两人沉默着,彼此间能够听到对方的呼吸声,有时重有时浅,显然都在思索。然后,严臻听到长安说:"严臻,听我给你讲个故事吧。"

"好。"

于是,严臻听到了小狒狒钢镚儿的故事。

"这不是童话,也不是我在编造故事,故意煽情,这是真实发生过的,在我身边的事。小狒狒现在怎么样,它还有没有守在它妈妈的墓地,我不得而知,可我知道,它对母亲那深深的依恋打动我了,狒狒尚且如此,我又怎能罔顾豆豆的立场,让他一辈子都活在一个由我编织的谎言里,失去他应该享有的权利。我不该那么自私,严臻,对你,我也有说不尽的愧疚。当年的事如果我能为你多考虑一点儿,就不会让豆豆失去享受父爱的机会。"长安吸了口气,鼻音浓重地说,"对不起,真的,对不起。"

严臻攥住手,语气微冷地说:"所以,你想告诉我,你是因为目睹狒狒的不幸遭遇,为了豆豆才愿意同我复合,对吗?"既然如此,你又何必对我说出那三个字,又何必向廖婉枫宣示主权。随着长安的沉默,严臻的心一点一点沉下去。

"不,不全是。豆豆只是一方面原因,很小的原因,我答应同你复婚,是因为我爱你。严臻,我从未忘记你,也从未爱过除你之外的任何男人,在遇见你之后,你就给我的心上了一把锁,这把锁,只有你能开启,而开启这把锁的钥匙,就是'我爱你'三个字。严臻,当我听到你心里的呼唤,感受到你的爱,你就已经用这把钥匙打开它了,而我,也心甘情愿为了你,重新活一次。"长安的语速不快,音量也不高,可这些话就像是夏日里的冷泉,每一句话,每一个字都缓缓地流淌在严臻心里。

严臻沉默了好久,才轻轻说道:"谢谢……谢谢你,长安。"

苏州一大清早就开始下雨,淅淅沥沥的,没个停的时候。怕严定尧打伞不方便,宋志娟就陪着丈夫一起去买菜。两人进了农贸市场的大门,像有默契似的,齐齐朝左一拐,径直朝鱼摊的方向去了。

雨天人也多,人头攒动的,声音嘈杂。

来到中间一个摊位前,严定尧笑呵呵地冲着一个又黑又壮的摊主扬起手:"刘老板,来条草鱼,一斤半重的,刮鳞剖肚。"

"好些日子没见你咧,咋,不想吃鱼咧?"刘老板是西北人,讲话时中气十足,乡音极重。

严定尧指了指身旁的宋志娟:"最近你嫂子吃中药,忌荤腥。"

"撒(啥)病?嫂子木四(没事)了吧?"刘老板也认得宋志娟,以前她经常来买鱼,不过最近很少见了。

"撒(啥)病,心病。"严定尧拍拍胸口,朝刘老板无奈地笑了笑。

"又四(是)因为你儿子的婚事吧。"刘老板弯下腰,赤手从咕嘟咕嘟冒着氧气泡的水池里捞出一条活蹦乱跳的草鱼,用木钉锤在鱼头上用力一敲,鱼就晕了,他把鱼放在秤上,念了个斤两,然后拿起刮鳞的工具一边处理鱼身,一边歪着脑袋对严定尧说:"这男人不肯娶老婆,要么是木(没)钱,要么是心里有人,老严你家肯定不缺钱,那就是……"

"就是啥？木四（没事）别瞎说！赶紧弄鱼！"严定尧打断刘老板不着边际的胡诌八扯，顺势瞅了瞅身边的妻子。宋志娟像是没听到他们的谈话，垂着眼皮，面无表情地盯着水池里的鱼。

严定尧付过钱，拎起黑塑料袋："志娟，走了。"

"哦。"宋志娟回过神，匆匆忙忙跟刘老板挥挥手，就跟着严定尧走了。

杂七麻八地买了一兜子，两人撑着一把伞回到小区。

"志娟，帮我拎下菜，我去保安室拿本杂志。"严定尧把菜兜子递给妻子宋志娟。

宋志娟拎着菜，站在保安室外边。

"滴滴……"小区入口处有人按车喇叭。保安从屋里出来，站在房檐下面，朝打喇叭的车子张望。

那辆黑色挂着沪A牌照的汽车降下车窗，从驾驶位的车窗处探出一个脑袋："我是这里的住户，6号楼……"

"荇翊！茜茜！"

宋志娟听到童蓉的声音，先是愣了愣，而后把目光投向车窗里的男人。还真的是廖荇翊。算一算，他们也有两年多没见过面了。

童蓉也看到了打伞站在路边的宋志娟，她冲着宋志娟摆摆手，表情兴奋地说："志娟，荇翊带茜茜回来休假！"

这时，从车后座的玻璃里探出一个梳着刷刷辫儿的小脑袋，冲着童蓉大声叫道："奶奶，奶奶！"

童蓉眼睛一亮，顿时笑成了一朵花，她一边用力挥手，一边朝驶入小区的黑车迎上去。

"谁啊？瞧把嫂子给乐的。"严定尧用杂志遮着头顶，走到伞下，好奇地问妻子。宋志娟一眨不眨地盯着正和车里粉雕玉琢般的小女孩儿亲热的童蓉："茜茜，荇翊带茜茜回来了。"

严定尧愣了愣，随即露出笑容："荇翊回来了，那好事啊，这孩子也有几年没回家了吧，这下子老廖可高兴了。"

这时，车里的廖荇翊也看到了站在路边的严家夫妻，他打开车门，下车，冒雨跑了过来："严叔叔，宋姨。"

严定尧看着面前清俊斯文的廖荇翊，感慨地拍拍他的肩膀："回来好，回来好啊。"

"荇翊。"宋志娟眼神慈爱地看着廖荇翊。

三人聊了几句，有车要进小区，廖荇翊说了声"抱歉"，跑回车里，开车先回去了。茜茜想踩水玩儿，就下车跟着童蓉步行回家。

童蓉招手，示意严定尧夫妇一起走。

"茜茜，叫爷爷、奶奶。"童蓉捏了捏孙女的小手。

"爷爷好，奶奶好。"穿着浅粉色的蓬蓬裙、长得白皙秀气的茜茜，礼貌地向严定尧夫妇问好。

宋志娟弯下腰，摸了摸茜茜的小辫儿："茜茜也好呀。"

茜茜笑了，她也学宋志娟，举起小手，摸了摸宋志娟的脸。几个大人哈哈大笑。

童蓉亲了亲孙女："正准备回去就给你们打电话呢，中午老廖在美食林订了桌，咱们两家一起聚聚。"

严定尧连忙摆手："我和志娟就不去打扰你们团圆了，你看荇翊好不容易回来一次……"

"要来，一定来，志娟，你在家闷了这么久，该出来透透气了。"童蓉眼神期盼地看着宋志娟。

宋志娟犹豫了一下，点点头："好吧，中午我们过去。"

美食林的食客还是一如既往的多，包间还是一如既往的小，但胜在味道正宗，离家近，再加上茜茜这个开心果，这顿家宴吃得其乐融融。

宋志娟从卫生间出来，正准备回包间却看到躲在通风口抽烟的廖荇翊。

"荇翊。"宋志娟迟疑了一下，还是走了过去。

廖荇翊抬起头，脸上的表情有一丝僵硬，但很快就恢复如常。他把烟掐了，转过身，微笑着叫了声"宋姨"。

宋志娟笑了笑："你也学会抽烟了？"

廖荇翊用食指摸了摸鼻子："有时候工作太累，又不敢睡，只能抽根烟解解乏。"

宋志娟看着他："荇翊，有些话你妈妈不好跟你讲，我还是想说两句。"

廖荇翊点头："您说。"

"你心里还念着马晶，是吧？"宋志娟看廖荇翊怔住，继续说，"你离婚也有几年了，一直没找，我就猜着你可能和臻臻一样，都忘不了……忘不了以前的人。"

"宋姨。"廖荇翊神色复杂地看着宋志娟。有的时候，他真觉得宋志娟比他妈聪明太多，一眼就能看出他的心事。他的确是想着马晶，想着那个冒雨来接她下班的斯文男士。看到他们笑语晏晏的模样，他几乎被嫉妒吞噬了理智，那一刻，他才猛然意识到自己有多放不下马晶。吃饭也心神不属的，只好借口上卫生间出来抽根烟，平息一下烦乱的心情。没想到却遇见了宋志娟，而且她一眼就看透了他的所思所想。

"我和你妈妈都太强势，且都是不撞南墙不知道回头的人，这些年，我和她因为这个脾性吃尽了苦头，其实该明白的，我们早就明白了，悔也是真的悔，恨不能把时间退回到当初……"宋志娟眼眶红红的，看得出来，她是真的伤心。

"荇翊，要是能挽回，你就别苦自个儿了，茜茜有个完整的家，比什么都重要。"宋志娟说完,拍拍廖荇翊的肩膀,转身朝包间那边走。

"宋姨……"廖荇翊出声叫宋志娟。宋志娟停步,转过头,看着他。廖荇翊的喉结动了动,扬起音量,大声对宋志娟说:"长安,长安她也在索洛托。"

清晨,长安提前到岗工作。

今天,索布里要带着新监工来工地巡视,桑切斯也要过来,同监工一道检查工地的施工情况。

半个月前,五十名龙建集团的员工提前完成了援建当地危房的工程任务,已转战AS63项目工地。和他们一起回来的,还有大批当地雇工。现在的工地,又恢复了之前大干时的繁忙景象。

在去工地巡视之前,还有很多日常工作需要长安亲自处理。何润喜知道她的习惯,在干活之前,总会给她泡杯醇正的当地咖啡。

长安爱喝这种不加糖的咖啡,一口下去,从嘴唇一直苦到胃里。可再过一会儿,那苦味儿却又变成了香味儿,令人回味无穷。何润喜曾喝过一次这种被当地人叫作天堂水的咖啡,可是喝进去就吐出来了,他说这哪是天堂水啊,地狱水还差不多,长安被他逗得直笑。从那以后,何润喜只泡咖啡,却从不喝咖啡。

长安端起白色马克杯,呷了口何润喜说的地狱水,醇正的味道令她微微扬起嘴角。她打开电脑,一边浏览当地新闻,一边回复业主方和国内公司发来的工作邮件。

时间不知不觉过去。直到外面响起桑切斯的大嗓门儿,长安才看了看电脑上的时间,起身迎了出去。

天气很热,索布里仍旧是西装革履、风度翩翩,看到长安,他抬起手,算是招呼过了。热情的桑切斯则不然,他冲上来就给了长安一个大大的拥抱:"安,你还是那么漂亮!"

长安笑着摇头:"你还是那么贫嘴!"桑切斯大笑。

长安上前和索布里握手,索布里指着身旁一个三十岁左右的白人男子,向长安介绍说:"这是毕业于佐治亚技术学院的土建工程师乔恩斯。"索布里又向乔恩斯介绍了长安的职务和身份。

长安伸出手,用英语主动问候对方:"欢迎你,乔恩斯先生。"

乔恩斯看长安的眼神有些奇怪,他缓缓伸出手,轻轻碰触了下长安的手指,立刻就收了回去:"我们直接去工地吧。"

索布里看着长安,眼神有着询问的意味,长安点点头:"好的,没问题。"

长安让拉卡去准备车辆,又让何润喜拿了几顶安全帽,分发给桑切斯等人。等索布里和乔恩斯上车后,桑切斯拉着长安,悄声提醒她:"这个乔恩斯是个比索布里更傲慢的家伙,在来的路上,他一直在说中国的坏话,听说你是个女人,竟言辞犀利地诋毁你的能力。我想跟他吵,却被索布里这老家伙拦住了。"

长安皱了皱眉头,拍了拍桑切斯的肩膀:"我知道了。"

一行人驱车到达工地,施工现场井然有序,工人们各司其职,黑人雇工干起活来有模有样,效率极高。就连一向挑剔的索布里也说不出什么来,乔恩斯却是诸般挑剔,他一会儿蹲下来检查底基层的土质,一会儿又去察看石料的质量,因为一名黑人雇工听不懂英文,还被他训斥了一番。

等到了柏油路面和施工路面的连接处,乔恩斯盯着一处已经建成的路肩看了半天,而后他忽然蹦起来,像个被点着的炮仗一样,挥舞着手臂,发泄他对施工细节的不满和愤怒。

"你们怎么能允许这样的垃圾工程出现在这里!这完全不合乎规范,你们中国人就是这样修路的?"乔恩斯大声斥责道。

长安走上前,检查乔恩斯说的这处不合格的路肩。她仔细看过了,没有任何问题,可乔恩斯却指着其中一点凹下去的地方,大声呵斥道:"你们女人,尤其是漂亮女人,眼里除了漂亮衣服和化妆品之外,还能看到什么!"

"喂!你……"桑切斯站出来替长安鸣不平,却被长安拦住。

索布里面色难看地皱了皱眉头,公司太注重学历,最近招的一批名校生,其实都是些理论有余、实践不足的货。偏偏还爱显摆,不懂装懂。他正要训斥乔恩斯,让他回去再看看施工图纸,看清楚这处凹陷是有特殊用途的管道口,不是什么瑕疵,可他刚开口就听到长安说:"乔恩斯先生,是不是我当着你的面,把路肩重新整修,你才会就刚才不礼貌的言辞向我道歉?"

听到长安的话,所有的人都愣住了,包括乔恩斯,也是一脸震惊地看着长安:"你说什么?你来修……路肩?"

她会吗?一个瘦弱的中国女人。

长安目光清冷地看着面露不屑之色的乔恩斯:"是的,如果我做到了,你必须向我道歉。"

乔恩斯态度傲慢地点点头:"OK,你只要做到。"

乔恩斯话音还没落尽,就看到长安大步走向一旁正在工作的挖掘机,她示意司机停车下来。

就这一会儿的工夫,在附近干活的工友就都围了上来。

挖掘机驾驶室很高,长安几乎是爬着才能上去。乔恩斯露出不屑的笑容,指着挖掘机上面的长安,跟索布里指指点点地说着什么。

长安深吸了一口气,目光如炬地盯着那处被乔恩斯视作瑕疵的路肩。

乔恩斯刚开始还能笑得出来，可后来，随着挖掘机隆隆驶向施工地点，而后只用了几下，就把路肩重新翻新了。乔恩斯目瞪口呆地看着从挖掘机上跳下来的长安。没想到这还不算完，长安转过身又登上一旁的平地机，平地机刀片飞舞，不到几分钟工夫，路肩重新整修完毕，刀削一样光滑。之后，长安又翻身上了压路机，随着压路机轰鸣阵阵，路肩被碾压得平整而又坚实。

乔恩斯在周围雷鸣般的掌声里羞愧地低下头去。他以为中国人不行，中国女人更是什么也不懂的花架子，可故意刁难的结果，却是搬起石头砸了自己的脚。

长安在驾驶室里长吁了口气，她攥了攥拳头，拉开车门，准备像一个得胜的女王一样姿势潇洒轻盈地一跃而下。谁知刚跳下去，迎面却撞入一个坚实宽厚的怀抱。熟悉的松柏气味，混合了一丝汗味儿、铁锈味儿，就那样猝不及防地灌入她的鼻腔。她鼻子泛酸，一仰脖，正好撞上一双亮得出奇的眼睛。严臻！

长安的胳膊被严臻用手握着，几乎悬空靠在他怀里，她的脸噌一下就热了。她挣了挣，低声警告严臻："放开呀，这么多人看着呢。"

严臻双目炯炯地看着长安，双臂用力将她举高，然后旋了个身，将她稳稳放在地上。其实在外人看起来，这短短的几秒钟不过是这位英俊魁梧的维和军人做了件好事，把畏高的女子从压路机上接下来而已，可知道内情的人却在面面相觑后，露出笑脸，默默地祝福这对有情人。

长安抿着嘴角瞥了瞥严臻，走到面红耳赤的乔恩斯面前："乔恩斯先生，我做到了，你呢？"

当着这么多人的面，乔恩斯再不情愿，再心有不甘也不好赖账。他神色僵硬地说了句"sorry"，长安却挑高眉毛，要他态度诚恳地重来一遍。

一路顺风顺水被人捧着过来的乔恩斯哪里受过这样的气，他双手打战，目光阴鸷地瞪着长安，以为这样就能让她退缩，可是几秒钟后，他意识到自己错了，面前这个穿着工作装，看似纤弱无力的东方女人身上，蕴含着一种强大的令人不可忽视的力量。尤其是她那双黑亮清澈的眼睛，看着他的时候，仿佛雪山里的冷泉，寒凛凛的，竟让他不敢和她的眼神对视。片刻后，乔恩斯实在抵不过周遭的低气压，只好妥协，换了种态度，再次向长安致歉。

"乔恩斯先生，我并不是故意为难你，更不是为了逞强，我这么做是想让你明白，尊重别人的同时，也是尊重你自己。"长安站得笔直，双眸清亮地说道。乔恩斯绷着嘴唇，低下头去。

长安知道这已经足够了，她摆摆手，示意何润喜带着索布里等人继续巡视工地，她却转身，朝站在压路机旁的严臻跑了过去。

烈日当头，长安和严臻的额头上都浮着一层透亮的汗珠。严臻朝长安身后看了看,牵着她的手,把她带到路边的树荫下。长安转头看看他,又转头看看他,然后扑哧一下笑了。

"傻笑什么?"严臻看着长安弯弯的眉眼,心情变得极为舒畅。谁能想到呢,现在这个笑容如少女般灿烂的女人,刚才竟是那样气场全开、霸气侧漏的模样。他还真是小看她了,连工地的大型机械设备都玩得这么溜,过瘾的同时还涮了那傲慢无礼的监理一把。想起现场那充满了戏剧性的一幕,只是想一想,他就觉得挺骄傲。这是他的女人,未来也将会是他的妻子。

"想笑。"长安揉了揉鼻子,低下头,嘴角仍是高高扬着。

严臻拍了拍长安的安全帽,她仰起头,眼中带笑地看他。

"你呀,得饶人处且饶人吧。那个工程师看起来不像是个心境豁达的主儿。"严臻提醒道。

长安笑了笑:"下次他要是再敢胡说八道,我就上叉车了。"说着,她伸出手指向前戳了戳。严臻大笑。

长安看着严臻,忽然把他朝后一拽,转身,踮起脚尖,亲了上去。严臻的笑声都被堵在这个突如其来的亲吻里了,他起初瞪大眼睛看着长安长长密密的睫毛,而后,就扣着她的后脑勺,把她亲得浑身战栗起来。

虽然这处树荫是他之前就看好的隐秘地带,还有压路机挡着,可这里毕竟是人来人往的施工工地,是长安的职场,让别人看到了还是不好。严臻还是松开了她。

"想我了?"严臻抚摸着长安的嘴唇。

长安扬起睫毛,瞪了他一眼。不是废话吗?从他们确定心意,决定重新开始之后,他们就因为忙于各自的工作没时间见面,也不知道怎么会这么忙,好像一眨眼,就有无数条线绳牵着她动,有无数的事等着她去做,于是,她不停地说,不停地走,不停地处理那些棘手的难题,这在以往看来再平常不过的工作状态,她却第一次,真的是第一次感觉到疲累。不是身体上的累,而是因为太想严臻。

长安从来都不知道自己的心里藏着一条湍急奔腾的河流,当严臻用爱的钥匙打开她的心锁时,这思念就像壶口瀑布喷薄而出的河水一样,瞬息之间就已将她吞噬。不过,这次她不用缩在乌黑的角落里,眼睁睁地看着天边升起红色的曙光,她可以在深夜拿起电话,把她的思念、疲惫,甚至委屈和愤怒一字不落地尽情向他倾诉。他像过去一样宠着她,忍受她的坏脾气,听她在电话里像个没牙的大妈一样絮絮叨叨地说着工地上的琐事,他由着她,静静地听着,在她发牢骚的时候,还会插一两句话,帮她骂骂那些偷奸耍滑的人。他说有空了就来看她,还说等回国了,就要他们一家团圆。

长安等啊等,等啊等,等得忍不住就要开车冲去蒙特里基地"抓人"了,没想到他竟在这样的场合下出现了。不过,她最狼狈的时候他也见过的,不差这一点儿。

看着这张令自己心动迷醉的男性脸庞,长安真的忍不住,就想这样子欺负他,狠狠地欺负他一番,才能平息体内湍急奔腾的思念。没想到严臻笑了笑,就低头看表,然后捏着她的下巴,左右看看,啄了她一口:"我得走了。"

现在就走?看长安的大眼睛里涌出失望的神色,严臻满意地翘起嘴角,又亲了亲她的嘴唇:"虎子他们也该吃完中饭了,我们下午还要巡逻。"

"哦。"长安拉着严臻的胳膊,上前,偎在他的怀里。

"你什么时候休假……"

"你什么时候休息……"

两人同时发声,却又同时仰头,看着对方无奈地苦笑。好像都没有时间休息。她要守着工地,他要守护这个战乱的国家。虽然不能见面,可彼此的心在一起,总算是件值得庆幸和幸福的事情。

又是一天繁忙的工作。

这周六营地聚餐,赵云龙不愧是龙建集团有名的大厨,除了准备色香味俱佳的八菜两汤之外,还为项目上刚刚评选出来的优秀雇工代表们准备了精致的西餐。艾伯特赫然在列,他端着啤酒来敬长安,说阿米很想念她,邀请她去家里做客。

长安痛快地喝完杯中酒,周围的员工为她鼓掌,这时她的手机在口袋里振动起来。长安说了声"抱歉",拿着手机快步走出人声喧哗的餐厅。接起,听到对方的声音,长安的脸色一下变了,犹豫了一下,她轻声叫道:"阿姨……"

是宋志娟。虽然耳畔传来的声音比记忆中的声音显得苍老,显得低沉,可听到第一声,长安就听出对方是谁了。

和宋志娟最后一次说话,还是在部队大院的家里,她和宋志娟临别谈话那次。已经预知到结果的两个人,那次谈话出奇地和谐,没有剑拔弩张,更没有火星四溅,她们第一次也是最后一次面对面坐着,客客气气地把该说的话说完,然后一别两宽。

胸口处传来一阵闷闷的压抑感,长安轻轻叫了声"阿姨",就不再说话了。

宋志娟像是预料到了长安的态度,沉默了一会儿,接着说:"我在宁宁家里。"

长安的心猛地一沉,她揪着胸口,声音沙哑地问:"您,您去找宁宁……"

宋志娟站在长宁家的阳台上,回头看着玻璃门里暖意融融的一家三口。那个乍一见面差点儿没吓到她的小男孩,此刻正拿着一本图书,神色认真地和父母争论着什么。那虎头虎脑的模样,那较真儿不服输的劲头,每看一眼,她都觉得心惊和不可思议,因为豆豆和她远隔万里之遥的儿子简直像是从一个模子里刻出来的,若不是知道他是长宁夫妇的独生爱子,她真要把丈夫严定尧叫到上海来看一看豆豆这个忽然冒出来的奇迹。其实,隔着玻璃看豆豆的侧脸,他比严臻小时候的样子还是要秀气一些,眉毛更浓,睫毛也长得不像是男孩子,这样看起来,他长得居然有些像长安,想到长安和长宁原本就是双胞胎姐弟,豆豆像她也无可厚非。

小家伙儿的嘴特别甜,比廖家娇气的小公主茜茜懂事多了,见了她一点儿也不认生,主动叫她奶奶,还把好吃的拿出来招待她。她被豆豆一口一个奶奶叫得浑身酥软,进门后视线就没离开过他。可她给长安打电话并不是为了豆豆,而是她刚刚从长宁那里得到一个爆炸性的消息。

"你别误会,我来找宁宁没有恶意,就是,就是想向他打听一下你的近况。"宋志娟解释说。长安没有说话。

宋志娟不由得想起从前,她找碴儿教训长安的时候,她也像现在这样默不作声地听凭她发落。想到这儿,她的喉头不由得哽了哽,轻声说:"我知道,现在才说对不起你,太晚了。其实我不该听臻臻的,早该主动找你,你们也不至于分开这么久……"她顿了顿,才幽幽地叹了口气:"安安,我还能这么叫你吗?"

长安被宋志娟这一声叹息搅得心里乱乱的,可她还是轻轻嗯了一声。

"我听宁宁说,你和臻臻已经和好了?"

"是,还没多久。"长安觉得难以启齿,心里还有些忐忑,毕竟多年前的阴影还未完全散去。

宋志娟听长安亲口承认了,心里才有了落到实地的感觉,刚才长宁把这个消息告诉她的时候,她还以为自己在做梦。其实她是先把电话打给儿子的,可是严臻电话关机,想必是去工作了,不能让人打扰。于是,她找了个透气的借口到阳台上给长安打电话。

电话号码还是豆豆抢在长宁说话前,大声背给她的。这个聪明的小家伙儿。

宋志娟忍不住回头向屋里望去,豆豆正好也朝这边看,看到她,他露出灿烂的笑容,小米牙一晃一晃的,冲她用力挥手。宋志娟鼻尖泛酸,眼里霎时就蒙上了一层雾气,可心中暖暖的,喉头哽咽,声音却软和和地说:"安安,你能接受臻臻,我真的是别无所求了。我今天来找宁宁,除了想知道你的情况,同时也想表明我的态度,我想让你回来,我们是一家人,谁也离不开谁。所以,你不要有任何顾虑,安心和臻臻在一起,我保证,今后绝不会去打扰你们的生活,也绝不再干涉你的工作,只要你们快快乐乐的、幸幸福福地在一起,我就没什么遗憾了。以前的事,我真的做错了,你原谅我,原谅我好吗?臻臻这些年过得太辛苦了,他的心里一直有你,我听宁宁说,你也是一直放不下他,是我耽搁他,耽搁你们了……"

"过去的事就让它过去吧。阿姨,我接受严臻,不是头脑发热,而是经过深思熟虑后做出的决定,他值得我重新活一次,所以,阿姨,您不要有什么压力,我还是以前的我,没有变,也不会因为过去的事情去记恨您,因为我现在比谁都懂一个母亲的心,为了孩子,她什么都可以做,什么都可以牺牲。阿姨,这些年,您也辛苦了。"长安一口气说完,长长地吁了口气。

不知宋志娟是不是被她的话震住了,半晌无声,长安正考虑措辞,想着是不是诚心诚意地给宋志娟道个歉,却听到耳畔传来呼哧呼哧的哭声。宋志娟哭了!长安怔住了。她努力回想刚才的话哪里说得不合适,把老人家气成这样。

"阿姨,您别哭,我说得不对,我向您道歉,您别哭……"

宋志娟捂着嘴,用力摇头,可她现在的心情复杂难言,她一句话也说不出来。她没想到长安会这么说,会这么轻易就原谅她当初的过失,可让她感到震撼和情绪失控的真正原因,还是长安最后那一番话。关于一个母亲对孩子的爱。她是一个母亲,这些年,没有什么比她看着儿子辛苦更难受的事了。没想到长安也懂一个做母亲的人的心情,还说她辛苦。时隔多年,能从长安的口中听到这句话,她觉得值了。这些年所受的煎熬,所经历的痛苦,好像都在这一番言语里得到了释放。

"刺啦——"阳台的玻璃门忽然被人拉开了。宋志娟抬起头,看到一个小小的身影从门缝里挤了进来。明亮关切的眼神,棱角分明的脸庞,这个总是让她感到心跳如擂鼓的小家伙儿,仰起头,奶声奶气地问她:"奶奶,你怎么哭了?"

宋志娟弯下腰,把豆豆一把揽进怀里:"豆豆别怕,别怕啊,奶奶是高兴,高兴得流眼泪了。"

"真的呀?高兴也会流眼泪吗?"

"会呀。"

"可我觉得高兴还是笑的好,奶奶,你别哭。"豆豆懂事地擦去宋志娟的眼泪,伸手紧紧抱住她的脖子。

晚间,长安给严臻打电话,把宋志娟去长宁家的事情跟严臻说了。

"听到她和豆豆说过几天再来看他,我的心都提溜到嗓子眼儿了,妈……哦,不是,阿姨是不是怀疑什么了?这样下去可不行,万一让她看出来了,那还不得把她老人家给气死。"长安从放下手机就开始头疼,一直疼到现在。

严臻刚冲完澡,站在基地的院子里吹着风。早过了熄灯时间,四下里静悄悄的,面前的操场被皎洁的月光映得雪白,像是下了一层雪似的,让人不忍下脚。他仰起头,闭上眼睛,听着耳畔絮絮叨叨的声音,觉得时间都静止了,只是觉得美好,就连长安语气里透出的那一点点埋怨的意味,也像是撒娇一样,显得特别生动有趣。他的长安,那个会在他面前,而且只会在他面前撒娇的长安回来了。

严臻说:"看出来就看出来了,怕什么,一切有我顶着,你永远也不用为这些事烦心。"

长安愣了愣,就在那边笑,笑声避着什么,压抑中透着绵软:"也是啊,反正有你呢,到时候,你带着豆豆回家认奶奶去,我就不去了。"

"那可不行,丑媳妇总要见公婆吧,这样,你躲在我家楼下,等我和豆豆搞定我家那老头老太婆了,就给你发个信号,你再上来,怎么样?"严臻笑着说。

"呵呵……我是女特务吗,还发信号。"长安笑了。

严臻哈哈大笑,随后长长地叹了口气:"长安,我想家了。"顿了顿,又强调说:"我们的家。"

长安的心口一缩,不自然地问:"家里,家里变样了吧?"

当初那么决绝地离开家,离开他,仿佛那方寸天地就是禁锢她的可怕牢笼,可之后无数个夜里,她曾在梦里梦到过那个阳光灿烂的屋子,梦到过大院里一簇一簇的月季花丛和深秋花香满院的桂花树。每一次从梦中醒来,她都会怅然若失望着异国的月亮,想象着此时此刻,记忆里那扇总是溢满阳光或是挂着雨滴的玻璃窗外会不会也悬着这样一弯月亮。她的心里始终藏着一个家、一弯月亮,原以为记忆将会被永远封存,却没想到缘分的光环兜兜转转,最后还是降临到她的身上。

有的时候,人真的不能奢求太多,毕竟过了这么多年,沧海变桑田,更勿论是人了。

"没变。还是你离开时的模样。不过,在来之前,我一直睡在书房。"严臻说。

长安愣了愣,耳畔回响的都是严臻最后那句话。

过了半晌,长安抽了抽鼻子,说:"对不起。"

"傻瓜。以后我们就搬回主卧,那间书房是豆豆的。"严臻笑着说。

长安轻轻抿了抿嘴唇,嗯了一声。低下头,一滴晶莹的泪珠落下来,砸在鞋面上……

没过几天,项目出资创办的中国龙建集团技能培训学校举行了隆重的开学典礼。一直在工地和学校筹备处忙碌的雷河南成为学校的第一任校长。

"中索友谊源远流长,古有丝绸之路连接亚非大陆,今有'和平之路'开创中索经济发展的新篇章,作为技能培训学校的第一任校长,我深感荣幸。我愿为索洛托培养出更多优秀的土建人才,让……"

孔芳菲扯了扯长安的衣袖,低声说:"我第一次见雷公穿得这么正式,没想到他穿西装还挺帅呢,讲话也很有水平。"

长安望着台上的雷河南,点点头:"他的确很帅。"

"可是比起严连长,还是差了那么一丢丢。"孔芳菲捏着手指,比了一下,然后故意撞了撞长安,"经理,是不是呀!"长安翘了翘嘴角,示意她认真听。

开学典礼后大合影。第一期五十名学员都是从雇工中选拔出来的优秀技工,他们穿着统一的蓝色工装,戴着安全帽,在美丽的坎贝山下留下奋斗的影像。

"明天下班后开课,课堂在工地K48桩号……"雷河南中气十足地说完,便摆手示意学员散了。他转过身,却看到长安眉眼含笑地站在后面。

"当校长的感觉怎么样？"长安走近一步，笑着问他。

雷河南皱着眉头，睖了她一眼："你这叫强人所难，知不知道！工地一大堆事还不够我头疼的，我哪有闲工夫去教学生！"

"你有。你不但想教他们，而且还想教好他们。"长安目光亮亮地看着他说。

雷河南的脸上露出讶然的神色，眉头皱着，朝附近正在和学员交谈的孔芳菲看了看。

"你别责怪小孔。她是跟我说了你熬夜准备教案，可今天你在台上说的那番话，却是完全出自真心，别人不懂你，不代表我也不懂，你若不想把这项事业做好，当初你也不会痛快地应允我。我们之所以能成为事业上的伙伴，生活中的知己朋友，是因为我们是同一类人，都是那种不达目的誓不罢休，而且目标明确的人。雷公，只有把学校交给你，我才能放心做我的事情。当然，我也要谢谢你，肯接过这么辛苦的差事，这些年，其实还有很多很多的事，我都想谢谢你。"长安说着说着声音就低了下去。

雷河南的心里掠过一道麻麻的痛楚，他垂下眼帘，无声地吸了口气，把胸中愈演愈烈的情绪压下去，声音平静地说："我是给我自己挣业绩，关你屁事！"

长安眼里的亮光跳了跳，看着他，笑着说："整个项目上，不，全世界的男人就只有你雷河南敢这么跟我说话。行，因为你是雷河南，我才不跟你计较！"雷河南摸摸鼻子，勾了勾嘴角。

两人静下来，望着远处风景如画的坎贝山，雷河南忽然开口说："雨季快到了。"

长安叹了口气，说："是啊，咱们的难关到了。"

非洲绝大部分国家没有四季之分，只有雨季和旱季，经过酷热的旱季后，潮湿阴暗的雨季将粉墨登场，充沛的雨水给万物带来勃勃生机的同时，却也阻挡了AS63公路项目前行的脚步。

第四十三章　棘手难题

雨季如期而至。连绵不断的雨水像是一道阴云笼罩在项目员工心头,然而意想不到的困难还是接踵而至。

几天前,索洛托工业贸易部忽然宣布中断国外水泥的进口,造成水泥价格短期内翻倍,供应压力剧增,因此导致构筑物施工中断,工地陷入停工的窘境。长安急得起了一嘴的火泡,前天就已抓着桑切斯去首都向政府官员寻求帮助,以解决项目材料供应的难题。

"看样子,经理今天又不回来了。"何润喜趴在办公桌上,神色忧郁地盯着窗外阴沉沉的天空,低声叹了口气,"不回来也打个电话嘛,走的时候还发着烧,药也没带,也不知道在那边吃得好不好。唉,我就不该听她的,跟着一起去就好了。"

雷河南抬起头,瞅着紧张兮兮的何润喜,说:"你是第一天认识她吗?只要涉及工作,她不是女人,也不是男人,而是超人!她最不耐烦什么,你比我更清楚。你啊,多说多错,不如闭嘴,让我耳根子清静清静。"

何润喜撇撇嘴,在心里腹诽说,也不知道是谁一见他就向他打听长安的消息,现在没消息了,就嫌他烦了。何润喜安静了一会儿,坐直,看着正在看图纸的雷河南说:"雷公,你说咱们这项目能如期交工吗?"

"难。"雷河南头也不抬地说。

何润喜刚刚直起的腰板同他脸上的表情一样瞬间就垮了下去。他靠在椅背上,耷拉着脑袋,沮丧地说:"我也觉得难。本来工期就紧,再加上今年雨水也像是跟我们作对一样,下起来没完没了,现在不仅材料供应困难,而且监理方的乔恩斯,那个心眼儿比针鼻儿还要小的工程师,因为上次路肩的事对经理怀恨在心,处处盯着经理,总想着找经理的碴儿。我提醒经理,让她注意点乔恩斯,她却没当回事儿,只说让我做好自己的工作。"

雷河南的笔尖在图纸上一顿,皱着眉看着何润喜:"你多留点儿心,有情况随时来找我。"

小何点头,说:"好。"

索洛托首都坎奇市斯托亚酒店。

"安,你的样子实在是太糟糕了,我还是带你去医院吧。"桑切斯快走两步,神色担忧地扶着刚从车上下来的长安。

"只是感冒而已,没关系的。"长安摆摆手拒绝,她的声音沙哑且带着浓重的鼻音。

桑切斯拗不过长安,只好把她送回房间,然后出门给她买药。

长安把皮包扔在沙发上,一手抚着额头,一手扶着墙壁走到床前,连鞋子也没脱,就仰面倒在床上。

在工业贸易部官员的办公室里耗了两天,材料供应的事却丝毫没有进展,她来时就身体欠佳,这两天更是有加重的趋势。

长安喷了口气,鼻子里火烫火烫的,像是能喷出火苗一样,让她联想起动画片里的喷火龙。那是豆豆喜欢看的动画片,一头会喷火的巨龙,他在电话里能跟她讲上半天。想起豆豆,她不禁弯了弯嘴角。

"咝!"只是这样一个轻微的嘴部动作,却不小心碰到了嘴里的大火泡,长安噘着嘴,用力吸着冷气,想让这阵疼痛赶紧过去。

她艰难地抬起手,放在额头上,似乎这样能减轻一些身体上的不适。

要不要给豆豆打个电话呢?长安立刻就把这个念头给否了,这公鸭嗓子,还是不要让孩子跟着担心了,严臻就更不用说了,即使他打来电话,她也是不敢接的。

桑切斯是个好人,从水泥限制进口之后,他就放下手头的工作全力以赴帮她渡过难关,不仅利用业主方的资源主动联络政府官员,而且在生活上也给予她无微不至的关心。她很幸运,能够遇到桑切斯这样真诚的朋友。

可物料供应的难题还是像天空的阴云一样压在她的心头,不只是水泥,底基层的天然砾石料也因为合同规范要求过高,AS63项目全线六十三公里周边四十公里范围内,没有找到符合技术规范的底基层材料,从而直接导致底基层铺筑出现问题。

最近这段时间,工程只完成了原计划的百分之四十,紧接着还有两个月的雨季停工期,而距离全线竣工只有不到半年的时间了。

这是她从业以来遇到的最艰难的局面,形势严峻,她几乎看不到任何希望。

头又开始隐隐作痛,长安闭着眼睛,强迫自己冷静下来。师父易键璋曾对她说过,失败距离成功,往往只有一步之遥,咬牙坚持一下,多向前走一步,或许就能到达成功的顶峰。在困难面前,不要轻易失去信念,不要轻言放弃,这是一个工程人必需的品质。而且,在她的人生字典里,也从来找不到"认输"这两个字。

时间静静地流逝,长安躺了一会儿,外面的房门传来一阵响声。

"桑切斯,我在卧室。"长安放下手臂,试着从床上坐起来。

可头部忽然感到一阵眩晕,她狠狠地跌回枕头上,单薄的身体瑟瑟发抖,她呻吟了一声,抬起头,望向出现在门口的人影。不是……桑切斯。

长安看到了经常在梦里出现的草绿色作战服,看到了那张棱角分明的面孔,看到了那双明亮却又隐含怒意的眼睛……

长安下意识地颤了颤,有那么一瞬,她以为这是在梦里,因为太过思念严臻,所以才会在梦里见到他。可紧接着,下一秒,她就被他的气息包围住了,他的大手落在她的额头上面,干燥而又清凉,许是指尖的温度令他感到不满,她清楚地听到他从鼻子里发出的哼哧声。

长安的眼眶一下子红了。面前的人影变得模模糊糊的,只能看到一个大概的轮廓。她伸出手,攥着他的军装。

"我不来,你准备就这么躺着?"严臻拧着眉头,心疼地捏了捏她的下巴。

长安抬起雾蒙蒙的眼睛,委屈地看着他,声音沙哑地说:"我也不知道会病得这么重。"

严臻的眉头跳了跳,弯下腰,目光炯炯地看着她:"别说话了。"

长安勾着严臻的脖子,眼睛一眨不眨地盯着他:"你怎么会来?"

"我陪营长来大使馆参加一个联谊活动,没想到在附近遇见满世界给你买药的桑切斯。"严臻低下头,用力嘬了嘬她的嘴唇,"你是打算病好了再跟我说,是吗?"

"嗯!"长安皱起眉头。严臻也蹙着眉,捏着她的腮帮子,让她嘟起嘴唇。

"难受……"长安朝后仰了仰,想躲开严臻。严臻却一眼就看到了她嘴里那几个触目惊心的火泡,白白的,分布在嘴唇内侧,火泡四周的肌肉组织已呈暗红色。

严臻的眉心拧成"川"字形。长安愧疚地低下头,手指摩挲着雪白的床单,床单上印有凹凸不平的花纹,在灯光的折射下像海浪的纹理一样,明暗交替,闪闪烁烁的。

"我带你去医院。"严臻说完,立刻就侧身揽着长安的脖子和膝弯把她从床上抱了起来。

长安蹭了蹭,低声抗议:"吃药就好了……"

明天一大早她还要去见贸易部的官员,根本没时间也没精力再去医院折腾。可严臻却不这么想,他素来是个行动派,决定的事,九头牛也拉不回来。长安病得浑浑噩噩的,没气力跟他吵嘴,也没力气逃跑,于是就这样在众目睽睽之下,她被一个中国维和军人抱着走出酒店,被他塞进车里,一路驶入首都国立医院。

首都医院是索洛托最大也是排名第一的全科医院,门诊楼只有四层高,虽然是夜晚,可依旧灯火通明,人流熙攘。令他们感到意外的是,急诊科的大夫竟是一位来自中国青海的中年医生。这位眼睛熬得通红的宋医生给了长安一支体温计,长安接过去,塞进胳肢窝里。

严臻主动搭腔:"您来这里多久了?"

宋医生一边低头看病历,一边回答说:"半年。"

"看您的斯瓦希里语讲得那么流利,不是第一次到非洲来吧?"严臻问。

宋医生笑了笑,举起四根手指:"第四次。不过索洛托是第一次来。"

四次!这次连垂头耷脸的长安也坐直了身子,惊讶地看着这位长相普通的中年医生。

作为一名医护工作者,一生能有一次非洲医疗援助的经历已经足够骄傲和自豪了,可这位宋医生竟连续四次到贫困的非洲国家进行医疗援助。这是怎样一种高尚无私的境界。

"到了这里,才真正体会到祖国的强大,能够做一个中国人是多么自豪和幸福的事情。哦,稍等……"宋医生侧过身和一个刚刚进来的黑人女护士用斯瓦希里语交谈起来。他指着病历,像是在叮嘱什么重要事项,神情极其严肃,护士一边听,一边记录,过了一会儿,宋医生摆摆手,示意护士可以走了。可护士刚走,几个病人家属又进来询问病情,宋医生耐心解答他们的问题,直到把他们送走,他这才抚着额头,抱歉地对长安他们说:"不好意思,急诊就是这样,忙起来顾头不顾尾。"

"没事。"长安把腋下的体温计抽出来,递给宋医生。

宋医生看了看体温计,眉头拧在一起:"烧得可真够高的。"他坐下,拿了个手电筒,又抽了根竹片,指着长安:"张嘴。"

长安愣了愣,慢慢张开嘴。薄薄的竹片卡在嗓子边缘,眼前是宋医生纠结的眉毛:"啊——"

长安跟着:"啊——"

宋医生关掉手电筒,挠挠鼻头说:"你这是热毒感冒,口腔溃疡比较重,想快点儿好的话,需要输液。"

"我输液。"长安毫不犹豫地回答道。

严臻拍拍长安的肩膀,看着宋医生说:"那就输液,需要多久,宋医生?"

宋医生抬腕看看表:"估计最快也得三个小时。"

等待宋医生开处方的间隙,长安指着宋医生桌上的一个相框,问:"这是您儿子吧?"

宋医生撩起眼皮瞅了瞅相框里戴着学士帽的英俊青年,从鼻子里哼了声:"嗯,不听话的娃娃。"

长安拿起相框看了看:"看着挺乖的呀。"相片里的年轻人浓眉大眼,笑得极为灿烂。

"乖？哧……"宋医生摇摇头，"你见过不声不响就偷跑去参军的娃娃吗？他本来毕业就能工作，人家企业是世界五百强，多少名校生挤破头也未必能够进去，可他倒好，非说要向什么优秀学长看齐，立志在部队干出一番大事业，竟把到手的工作给辞了。我得到消息的时候，他已经入伍半年多了，我爱人因此大病一场。就这样的娃娃，你居然还说他乖？"

长安尴尬地解释："对不起，我不知道。"

宋医生摆摆手，说："刚知道消息那会儿我的确想不通，电话里没少跟儿子吵架，可时间长了，看到他在部队里的喜人变化，再加上在非洲工作，经常会接触到像他一样的维和军人。"宋医生指了指严臻，目光变得柔和起来："和他们聊得多了，那些刻板冷酷的印象自然而然就淡化了，对军人，尤其是维和军人有了全新的认识，尤其是前段时间南部省份爆发武装骚乱，我在新闻报道中看到中国维和军人的身影，觉得非常震撼，想到我的儿子也是他们中的一员，又感到非常骄傲。那一刻，我才忽然意识到自己错了，这么多年，对儿子来说，我其实是个不称职的父亲，十几年来，几乎大半时间在外工作，和他很少交流，我除了吼他，好像从未静下心来倾听他的心声，了解他真正需要的是什么。"宋医生叹了口气，摆摆手："说得有点儿没边了，抱歉。"

长安笑了笑，指着相框里的人问："能问问您的儿子毕业于哪所学校吗？"

"清华大学，清华大学经济管理学院。哦，他崇拜的那个什么传奇学长，就是从他们学院出来的硕士生。"宋医生一边低头写处方，一边回答长安的问题。

长安朝严臻望过去，严臻冲她眨眨眼，耸耸肩膀。长安咧了咧嘴唇，笑了。

"塔塔，带这位病人去我的休息室输液。"宋医生叫来刚才那个黑人护士，吩咐道。护士应了一声，指着门口，请长安和严臻跟她走。

长安起身走了两步，又停下，转头对宋医生说："会不会太打扰您……"毕竟是休息室。

宋医生摆摆手："我值夜班不妨事，倒是你，挂完水早点儿回去休息，不是说明天还有重要的事吗？"

长安点点头："谢谢您。"

"客气了，都是同胞，能帮就顺手帮一把。"宋医生笑了笑，又问，"你负责的项目是？"

"林贝镇AS63公路项目。"长安回答道。

宋医生怔了怔，眼里渐渐露出敬佩的神色，他冲着长安竖起大拇指："你很了不起，我的病人经常会说起那条路，Njia ya amani，和平之路，没想到是你修的。"

"您过奖了。"长安微笑。

比起人满为患的输液室，宋医生的休息室显得尤为安静。输液瓶挂在蚊帐竿子上，一滴一滴的药液通过静脉进入长安的身体，一瓶药下去，她觉得舒服多了。但额头还是很烫，头也很疼。

"闭上眼睛睡吧，我在呢。"严臻伸手盖住长安的眼睛，把那一排小扇子似的睫毛向下拨了拨。长安的睫毛滑过他的掌心，带来一阵酥酥麻麻的感觉。

"严臻。"

"嗯。"

"你们什么时候回国？"

"明年三月。"

"哦。"长安把冰凉的手贴在他的手背上，低声沙哑地说，"我们四月结婚，好吗？"

严臻的表情震了震，他反手，握住长安因为高烧而变得冰凉的手指，攥紧，轻声说："好。"

长安嘴角猛地上扬，刚想睁开眼睛，却被严臻嘘声制止："睡觉，从现在开始，一句话也不准说。"

长安抿着嘴唇，轻轻颔首。没过一会儿，她的呼吸就变得平稳而又绵长。严臻握着她的手指，放在唇边一根一根亲过去，他的视线牢牢锁住那张苍白憔悴的脸庞，哑声低喃："睡吧，好好睡吧……"

长安咕哝了一句什么，噘着嘴朝他的手边偎了偎。严臻莞尔低头，在她的唇角印下一个轻轻的吻。

三小时后，手背轻微的痛感把长安从睡梦中叫醒。她缓缓睁开眼睛，入目是严臻方正英挺的侧面，他正半扭着身体，一边用指尖按着她的手背，一边低声向护士塔塔表示感谢。

塔塔发现长安醒了，朝严臻打了个手势。严臻回头，看着长安，她也在看着严臻。这一瞬，长安心里竟生出一种地老天荒的感觉。

塔塔识趣地走了。

严臻看着长安："睡得好吗？"

长安点头，抬起手蹭了蹭他青黢黢的下巴："特别好。"

她没说假话，这一觉又沉又香，一个梦也没做，她已经很多年没有享受过这样高质量的睡眠了。

严臻把手掌扣在她的额头上试了试温度："还有点儿低烧，难受吗？"

长安摇摇头。比之前发作时的症状轻多了，就是觉得没劲儿，身上酸软。

"在这里睡，还是回酒店？"严臻觉得长安最好不要折腾。

"回酒店。"长安作势欲起，却被严臻按住："别动，刚拔了针，多按一会儿。"

长安嗯了声,看着严臻的拇指在自己手背上旋了一下,又压紧。

"刚才豆豆发微信了。"严臻忽然说道。

长安眨眨眼:"你怎么不叫我。"

严臻笑了,捏了捏她的脸颊:"你睡得跟小猪儿似的,我只让他看了看你流口水的模样,没叫你。"

长安竖起眉毛:"喂!谁是小猪!还有你这么做是侵犯个人隐私,知不知道。"

想到在豆豆面前出丑,长安有些稳不住情绪。严臻笑了,抬起她的手腕,温润的嘴唇贴在她的手背上面,眉目深情地说:"你变成什么样在我心里都是最美的。"

长安怔住了。呆呆地看了严臻几秒,从鼻子里喷了口气:"算了吧,刚还说我是猪。"

严臻哈哈大笑,捏了捏长安的鼻子:"你不是知道吗,我最喜欢的动物就是猪啊。"

"你才是猪!"长安叫道。

"哈哈……"严臻露出爽朗惬意的笑容,手臂揽着长安的脊背稍稍用力,把她从床上扶起来。长安撞到严臻怀里,他拥着她,两人静静地依偎了一会儿,严臻才拍拍她的肩膀:"下床等我。"

长安穿好鞋子,看着严臻手脚利索地收拾好房间,两人又去向宋医生道谢告别后,才驾车返回酒店。

"先送你吧。"

严臻此行并非休假,外出久了不好。他正开车,听后面没说话,还是按照原路线把长安送到了斯托亚酒店。

"你把车开回去吧。"虽然首都的治安比宽查市好很多,可在雨夜里孤身行走总是不大安全。

严臻侧身过去,解开长安的安全带:"不用。"

长安轻蹙眉头,正要再劝他几句,却听严臻说:"今晚我留下来。"

长安怔住了。留下来?留在酒店?

"你请假了?"

严臻揉揉她蓬乱的头发:"放心,我不是那种无组织无纪律的军人。"

长安没话说了。打开车门下车,看着严臻把车子驶向停车场,潇洒利落地倒车入库。严臻跃下汽车,习惯性地朝四周望了望,而后迈开大步,穿过漆黑的雨幕,走到她面前。

"走了。"严臻甩了甩胳膊上的雨水,牵起长安的手。

严臻的手掌干燥而又温暖,握着她的一瞬,长安竟觉得心里掠过一道电流,麻酥酥的,身体也跟着飘了起来。严臻似是察觉到她的异样,转过头,目光深邃地望着她。长安抿了抿嘴唇,主动跨过去,跟上他的脚步。他温柔地笑了笑,带着她穿过酒店大堂,乘电梯到达她居住的楼层。

"房卡。"严臻朝长安伸出手。她从口袋里掏出房卡，递给他。门刚一响，对面屋子的门却唰一下开了。

"安！我的天，你可回来了！你……你……严……"桑切斯大张着嘴，神色古怪地盯着面前的两个人。

长安的脸又变得烧灼起来，她正想着怎么向桑切斯解释，严臻却主动开口："严臻，你可以叫我严臻。"

"哦，好的，严……严臻，你一直陪着安吗？她还发烧吗？"桑切斯神情关切地问道。

"我没事了，刚才严臻陪我在医院输液，忘了给你打电话，实在是抱歉。"长安说。

桑切斯松了口气，他指指长安，又指指严臻："我好像小题大做了，没事了，你们，你们休息吧。晚安，晚安。"

桑切斯闪身进了房间，又露出头，冲着严臻眨了眨眼睛："祝你们……愉快！"

"谢谢。"严臻笑道。

"桑切斯……"长安面红耳赤地叫道。

门嘭的一声关上。

长安转过身，照着严臻的胳膊拧了一下："你……回去！"

"那我回去了。"严臻捂着胳膊，作势欲走。

"不送！"长安从他手里抢过房卡，刷开门，刚准备进去，严臻却抢先一步走了进去。

"喂！"

"喂什么喂！"严臻转过身，伸手将大门关上，同时低下头，将她箍在他和房门之间。

严臻高大的身子挡去大部分光线，长安的脸也被他的影子笼住，小小的窄窄的轮廓几乎融在黑暗里，但唯有一双眼睛晶灿灿的，像月光下的湖水，水波潋滟地望着他。

"唉……"严臻吐出一声叹息，"我去洗澡了。"他摸摸长安的头发。

洗好澡的严臻只穿着背心和军裤就出来了，他拿着一条温热的湿毛巾，走到卧室，却看到床上把自己包裹成木乃伊似的长安。他翘了翘唇角，走到床边，坐下，轻轻扯开蒙在长安脸上的被单。柔和的灯光下，长安正闭着眼睛睡得香甜。他凑过去，用手指拨了拨她眼睑下方那一排黑扇子一般浓密卷翘的睫毛。

"唔……"长安皱了皱眉头，小小的脸颊在他的掌心蹭了蹭，转头面向床里。

严臻不禁莞尔，抬起头，却无意中望见床头上方玻璃里那个满目柔情的男人。这是……他？他愣住了。抬起手，摸摸脸，玻璃里面的男人也和他做着相同的动作。的确是他。心情顿时变得有些复杂起来，有多久了呢，久到他记不清自己还会像这样幸福温情地微笑。这一切都是因为长安。因为有了她，他始终荒芜寂寞的世界里才又重新开满鲜花。

严臻低下头,静静地望着酣然熟睡的长安,心里涨满了酸涩的柔情……

翌日。长安从床上坐起,一脸懊恼地拍拍自己的头:"你真的是猪啊,只知道睡!"手机显示的时间让她瞬间抓狂,而身侧明显有人睡过却又整理过的痕迹。

长安洗漱后走出浴室,见到正在镜子前整理着装的严臻,她抿着嘴唇,瞅着他结实宽阔的脊背,哑声问候:"嗨。"

严臻一边扣着领口的扣子,一边回头冲她微笑:"起来了。"

"嗯。"她拨了拨耳边的头发,走到他身边。

严臻伸过手来,盖住她的额头试试温度,英俊的脸庞上露出满意的笑容:"不烧了,应该没什么大事了,药记得吃。哦对了,我叫了一份早餐,有清淡的粥,你一定要把它喝光。"

长安愣了愣:"你要走?"

严臻看着她,笑着揽过她的腰:"怎么,舍不得我了?"

"舍不得你,你就不走了吗?"长安仰起头,看着面前英挺出众的军人。

严臻眯了眯眼睛,低下头,用额头撞了撞她光洁的脑门,见她蹙眉,他才爽朗大笑,揉乱她刚刚梳好的头发,趴在她的耳边说:"那我不走了。"

长安一边理着头发,一边瞪他:"我可不做扰乱军心的罪人。"

严臻笑了,低头看看表,又把长安拥在怀里,紧紧抱住:"快点儿好起来,别让我担心。还有,以后遇到事情不要急,身体才是革命的本钱,记住了吗?"

"哦。"长安闭上眼睛。

脖子被她热热的呼吸弄得痒痒的,严臻笑着躲了躲:"你是小狗吗?"

"不,我是猪。你说的。"长安也笑了。

严臻的眼睛弯成月牙儿,大手挤着她的脸颊,发出满足的声音:"看来是真好了,有力气跟我开玩笑了。"长安呵呵笑着捶着他的肚子。

长安送严臻出门。

"好了,不用送了。"严臻整了整衣服,朝她挥手。

长安站在门里,冲他挥挥手:"再见。"

严臻摆出一个打电话的姿势:"随时联系。"长安点点头。

严臻深深地看了长安一眼,忽然上前抱了她一下,才转身大步离开。这次严臻没有回头,长安也没有矫情,而是静静地目送他走出她的视线。

酒店侍应生送来早餐,打开盖子的那一瞬,长安惊讶地叫了一声。飘着碧绿叶子的蔬菜粥,金黄诱人的煎饼,竟然还有两小碟酱黄瓜和咸菜丝。

"女士,您的丈夫很爱您,这些早餐都是他为您准备的。"侍应生微笑解释。

长安的眼睛里不知何时已经蒙上一层雾气,她低下头,手指飞快地擦了擦眼眶,抬起头,微笑着说:"谢谢你告诉我,谢谢。"

早饭后,长安和桑切斯赶去工业贸易部,谁知头天答应见面商谈水泥进口事务的副部长却失约了。彬彬有礼的接待秘书告诉他们,副部长临时出席一个极重要的宴会,不知道今天还能不能回来。

长安原本对这次会面期望极高,准备得也非常充分,可没想到等来的会是这样一个结果。见不到副部长,她失望极了,身体里好不容易积蓄的能量一瞬间倾泻殆尽。她步履沉重地走出工业贸易部大楼。

"安——"桑切斯追上来,把手中的黑伞朝前递了递,硕大的伞冠遮在长安头上,像是一道圆形的屏障。雨又下大了,只是眨眼的工夫,伞边就竖起一圈雨帘。

"别灰心,我再想办法。"桑切斯虽然是甲方代表,可在某些事情上,他实在是没什么话语权。

看到桑切斯大半个身子露在外面,长安把他拽到伞下:"别淋着了。"

桑切斯愧疚地说:"对不起,安,如果早知道部里要颁布这样一条禁令,我肯定会及时通知你。"

"怎么能怪你呢。"长安苦笑着说,"谁也没想到会发生这样的事。"

长安抿着嘴唇,静默地看着伞外的世界,片刻后,她对桑切斯说:"我马上要赶回林贝镇,工地还有很多事在等着我。这边,暂时就靠你了。"

桑切斯表示理解,但又担忧她的身体:"你能撑得住吗?"

首都距离林贝镇四百公里,开车的话也要五六个小时。

长安笑了笑,点头,说:"没问题。"

桑切斯看着长安,眼里露出毫不掩饰的钦敬之色:"安,你是我见过的最坚强、最有能力的女性,你的身上有一种魔力,会感染到身边的人。而且再大的困难到了你面前,也得乖乖退让。你别撇嘴,你真的是这样的人。给我勇气,给我力量,安,你放心吧,我会守在这里,想尽……想尽办法把水泥供应的事拿下来,你就等我的好消息吧!"

长安眨眨眼,说:"不是想尽办法,是想方设法。"

桑切斯愣了愣,按照长安纠正的重复了一遍:"哈哈,我太笨了!"

长安看着他,吸了下鼻子,说:"谢谢。我回去处理一下工地的事就赶回来。"

"好的,我等你。"桑切斯把长安送到车前,看着她上车。

车玻璃被雨水冲刷得有些模糊,可车窗里那双如星辰般璀璨的眼睛却清晰可见,桑切斯精神一振,冲她挥手:"一路平安!"

车喇叭响了一声,随即SUV就像一道寒光划破白蒙蒙的雨雾,疾驰而去。

AS63项目施工现场。穿着雨衣的雷河南急匆匆地走到工地,顾不上看地形,他就从一个已经挖开的沟堑上方一跃而下。下面是泥泞的土基层,他的脚后跟触地时猛地向右侧扭了一下,听到极细微的嘎嘣一声响,他的心跟着沉了下去,果然,没过几秒,右脚踝那里就像是被电钻钻透了似的,疼得他眯了眯眼睛。

前方传来阵阵喧哗声,一群和他一样穿着雨衣的工人正呈一个半圆,围着路面忽然塌陷下去的一个大洞,紧张无措地叫嚷着。雷河南一瘸一拐地冲到人群外围,他用力推开一个挡路的工人:"人怎么样了?"

就在几分钟前,一个在工地值班的工人巡视到此处,路面忽然塌陷下沉,工人被埋,生死不明。

"埋得不深,我们挖了个气孔,刚还能听到他的呼救声。"赵铁头是值班工长,此刻他浑身上下沾满泥浆,只有一双眼睛还是黑的。

"气孔呢?"雷河南问。

"就那处白色污水管,我把它插进去了,老郭正拿着呼吸呢。"赵铁头抹了把脸。

"你就这么下去了?"雷河南脸色一沉,问道。

"昂,我本来能把老郭挖出来,可下面情况具体咋样不知道,我怕挖不好再把他给闷死了,就先塞了根管子,让他先保住命。"赵铁头擦了擦下巴上的泥水。

雷河南瞪了赵铁头一眼,朝坑里厚厚的泥浆望去,他看到那截十几厘米长的白管子,颤巍巍地杵在黑黄色的泥浆里。

"救命……救……"塌陷的大洞里,传出老郭微弱的呼救声。

雷河南揉了揉太阳穴,又按了按眼皮,之后他问赵铁头:"这儿有没有瓦楞板?"

赵铁头摇头:"没。"

"这儿的物料仓库还有一些,上次给村民修房子剩的。"何润喜叫道。

"你立刻去仓库拿几块板子过来,要快!速度要快!知道吗!"雷河南说。

何润喜答应一声,风驰电掣般跑了。

"赵师傅,坑里情况你比我熟,你跟我下去。"雷河南对赵铁头说。

赵铁头二话不说,立刻就要带着雷河南下去,可雷河南却拽住他:"系上绳子,你有家有口的,跟我不一样。"

赵铁头咂咂嘴,雷河南黑沉的目光扫过他,他缩了缩脖子,没敢吱声。

项目书记李振翔火急火燎地赶了过来,看到工人正用安全绳套住雷河南的腰:"还是我下去吧!"

他是项目书记,是项目两个主要领导之一。长安不在,关键时刻,他得顶上去。

"李书记,别跟我争了,时间不等人,我身板儿比你壮,也比你年轻。"雷河南紧了紧腰间的绳索,抬起头看着李振翔,"另外,我也是党员。"

李振翔愣了愣,正要说话,"瓦楞板!"何润喜和几个工人抱着瓦楞板气喘吁吁地跑了过来,"板子来了!"

"无关的人全部后撤,坑口留五六个人!李书记,上面交给你了。"雷河南说。

李振翔安排人员后撤,等人散得差不多了,雷河南抹了把眼皮上的雨水,冲着赵铁头打了个手势,两人从洞口慢慢下去。

"小心!注意安全!"李振翔喊道。

雷河南比了个OK的手势,然后冲着何润喜喊道:"松绳子,慢慢松!小何,待会儿我让你给我板子,你再给!"

"好!"

雷河南和赵铁头互相搀扶着缓慢靠向老郭被埋的地方,他们弯下腰,在泥浆下方摸索着。忽然,赵铁头兴奋地叫起来:"老郭的屁股!我摸到老郭的屁股了!"

雷河南立刻解开腰间的绳索,递给赵铁头:"用绳子系住。最好绑住他的腰。"

赵铁头愣了愣,神色复杂地看着雷河南:"雷公……"

"少废话!快点儿!"雷河南朝头顶打了个手势,示意何润喜把瓦楞板扔下来。

几分钟后,赵铁头系好绳索,而雷河南也用瓦楞板在老郭周围隔离出一圈相对安全的区域。他们用手一点一点把隔离区里的泥浆挖出来,慢慢地,老郭蜷缩在泥浆下的身躯露了出来。

"老郭!郭世兴!"赵铁头一把抽走老郭嘴里的白色管子,用力拍打着老郭的身体。

"救……救命……"老郭的嘴里吐出一串泥浆后,终于开口说话了。

长安还在半路就听说工地出事了,电话是何润喜打来的,听到车辆行驶的声音,何润喜什么都没说就要挂电话,她察觉不对,一边命令何润喜说实话,一边把车停在路边。

"人呢?人怎么样了?"长安感冒还没好,再加上紧张,发出的声音连她自己都感到陌生。何润喜沉默的工夫,她的手心出了一层冷汗,胸脯压在坚硬的方向盘上,硌得她浑身发疼。

"人,人……"何润喜吞吞吐吐。

"说啊!"长安忍不住暴吼一声。

何润喜吓了一跳,倒豆子似的大声说:"人救出来了,喝了两口黄泥汤,没事,可雷公,雷公他有事,他脚骨折了,正在医疗室做处理。经理,你在听吗,经理……"

长安弓着腰,额头抵在方向盘上,右手紧紧捏着手机,一动不动地维持了一会儿,才用手指拢起额前的头发,把手机贴在耳边。

"我在听。小何,你照顾好雷公,我再有一个小时就回去了。"长安说。

何润喜叮嘱她注意行车安全,就挂了电话。

长安靠向椅背,降下车窗,把右手伸出窗外。硕大的雨点砸下来,不一会儿就在她的手心积聚了一汪水。有雨滴在手掌心爆开,细碎的水珠飞溅到她的脸上、眼睛里,涩涩的,凉凉的,泪珠似的,顷刻间挂满脸颊。

"丁零零……"长安接起,把手机放在耳边:"活动结束了?"

"刚结束。"严臻回头看了看富有中国特色的宴会厅,一位工作人员搬着梯子从他身边经过,他朝一边让了让,"你还发烧吗?"

"不烧了。"长安顿了顿,说,"我在回林贝镇的路上。"

严臻默然片刻,问:"你还在开车?"

"哦,没有,车停在路边。"长安看了看车玻璃上的雨水,说,"不过我得走了,工地出了点儿状况,雷河南的脚骨折了。"

"嗯,你慢点儿开,雨天路滑,注意安全。"严臻叮嘱道。

正准备挂电话,耳畔又传来严臻极富质感的声音,低低的,哑哑的:"别逞强。"

长安怔住了。"别逞强",平平淡淡的三个字,以前父母对她说过,徐叔叔对她说过,师父对她说过,宁宁也对她说过,可没有哪一次像现在这样让她感到震撼。这三个字像是长了脚,生了翅膀,跨过遥远的空间,直直地走进她的心里,在那道快要把她压塌的危墙下,竖起高大坚实的屏障,把她牢牢地保护起来。

"很抱歉不能每件事都帮到你,但是,长安,我想让你知道,无论你头上是晴空万里还是狂风骤雨,总有一个人,会站在你的身后。"严臻说。

长安低下头,抿着嘴唇,眼前起了一层白雾。再开车就没了之前心跳腿软的迹象,她稳稳地操控着方向盘,在瓢泼大雨中回到坎贝山下的营地。

长安把车停在医务室外面,用手遮着雨跑到房檐下面。医务室大门敞开着,她撩开防蚊门帘,进去就看到了坐在处置床上输液的雷河南。

雷河南屁股下面铺着一层塑料布,右裤腿被剪开,脚踝上打着石膏,脚指头肿得跟馒头似的,他的灰蓝色工作服上糊着一层尚未干透的黄泥,只有打吊针的右手还勉强能看到正常的肤色。见到长安,雷河南挑了挑眉毛,脸上立刻就掉下几块泥巴来。他看着眼眶鼻头通红发亮的长安,尴尬地咳了咳:"你回来了。"

长安嗯了一声,走过去看了看雷河南那只辨不出颜色的大脚板,然后向张磊询问他的病情。得知只是轻微骨裂,打上石膏静养一段时间就会痊愈后,长安这才真正长出了一口气。

"张医生,你给她也看看,她瞧着比我还严重呢。"雷河南指着长安说。

"雷河南!"长安扭头瞪他。

张磊笑着递给长安一根体温计:"量量吧,我瞧着你也是有点儿不对劲。"

长安只好接过体温计夹在腋下,张磊说他去个厕所,起身走了,诊室里只剩下长安和雷河南。

雷河南用另一只能活动的脚勾起一个方凳,递给长安:"你坐下啊,又没人罚你站。"

长安抻着肩膀接过凳子，放下的时候，看到凳面上沾了雷河南脚上的土，就扒拉了两下。

"啧啧，这就嫌弃上了。"雷河南的脸一下子垮了下去。

长安指着身上的白色裙裤："弄脏了你给我洗啊。"

雷河南嘟哝："我洗就我洗，就怕你不给我机会。"

"你说什么呢？"

"没说啥，啥也没说。"雷河南咧开嘴，几块泥巴又掉了下来。

长安扑哧笑了。她叹了口气，看着面前人高马大却又格外狼狈的雷河南说："雷公，你真的是个好人。"

"呸！最不爱听这个词儿！一说准没好！"雷河南竖起眉毛斥道。

长安笑了笑："那不说了。"

两人真的就不说话了，各自看着门外的雨景，发了会儿呆。

"水泥的事没成吧？"雷河南忽然问道。

长安点点头："等处理完工地的事情，我还得去。"

"还去？我看算了吧，求他们还不如向公司求援，大不了延期交工，反正也不是咱们的原因。"雷河南愤怒地捶了下床面。

长安神色平静地看着雷河南，眼睛格外清亮："你不是第一天认识我了，我负责的工程有延期这一说吗？"雷河南愣住。

"原本AS63我是打算提前半年竣工的，可是没想到会在竣工前夕遇上战争，没法子了，战争和自然灾害一样属于不可抗力，保险都要免责，更何况是修路，后来战争平息了，一切走上正轨，可逝去的时间却没法追回来，正因为如此，我才把半年缩短为三个月，但这已经是我的极限，不可能再让步了。"长安说。

"你说起来简单！你想过吗？物料供应的事怎么解决？这该死的雨季怎么解决？这些，你想过没有？真的，小何前几天问我工程是不是要延期了，我回答说是，因为我觉得能按时交工已经是奇迹，你居然还在奢望提前竣工，这不是搞笑是什么！"雷河南挥舞着手臂，情绪激动地说道。

长安沉默片刻："如果连你都觉得是个笑话，那我真的想搏一搏，我想试试，看我能不能在坎贝山下创造一个奇迹。"

雷河南看着面前眼神坚定执着到有点儿狂热的长安，心里涌起一阵复杂难言的情绪。多少年了，她竟一点儿都没变，还是初见时那个倔强不服输的女子。

"你……随便你……咳咳……"雷河南转头咳了两声。

张磊撩开帘子进来，向长安要体温计，长安先自己看了看，才递给他。

"都说了没事，你们就是不相信。"长安站起来。

张磊甩甩体温计,说:"不烧不代表你就没病,我给你开点儿口服药,你拿回去按顿儿喝。"

长安摆手:"你给小何吧,我现在去塌陷现场看一下。"

雷河南脸色一肃,直起腰:"你等我一下,等输完了液我跟你一起去。"

"你给我安生点儿!张医生,你可把他给我看好了啊!"长安一掀门帘,纤细的身子便消失不见了。

长安驱车赶到出事现场。坍塌的坑洞位于施工路段中部,偏右靠近路肩一侧,塌了一个四五米见方的大坑。事故发生后,坑边已经竖起隔离带和警示牌。

附近站着几个穿着雨衣的工人,看到长安出现,其中一个人朝她扬起手:"经理!"

长安拉起雨衣的帽子,扣在头上,朝那人挥挥手:"赵师傅!"

来之前长安已经换好了高帮的黑雨鞋,和工人们穿的一样。向前走了几步,她的脚步忽然顿了顿。

因为她看到赵铁头旁边站着的,不是什么龙建员工,而是项目监理乔恩斯和他的助手迈克。他们和赵铁头一样,裤腿上沾着厚厚的泥浆,远远望去,和工人没什么区别。

长安加快脚步走上前,主动伸出手:"你好,乔恩斯先生。"

乔恩斯面无表情地握了握她的手:"你来得正好。"

长安指着黑乎乎的深坑:"您已经下去看过了?"

乔恩斯说:"是的。"

长安朝赵铁头瞥了一眼,赵铁头挠挠头,递给她一个愧疚忐忑的眼神。

长安转回视线,问乔恩斯:"您找到事故原因了?"

"是的,不过在追责之前,我觉得你很有必要下去看一看!"乔恩斯沉着脸,用蹩脚的中文说。

赵铁头倏地瞪大眼睛,朝长安猛摆手:"不能下去了!刚才乔,乔先生下了一半,旁边就塌方了,太危险了,经理,你不能下去。"

长安站着没动。乔恩斯的脸上露出一丝不耐烦和蔑视的神色,他环着手臂,用母语同身边的助手小声说着什么。

乔恩斯以为长安是怕了,所以半天不动,可没想到接下来她会拎起泡在泥水里的安全绳,一边在腰上系着绳扣,一边低声对阻拦她的赵铁头说:"这是咱们的地盘,不能让外人看笑话。"赵铁头握着绳索的手抖了抖,最终还是握紧了。

长安下坑的时候,乔恩斯和他的助手却躲得远远的,等了一会儿,不见长安上来,乔恩斯拍拍助手迈克的肩膀:"你过去看看。"

迈克刚走了两步,只见那个一脸络腮胡的工人惊恐地叫起来:"塌方了!塌方!"

迈克吓得掉头就跑，那速度快得连他自己都想象不到，更让他想不到的是，乔恩斯也在朝后面跑，两人一直跑出很远才停下来。乔恩斯拍着胸口，一边叫唤着太可怕了，一边回头朝隔离区域张望。一看之下，不禁气结。

那个络腮胡工人正叉着腰，指着他们哈哈大笑呢。

乔恩斯的脸又红又涨，猛推了迈克一把："过去看看是什么情况！"

迈克摇头拒绝："不，先生，太可怕了，我可不想把命搭进去。"

"好吧，该死的笨蛋！你被开除了！"乔恩斯挥舞着手臂，愤怒地叫嚷道。

迈克耸耸肩："很遗憾。但我要说，你，你真的糟糕透了！你不是一个称职的领导者，比起这个东方女人，你简直像个瞥脚的乌龟！"

"滚！滚开！你给我滚！"乔恩斯被彻底激怒了，他忘了自己是个绅士，竟像个街头的无赖一样捡起地上的石块朝迈克砸过去。迈克抱头逃跑。

过了很长时间，长安才在赵铁头的帮助下从塌陷的泥坑里上来。

"经理，来喝点儿水。"赵铁头打开随身带着的水壶，拧开瓶盖，擦了擦瓶口，递给浑身湿透的长安。

长安接过去喝了几口，还给他："怎么有股药味儿？"

赵铁头笑道："老赵给准备的祛湿汤，工地留守值班的，人手一壶。"

长安拍拍他："辛苦了。"

"说啥呢，说啥呢，你不给我活儿干，我这浑身还不得劲儿呢。"赵铁头说。

长安看着附近形单影只的乔恩斯，诧异地问："怎么就剩他一个人了？他的助手呢？"

赵铁头撇撇嘴，从鼻子里哼了一声："吵崩了呗！像他这样自私自利的头儿，谁跟谁倒霉！"

长安愕然怔住。她刚才专心在坑里看塌陷断面的土质，听到了头顶上的吵嚷声，却没想到是乔恩斯和他的助手在掐架。她抿了抿嘴唇，朝远处的乔恩斯走了过去。

"你不会是因为心虚，所以才在下面故意拖延时间吧？"乔恩斯的脸上明显带着怒意，劈头盖脸地叱问长安。

"我没有拖延时间，更没有心虚，因为我知道，这次塌方事故不是我方原因。"一身泥泞的长安站在风雨中，自有一番气定神闲的气势。

乔恩斯愣了愣，看着面前眼眸黑亮的长安，眉头蹙得更紧，气愤地质问说："听听，你在说什么鬼话！难道那大坑是假的？里面那些该死的积水也是假的？这还没熬过一个雨季，就出现了塌方事故，你向我夸口的工程质量，也不过如此。"

"乔恩斯先生，请您冷静一下，我并没有否认工地塌方，我只是想说，造成这次塌方事故的原因并不在我方。"长安说。

乔恩斯捂着额头,做出一副无法承受的样子:"天哪!我第一次见到你这样蛮不讲理、颠倒黑白的女人!你怎么能说得出口?在塌方现场,你居然否认你的过错!不,我要立刻给尤马利局长打电话,我还要通知索布里先生,让他马上到工地来一趟,我们就在这里等着他们,看他们来了,你怎么说!"

长安点点头:"好,就在这儿等,但我要打个电话。"

乔恩斯哼了声。

长安从衣兜里取出手机,用雨衣挡着拨号。

"小何,你马上去找雷公,把塌方点的施工图纸送来,嗯,现在就去。"长安挂了电话,又转头对一旁的赵铁头说:"赵师傅,你把附近的工人都找来,来的时候带上挖掘工具。"

赵铁头仰头看了看阴沉沉的天,一头雾水地走了。

两个小时不到,甲方技术总工布瓦力和监理方代表索布里就带着助手赶到了塌方现场。这是工程开工后,甲方、乙方、监理方代表第一次以这么快的速度碰面。其中,乔恩斯功劳居首。要不是他竭力渲染夸大事故信息,如何能让这两位重量级人物不惜冒着大雨赶到工地来。

可能之前从乔恩斯那儿获知的消息太大、太过严重,所以布瓦力、索布里二人透过车窗看到秩序井然的工地后,不由得面面相觑,脸上露出惊讶的神色。这看着可不像事故塌方现场,更像是一个正常运转的道路施工区。不等他们下车,乔恩斯就迫不及待地冲上来吵嚷道:"我快疯了,布瓦力先生,你们看!出了那么大的事故,安经理居然还有兴致在雨地里挖坑!"

布瓦力蹙起眉头,朝雨地里正挥舞工具掘地刨坑的一群工人看了看,又朝身上狼狈不堪的乔恩斯看了看。他抿着嘴去推车门,可门却遇到了阻力,发现乔恩斯正杵在车外,他不禁眼中冒火,语气严厉地说:"让开。"乔恩斯愣了愣,神色尴尬地走到一边。布瓦力下车,助手赶紧小跑过来,把一把黑伞遮在他的头上。布瓦力推开伞柄,冒雨走向正在干活的工人们。

索布里下车的时候神色不悦,他瞪着一旁的乔恩斯,斥责说:"最好有你说的那么严重!不然的话,从谈判桌上被你叫到这里的布瓦力先生会非常生气!"

"当然!我有十足的把握扳倒安经理,她这次完了!"乔恩斯大声为自己辩解。

索布里的眼里闪过一道锐光,他盯着神色阴鸷的乔恩斯:"安出事你很高兴?是因为上次的事吗?"

乔恩斯勾了勾嘴唇,没有说话。索布里暗暗心惊,他没想到乔恩斯对长安的怨恨竟这么深了。

布瓦力和长安见面握手。

"您好,布瓦力先生。"长安打量着面前这位其貌不扬的总部工程师。

布瓦力长得和当地男人一样没什么特色,但是镜片后的眼睛却精光闪闪,与他目光对视的时候,不自觉就会打起精神来。

这是长安第三次见到布瓦力,这个比她还要忙碌的工程师同时负责几个大的项目,平常都是他的助手来工地巡视然后向他汇报,他有疑问会通过邮件联系她,所以,提起布瓦力,她首先想到的,就是邮箱里那一封封措辞犀利的邮件。相较于热情爽朗的桑切斯,这位布瓦力先生显得冷漠严肃得多。

"您好,我是项目工程师雷河南。"一旁的雷河南也伸手,主动问候布瓦力。

布瓦力握了一下雷河南的手,视线却在他右脚的石膏上停了几秒:"你受伤了?"

"扭了一下。"雷河南说。

"刚才雷工为了救人,不小心受伤了。"长安补充说。

布瓦力朝雷河南看了一眼,不过这一次,目光没刚才那么冷淡了。

长安看布瓦力频频推开助手递过来的伞,她转头对何润喜说:"拿件雨衣来。"

何润喜很快就拿着雨衣回来了,长安接过去,递给布瓦力:"布瓦力先生,穿上吧。"

布瓦力惊讶地看着她,接过雨衣:"哦,谢谢。"

和本地人一样,布瓦力不喜欢打伞。

索布里和乔恩斯走过来,看到穿着工地雨衣的布瓦力,他们互相望了望。索布里也向长安要了件雨衣穿在身上。

接下来,他们围着塌方的坑洞,步入正题。

"这明显就是施工方的责任!安经理,你不能否认是底基层出现问题,才导致雨水倒灌出现塌方事故,对吗?现场你下去了,我也下去了,所以,你最好当着布瓦力先生、索布里先生的面,承认你的错误,承担一切损失,用最快的速度修复这处塌方路段!"乔恩斯大声说道。

长安抬起头,黑白分明的眼睛透过雨幕看着咄咄逼人的乔恩斯:"乔恩斯先生,我不否认工地塌方是底基层进水的原因,但我还是坚持,造成这次塌方事故的原因并不在我方。"

"啊哈!先生们,你们听听,她在说什么鬼话!"乔恩斯愤怒地挥舞着手臂,大声吵嚷说,"她根本没把我们放在眼里!而且还叫了一群工人过来装模作样,故弄玄虚!她这样做就是想逃避责任!"

布瓦力朝距离塌方处十几米远的施工处望了望,刻板严肃的脸上露出思考的神色。他没有回应乔恩斯,而是踩着泥泞的土路径直朝施工地点走了过去。索布里和乔恩斯一边交谈,一边跟上去。

雷河南刚想迈步,却被长安拦住:"你别过去了,我能应付。"

"不行,万一他们欺负你呢。"雷河南竖起浓眉,推开长安,用拐杖撑着地,单腿蹦着朝前走。长安赶紧追上去,搀着雷河南。

已经扒开的土坑像战壕一样蜿蜒曲折,从塌方坑洞一直延伸到施工便道。

布瓦力刚走过去,就听到坑道里传出一阵兴奋的叫声:"找到了!找到罪魁祸首了!"

紧接着,他就听到金属碰撞发出的铿铿声。

找到了?长安攥紧雷河南的胳膊,他低声说了句什么,忽然推了她一把:"快去啊!"

长安抿着嘴唇,越过布瓦力等人抢先来到坑道边缘。她蹲在地上,大声问:"是管子吗?破了吗?"

赵铁头站在下面,用铁锹用力敲了敲坑底,仰头看着长安说:"是根锈蚀的铁管,还在冒水呢!"

果然,坑底杵着一根辨不出颜色的圆管,断掉的管口正朝外汩汩冒水。是了,就是这个"罪魁祸首",在地底下兴风作浪,

乔恩斯目瞪口呆地盯着那根不知从哪儿冒出来的管子,愣了一会儿,忽然坐着从坑边溜了下去。他推开赵铁头,弯下腰,胡乱扒着泥浆下的管子。

"从哪儿来的?该死的,从哪儿冒出来的?"因为头低着,他的五官在引力作用下,全都聚在一起,看起来很是狰狞。

乔恩斯用力拽着那根黏着泥浆的管子,试图把它从土里拔出来,可毫无用处。很显然,这不是长安为了逃脱责任临时插进去的东西,而是真实存在的。

索布里紧蹙眉头,大声斥责他的下属:"乔恩斯,注意你的风度!"

乔恩斯面色如土地从坑里爬上来:"索布里先生……"

索布里狠狠瞪了他一眼,转头质问长安:"你怎么知道这儿有根破损的管子?"

长安神色淡然地笑了笑:"猜的。"

长安没有骗索布里,她真的是猜的,起因是她对工程质量有十足的信心,她不相信雨水倒灌会有那么大的冲击力,导致坚实的底基层被掏空。除非在施工时就有意想不到的因素在破坏底基层,而这个因素,她想来想去,也只有这个微乎其微的可能性了。可这根锈蚀断裂的铁管为何会出现在这里,就需要布瓦力先生给她一个合理的解释了。

长安看着神色严肃的布瓦力,示意何润喜把工程图纸拿过来。何润喜打着伞,遮着图纸。

"布瓦力先生,这图纸是您提供给我们的,我想问问,您知道这里埋有这样被废弃不用的水管吗?如果有,请问还有几处,我好早早去排查隐患。"

布瓦力大发雷霆,但这通火气是冲着他的助手发的,因为AS63项目图纸由他的助

手全权负责,他当时并未参与实地考察和测量,他的助手在绘制图纸时并没有同林贝镇官员沟通,所以忽略了这条早就废弃不用的输水管道。

"它是一条灌溉输水管道,战争前就有了。后来由于河道干涸不用了,人们就把它遗忘了。至于这水,很可能就是河道积蓄的雨水,最近这雨量的确有点儿大。"林贝镇镇长萨库指着西南方向,说,"河道就在那边。"

"在我们施工区域,只有这一根隐藏的管道,是吗?"长安问道。

萨库点头:"是的,你在这儿待了这么久,应该知道,镇子有多缺水。"这倒是真的。

长安稍稍松了口气。

布瓦力声色俱厉地教训助手,声音大到旁人想忽略都忽略不了。索布里也在旁边训斥乔恩斯,声音不大,但分量极重,乔恩斯的脸一会儿青一会儿白,心里不知在想些什么,目光阴鸷得像天空厚重的乌云,黑沉沉的,透不出一丝亮光。

布瓦力叫长安过去,他有话说。

长安走过去:"布瓦力先生。"

布瓦力依旧维持着刻板严肃的表情,他指着身边的助手说:"我要因为助手的工作失误向你道歉,这次事故由我方负全责,所有损失由我方承担,包括后期重修以及处置废弃管道的费用,甚至工人的精神抚慰金,这些,都由我方来负责。"

"好的。"长安接受他的道歉。

布瓦力点点头:"那今天的事就这样,我还要赶到另一个工地,他留下来协助你工作。"他指了指那个垂头丧气的助手。

长安送布瓦力他们来到车子前。

"听说你想在雨季施工?"布瓦力边走边问身旁的长安。

长安沉默片刻,回答说:"是的,距离竣工日期不到半年时间,我想加快进度,把雨季也利用起来。"

"雨季进行沥青铺筑难度很大,你有把握吗?"布瓦力犀利的目光扫过长安。

长安看着他:"本来很有把握,可最近工业贸易部忽然中断国外水泥进口,造成国内水泥价格短期内翻倍,迫于压力,我们只能暂停构筑物施工。我现在就在头疼这件事,桑切斯人还在首都,等着工业贸易部官员回话。"

"哦,是这样。"布瓦力说完,拿出手机,翻开电话通讯录,"你记一下我老朋友的电话,他在工业贸易部工作,或许能帮到你们。"

"那太好了,谢谢您,稍等啊,我记一下。"长安掏出手机,正准备打开便笺,她的手机却响了。

"是桑切斯,我先接下电话。"长安抱歉地说。布瓦力点头。

长安侧过身,手指在屏幕上滑了一下:"桑切斯,情况怎么样了?"

布瓦力站在一边,听着长安那边传来断断续续的通话声,她和桑切斯用中文交谈,他只能听懂几个简单的词,譬如真的、高兴、奇迹等等。他和长安碰面的机会不多,在来林贝镇之前,他对长安的印象仅限于他的助手形容的那样,是一个性格高冷、业务能力强的东方女性。他没接触过,所以不了解长安对待下属到底有多严苛,竟被底下的人叫作"女魔头",也不了解她的业务能力到底有多强,居然被自视甚高的助手频频夸赞。今天到了现场见到真实的长安,着实令他感到意外。这个和工人们相处融洽、配合默契的项目负责人,根本不像外传的那么冷漠和不近人情,她会主动搀扶保护她的员工,会在工地陷入危难之时挺身而出,用她的聪明智慧和对所从事工作的熟知度和敏感度,用她强大的自信心,牢牢把控局面。这才是一个优秀的项目负责人应该有的表现,而她刚才力挫乔恩斯那一幕,就连他这个总部工程师,也想给她鼓鼓掌。

"布瓦力先生,不用麻烦您了!"长安面露喜色,笑着对布瓦力说。

"哦?为什么?"布瓦力有些不明白。

长安笑着解释说:"桑切斯说,工业贸易部同意按照平价给我们供应水泥,他还说,会一直持续到项目竣工。"

布瓦力挑了挑眉毛:"那太好了。"

"是的,也要谢谢您的好意。"长安客气地说。

布瓦力上车后,索布里和乔恩斯也走了过来。

"安,今天的事很抱歉。"索布里态度诚恳。

长安朝乔恩斯瞥了一眼,语气淡淡地说:"算了,没什么的。"

"我的妻子一直提起你,有空的话,欢迎你到家里来玩儿。"索布里说。

"好的。"长安笑了笑。

索布里上车后,乔恩斯经过长安的时候,目光阴沉地盯了她一眼。长安后背泛起一阵寒意,她朝后退了一步,神色冷淡地看着他从身前经过。

待布瓦力的车子驶离视线,长安忽然抬起右臂,在雨幕中用力一挥。

"同志们,告诉大家一个好消息,水泥供应的事解决了!"长安摘下雨帽,向身后站成一排的员工们大声喊道。人群在经历短暂的沉默后,爆发出阵阵欢呼声。

雷河南激动地跳着上前,握着长安的胳膊,眼神灼亮地问:"怎么做到的?快说说!"

长安笑得灿烂:"是严臻。桑切斯说严臻今天在大使馆参加活动的时候正好遇见工业贸易部的官员,他们聊得很投机,严臻就把项目水泥供应的事跟他说了,请求他的帮助,大使也过来帮忙,就这样,我们的难题就这样解决了!"

雷河南的手顿了顿,眼里露出一丝怅然的笑意:"又是他,又是他。哎,你说你们家严连长怎么那么能干呢!哪哪儿他都能掺和一脚!他还是人吗?"

"喂！不许说他坏话！"长安皱眉，抡起拳头，照着雷河南胸前捶了一下。

雷河南捂着心口，摆出一副痛苦的表情："算了，走了，伤心了。"

长安笑了，她招招手，让何润喜把雷河南送回去，何润喜问她走吗，她摇摇头："我留下来加班，今晚上得把这管子堵住。"

雷河南跳了几步，回过头叮嘱她："注意安全！"

长安摆摆手，示意他快走。待他们走远，她才拿出手机，打电话给严臻。

电话很快通了。严臻那边的声音有些嘈杂，他说了句"稍等"，然后过了一会儿，杂音消失，他温和醇厚的声音才在耳畔响起来："好了。"

长安抓起雨帽盖在头上，背过身，轻声问："你还在坎奇吗？"

"在，明早回去。你呢，还好吗？听桑切斯说工地遇到麻烦了？解决了吗？"严臻的声音透着浓浓的关切。

"解决了。哦，水泥的事，谢谢你了。"长安说。

严臻语声轻快地笑了笑："谢我做什么，我没帮上什么忙，主要是秦大使的功劳，他面子大，说一句顶我说一车。不过能顺利解决就好了，省得我回去还要操心你。"

长安心里热热的，语气里就禁不住带了一丝撒娇的意味："说得我跟残障儿童似的，我有那么生活不能自理吗？"

"你没有吗？"严臻故意拖长音调反问道。

长安笑了笑："我没有。"

"没有？"

"没有，没有，没有。"

耳畔传来严臻爽朗愉悦的笑声，和着周遭淅淅沥沥的雨声，长安竟觉得鼻尖酸酸的，矫情得想要落泪了一般。她幽幽地叹了口气，低声说："你总是帮我，我却什么也帮不到你。"

严臻沉默了一会儿，说："你再强，也是个女人，我再弱，我也是个男人，我不管你在外面怎么样，但在家里，在我们二人世界里，我就想让你什么也不做，倚着我、靠着我就行了、有事我担着，风雨我也替你遮着。在我这里，你放心做个幸福的女人。"

"严臻……"长安喉咙里又热又胀，声音出来时竟微微发颤。

严臻叫了声"傻丫头"，说："等我回去。"

长安轻轻嗯了一声，说："好。"

收起手机，长安用手背蹭了蹭脸上的雨水，转过身，大步走向亮起灯光的工地。

"今天要辛苦大家了，晚饭我给大家加鸡腿啊，管饱！"长安大声说道。

员工们齐声欢呼，已经在工地连续工作一昼夜的赵铁头嚷嚷得最大声："我先预订八个鸡腿！"

"给你十个！吃不完不准走！"长安难得幽默。员工们哄然大笑，赵铁头摸摸后脑勺，咧开嘴，也跟着笑起来。

几天后，AS63项目召开雨季施工动员大会。

会议由项目经理长安主持，大会确立了以沥青铺筑为主线，骨料生产为重点的突破方向，决定在雨季剩下的日子里连续施工，抢进度，抢工期，为旱季大干提前完成竣工目标做准备。可雨季施工难的问题很快就显现出来。

"不好干啊，经理，这雨下得真让人憋气，我们这一身力气根本使不上啊！"在下午的例行碰头会上，施工工长们纷纷反映道。

"我听人说，索洛托几个大的工程都因为雨季停工了，咱们反其道行之，这路子会不会走不通？"

"是啊，经理，我们修了这么久的路，还没在雨季里干过活儿呢。"

面对员工的质疑声，长安却显得出奇平静。虽然没有什么好的法子应对雨季施工的难题，可她总觉得事在人为，只要敢于尝试，总有解决的法子。

处理完公事，长安接到了朔阳老家打来的电话。

"徐叔？"长安刚叫了声，就听到电话里传出豆豆童稚悦耳的笑声。

"豆豆，怎么是你呀！你怎么拿着徐爷爷的手机呢？"长安诧异地问道。

"爸爸带我来朔阳了，我们今天还去陵园看了爷爷和奶奶。不过爸爸现在去参加同学聚会了，不在家。"豆豆说。

长安愣了愣，没想到宁宁竟带着豆豆回朔阳祭拜父母了。其实早该回去的，可她一直在国外，长宁工作又忙，总是腾不出空来带豆豆回朔阳。豆豆在电话里称呼的爷爷奶奶，应该是姥爷姥姥才对。

长安歉疚地低下头，手指握紧电话："那豆豆和爷爷奶奶说什么了呀？"

豆豆嗯了两声，回答说："我向他们问好，还给他们献花，我说我叫豆豆，是他们的孙子，我会好好学习，将来长大了再来看他们。还有，姑姑，我见到石头上的照片了，我的爷爷奶奶和上次来家里的严奶奶一样，都冲我笑得很开心，我很喜欢他们。"

严奶奶？长安心里打了个突突儿，说的是……宋志娟。

"哦，爷爷奶奶是最好最好的人，你要记着他们，永远怀念他们，知道吗？"长安说。

"知道！也要怀念严奶奶！"豆豆大声说。

长安抚着额头，哭笑不得地说："去世的人才说怀念，严奶奶就不用了。"

豆豆啊了一声，呼哧呼哧笑了起来。

旁边传来徐建国慈爱的声音，叫豆豆去厨房找常奶奶喝绿豆汤。豆豆说了声"姑姑再见"，就把手机还给了徐建国。

徐建国拿起电话:"安安,是不是打扰你工作了?"

"没有。"

"你啊,工作再忙也要顾惜身体,该睡觉的时候就去睡觉,该吃饭的时候就去吃饭,别把自己当成铁打的,你是人,不是台机器,就算是机器,也不能一直运转啊,它也得歇歇,你说是不是这个理儿?"记忆里的声音透过电波层层叠叠地传入耳膜,这种久违的感觉,在异国他乡显得尤为珍贵和特别。

长安沉默了一下,说:"徐叔,您怎么变得和常妈妈一样爱唠叨了。"

徐建国愣了愣,笑起来:"可能是老了吧,整天听你常妈妈念叨这些事,我也被她传染了。"

长安笑了笑,说:"我不知道宁宁回去,还带着豆豆,给你们添麻烦了。"

这段时间为了雨季施工的事,她一头扎在工地,忙得四六不分,连严臻来看她也是匆匆一起吃顿盒饭就分开了。想想,也有阵子没和宁宁他们联系了。

"瞧你这孩子,说的是啥话。你忘了,徐叔这儿永远都是你和宁宁的家,自己的孩子回家,怎么能叫麻烦呢。"徐建国不满地说。

"徐叔,我错了。"长安吸了下鼻子,轻声道歉。

"你这孩子啊。"徐建国叹了口气,说,"我开门见到宁宁牵着豆豆,一个叫我徐叔,一个叫我爷爷,唉,你不知道那一刻,我有多高兴。家里好久没这么热闹了,你常妈妈疼豆豆那劲儿,我不说你也清楚,现在咱们六局院啊,全都知道豆豆回家了。"

"我想常妈妈了。"长安说。

"那我叫她。"徐建国喊妻子过来接电话,谁知豆豆却大声回应说:"常奶奶说肚子疼,去厕所了。"

"这老婆子。"徐建国尴尬地嘟囔了一句,说,"安安,不管她,咱们接着聊。"

"好。"

"你那边的工程还顺利吗?"

提起工作,长安觉得脑袋又在隐隐作痛:"最近不大顺利。索洛托正值雨季,我不想中断施工进度,可您知道,在雨季进行沥青铺筑施工难度极大,我们尝试了几天,没什么进展。"

"雨季施工,你可真敢想!不过,这也像你能干出来的事。"徐建国提高音调,感慨了一番,然后忽然顿住,沉默了一下,说,"我想起来了,你说的这事好像不是没有先例,我记得你徐爷爷曾跟我说过,他当年在非洲修路的时候,为了能够如期竣工,他们就曾在雨季施工。"

"真的!徐叔,快跟我说说,徐爷爷他们是怎么做到的!"长安激动得一跃而起,把赶来给她送夜宵的何润喜吓了一跳。

长安比了个手势,于是何润喜轻手轻脚地走进潮湿的帐篷,把饭盒放在桌上。何润喜回头看着忽然变得神采奕奕的长安,不禁好奇和她通话的人是谁,居然有这么大的魔力让她一扫之前颓丧无力的状态,变得斗志昂扬、精神焕发。

　　是严连长？肯定是他,也只有他能让长安在如此困难的情况下重新振作起来了。

　　过了片刻,何润喜听到长安说:"谢谢徐叔,您可帮大忙了。行,我试试看,有问题可能还要找您。好,再见。"

　　长安把手机攥在手里,转头,目光熠熠地对何润喜说:"走！回营地！"

　　回营地？现在？何润喜惊讶地张着嘴:"没车啊,拉卡刚走。"

　　"打电话叫他回来,哦,你再给李书记和雷公打个电话,让他们在宿舍等着,我有急事找他们商量。"长安边说,边拿起椅子上的雨衣。

　　何润喜不知道啥事,但知道不能耽搁,于是赶紧打电话联系拉卡等人。

　　自打雷河南勇救被埋工人导致脚踝骨裂之后,李振翔书记就主动搬来和他同住,方便照顾他。他们正聊着雨季施工的事,却先后接到何润喜打来的电话,让他们在宿舍等着,说长安马上过来。放下电话,他们互相看了看,表情变得严肃起来。难道工地又出事了？

　　李振翔给工地值班工长打电话,工长说长安刚刚离开,工地一切如常,没发生什么事。这下两人的脸色更不好了,因为能让一贯冷静沉稳的长安做出如此方寸大乱的事,一定不会是什么小事。他们开始在屋里坐立不安,后来,李振翔干脆穿上雨衣准备去外面接长安。

　　刚准备出门,大门传来咚咚两声响。李振翔和雷河南互相看了看,李振翔快步走过去:"来了！是长经理吗？"

　　"是我。"门外传来长安的声音。

　　雷河南扶着桌子站起来。

　　门一打开,一股湿润的凉风裹挟着雨水的气息扑了李振翔一脸。他呼吸一顿,定睛看向门外的长安。她穿着一件大号雨衣,浑身上下裹得跟粽子一样,只露出一张巴掌大的脸庞,她的眼睛熠熠闪光,连带着整个人都像是罩着一层光环。

　　这……李振翔傻眼了,这样的长安,完全不是他想象中的模样。

　　屋里的雷河南见李振翔半天不动,也没人进来,不禁着急地说:"长安,你怎么不进来？李书记！"李振翔猛一下回神,赶紧让开位置,邀请长安进屋。

　　"李书记今天是咋啦,看见我跟看见怪物似的,一个劲儿盯着我瞅,这才几个小时没见,李书记就不认识我了。"长安进屋,脱下身上沾水后变得沉甸甸的雨衣,四处看了看,挂在墙角的脸盆架上。她甩了甩头发,用脚钩住地上的抹布,把它踢到雨衣下面接着雨水。

"哎！那是我洗脸毛巾。"雷河南指着地上灰蒙蒙的抹布。

长安嘴角抽了抽,转过头,一脸嫌弃地说:"你还有脸说？谁家的洗脸毛巾是这个颜色的。李书记,你也不管管他,治治他的邋遢病。"

李振翔摸摸鼻子,笑了:"这病啊,我可治不了。不过有个人能治。"

"谁呀？"长安笑着问。

李振翔指指雷河南,又指指他身边空着的位置:"他媳妇啊！这男人啊只要娶了老婆,啥懒病都能不药自愈。"

长安扑哧一下笑了。雷河南张开嘴想说什么,看到长安促狭的表情、灿烂的笑脸,不禁脸颊一烫,皱着眉转移话题说:"你有事说事,没事别拿我开涮。"

"德行！说你是为你好,李书记说得对,你啊,就是差个媳妇管着你。"长安笑道。

"你！"雷河南真急了。

长安赶紧摆手:"好了,不逗你了,咱们说正事。我这次来,是我对雨季沥青铺筑施工有了一些新想法,这些想法并不是纸上谈兵,而是我老家一位从事过援非建设的长辈的亲身经历,如果对我们也有用,说不定它能解决大问题,所以我才迫不及待地来找你们。"

雷河南精神一振,指着椅子:"那太好了,你坐下详细说说。"

李振翔赶紧倒了杯水,递给长安:"润润嗓子。"

长安忍不住笑了:"我怎么感觉自己像大熊猫。"

"哈哈……"两个男人互相对视,不约而同地大笑起来。

这一天,宿舍的灯光一直到第二天天明才熄灭。长安他们针对施工区域雨季规律性强的降雨特点和现场实际情况,制定出适合自身特点的施工策略。在试验期内,安排拌和站凌晨四点开始打料,积极利用下午三点前降雨少、不降雨的有利天气条件进行突击性施工。一周试验期内,长安和项目领导以身作则,冲锋在前,带动全体员工通力协作,一举拿下了两公里沥青路面！

试验成功后,中非员工深受鼓舞,一线员工铆足干劲儿,加班加点,忘我工作,技术人员深入一线,技术指导前移,后勤部门把服务工作做到现场,各工区之间加强协调,相互配合,大干局面很快形成。

雨季很快过去,AS63项目在雨季停产期的产值竟达到惊人的五十万美元。

这次项目部打了个漂亮的翻身仗,并且创下了十几个施工之最,成为国内外媒体争相报道的对象。

第四十四章　大发雷霆

但凡有媒体记者来采访，长安就会把他们领到施工一线去，让他们亲身感受工地热火朝天的劳动场面。

有记者在采访报道中写道：渐渐地，雨停了，员工们又出来开始工作，有的拿铁锹拌砂浆，有的推着小推车，摊铺机、压路机等机械正在轰隆隆地作业，工地到处呈现出一幅繁忙的景象。黑人雇工干活还真有模有样，对每一道工序都完成得格外严谨细致……

雨季即将结束之前，项目开始进行剩余路段的沥青铺筑。单月沥青铺筑连续突破十公里。

雨季过后，非洲草原一派欣欣向荣的景象，AS63项目一路高歌猛进，向着胜利的终点冲刺。

李振翔书记已经着手准备全线贯通庆祝大会，有的员工甚至悄悄打点起行装，渴盼着回到祖国和家人团聚。

雨季方歇，天空晴朗，微风徐徐。世界银行组织代表和索洛托国家公路局代表纳都恩一行十余人，到林贝镇视察AS63公路项目建设情况。纳都恩一行在视察了井然有序的施工现场后，又来到刚刚荣获中国海外工程杰出营地的AS63项目驻地参观。

大家对这处难得一见的花园式营地赞叹不已，纳都恩先生激动地说："我视察过索洛托不下几百个大大小小的项目施工区，只有你们的营地是最漂亮、最安全的，而且你们在国内同时施工的几个在建项目中，无论质量进度，还是履约等方面都走在最前列。我由衷感谢中国龙建集团为索洛托经济发展做出的杰出贡献，希望你们再接再厉，能够做到按期或提前完工。"

"想不提前都难呢。"长安自信满满地说。

纳都恩和世界银行组织代表交换了一下眼神，嘴角浮现出一丝欣慰的笑意："用你们中国话来说，接下来，我们就拭目以待了。"

长安微笑颔首，看着他们说："定不负所托。"

送走纳都恩一行人，长安代表项目班子慰问路面工区员工。

项目工区十五名员工平均年龄二十五点八岁，是整个项目里最年轻的团队，他们负责沥青拌和站、沥青骨料、混凝土骨料破碎生产、管涵盖板路缘石及里程桩预制、钢筋加工、设备维修等工作。在工地，无论是破碎站砂子的生产供应，还是沥青拌和站的运转，哪里出现故障都不行。可这么大的工程，难免会出现这样那样的问题，一到这种时候，他们总是会全力配合，积极主动去协调解决难题。尤其在这次雨季大十施工中，这群年轻人克服工作任务重、环境恶劣等不利因素影响，想方设法按时完成任务，在全线施工中发挥了重要的核心作用。

长安很早就想表彰项目工区团队了，可这群年轻人却说顾不上，沥青铺筑关键时期，不仅仅是项目工区，工地上每一个人都忙得不可开交。

车子在涂有蓝色油漆的沥青拌和站停下，下车前，长安对着后视镜整了整自己的仪容。看到镜子里肤色黑黄的女子，她不禁怔住了。这是……她？粗糙黑黄的脸庞，尖尖的下颏，干裂的唇皮，浓重的黑眼圈。只有一双黑眸依旧清亮有神，相较于之前眼中令人敬而远之的锐利光芒，现在的她，目光变得平和而又沉稳。

长安挑了挑过分浓黑的眉毛，镜子里那个不像她却又分明就是她的影子，真实记录了这些日子以来她所经历的一切。原来，时光和阅历真能改变一个人内在的气质。如果说之前的她是剑刃，是刀锋，是石头上的棱角，那现在的她，就是平静的湖面，是深不可测的海水，是山间温柔的清风，能够容纳一切未知和苦难。

"经理？"何润喜见长安半天不动，不禁轻声叫她。

长安回过神，拂了拂头发，苦笑着跟何润喜说："我现在真成黄脸婆了。"

"哪儿有，在我心里，经理你始终是最美的！"何润喜夸赞说。

长安笑了笑，指了指被晒蜕皮的脸颊："我是不是应该像白雪公主的后妈一样，每天都要对着你问一问，这样子就可以自欺欺人了。"

何润喜哈哈大笑："魔镜不说假话，你问一千遍我也会这么回答你。"

长安从鼻子里哼了一声，表示自己不敢苟同，她拉开车门，下车，朝跑来接她的工区员工走了过去。

长安的表彰很实在，工区每名员工获得五千元奖金和项目竣工后集体旅游的奖励。

"噢！旅游喽！"

"耶！耶耶！"年轻人欢呼着扑向长安，长安见势不对，扭头就逃，可她哪里能跑得过这群活力十足的小伙子，没跑几步就被逮住了，接着就被他们用力抛向了半空。失重导致的晕眩感强烈到令她窒息，她从小就惧怕这种没有安全感的动作，所以她和秋千、游乐园的设施几乎是绝缘的。颠第一下的时候她的脸就白了，然后一直白下去。

等员工察觉到不对劲儿,把她放下来的时候,她整个人都在发颤,脸也惨白得不像话。

长安觉得头很晕,手抓着何润喜的胳膊,脚却像是踩在棉花垛上似的,一个劲儿地打软。

"经理,你没事吧?"何润喜看她这样也吓坏了,看到她眨眼睛,低声说"没事",他立刻就转头训斥这群不知分寸瞎胡闹的年轻人。其实何润喜也不大,还没结婚呢,可他训斥人的语气完全像是学校的训导主任一般,刻板而又严肃,被他教训的年轻员工一个个耷拉着脑袋,没了刚才活力四射的劲头。

"小何,不怪他们,是我的原因。"长安制止何润喜,向员工解释:"我害怕被这样举着,抱歉,吓到你们了。"

大家面面相觑,其中有人就说:"经理,我们看你天不怕地不怕的,以为你……怎么不会怕这种小儿科的举动。"

长安抚着额头,调侃说:"惨了,被你们发现我是个很怂的人,你们不觉得失望吗?"

"哈哈,失望啥呀,经理你这样,才像个正常的人嘛。"有人接口说。

"哦?那我以前不正常了?"长安眨眨眼。

那人赶紧摆手,脸涨得通红:"不,不,我不是那个意思,我是觉得你这样更好,大家伙儿有什么都敢跟你说!"

"是啊,经理你要多笑!"

"骂人也可以,但就是别不说话,你只要不讲话,我们的心就开始发毛了。"

"对对对,经理你不知道你沉默的时候就像冰山一样,人还没靠近你呢,就被冻住了。"

长安抿了抿嘴唇,哦,冰山。她知道了。

巡视完工区已是深夜,回到临时帐篷,长安正要洗漱,手机忽然响了,她按下接听键,走到门边:"是我,长安。"

电话里传出李振翔书记焦灼的声音:"不好了!K20桩号附近的路面出现大裂缝,导致一辆拉货车侧翻,司机重伤送医,你赶紧来一趟!"

事故远比想象中更加严重。受伤的当地司机已被送往宽查市立医院抢救,已经通车的沥青路上裂开一道一米多宽的缝隙,大货车侧翻横在公路中央,周围散落着大量煤渣和汽车零件,现场一片狼藉。李振翔书记不在现场,雷河南和几个人蹲在支着临时光源的裂缝周围,正严肃地讨论着什么。

见到长安大步走了过来,孔芳菲立刻起身朝她跑过去:"经理。"

长安看了看神色惶急的孔芳菲,心中一沉,拍拍她的肩:"别慌。"孔芳菲拉住她的胳膊,亦步亦趋地跟着她。

长安向先期参与救援的员工道了声辛苦,然后问雷河南:"李书记呢?"

"护送伤者去医院了。"雷河南在地上蹲久了腿脚酸麻,猛一起来,差点儿摔了。幸亏长安眼疾手快扶了他一把,他才勉强站住。

"没事吧?"长安紧张地看看他的脚。

雷河南摇头:"没事。倒是你要有个思想准备,伤者情况不大好。"

长安神色凝重地点头:"知道。你把情况详细说说。"

雷河南就把他所了解的现场情况向长安做了汇报。

这辆本地货车深夜行驶至K20桩号公路附近时路面突然开裂,司机刹车不及导致货车猛烈撞击路墩后侧翻,司机身受重伤,救出时已失去意识。

"同车的人说是道路裂缝导致翻车,我不能接受,我们修的路,难道是纸糊的吗!他这么说,明显是想讹人!"雷河南一生气嗓门儿就高,惹得周围的人纷纷朝这边张望。

长安没说话,而是蹲在地上,仔细看着面前这道一米多宽的裂缝,她用手拈了些沥青层下方的料渣,凑到灯光下看了看。

"你吼也没用,路是我们修的,他们不找我们找谁。雷公,而且我怀疑,这片区域的底基层有问题。"长安抬起头,目光严肃地看着雷河南。雷河南愣了愣,原本就纠结的眉头这下更是要拧在一起了。

当地负责处理交通事故的警察姗姗来迟,他们一边向目击者询问事故情况,一边用照相机拍照。

没过多久,监理方工程师乔恩斯赶到现场。因为此前教训深刻,这次他表现得非常理智和冷静,他没有武断地揪着某个不合规矩的错处不肯放,也没有态度恶劣地哇哇大叫,而是带着新招的助手在已经挖开的裂缝处停留了许久,才带着样本走了。

第二天,乔恩斯一大早就赶到项目工地,气势汹汹地冲进长安的办公帐篷,将样本化验结果拍在她的桌上:"这下你还有什么可狡辩的!"

长安拿起化验报告,低头看了几行,眉头便皱了起来。她抬起头,对何润喜说:"叫雷公过来。"

何润喜神色忧虑地看看她,快步走了出去。

长安拉开椅子:"坐吧。"又去角落拿了一瓶矿泉水放在桌上。

乔恩斯大喇喇地坐下,他抖了抖身上并不存在的灰尘,冷漠的眼神里似乎带有一丝得意,提醒长安说:"我建议你把布瓦力先生请到这里,省得你以后还要向他解释。"

长安想了想说:"暂时不需要。"

"我看很有必要。我已经把化验结果传真给他了,估计用不了多久,他就会主动联系你了。"乔恩斯耸耸肩。

长安扯了下嘴角:"另说。"接下来她继续翻看那份报告,直到雷河南满头大汗地进来。

看到乔恩斯,雷河南点点头,看着长安问:"你找我?"

长安把手里的化验报告递给雷河南:"你先看看这个。"

雷河南接过报告,低头看了下标题,脑袋嗡一下炸了。

"长……"

"看完再说话。"长安极少用这么严肃的语气同雷河南说话。

乔恩斯则抱着手臂,嘴角噙着一抹冷笑,看他们如何表演。

雷河南没等看完最后的结论,脸已经黑得像锅底一样了,他重重地将报告丢在桌上,指着乔恩斯问:"这是你拿来的?"

乔恩斯冷笑点头:"怎么,难道你质疑它的权威性?如果真是这样,那好办,你们可以自己取样重新去检测一次,看结果会不会有什么变化。"

乔恩斯对这个结果无比自信,因为他昨天取样时不仅仅只取了一个样本,而是多个,所以他拿到检测报告后才这么有底气,感觉能仗着这张纸一雪前耻。

"你就在这儿等着我们呢,是吧!"雷河南抬高音量,指着乔恩斯的鼻子,大声呵斥道。

乔恩斯朝后躲了躲:"你还想打人?"

"打你怎么了,你这种背后使阴招的卑鄙小人,我打你都是轻的。"雷河南抬起拳头,却被长安用力推到一边:"你疯啦,雷河南!"

"我就是疯了!我见不得有人污蔑质疑我的工作能力,他说base(基层)料不合格就不合格了,我还不认呢,我要求重检!重检!"雷河南涨红了脸,大声喝道。

何润喜听到声音跑进来,看到这一幕,不禁呆住了。

乔恩斯看着面前这个黑铁塔似的中国男人,起身,冷笑着说:"你们用材质不合格的破碎料作为base料施工,导致工程质量出现严重问题!这次的车祸,上次的塌方事故,在我看来,并不是毫无联系的偶然事件,我现在有充分的理由怀疑整个项目的base料存在严重质量问题,而你们,一直在用卑劣的手段欺骗业主和监理方!"

"你胡说八道!"雷河南大怒,想扑上去跟乔恩斯理论,却被长安和何润喜拉住。

乔恩斯退到门外,从衣兜里掏出手机,朝长安他们晃了晃:"我已经全程录像,我要立刻向国家公路局、向布瓦力先生反映这件事,同时向你们集团总部提出严正交涉!"

"乔恩斯先生,你不要冲动,我们可以坐下来好好谈谈。你放心,如果查出来是我们的过错,我们绝不会推卸责任,一定会负责到底!"长安追出去,试图说服乔恩斯。

可乔恩斯却冷酷地拒绝说:"不可能。我要让所有人看清你们的丑恶嘴脸,把你们赶出非洲市场!"

黑色吉普车在巨大的轰鸣声中远去,眨眼工夫便已消失无踪,蜿蜒的施工便道上只剩下一条昏黄呛人的灰尘带久散不去。

长安抚着头，忽然觉得自己头疼得厉害，这阵偏头痛比以往任何一次发作得都要猛烈，像是有把锤子在不停地敲打她薄薄的脑壳，一下比一下重，一下比一下疼。

"长安……"雷河南担忧地叫了长安一声，看到她黑黢黢的眼睛朝他望过来，却又尴尬得不知说什么好。

"进去吧。"长安指了指帐篷。雷河南跟着她进去。

长安把桌上的矿泉水瓶抛向雷河南，然后拿起桌上的检测报告，语气冷静地问："现在没外人了，你说吧，到底怎么回事？"

雷河南攥着沉甸甸的塑料瓶，拇指在商标那里用力摩挲了几下，猛地抬头，脸涨得通红说："我承认，K20桩号路段的破碎料的确不合格。可这是有原因的，你还记得吗，当时我们在这个路段基层施工时，因为合同规范要求过高，整个项目全线方圆三十公里内，硬是没能找到符合技术规范的石料，而咱们的技术人员在潜在料源地取样时，经常会遭到当地人的阻碍，导致因取样受阻而无法开展正常的征地工作，最终导致基层铺筑停工，你情急之下去找业主方和政府想办法，一连几天守在国家公路局，就差没住到人家家里去了，而你好不容易弄到的石料到达破碎站时，却被检测出材质不合格，既不能作为base料施工，又没法满足此段subbase（底基层）料施工量，如果弃之不用，必将给工程造成损失。"

雷河南拧开瓶盖，对着嘴就是一通猛灌，长安蹙起眉头，静静地看着他，等着他继续说下去。

雷河南抹了抹嘴，平稳了一下情绪，说："这事主要责任在我，是我不让小孔说出去的，而是采用国内施工时用过的法子，用破碎料与天然料掺和使用的优化方案继续施工，这样一来，不仅充分利用了已有的破碎石料，还能保证工程质量，而且工程结算时这部分款项也会按破碎料拨付，能挽回一大半损失。我承认，这件事是我欠考虑，事先应该和你商量一下，可你的倔脾气，我怕跟你说了，你再不管不顾地和甲方闹崩了，我们当时正在征地，需要他们出面协助，所以，所以我就……"

"所以你趁我不在，绕过监理方，私自做主更改了石料级配！"长安唰一下起身，指着雷河南，"你长没长脑子啊！这里是国内吗？行标能一样吗？况且我们出来代表的仅仅是龙建集团吗，我们代表的是中国，中国形象！雷河南，我请你，不，是命令你今后不要再瞎逞能了好吗？"

雷河南表情僵硬地看着长安："我会负全责。"

"你负责个屁！你给我回去反省，这几天你哪儿也不要去！"长安说完背过身去，不肯再跟他多说一句话。

雷河南抿着嘴唇，看了看长安单薄的背影，沉着脸，大步走了。

何润喜在门边刚露了个头就被长安看见了。

"你进来。"

何润喜哦了一声,轻手轻脚地进屋。

"你把孔芳菲找来,你们一人一台电脑,两天内,不管你们用什么办法,把国际国内所有关于不合格破碎料与合格天然料掺和用于base施工的成功案例找齐了给我!"长安抓起桌上的车钥匙,走了几步,又停住,看着一脸蒙的何润喜,说:"我去事故现场了,有事打电话。"

何润喜听到车响,才猛地回神,他追到门口,大声问长安:"经理,小孔会听我的吗?"

"会!"长安头也不回地答了一句,开车走了。

在去往事故现场的路上,长安又接到一个坏消息。李振翔书记从宽查市立医院打电话说受伤司机伤情严重,需要立刻转往首都国立医院治疗,家属在医院闹得很厉害,他独木难支,问说能不能再派个人过去。

"我马上安排人和车辆过去,还需要什么直接跟我说。李书记,辛苦你了。"长安说。

"辛苦啥,你们在家也不见得比我轻松,好了,不多说了,家属又来找我了。"李振翔书记匆匆挂了电话,长安联系何润喜立刻安排人员和车辆赶往宽查市立医院,等何润喜回复一切安排妥当后,长安才卸下耳机,重重地倒向车座。

真想就这样不管不顾地大睡一场,等醒来了,这些棘手的难题、扰人的烦恼就会像梦一样消散无踪。如果真能出现奇迹,那该有多好啊。

长安苦笑着撇了撇嘴角。靠了一会儿,她猛然睁开眼睛,挺直腰背,握紧方向盘,冲着前方低吼:"加油!长安!加油!"

长安来到事故现场,发现出事的地方已经被封闭起来,已经交付使用的路段也已限制通车。出事的货车已经被清障车拉走了,可煤渣还未清理,黑压压地堆在路上,小山似的,行走起来很是困难。

长安时不时地蹲下,用手机拍照,拍那些煤渣,拍土层、裂缝,以及沥青撕扯的痕迹,就连路缘石她也不放过。忽然,头上被一片阴影遮住。

"咔嗒!"长安按下快门。镜头里出现一片阴影,不过却是一个人的形状。

长安愣了愣,猛地回转身,惊喜地叫道:"严臻!你怎么来了?"

在她身后站着的头戴蓝盔的男人,正是许久不曾见面的严臻。

"我看到你的车。"严臻微笑解释,朝她张开双臂。

长安激动地眨了眨眼睛,像燕儿投林一样,脚步轻快地扑向严臻的怀抱。

严臻抱起她,转了几圈,才拥着她说:"怎么又轻了,是不是没好好吃饭?"

"吃了。"长安心虚地低下头。

严臻用手指刮了刮她的鼻子,故意皱着眉头说:"骗人之前先照照镜子,你看看你这憔悴样儿,都快变成黄脸婆了。"

长安摸了摸脸颊,苦笑着说:"现在哪儿还有工夫臭美。"

严臻朝事故区域的裂缝看了看:"看起来挺严重的。你呢,还好吗?"

长安仰起头,冲他笑了笑:"不是有你这个坚强后盾吗,我不怕。"

严臻目光灼灼地看着她,忽然低下头。长安紧张地四下张望,嗔怪道:"小心石虎他们看到。"

严臻一般来看她,都是趁着巡逻休息的几分钟时间,巡逻车通常离这儿不远,他也待不了多久。

严臻叹了口气,把她拽到怀里,紧紧拥住。长安抱着他,低声喃喃:"严臻,你好像变成了我的加油站。跟你在一起虽然只有短暂的几分钟,可只要这样抱抱你,我就觉得浑身充满力量,又有勇气去面对困难了。"

加油站?严臻愣了愣,他稍稍挪开身体,捧起长安的脸,目光温暖地看着她,说:"我是你的专属加油站,这一生,都只为你一人加油。"

隔天,大货车侧翻事故持续发酵,先是工程甲方宽查市公路局责令项目停工,后国家公路局又派出专家组到工地彻查事故原因。就连王向春,也打了好几个电话来过问此事。项目部笼罩在一片阴云之下,被搁置的工地,频繁的调查询问,受伤司机家属的无理取闹和百般刁难,整个项目部人心涣散,士气大挫。

每个关心 AS63 工程的人都在揪心,在疑虑,越来越严峻的形势,让人看不到任何希望。难道就这样认输?难道三年多来的拼搏与汗水就要化为乌有?

营地会议室气氛凝重,专家组成员都坐在座位上,但却默契地保持沉默。

组长布瓦力揉了揉胀痛的眉心后,盯着对面空出的座位问:"安经理还没来吗?"

"她肯定是心虚了,不敢来。"进来接受询问的乔恩斯得意扬扬地拉开椅子,坐下。

布瓦力蹙眉说:"如果查出来有问题,你恐怕也逃不了干系吧。"监理方负责工程质量验收,乔恩斯似乎忘了这一点。

"不,这事与我无关,当时负责验收 K20 路段的工程师是索布里先生。"乔恩斯耸耸肩,摊手说,"我是后来的。"

布瓦力点头:"哦,那照你这样说,你能对你验收路段的施工质量负责了?对吗?"

乔恩斯愣了愣,犹豫着回答:"当然,我当然能负责。"

布瓦力低头看着手里的调查资料,说:"调查内容显示,你是两个月前开始担任项目监理代表的,这期间的施工路段都是由你负责验收并在验收表上签名的,你一直反复强调并质疑安经理他们在破碎料上搞鬼,可你当时验收的时候,有查出什么问题吗?"

乔恩斯抖了抖嘴唇,低声嘟哝说:"他们诡计多端……"

"乔恩斯先生,请你注意措辞和态度。"布瓦力生气地挑起眉毛。

"好的,我注意。可是您要尊重事实啊,检验报告可不是我私人写的,上面有权威机构的公章,您不能忽视这一点。"乔恩斯辩解说。

"那也仅仅只能证明这一路段的级配不合标准,而不是全线不达标。"布瓦力说。

"这可说不准,毕竟您也不了解他们。"乔恩斯意有所指。

布瓦力抱着手臂靠向椅背,他看着面目阴沉的乔恩斯,顿了顿说:"等其他路段的质检结果出来后再说吧。"

取样检测需要时间,但最晚明天就可以拿到检验报告。

乔恩斯没有异议,问他可不可以离开。布瓦力点点头,乔恩斯起身朝门口走去。

"等等。"布瓦力叫道。

乔恩斯回头看着布瓦力,眼神里闪过一丝惊讶和困惑。

布瓦力看着他,语气低沉却又严肃地说:"在事实结果出来之前,我不希望听到任何诋毁乙方施工人员的声音,你也不例外,乔恩斯先生。"

乔恩斯眼尾的肌肉很明显地抽搐了几下,他攥紧拳头,声音冰冷地回答:"好的。"

长安此刻正在用力拍打着雷河南宿舍的房门。"咚咚!咚咚咚!"

"雷河南,开门!我知道你在里面!你给我开门!"长安瞪着布满血丝的眼睛,拳头一下又一下砸向紧闭的房门。

"你不开是吧!行,那我找人砸开!"长安转身就走,可刚走了两步,就听到身后传来响声。她唰一下转身,几个大步走到门口,抡起拳头就照着门里那个黑乎乎的影子砸了过去。

"你可真出息!遇到点儿破事就准备逃跑,你还算个男人吗?"长安厉声呵斥被她拳头砸得踉踉跄跄后退的雷河南。

雷河南低着头,转身,径直朝屋里走去。长安追上去,拉着雷河南把他朝椅子上一推,然后拿出兜里雷河南写的辞职信,还有布瓦力先生交给她的所谓的"认罪书",嚓嚓几下撕掉,用力扔向雷河南:"你以为写这几张破纸,你就高尚了,你就良心可安了!我告诉你,没那么回事!雷河南,且不说这事谁对谁错还没定论,就算是最后捅破天,你也给我好好待着,处分谁,谁来担责这不是你说了算的,我还活得好好的呢,你甭想自以为是,越过我干些不可救药的蠢事!"

雷河南被骂得抬不起头来,他盯着地上、身上那些零零碎碎的纸屑,闭了闭眼睛,忽然抬头吼道:"我见不得你给我擦屁股,行不行!我见不得乔恩斯那混蛋趾高气扬地狂吠咬人,行不行!我,我辞职,我承担一切责任,要我赔偿还是坐牢,都来找我雷河南,别他妈的找你的事!"

"你承担个屁!你能承担什么?我把你带来的,也要毫发无损地把你带回去,不仅仅是你,这里每一个龙建员工,我都要把你们安全地、有尊严地带回去。尊严,你懂吗?

你以为辞职认输就是保护我们,捍卫我们的尊严吗？告诉你,你大错特错,我们从来都是一个密不可分的整体,一荣俱荣,一损俱损,谁也别想把自己择出去！出了事不可怕,可怕的是人家还没把我们怎么样呢,咱们自己却厌了。雷河南,你真的认为你是错的？你对自己就那么没信心？"

"我有！我有信心！可我不想让你为难,你懂吗？小何说你几天几夜没睡,工友付出的劳动和汗水被人质疑,我忍不了,我……"雷河南神情痛苦地抱住头,用力揉搓起来。

"忍不了也得忍！"长安上前抓着雷河南的手,强迫他看着自己。

"你别瞪我,你就算吃了我,我还是得让你清醒过来！你说你有信心,好,那你就用你一百二十分的信心去证明你自己,你不是懦夫,你是来自中国的优秀土建工程师,你要用事实,用无法辩驳的事实去证明自己,你听清楚了没有！"

雷河南神色复杂地看着长安,半晌,点点头:"我该怎么做？"

长安的眼里闪过一丝恼火,她瞪着雷河南,大声说:"听好了,你现在就去找小何他们,争取在明早之前把我要的资料数据找齐了给我,这就是你目前该干的正事！"说完,她丢开雷河南,转身就朝门口走去。

"你去哪儿！"

长安头也不回地摆摆手:"管好你自己。"

夜晚的风吹在身上不觉得凉爽,反而燥热窒闷,长安在屋里转了几个来回,干脆拉开门出去了。

会议室那边还亮着灯,走近了,还能听到雷河南扯着大嗓门儿正在训斥小何。长安知道雷河南心里憋着气,可她又何尝不是如此。工作以来,她还从来没遇到过这么大的挫折。这种挫败的感觉让她很不舒服,甚至觉得窝囊。这些年,她靠优异的工程质量稳扎稳打地走到今天,没想到代表国家、代表企业走出国门,却偏偏在她引以为傲的工程质量上栽了大跟头。

隐隐觉得哪里不对,可千头万绪的,她几乎没有时间去探寻缘由。她让雷河南搜集整理此类施工先例的资料,是想用事实搏出一线生机,可国内行得通的办法到了这里,却未必能够被布瓦力等专家认可。可即便如此,她也不愿放弃这最后的希望。

长安步履沉重地走到车前,打算去出事的地方再看一看。

"叮！"打开车子中控锁,刚拉开车门,就听到有人喊她。"经理,你要出去吗？"车尾部站起一个人影,定睛一看,竟是她的司机拉卡。

虽然是晚上,可拉卡仍旧穿着蓝色的工装,他的肤色融入夜色,眼睛却亮闪闪地看着长安。

"拉卡,你怎么在这儿?"长安惊讶地问。

"我想,你可能会用车。"拉卡指指车子,又指指长安,"你看起来很累,我想帮你。"

长安怔住了,看着朴实的拉卡,鼻子忽然酸得厉害。

"不用,你回去休息吧。"长安说。

拉卡却摇摇头,绕过车子拉开副驾驶的车门:"经理,请上车。"

长安犹豫了一下,还是绕过去上车,然后问拉卡:"要车钥匙吗?"

拉卡边走便露出洁白的牙齿:"我有钥匙。"

汽车在黑暗的公路上行驶,车灯在远方投下一束狭长的光柱,远处的坎贝山像一头巨兽蛰伏在路的尽头。

长安降下车窗,晚风夹杂着乡野的气息拂面而来,她深深地吸了口气,用手指撑着额头,注视着公路旁一闪而逝的路桩。

拉卡担忧地看看她,用不大流利的中文说:"经理,你们中国有句话叫,车到,到山前有,有……"

"车到山前必有路,人到桥头自然直。"长安接过话,笑了笑,问拉卡,"谁告诉你的?"

拉卡弹了弹方向盘:"对对,就是这句话,赵师傅说的。刚才在餐厅吃饭,有人说丧气话,赵师傅就用这句话教育他们。"

赵铁头。长安笑了笑,拍拍拉卡的肩膀,看着前方的公路,问道:"拉卡,工程结束了,你打算做什么?"

拉卡是家中的主要劳动力,他一个人赚钱养活家中十几口人。

拉卡凝思想了想,说:"我还没想好,不过,我不想放弃开车,可能还会去找一份类似的工作吧。"

长安点头:"明年中国的水电企业要来索洛托修水电站,如果你愿意去那里工作,我会为你写推荐信。"

拉卡愣了愣,随即激动地欢呼起来:"真的吗? 那太好了! 我去,我去!"

"经理,我非常感激你。噢,我太高兴了,村子里的人知道我交了好运,肯定要嫉妒我!"拉卡兴奋地说。

长安微笑:"这是你自己努力的结果。哦,对了,你知道其他人是如何打算的吗?"

项目即将竣工,技能学校不可能照顾到每一个非洲雇工,那些没有证书的劳务人员,他们今后的就业是个大问题。

"可能会去附近的矿山找活儿干吧,听说有人到镇子上招人了。"拉卡说。

"矿山?"

拉卡点头,解释说:"我们这里有煤矿,因为打仗停了很多年,最近又开始挖了。"

煤矿？长安的脑海里忽然掠过一堆堆黑色的煤渣和侧翻的大货车。

"煤矿的车辆都会走我们的公路吗？"长安直起腰问。

"以前走的是专用通道，离这里不远，但我听村里的人说，那条路被洪水冲毁了。他们没路走，肯定要走我们这边。"拉卡说。

刚刚过去的雨季由于雨量过大引发两次山洪，项目部和维和步兵营曾联手救助被淹村庄的灾民。

"呜呜呜……"忽然，前方禁行路段传来汽车发动机的轰鸣声。

拉卡放慢车速，盯着对面行驶过来的一排大货车，惊讶地叫道："经理，你看！"

长安已经看见了。她让拉卡把车停靠在路边，然后打开手机，录下了这一段货车车队疾驰而过的画面。

等车子走了，长安走到公路中央，蹲下，用手指拈起地上掉落的黑色煤渣，眉头紧紧蹙起。

"经理，这儿危险，还是回车上吧。"刚才那些违章大货车行驶的阵势太大，车速又太快，拉卡担心长安这样站在路中央会出危险。

长安起身，跟着拉卡回到车上，她打开手机，回放刚才录制的视频。反复看了几遍，她忽然指着屏幕，问拉卡："你看出有什么异样吗？"

拉卡眼睛一眨不眨地盯着屏幕："经理，倒回来一点儿。"长安把进度条朝后拉了点儿。

"这些车有问题！经理，它们不仅违章上路，还超载！"拉卡大声说道。

对，就是超载。长安的眼睛忽然燃起光亮，她赞许地看了看拉卡，指着前方说："走，去你说的矿山。"

"好。"拉卡用力踩下油门，银色的越野车像箭一样划破漆黑的夜色疾驰而去……

深夜，一辆外出执行任务的巡逻车缓缓驶入蒙特里基地。车子在营区内停下，严臻回头看了看面露倦色的战士们，说了句"就地解散"，开门下车。

石虎慢吞吞地下来，接着是廖婉枫。石虎不知犯了什么邪，下车后竟呆站在那里，一动不动地，廖婉枫紧随其后，一不留神就撞上了。

"喂！你怎么不走啊！"廖婉枫捂着又酸又痛的鼻子，气势汹汹地瞪着石虎。

石虎回过神，赶紧作揖道歉："女神，我错了，你打我一下吧，掐我也行，让你解气。"

石虎伸出胳膊表示诚意，却被廖婉枫嫌弃地避开："你烦不烦，生怕别人不知道你谈恋爱了，是吧！"

石虎嘿嘿一笑，说："我这不是老大难嘛，好不容易有姑娘肯正眼儿瞧我，我不得好好珍惜啊。"

廖婉枫揉揉鼻子,撩起眼皮斜了石虎一眼,说:"修路的那位?"

"啥修路的那位,人家是未来的技术工程师,你也太不尊重人了!"石虎皱眉辩解道。

"啧啧,看来是真爱啊。"廖婉枫咂咂嘴说,"可人家热恋不都是蜜里调油,脸上自带傻笑的那种,到你这儿怎么魂不守舍的,我观察你一天了,别说傻笑了,你笑都没笑好吧!"看石虎耷拉着脑袋不吭声,廖婉枫凑过去问:"怎么,吵架了?"

"我倒是想吵啊,可她电话关机三天了,我想吵也找不到人。她以前再忙也会开机,现在联系不上一定是出啥事了。可她事先也该跟我打声招呼啊,我又不是外人。"提起这桩让他耿耿于怀的心事,石虎就压不住憋了几天的怨气。

廖婉枫扑哧笑了,她指着石虎,指尖点了点,嘲讽说:"哦,我明白了,原来你得的是相思病啊。"

"你才得病了呢。"石虎反唇相讥。

"咻!懒得搭理你!"廖婉枫摆摆手,走了几步,又停下,回头看着石虎说,"你傻啊,赶紧去巴结你们连长啊,你小女友电话打不通,她顶头上司的电话总打得通吧!"

石虎愣了愣,随即激动地跃起,右手用力朝空中一挥:"谢谢女神提醒!"

廖婉枫笑了笑,朝一旁挪了两步,给龙卷风一般从她身边掠过去的石虎让开通道。没过一会儿,前方就传来忽高忽低的交谈声和笑声。石虎可能如愿以偿了吧,居然不顾形象地欢呼起来。

廖婉枫在原地站了一会儿,之后转了个方向,朝一旁的操场走了过去。她想散散步再回去休息。

这几个月来,她主动争取工作机会,加大工作频率,就是不想落于人后,被人时刻照顾,当特殊人物对待。她是女的没错,但首先她是名军人。经过这些日子的努力和坚持,她发现不仅仅是严臻对她和颜悦色了不少,步兵营的战友们对她的态度也来了个一百八十度的大转变,以前大家对她是敬而远之、畏而远之,连开玩笑都避着她,可现在不会了,无论是在营区,还是在巡逻路上,都会有人主动跟她聊天。像刚才和石虎开玩笑,放在以前那根本是不可能的事,可现在却可以了,而且她觉得也没什么不自在、不自然的。

和严臻相处得也很融洽,自从他们把话说开,把关系捋直了之后,那些假想的什么尴尬、什么冷战的情况统统没有发生,一切都好好地在轨道上行驶,人生的列车也没有翻覆毁灭。当然,失落的情绪偶尔还是会跑出来闹腾一下,但杀伤力已经可以忽略不计。

廖婉枫苦笑着张开手臂,仰面朝天,深深地吸了口夜晚清新的空气。

"廖翻译?"身后忽然传来一声似曾相识的叫声。

廖婉枫一口气卡在嗓子眼儿,噎得她咳嗽起来:"咳咳!咳咳咳!怎么……是你们……"她看着路灯下面站着的几个人影,惊讶地说。

刚才出声叫她的是曾和她在联欢会上合作表演乐器的雷河南,他身边还站着两个人,两个女人。一个熟,一个一般熟。一般熟这位,有个人肯定特想见。

这么晚了,他们怎么来了?

"我找严臻有急事,他们一定要跟着,就一起来了。"长安指了指身边的两个人。

廖婉枫抬起手,打了声招呼,然后面带微笑地对长安身边的小姑娘说:"你是石虎的女朋友吧?"

孔芳菲点点头:"昂。"

"你赶紧过去找他吧,他正在那边害相思病呢。"廖婉枫朝右手边指了指。

说完,廖婉枫又看着长安:"你要找的人也在那边。"

孔芳菲一听石虎就在附近,激动地说了声"我去了",转眼就跑没影了,长安对廖婉枫说了声"谢谢",然后看着雷河南说:"我们过去吧。"

雷河南却摇摇头:"你去吧,好不容易见一面,我就不过去讨人嫌了。"

长安瞪着他:"那你跟我来!"

雷河南摸摸后脑勺,指着操场:"我就在这儿转转,等着你们。慢慢来,不用着急。"

长安嘴里嘟哝了句什么,声音太低,谁也没听清。她说了声"我走了",就朝孔芳菲离开的方向走去。走了没几步,身后却传来廖婉枫的叫声:"长安,你等等。"

长安停下,转身,看着大步朝她走过来的廖婉枫:"有事吗?"

廖婉枫点点头:"有点儿小事想麻烦你。"

"你说。"

廖婉枫犹豫片刻,看着长安说:"你能不能给我哥打个电话劝劝他,让他跟我嫂子复婚。"

廖荇翙、马晶?让她打电话。长安沉默,没有立刻回答廖婉枫。

廖婉枫以为她不愿意,就扬起声调,不满地说:"你不要以为他们离婚跟你没关系!我告诉你,自从我嫂子替你做了人流手术以后,我哥就跟她别扭上了,后来他们虽然生了孩子,可你的事就像块瘤子长在他们的婚姻里,直到有一天,这瘤子耐不住压力破了,他们就……离了。我嫂子其实很爱我哥,她前几天喝多了给我打电话,还在哭着说茜茜可怜,对不起孩子。我哥他这个人什么都好,就是太倔,又重情义,当年的事是他心里的一根刺,是他始终迈不过去的一道坎儿,所以任凭我怎么劝他,他都不吐口。我知道,他对我嫂子也没忘情,不然的话,也不会半夜三更借着看孩子的由头去我嫂子家。"

廖婉枫喘了口气,恳求长安:"你现在和严臻和好了,是不是也该帮帮他们了,俗话说,解铃还须系铃人,或许你的话,我哥他愿意听呢?"

长安低头沉思了一会儿，抬起头，看着廖婉枫，说："那我抽空和他联系一下，他电话号码没变吧？"

　　"没有，还是那个号，不过得多打几次，他现在是急诊中心主任，工作起来不要命的。"廖婉枫说。

　　长安点头："我知道，他以前也是这样。"

　　廖婉枫笑了笑，说："你去吧。"长安摆摆手，转身走了。

　　廖婉枫目送长安离开，才叹了口气，准

　　她顿时感觉有些不自在，摸了摸手腕，质问雷河南："你偷听？"

　　"不是故意的，只是恰巧路过而已。"雷河南说。

　　廖婉枫瞪了他一眼："恰巧？真的？"

　　"真的。"雷河南目光坦荡地看着她。

　　廖婉枫怔了怔，避开雷河南的目光，语气冲冲地说："你对她还没死心？"

　　雷河南轻蹙眉头，沉默地看着她。

　　廖婉枫低声冷笑："她有什么好的？惹得你们一个两个都对她念念不忘。"

　　严臻也就算了，这个五大三粗的工程师居然也这么执着。上次演出的时候无意中发现这个秘密，她当时挺同情雷河南的，觉得他们同病相怜，像一对难兄难弟在崎岖的情路上吃尽苦头。幸运的是，她痛定思痛后大彻大悟，主动选择放弃不属于她的感情，成功跨过人生这道难关，现在回头看看，觉得自己就像是做了一场梦，那么不真实，那么……不爽。

　　廖婉枫竖起脚尖在地上猛踢了几下，直到把地面踢出一个坑，才悻悻地抬起头，质问雷河南："怎么，戳到你痛处了？话也不敢说了。"

　　雷河南看着她："不是你想的那样。"

　　廖婉枫哼了哼，显然不信。雷河南笑了笑，觉得根本没有解释的必要，他说了声"随便你"，便沿着操场跑道慢悠悠地走了。

　　"雷河南！"没想到廖婉枫会追上来。

　　雷河南瞥了她一眼："你不回去睡觉？"

　　廖婉枫摇摇头："睡不着。"

　　两人互相看了看，默默朝前走去……

　　长安走了没多远，就看到前方出现一抹高大挺拔的人影。

　　"严臻？"长安试探地叫了声。

　　对方扬起手臂，朝她挥了挥。皎洁的月光下，穿着草绿色作战服的严臻正迈着坚定沉稳的步伐朝她走来。看着越来越明晰的脸庞，长安的心禁不住开始荡漾，脚也不听使唤了，自动加速朝他跑了过去。严臻笑吟吟地张开双臂，站在原地等着她。

长安在严臻眼前定住,气喘吁吁地看看周围,才上前抱抱他。严臻浓眉一挑,拉着她的胳膊,不满地说:"不够。"

"喂,你……"长安笑着朝一边躲,严臻却还是把她搂到怀里,抱了一会儿,才恋恋不舍地松开。

"严臻,我找你有正事。"长安敛了敛笑容,正色说道。

严臻点点头:"知道,要不你也不会这么晚来找我。可你手机怎么回事?"

手机?长安从口袋里掏出手机,按了按,屏幕却毫无反应。

"应该是没电了。"长安把手机塞回口袋,拉着严臻的胳膊,"你说你认识地方警察局的人,能不能帮我个忙?"

严臻点头。

"我还没说啥事呢,你就点头。"长安忍不住翻了个白眼。

严臻笑呵呵地摸摸长安的头发:"老婆大人好不容易求我一次,我完不成也得想方设法完成。"

长安满意地微笑:"这还差不多。"

"说吧,什么事?"严臻牵起长安的手,朝路灯下走去……

第二天下午,营地会议室,专家组召集工程甲、乙、监理三方负责人召开最后一次碰头会,之后就会正式公布调查结果。会议时间已经到了,可摆有乙方代表名牌的位置依旧空着。

"布瓦力先生,我说得没错吧,她就是因为心虚,所以今天也不敢露面。"乔恩斯抬起下巴,态度傲慢地说。

索布里看了看乔恩斯,低声警告说:"你不要太过分了。"

乔恩斯撇撇嘴,冷笑着说:"我过分吗?索布里先生,你可不要冤枉我。"

索布里蹙起眉头,忍不住在心里骂了句脏话。这个忘恩负义的乔恩斯,竟不顾他的提携之恩,向政府部门工程质量监督站告状,污蔑他伙同长安,在施工中以次充好,引发重大事故。为了洗清冤屈,他无奈中断手里的工作,从几百公里外的施工现场赶回林贝镇参加会议。

索布里正要答话,却听到布瓦力开口说:"再等一分钟,如果安经理还不出现,那我们……就开始。"乔恩斯嘴角露出一丝冷笑,索布里狠狠地瞪了他一眼。

时间一分一秒过去,布瓦力端起杯子,喝了一口咖啡,他低头看了看表针,忍不住蹙起眉头。

"嗒嗒……嗒嗒嗒……"外边的走廊上传来一阵清脆而又急促的脚步声。

布瓦力眉头跳了跳,直起腰,索布里和乔恩斯转过头,盯着敞开的大门。一抹修长窈窕的身影从门外走了进来,长安一边擦汗,一边向屋子里的人道歉:"抱歉,我来晚了!"

布瓦力面无表情地点点头:"请坐。"

长安走到座位前,把手中的资料袋放在桌上,然后拉开椅子,稳稳坐下。她身边坐着索布里,紧挨着索布里坐着的是乔恩斯。索布里看着长安欲言又止,表情关切,长安轻轻摇摇头,暗示他自己没事,不用担心。乔恩斯则维持着一贯阴鸷傲慢的做派,他狠狠地盯了长安一眼,身子朝后倾斜,靠在椅背上。

布瓦力清清嗓子,开口说:"现在公布检验报告的结果。"

之前因为怀疑项目其他路段也存在破碎料材质不合格的情况,所以从不同路段取了十份样品去权威机构检验。检验结果上午送达专家组,除了布瓦力等人,谁也没看过报告。

"十份样品全部合格达标,不存在K20+300路段base料不合格的问题。所以,之前怀疑工程全线存在质量问题的推断……"布瓦力顿住,扬起手里的检测报告,神情严肃地说,"不成立。"

"这不可能!一定是检错了!"乔恩斯猛地站起来,面红耳赤地大声说道。

布瓦力皱着眉头,瞪着胡搅蛮缠的乔恩斯:"这份报告和你提供的报告出自同一家检测机构,你否定它,是不是也在否定你提供报告的真实性!"

乔恩斯的脸涨得很红,鼻孔里喘着粗气,显然是不甘心。可事实胜于雄辩,最终他选择妥协,沉着脸重重坐下。

长安却在这时站了起来:"布瓦力先生,各位专家,关于K20+300处道路裂缝事故,我想为施工方澄清一些事实。"

澄清事实?会议室短暂静默后,响起一阵议论声。

乔恩斯面色阴沉地瞪着长安,厉声叱问说:"你又想搞什么阴谋诡计!"

面对乔恩斯的指责,长安依旧镇定从容,她转过头,目光清澈地看着乔恩斯,说:"我这个人没什么优点,但唯一能拿得出手、能说得出口的,就是做人行事光明磊落这一条。我不屑,也绝对不会像某些人,专会在背地里使阴招。"

"你……"乔恩斯指着长安,气得双手打战。

布瓦力双手下压,平息事态。乔恩斯还想说什么,却看到布瓦力瞪了他一眼,用极为严厉的口吻训斥他:"乔恩斯,你要是再扰乱会场秩序,就请你出去!"乔恩斯脸色变了变,悻悻然闭上嘴。

"安经理,请说吧。"布瓦力示意长安开始。

长安点点头,然后冲着门口叫了声"小何",然后屋里的人就看到长安的助理何润喜拎着一个笔记本电脑走了进来。

"我需要用一下投影仪。"长安说。

得到允许后,何润喜把电脑连接上投影仪,又放下幕布,然后关掉主要光源后退出会议室。

长安拿起翻页笔,按了一下,投影幕布上出现中英文对照的一行字:

AS63项目K20+300道路裂缝事故详解

"请大家看屏幕,这是事故现场的图片,这是出事的货车,以及从车斗内倾覆的煤渣。今早,这些煤渣由质监站人员称重,共计十一吨。经过处理事故的警察确认,这辆货车的应荷载重量是四吨,可它的实际荷载量却达到十二吨之多!大家看这张,这张图上的黄色牌子是AS63路段限制超载车辆上路的禁行牌,但是据我所知,雨季开始后,这个禁行牌便形同虚设。大家再看,这是我昨晚在已经封闭的AS63公路上拍摄到的视频画面。"长安按下播放,很快,屏幕上就出现了七八辆明显超载的货车从公路上疾驰而过的画面。

"怎么会这样!""之前怎么没发现?"专家组成员面面相觑,低声议论起来。

长安按了下遥控器:"大家再看,这条狭窄不平的砂石路就是运煤便道,但是这条路却被这一季的雨水冲断了,这是现场图,虽然夜里像素不够,可依旧能看到毁坏的路基和一个个坑洞,而且它距离K20只有不到一公里。大家继续看视频,这段视频是我和司机在林贝镇附近的煤矿拍摄到的画面,这些超限超载的货车为了躲避罚款,选择在深夜出发,他们沿着运煤专线行驶至K20附近拐道驶入设有禁行牌的公路,看,这就是它们上路的画面。我们一直跟踪他们,发现他们会在K21桩号附近下路,沿着之前的运煤便道继续行驶。短短的一公里,神不知鬼不觉,他们既避开了交管部门,又避开了我们施工方,但他们没想到的是,这种恶性循环的方式会严重破坏公路生态,最终让他们自食恶果。大家再看下一张图,这道裂缝,恰好位于超载车上路的起始端,沥青撕裂痕迹极重,很明显正是交通量剧增、大型运输车辆超载等原因造成路面过度疲劳,从而产生的疲劳裂缝。也就是说,K20事故是由于这些超载货车违章上路引起的,而并非之前怀疑的base料中破碎料材质不合格!"

"安经理,你在诱导事实!转移视线!"乔恩斯噌一下站起,指着幕布上的图片怒道,"你找的这些乱七八糟的视频和图片,谁能证明是真的?"

"我!我能证明!"会议室的门开了,从外面走进来几个人。

说话的正是严臻,只见他目光凌厉地扫过乔恩斯,指着身边两名穿着警服的男人说:"这两位是处理这起交通事故的警官,刚才的图片就是他们提供给长经理的,还有视频也经过警方认定,并非长经理杜撰拼凑而成。这位是涉事司机所在煤矿的主管,他已经承认货车超载的事实,并愿意承担一切后续责任。"

"我插一句,事故车的检测报告也出来了,是货车超载两倍压断车轴导致车辆失控侧翻砸向路面,而非道路出现裂缝酿成车祸,之前那个说谎的当地人已经被我们带回去调查了,刚刚传来消息,他已经向警察承认说谎的事。"警官说。

一时间,会议室里静了下来。谁也没想到事件竟来了个大反转。

长安也没想到,关键时刻严臻竟会像拯救世界的大英雄一样出现在这里帮她。他不仅请来了处理事故的警官,还把那个黑心矿主也带来了。

看似简单的事情其实做起来非常难,这十几个小时,他肯定一眼没眨,净为她的事奔波。

灯亮了。看到严臻眼底的血丝和黑眼圈,长安鼻尖泛酸,心情复杂地望着他。严臻冲长安眨眨眼,用眼神暗示她别大意,接下来,还有仗要打呢。长安轻轻颔首。

果然,沉寂了一阵后,乔恩斯又开始对长安发难,将矛头转移,指向之前那份检测报告,指责她以次充好,弄虚作假。

长安低下头,冷静了一会儿,然后拿出袋子里打印好的资料,亲自发给布瓦力等人。

"我承认,K20base料中破碎料的材质的确不合格,但是这批石料却是我和桑切斯去首都磨了一周,硬是从别的工地项目上抢来的石料。我不用多说,你们也清楚,料源紧张一直是困扰 AS63 项目的难题,布瓦力先生,这点您应该深有体会。"长安看着布瓦力。

布瓦力点点头:"抱歉,没能给你们提供合同中所列举的施工资源。"索洛托实在是太穷了,资源也匮乏,当初征地保证石料供应就颇费了一番周折。

"我们的工程师为了减少损失,采取中国的施工方法,也就是用把破碎料与天然料混合的级配方式进行施工,这个优化方案经过反复论证,有很多成功先例,大家可以看看我发给你们的资料,这些优质工程,都曾用过这个优化方案,截至目前,这些公路没有一例因为破碎料材质不合格出现质量事故。我说这些并不是为我们辩解,毕竟中国国内标准和非洲会有不同,而且不征求布瓦力先生、索布里先生同意就按照优化方案进行 base 施工,是我们的错,但我恳请专家组能够尊重事实,尊重科学,最大程度地还原事实真相。"长安说完,轻轻呼出堵在胸口的浊气。

此刻,长安头脑清醒,心情也变得极为平静。因为她已拼尽全力,无论等待他们的是什么样的结果,她都能做到坦然接受,没有遗憾。

三天后,专家组在宽查市会议厅召开新闻发布会,公布调查结果。

"经查,AS63公路 K20+300 道路裂缝事故是由于超载超限货车压断车轴导致车祸并压毁路面所致,而非施工质量原因。AS63项目自开工以来,严把质量关,不断优化技术方案,提高设备利用率,合理配置资源……

"现在我宣布,AS63项目恢复施工!"

"耶!我们赢了!"

"噢!噢噢!!"

营地内一片热闹欢腾的景象,不同肤色的员工紧紧拥抱在一起,长安又一次被激动雀跃的员工抛向空中。

看着脸被吓得灰白一个劲儿求饶的长安,雷河南不禁扑哧一笑,低头揉了揉泛酸的鼻子。肩膀一沉,他愕然转头,却看到神采奕奕的严臻正微笑着望着他。

严臻拍拍雷河南的肩膀,走到他身边,站定,和雷河南一样,眉目舒展地望着那个狼狈又可爱的女人。

"对她好点儿。"雷河南忽然蹦了一句。

严臻瞥了他一眼:"不用你提醒。"

"我怕你忘了,你之前不就……"雷河南住口,胡乱摆摆手,说,"抱歉,我胡言乱语。但你记着千万别给我留机会,再有下次……"

"不会。"严臻看着他,一字一顿地说,"你死心吧。"

雷河南愣了一阵儿,之后摸着鼻子悻悻地说:"最好是这样,不然的话我不会放过你!"严臻笑了笑。

"这次的事,谢谢你啊。"雷河南别别扭扭地撞了严臻一下。

"我帮我老婆,又没忙你,你别自作多情。"严臻斜了他一眼。

雷河南被呛得一阵脸红,可想了想,却扑哧笑了,他叹了口气说:"反正这次我欠你们一个天大的人情,日后有什么需要你尽管说,好让我赶紧还了债,也能安心睡觉。"

严臻想了想:"还真有……"

雷河南呆了呆,真有!这严连长还真不跟他客气。

"那你说呗。"

严臻挠挠鼻尖,朝周围看了看,指着一处僻静的地方:"去那边,去那边说。"

"搞啥啊,神神秘秘的,就在这儿说呗。哎,哎哎!你等等我!"看严臻已经抬脚走了,雷河南赶紧跟了上去……

第四十五章　盛世长安

　　上海。淅淅沥沥的冬雨下个不停，小天才幼儿园外挤满了前来接孩子的家长。放眼望去，各色雨伞下，大多是祖父母或是外祖父母辈的老年人。

　　廖荇翙开车在幼儿园附近兜了几个来回也没能找到停车位。一看开园时间就要到了，他不禁急得砸了下方向盘。

　　"嘟嘟！"车前方的一对老夫妻被刺耳的喇叭声吓了一跳，老人伸出食指指着车里的廖荇翙，神色不悦地说着什么。廖荇翙降下车窗，探出头去，态度恭谨地说了声"对不起"。老夫妻虽然不高兴，可还是朝他招招手，示意他们没事，然后手牵手走了。

　　雨下得挺大，探头的工夫头脸就湿了，廖荇翙赶紧缩回脖子，用手拨了拨头发上的雨水，郁闷地说："早知道不开车了。"

　　今天是女儿茜茜四周岁生日，他特意请了半天假回家洗了个澡换了便装来幼儿园接女儿庆祝。往年女儿过生日，都是马晶的父母订好饭店，他去露露面就行了，可今年，他却想尽到做父亲的责任，亲自为女儿操持一场生日会。饭店是一个月前订的儿童主题餐厅，为了能订到包间，他甚至拉下脸去找他的病号帮忙，餐厅地点他几天前用微信发给马晶了，他还发消息说他会来接茜茜，然后带她去餐厅。马晶过了一天才回复他，内容只有一个字：好。

　　其实没离婚前他们也不像别的夫妻那样整天黏在一起，两人虽说在同一家医院工作，可工作性质特殊，各自忙各自的，几乎没什么见面的机会。离婚后就更不用说了，真想在医院躲什么人，一年都见不上一次。

　　但是不久前，廖荇翙无意中听急诊中心的护士八卦说马晶医生有男朋友了。那个神秘男士虽然长得不如廖医生英俊，但也是风度翩翩，对马医生尤其体贴，值夜班送饭、下班充当车夫，随叫随到，看来是好事将近。不知怎么的，听了这些八卦后他就像是中邪了一样，干什么事都不顺，脾气也暴躁得要命。急诊中心的护士见了他都躲着走，直到有一天，他在医院门口见到了八卦中的两个人。

那也是个雨天，雾蒙蒙的大门外面，一个儒雅英俊的中年男人从车上下来，打着伞，面带微笑地走向路边的马晶。廖荇翊看到马晶也在笑，温婉愉悦的笑容是他从未见过的，哪怕是新婚甜蜜的那段时期，他也从未在马晶的脸上看到过这样自然的发自内心的笑容。那一刻，他的心里涌上一阵复杂难言的滋味，嘴里发苦，连呼出的气儿都似乎夹杂着火星儿。

回到急诊中心也不消停。一对来看病的情侣吵架，闹得诊室乌烟瘴气。廖荇翊被强迫着听了几句，原来是男方怀疑女方喜欢别人，当众斥责女友行为失检，女方呜呜咽咽地骂男方嫉妒、小心眼儿，根本没影的事就跟这儿闹，男方心软了，抱着女方哄劝，承认是他嫉妒心在作祟，可谁让他太爱她了，见到别人跟她说话，他就受不了。听着听着，廖荇翊坐不住了。冷汗噌噌朝外冒，不一会儿，整片脊背就湿了。这个小伙子说的不就是他嘛。这些日子以来他表现出来的失常行为，也都在这对斗气的小情侣身上找到了答案。他哪里是疲累引起的情绪紊乱呢，明摆着就是嫉妒嘛，他听说马晶有了男朋友嫉妒，亲眼见到了更嫉妒，而且有个认知更令他感到心惊，那就是他还爱着马晶，这个念头一冒出来，就像是撒在心里的一捧草籽，遇见合适的环境就疯狂生长起来。

"嘟嘟！"车后传来几声刺耳的喇叭声。廖荇翊回过神，朝后面望了望，车玻璃上挂满雨水，只能看到一片黑色的影子。他踩下油门，慢慢朝前开。

右前方有辆车驶离，廖荇翊心中暗喜，正要把车子靠过去，谁知车后喇叭声狂响，而且越来越嚣张，他闭了闭眼睛，猛地踩下刹车，拉开车门，朝后面那辆黑色奥迪走了过去。

"咣咣咣！"他用力敲敲车门。没过几秒，贴着黑色太阳膜的车玻璃降下来。"对不起啊，我们急着接孩子，这车位能不能让给我们？"

廖荇翊低头一看，不禁愣了愣。驾驶位上这个梳着三七分头的中年男人，不正是马晶那个男朋友吗？廖荇翊朝后退了一步，微微弯腰，朝坐在副驾驶位上的女人看过去，然后哧一声笑了。他拨弄着已经被雨水淋湿的头发，冷笑着说："不让！"

就在廖荇翊和马晶的男朋友为了停车扯皮的时候，幼儿园里也发生了一件意想不到的事。

小三班在集合站队的时候，一个叫廖茜茜的女生被几个顽皮打闹的男生撞倒了，可能是谁不小心撞到了她的鼻子，一时间血流不止，廖茜茜被吓坏了，哇的一声大哭起来。

"啊——流血了！"

"陈子豪，赵家瑞，又是你们！说，今天闯几回祸了！你们给我过来！"年轻的女老师指着两个调皮捣蛋的男生，气得声调都变了。

"茜茜，乖，不哭啊，老师给你止血。"另一名女老师安慰受伤的廖茜茜。

狭窄的走廊乱作一团,尖叫声、哭声、训斥声此起彼伏,比节假日的农贸市场还要热闹。

"李老师,时间来不及了,你先带孩子们下去吧。"正在哄慰廖茜茜的女老师从走廊窗口看了看幼儿园门外乌泱乌泱的家长大军,拉住一旁还在训斥闯祸男生的老师。

"可我应付不来啊。"李老师露出为难的神色。

小天才幼儿园是一家私立幼儿园,为了保证学生安全,幼儿园要求家长接学生的时候等在幼儿园门口,老师一个班一个班把孩子带出去,门口摆放一个接送表,家长签字后,才能将孩子接走。小三班一共三十六名学生,她一个人要照看学生还要和家长对接,实在是有些忙不过来。

"那怎么办啊,去晚了园长又要批评了,可茜茜……"老师看着用棉花堵住鼻孔,兀自还在委屈抽泣的廖茜茜,她蹲下来,双手扶着女孩儿的手臂,柔声商量说:"茜茜,老师先把同学们送下去,你回教室,老师待会儿把你的家长带到班里好吗?"

"不要……呜呜……"廖茜茜紧紧抱着老师的脖子。

"丁老师,二班老师在催了!"李老师焦急地催促道。

丁老师正在为难,这时身旁响起一道稚嫩却又悦耳的声音:"丁老师,我可以照顾她。"

丁老师愣住了,就连怀里的廖茜茜也止住了哭声,转过头,看着说话的男生。

长凌。小三班乃至全园的骄傲,此刻正一本正经地说,他来照顾廖茜茜。

"你……行吗?"丁老师犹豫。

长凌拍拍穿着蓝色校服的胸膛:"你放心吧,我在家的时候还照顾过我妈妈呢。"

丁老师赶紧看着廖茜茜问:"茜茜,让长凌照顾你好吗?老师一会儿就把你们的家长带过来。"

廖茜茜看看老师,又看看神气十足的长凌,缓缓点头:"好……"

丁老师松了口气,她把廖茜茜的小手交给长凌:"长凌,茜茜就交给你了,你带她回教室看书吧。"

长凌点点头,拉着廖茜茜的手,朝教室走去。

过了一会儿,教室里响起长凌小大人似的声音:"哎呀,你别哭了,我严叔叔胳膊掉块肉都没哭,你们女生真是麻烦!"

廖茜茜抽抽噎噎地问:"谁是严……严叔叔……"

长凌挑挑眉,搬了个凳子坐下,又伸手一拽,把廖茜茜也拽得坐下来。

"严叔叔嘛,就是我心目中的大英雄,我的偶像,他可厉害了!我告诉你,我严叔叔是一名维和军人,维和军人你知道是干什么的吗?你肯定不知道,跟你说也是白说。"长凌小朋友摆摆手,摆出一副不愿意多讲的模样。

"我……我也有一个严……严叔叔……他也……也很厉害……他在非洲……我爸爸……爸爸说……他在保卫……保卫世界和平……"廖茜茜抽抽噎噎地说。

长凌愣了愣,瞪大眼睛说:"我的严叔叔也在非洲!"

廖茜茜眨眨漂亮的眼睛:"对哦,我的严叔叔也在。"

长凌警觉地看着她:"你的严叔叔肯定不是我的严叔叔。"说完,他小声嘟哝说:"我的严叔叔更厉害呢。"廖茜茜听到了,撇撇嘴,又要哭了。

长凌赶紧拍着她的肩膀,哄着她:"你别哭啊,廖茜茜!你怎么那么能哭啊!"

廖茜茜低头抹眼泪,却看到了粉色纱裙上星星点点的血迹:"啊……呜呜……我的裙子……裙子……"她委屈地指着裙子,哭得上气不接下气:"我今天……今天生日……这是我妈妈送我……我的……"

长凌张大嘴,指着廖茜茜:"你过生日啊!"

"呜呜……"

看着可怜兮兮的廖茜茜,长凌觉得头很大,他很同情廖茜茜,因为生日遇到这种事实在是太糟糕了。

"你想把衣服弄干净?"长凌凑过去问。

廖茜茜点点头。

长凌托腮沉思片刻,眼睛赫然一亮,他拉起廖茜茜的手:"我知道怎么办了,廖茜茜,你跟我来。"

严臻叔叔教过他血渍要用冷水洗,因为他曾经很关心严叔叔沾了血的军装要丢掉还是继续穿的问题。

"老师,茜茜她只是鼻子出血了,还有没有其他的伤口?"马晶边走边询问女儿的情况。

"没有,茜茜妈妈,我保证没有。"丁老师笑了笑,朝马晶身边的中年男人说:"很抱歉,这次的事是我们看管不周,还请你和茜茜爸爸多多原谅。"

"哦。"中年男人愣了愣,"孩子没事就好,没事就好。"

"丁老师,你认错人了,我才是廖茜茜的爸爸。"廖荇翊从马晶和中年男人中间硬挤过去,自报家门道。

丁老师的脚步猛地停住,她尴尬地看看周围神色各异的几个人,嗫嚅着说:"对不起啊,我没看清楚就……"

廖荇翊摆摆手,面沉如铁地说:"打我女儿的家长呢?是他吗?"他朝走在最后的男人指了指。那个男人恰好抬起头,也在看他。

廖荇翊怔住了。这个人……

"啊,不是,他不是!他是咱们班长凌同学的家长。长凌同学留下来照顾茜茜,我才把长凌爸爸带过来接孩子。"丁老师赶紧解释。

长凌？姓长？不会这么巧吧。

廖荇翊猛地停下脚步，指着走在最后的男人："你……"

周围的人都停下来看着他们，丁老师以为廖荇翊不相信她的话，焦急地说："茜茜爸爸，闯祸孩子的家长我已经批评教育过了，这位真不是，他是……"

"长宁，长凌的爸爸。"斯文俊秀的男子主动伸出手，向廖荇翊介绍自己。

廖荇翊黑眸一亮，扯了下嘴角："幸会。廖荇翊。"

两人握手。

"长安是你……"

"你认识长安……"

两人同时看向对方，异口同声问道。

廖茜茜的生日会，因为有了同班小朋友长凌和他父亲的加入，多了许多欢声笑语。

"你说你家这小子咋这么聪明呢，居然连冷水能洗掉血渍都知道！"廖荇翊一边跟长宁说话，一边用眼角余光睃了睃对面的马晶。马晶正把切好的蛋糕用一次性餐具盛了递给女儿和长凌。她侧着身，面带微笑地同小朋友说话，许是低头的缘故，蓄起的长发从肩膀滑下来，垂在脸侧，乌黑的发梢随着说话的频率微微摆动，显得格外温婉动人。

廖荇翊一时间竟看得痴了，连长宁接下来说了句什么也没听清。长宁看着神色怔忡的廖荇翊，又顺着他的目光瞅了瞅正在和小朋友说话的茜茜妈妈，然后神色了然地靠向椅背。

"谢谢阿姨。"长凌接过表层满是水果和奶油的蛋糕，圆圆的大眼睛顿时眯成一条缝，他咽了一大口口水，接着把蛋糕递给廖茜茜："廖茜茜，你先吃吧。"

"不用，长凌，这儿还有呢，你快吃吧，不用让茜茜。"马晶赶紧把另一份蛋糕递给女儿。

"谢谢阿姨。"长凌礼貌致谢，又对廖茜茜说了句"祝你生日快乐"，然后才低头吃蛋糕。

"不客气。"马晶摸摸长凌黑亮的寸头，目光落在他棱角分明的脸上，心想，真是个有教养的好孩子。而且说不上来，这个叫长凌的孩子总给她一种似曾相识的感觉。这感觉怪怪的，她忍不住又多看了几眼，才转开视线，朝对面望了过去，没想到廖荇翊也在看她。两人目光交会的瞬间，她的心猛地颤了颤。

廖荇翊那双漂亮的眼睛里似乎藏着千言万语，眼底的光芒一闪一闪，像是正在同她说话。马晶愣了愣，下意识地垂下眼帘，避开他的注视。接着她就听到长凌爸爸在说："不是我教的，是我姐夫……哦，是严臻教他的。"

听到严臻的名字,马晶的心里猛地打了个突突,她盯着正在和女儿叽叽咕咕交流蛋糕味道的长凌,看了几秒,眼睛里闪过一丝疑惑,可似乎觉得脑子里的念头过于荒唐,她甩甩头,一笑而过。怎么可能呢?她一定是太累了才会出现幻觉,不然怎么会冒出严臻才是长凌父亲的念头。不可能,不可能,人家的爸爸好端端地在对面坐着,怎么可能和严臻扯上关系。

就在马晶胡思乱想的时候,廖茜茜凑到长凌耳边:"我们去看动画片吧。"

长凌点头:"好吧。"

他们早就吃饱了,大人们在说话,他们守着饭桌好无聊的。得到马晶同意后,两个小朋友手牵手走到餐厅内的多媒体区,服务员帮他们打开电视,然后把遥控器递给长凌:"小朋友,你自己选台吧。"

"谢谢姐姐。"长凌说。

女服务员高兴得直笑,送给他们一盘切好的新鲜水果。

大人们看到这一幕,不约而同地露出笑容,长宁拱拱手,笑道:"惭愧,惭愧啊。"

廖茜茜要看动画片,长凌给她找动画频道,可按了几下遥控器,电视里忽然蹦出来一个画面:

"十一月十七日,索洛托AS63公路项目六十三公里沥青路面提前全线贯通;十二月十六日,工程顺利竣工移交,提前三个月完成历史使命,并创下多项海外施工纪录。回首三年半的建设历程,无论是经历战乱的挫折,还是后期的攻坚战,全体员工在异国他乡,克服了气候恶劣、资源匮乏及疾病威胁、安全问题等诸多困难,为索洛托共和国的公路建设奉献了自己的青春和热血,用实际行动书写了勇于拼搏的精神。在索洛托,记者采访了AS63项目负责人长安……"

"姑姑!姑姑!快看,这是我姑姑!"长凌兴奋地指着电视叫道。

原本正在聊天的大人们呼啦啦围了上来。电视屏幕里的长安穿着蓝色工装,戴着绛红色的安全帽,正对着镜头表情严肃地回答记者的提问。

长凌的眼睛一眨不眨地盯着屏幕,小脸儿上泛起骄傲自豪的神色。

廖茜茜看着看着忽然扯扯爸爸的衣角,仰起头说:"爸爸,爸爸,她是上次跟你说话的阿姨。"

马晶和长宁同时看他,廖荇翊摸摸鼻子,解释说:"上个月长安忽然加我微信,后来我们用视频聊天的时候,茜茜看到了……"

原来如此。马晶抿了抿嘴唇,低声说了句"我去卫生间",就转身走了出去。

廖荇翊看着马晶的背影,犹豫着要不要追出去,不防肩膀被人猛推了一把:"还不快去!"转头一看竟是面带笑意的长宁。

廖荇翊愣了愣,点点头:"麻烦你照顾两个小的。"长宁比了个OK的手势,廖荇翊笑了笑,大步走了。

马晶从卫生间出来,还在讲电话:"嗯,很快就结束了。不用,你不用过来,门口就有出租车,很方便的。今天的事很抱歉,让你……"

手机忽然被人从身后抢了去,马晶骇然转头,却看到神色不悦的廖荇翊正拿着她的手机,语气冰冷地说:"我会送她回去,不用你操心。"说完,他就挂了电话,扔还给她。

马晶差点儿没接住,狼狈地跳了跳,站稳,而后狠狠瞪了廖荇翊一眼,绕过他就走。没想到他竟箍住她的手腕,把她强带至二楼楼梯处的休息区,然后才松开她。

"我们谈谈。"廖荇翊说。

马晶隐忍地吸了口气,点点头:"好,谈吧,你说,我听着。"她又低头看看表:"不过你快点儿,我九点还要回医院。"

"你能不能对我有点儿耐心,我到底是茜茜的爸爸……"廖荇翊还没说完就被马晶打断:"你还知道你是茜茜的爸爸!这么多年了,你有主动去尽一个父亲的责任吗!"

"那他就能吗?那个油腻腻的男人,一看就不是什么好东西,你居然还要他做茜茜的继父!我告诉你马晶,只要有我在,这事连门儿都没有!"廖荇翊怒道。

马晶气急冷笑,她摇摇头,大声斥道:"你……混蛋!"她转身想走,却被廖荇翊从身后扑上来抱住了。

"我们复婚吧。"

马晶身子一僵:"你要是为了茜茜……"

"不!不只是为了茜茜,还为了我,我爱你,马晶。我一直都爱你……"

饭店走廊上传来一声门响,之后是高高低低的说话声,有人从附近经过。

马晶脸皮发烫地挣脱廖荇翊的怀抱,走到休息区,在一个单人沙发上坐下。廖荇翊跟过去,在她对面坐下。两人静静地坐了一会儿,马晶目光冷冷地瞥了他一眼,匀了口气,说:"离婚的时候,我记得你说过,你恨我,你这辈子都不会原谅我。可你今天却又说这些话,是自己打自己脸吗?"

当年给长安做手术那件事,就像横在他们婚姻里的一道鸿沟,她在沟的一边,廖荇翊在另一边,她多少次试图跨过这道鸿沟主动去接近他,可每每在她快要成功的时候,他却毫不留情地把她从沟边推下去。终于有一天,她爬不动了,他也累了。于是在一次不知所谓的争吵过后,廖荇翊一脸疲惫地说:"马晶,我们离婚吧。"

马晶当时愣了有几分钟,才浑身发颤地问:"还是因为手术那件事,对吗?为了给你的好兄弟一个交代,给你自己的良心一个交代,你选择放弃我,跟我这个坏女人划清界限,是吗?"

廖荇翊不说话就代表默认。但过分挺直的脊背又泄露了他的真实情绪,他像以往一样,等着马晶歇斯底里大闹一通。可马晶没有,她太累了。或许以前吵架的时候她还会为自己争辩几句,说她做这一切都是为了婉枫,但这次她连一个字都不想提,哪怕事实真相并非他认定的那样,她也不愿意再多说一个字去挽留他了。她被摔怕了,被他一次次从陡峭的沟边推下去,跌得粉身碎骨、无地自容的滋味,她真的尝够了。

就当是对她的惩罚吧,人做错事总要承担后果,谁也不能例外。马晶脸色惨白地向后退了几步,扯了扯嘴角对廖苻翊说:"好,我同意离婚,但是我有一个条件,茜茜归我抚养。"

马晶记得很清楚,当她提出这个要求之后,一直低头沉默的廖苻翊猛地抬起头来,看她的那个眼神简直能把人杀死,但她死犟着不肯认输,直到他松口说好,她才回屋收拾行李。

廖苻翊追进来,说他搬走,房子留给她和女儿,存款也留给她,他净身出户。她当时在气头上,指着大门让他滚,廖苻翊就真的走了,后来他们瞒着双方老人悄悄离了婚,直到女儿两岁时才各自通知父母,从此以后,廖苻翊彻彻底底地走出了她的生活,和她相隔在世界的两端,再也没有交集。

之后,马晶反而和前小姑子廖婉枫走得近了,不知是不是同她哥哥一样心怀愧疚,廖婉枫除了一直在廖苻翊面前为她这个前嫂嫂鸣不平,还隔三岔五地跑来家里看茜茜,有时候玩得晚了,就跟她挤一床,非要留在家里睡。马晶也由着她了。她把廖婉枫当成她早夭的亲妹妹看待,因为从见到廖婉枫的第一眼起,她就觉得与她血脉相连的妹妹回来了。所以这些年来,她为了廖婉枫,不知道做过多少让廖苻翊头疼的事。

廖婉枫记着她的好,就算是她和廖苻翊离婚了,廖婉枫对她却比亲人还亲。廖婉枫一直叫她嫂子,无论她说了多少次,廖婉枫都不肯改口。廖婉枫固执地认定她和廖苻翊还能复合,她还会成为自己的嫂子。

拗不过廖婉枫,马晶只好由着她胡来,可这丫头却当起了两边的使者,不时把对方的消息"无意"中透露给她和廖苻翊,所以,即使有意在医院范围内避开廖苻翊,可马晶仍旧知道廖苻翊工作生活中的大事小情,就连哪个护士或者患者向他表示好感,她都会从廖婉枫口中第一时间得到消息。

马晶不知道廖苻翊是否和她一样,每每听到那些八卦之后就会心烦意乱得睡不着觉。有一次,她急诊手术回到家已经是凌晨了,虽然累得连呼吸都觉得麻烦,可还是把自己灌醉了,给远在非洲的廖婉枫打电话倾诉她的忧愁和烦恼。第二天清醒后,她看着三小时五十分的通话记录,不禁瞠目结舌,这还是那个不苟言笑,一天除了和病号交流病情之外,绝不会多说一句话的她吗?她根本不记得自己都说过些什么,但是隐隐有种不祥的预感,她昨晚和廖婉枫聊天的时候肯定提到过廖苻翊,而且不止一次。

马晶咬着手指头给廖婉枫发了条微信,问她昨晚自己说了些什么。

廖婉枫很快回复了她:"嫂子,你真的不用再强调了,我知道你很爱我哥,很爱,很爱他。"

马晶的脸腾地红了，正要关掉手机，廖婉枫却发来一个灿烂的笑脸，并附上一句话："加油，嫂子！把我哥追回来！"

看到手机屏幕上的字，马晶不禁苦笑。追回来？谈何容易。现在就算是廖荇翊有这个心，她也不会再像以前那么傻了。真挺傻的，像个青涩的小姑娘似的全心全意付出，恨不能把所有能给的不能给的都送给他，可到头来，他给予她的，却是当头一棒。

廖荇翊当年主动提出离婚，吵吵着恨她，永远都不原谅她，现在怎么又变了，他说不是为了茜茜，说爱她，嚇！这不是天大的笑话吗？他以为还是以前呢，她还是那个把他宠得无法无天的傻女人！

马晶想，或许是男人的自尊心在作祟，在交友方面，他素来小气没肚量，可能是徐思秦的出现让他觉得不舒服了，毕竟，这是她离婚后第一个正式交往的男友，他见到了肯定又犯毛病了。只是他太过分了，竟然不尊重她的感受当众让她难堪，这口气，她实在咽不下去。

见廖荇翊不说话，马晶忍不住扬起声调，叱问他："你说话啊，平时不是挺能说的吗？怎么了，后悔你刚才说的……"

"没有后悔！我再说一万遍，也还是那句话，我爱你，晶晶，我一直都爱你。"廖荇翊目光坚定地看着马晶。

马晶的脸红彤彤的，不知是害羞还是被气的，她呼哧呼哧喘了几口粗气，瞪着廖荇翊，说："抱歉，廖医生，我不爱你。"

"你说谎。"廖荇翊看着她。

马晶愣了下，唰一下站起来："我不想跟你说那么多废话，我带茜茜回去了。"

"晶晶！"廖荇翊一把箍住马晶的手腕，腕子又细又凉，他抿了抿嘴唇，说，"长安把当年的事都告诉我了。"

又到了林贝镇一年当中最好的季节，湛蓝无垠的天空连着远处碧绿平坦的草原，巍峨耸立的坎贝山下成群的斑马在追逐嬉闹，一阵微风拂来，空气里透出淡雅的花香，带着丝丝清甜的气息，令人心旷神怡。

阳光温柔而又旖旎地照在公路旁刻有 Njia ya amani 的木牌上，木质原有的色彩被晕染成暖暖的橙色，它静静地伫立在路旁，像个尽职尽责的卫士一样守护着这条充满希望的公路。

长安拉着严臻走到牌子前面，指着上面的字迹念："Njia ya amani，和平之路，我没念错吧？"

严臻微笑："发音标准，译文也正确。"

长安得意地扬扬眉。

严臻指了指长安:"除了嗓子哑,没毛病。"

长安按着脖子,艰难地咽了口唾沫,解释说:"我这还算好的,你是没见小孔他们,每次练完歌,嗓子哑得连话都说不出来了。"

为庆祝改革开放四十年,央视预备推出大型MV《我和我的祖国》,中国龙建集团AS63公路项目组有幸被节目组选中,要录制一段歌唱视频。接到拍摄任务后,项目部从上到下高度重视,这些天,他们一直在加班加点练习,就是为了能够展现出中国龙建集团良好的社会形象。

虽然大家都不是专业歌手,而且身在万里之外的非洲施工现场,再加上排练时间紧、任务重,长安一度担心员工们会坚持不下来,可令她万万没想到的是,排练结果远超预期。

"那上午的录制还顺利吗?"严臻拍抚着长安的脊背,关切地问。

"当然!一遍过,顺利着呢!导演夸我们比专业合唱团唱得还好。我也是第一次在大合唱的时候激动地流泪,很多人和我一样,唱着唱着就情不自禁地哭了。那一刻,泪水代表的不是难过,而是喜悦和骄傲,大家为自己是一名中国人感到无比自豪。"长安动情地说道。

"我和我的祖国,一刻也不能分割,无论我走到哪里,都留下一首赞歌……"严臻揽着她的肩膀,轻声吟唱着这首经典悠扬大气的歌曲。

"你知道吗?以前在国内的时候我们也经常会听、会唱这首歌,可是在国外,在我们辛勤工作的施工现场唱起这首歌的感觉,真的是难以用言语来形容。好像有一股劲儿把我们连起来,大家的心贴得更紧、更近了。"长安说。

"这就是祖国的魅力!它就像是一个圆心,我们是外圆上的一个点,无论我们身在何方,每个人都怀揣着一颗不变的赤子之心,无时无刻不在思念着祖国,期盼它和平昌盛。"严臻说。

长安的眼眶湿润了,她依偎着严臻,静静地望着远处巍峨起伏的坎贝山,过了一会儿,她抬起头,看着俊朗英武的严臻,说:"我忽然有了个想法。"

"说说看。"严臻看着她。

长安看着营地的方向说:"我想恳求王总,把营地改建成一所学校。孩子才是一个国家的未来,让孩子走出这个地方的途径,除了我们修的公路,还有一条路,就是教育之路。"

严臻定定地看了长安几秒,而后赞许地摸摸她的脑袋:"你有这个想法很好,但是教育需要投入,不是只给他们提供一个场所就可以了。"

长安点点头:"我知道。所以我才跟你商量,我想把师父留给我的房子卖掉,以他老人家的名义设立一个教育基金,专门用来资助当地贫困儿童入学。"

严臻没说话,长安以为他不赞同,就解释说:"师父选择长眠在坎贝山,除了陪伴他的爱人,他还想回报给予他帮助和友谊的当地居民。我看过他留下的日记,临终前,他曾有过捐建小学的想法。"

严臻轻轻哼了一声:"你怕我不同意吗?"

长安看着他:"你同意吗?"

严臻伸手弹了她一个脑瓜嘣,看长安龇牙皱眉,他才爽朗地笑了:"我是那么不通情理的人吗?再说了,房子属于你,你愿意怎么做都行,不用顾虑我。我要的是你的人,又不是房子。"

长安笑着说:"我看你不说话,以为你不同意。毕竟师父的房子……也挺值钱的。"

"好哇,你就这么损我,是吧。"严臻捏着长安的脸颊,拧了一把,"我刚才在想,我们要不要以豆豆的名义资助一个孩子。"

长安揉着脸,眼中却露出惊喜的神色:"好啊,我同意!"

"那资助……"严臻眼神带笑地看着长安,长安也回望着严臻。

片刻后,两人同时说:"阿米!"

"心有灵犀啊!"

"哈哈哈哈……"长安和严臻相视而笑。

严臻从口袋里掏出手机,对长安说:"我给你拍张照,留个纪念。"

"不照了吧,我挺不上相的。"长安摆手想拒绝,却被严臻推到木牌旁边,"谁说你不上相!以后谁敢乱说话,你就用这张照片堵他嘴去!"

长安瞪了严臻一眼,朝下拽了拽衣服,又把碎头发别在耳后,她揉揉僵硬的脸颊,抿抿嘴唇:"可以了吗?"

"离牌子近点儿。"严臻举起手朝一边摆了摆。

长安把手搭在牌子上,又觉得不妥,拿下来,又慢慢放上去,她抬起头,看向严臻。

严臻半弯着腰,端着手机,看着取景框里的长安。他侧过身,用拳头压着嘴唇,隐忍地笑了几声,然后说:"哎哎,你别那么严肃好不好,这是照相又不是上刑场,你怎么紧张成那样。"

"我不拍了。"长安脸一沉,抬脚就要走。

严臻赶紧拽住长安:"生气了?别生气啊,我说着玩儿呢。"

长安挣了挣没挣脱:"那你刚才还笑。"

"我那是一时没忍住。我错了,长安同志,我郑重地向你道歉,我错了。我要是再笑你,你就,就罚我三天见不到你!"严臻说。

长安偏头,看着严臻:"真的?"

"真的。"严臻像个孩子似的,举起右手放在脸侧。

长安静静地看着严臻黧黑俊朗的脸庞和光彩熠熠的眼睛,片刻后,她拉下他的手,语气怅然地说:"你会后悔的。"

严臻目光一闪,低下头,看着长安问:"什么意思?"

长安没说话,而是主动靠过去,搂住严臻的腰。本以为要费点劲才能够到手指,却没想到双手轻易就在他腰后打了个结。严臻居然瘦成这样了。

一个月前后两次感染疟疾,中间没有间隔,就算是铁打的军人,也熬不过病痛的折磨啊。可能是怕她发现,严臻今天过来的时候特意穿了一件大号的军装。

长安忍不住收紧胳膊,鼻尖酸酸地吸了口气,愧疚地说:"严臻,对不起。"

"又说傻话。"严臻揉着她的脑袋。

"是我太不关心你了,你那么多天不来工地,我以为你真的去执行任务了,连电话都不打给你……你一定很难受,很失望,对不对?我除了工作,其余的事什么都做不好。连你病了都不知道……"长安的额头抵着他的胸膛,声音低哑地说。

"跟你没关系,是我不让石虎告诉你的。你后来知道了,不也第一时间来看我了。呵呵,你不会忘了吧,当时我们正在路上执勤,你开着车疯了似的冲过来,直接把巡逻车给逼停了!"严臻笑道。

长安扭了扭肩膀:"别说了。"

说起来还真难为情,当时情急所致,完全顾不得什么交规和纪律了。一心只想看到严臻,看到活生生的他站在她面前,说"长安,我没事了",她才有力气呼吸,才有力气活下去。

严臻笑了,他弯下腰,刮了刮长安的鼻子,又把她按在胸口,喟叹说:"你个健忘的老太太,忘了我说过的话吗,对我,永远不用说对不起。"

"严臻……"

"我走了以后,你一定要照顾好自己,要是再让我知道你病了还去工作,那我……我就不嫁给你!"长安语气哽咽地威胁说。

"我错了!以后听你的,都听你的啊!哎哟,让我看看,你这是哭鼻子了?"严臻勾着头要看,长安却缩在他的怀里,不肯露脸。

"好了,不哭了啊,这可不是你的风格。"严臻拍拍她的后脑勺,安抚着情绪激动的长安。

过了片刻,等长安平静下来,严臻才问:"那你现在能说了吧,什么叫我会后悔的?"

长安脸色一变,抓着严臻的衣角说:"我,我们下周一就要走了。"她说完就觉得箍着她脑袋的大手向下沉了沉,她的心也跟着颤了颤。

"这么快?不是说下周末才回国吗?怎么提前了?"严臻讶然问道。

"集团安排专机来接我们,时间提前了。"长安也是下午才接到通知。

严臻轻轻哦了声。

"后天举行授勋仪式。"长安看着他,"你能来观礼吗?"

索洛托国家公路局为了感谢中国龙建集团为国家做出的突出贡献,将为AS63公路项目的五十名中国员工颁发国家建设奖章。项目负责人长安将获得由国家公路局局长亲自颁发的国家金质奖章。严臻得知这一消息,愣了几秒,忽然弯腰把长安抱起来,飞快转圈。

"哎!放我下来!晕!严臻!!"长安紧紧抱着严臻的脖子,吓得花容失色。

严臻哈哈大笑,轻轻将她放下:"原来你还怕转圈啊。"

"你讨厌!"长安真的头晕,扶着严臻,额头抵着他的胸口,骂了一句。

严臻那双黑亮的眼里溢满了骄傲的神采,他用力揉着长安的脑袋,由衷地夸赞说:"厉害了,我的长安。"

"哎,我的头发!你别瞎揉,我待会儿还得排练呢。"长安护着脑袋,狼狈地朝一边躲。严臻却拉着她的胳膊,把她拉到路牌旁边:"拍完照片就送你回去。"

"还照啊。"长安苦着脸说。

"当然要照。你就笑笑,笑一笑就行了。"严臻朝后退,举起手机,"对了,这张照片可是豆豆要的,拍完了我就给他发过去。"长安愣了愣,随即嘴角上翘,露出一抹特别灿烂的笑容。

"咔嚓!"美好的瞬间在手机屏幕上定格。

严臻把长安送回营地,目送她离开后,掏出手机,拨了个电话。电话响了很久对方才接。

"是我,严臻,你在营地吗?在技能培训学校,好,你等我一下,我过去找你。"严臻收起手机,大步朝学校走了过去……

很快,到了授勋仪式那天。

天空晴朗,艳阳高照,笔直而又平坦的"和平之路"成为仪式的主会场。

索洛托国家商贸部、公路局、中国驻索洛托大使、中国驻索洛托维和步兵营营长、AS63项目工程各方代表,以及华人华侨二百余人出席了授勋仪式。

仪式上,中国龙建集团五十名员工和AS63项目经理长安分获国家建设奖章和国家金质奖章。

在潮水般的掌声里,长安带领团队向台下的嘉宾鞠躬致谢。何润喜走到长安身后,低声提醒说:"经理,等下还有技能培训学校的毕业典礼,你要给合格学员颁发证书。"

长安朝台下已经站好队的黑人雇工望了望,点点头:"好。"

员工们还站在台子上兴奋地讨论着各自的勋章，赵铁头笑得只剩下一口大白牙，还拿着银质勋章放在嘴里像咬银圆那么咬。孔芳菲则像是得了金牌的运动员，把勋章举在脸侧，朝拍照的工友露出自豪的笑容。

大家在这条公路线上奋战了三个寒暑，终于换来了现在的荣耀时刻。

这一张张熟悉得如同家人一样的笑脸，令长安感觉无比亲切和放松。

忽然，耳畔嗡嗡作响的声音消失了，所有的人都望着同一个方向，嘴巴微张，脸上露出惊诧的表情。长安顺着他们的目光朝台下一望，她也愣住了。只见身着军装的严臻正捧着一束鲜艳欲滴的铁线莲，大步朝她走来。长安脸上的皮肤绷得紧紧的，手指蜷缩在手心，眼睛一眨不眨地盯着已经走到她面前的军人。

严臻把花束递给她："祝贺你。"

"谢谢。"长安接过花。

严臻从口袋里掏出一个黑丝绒的盒子，打开盖子，从里面拿出一个晶莹剔透的钻戒。小小的戒面，璀璨如昔。

"长安，你愿意嫁给我吗？"严臻深情地望着她说。

长安盯着眼前的钻戒，嘴唇却不住地抖动："这个是……是……"

"是。"严臻点头，确认了长安的猜测，"是之前的，我一直留着它。"

长安抿着嘴唇，眼睛一瞬间就红透了。这时，站在长安身后的工友们齐声唱起歌来：

> 能陪我走一程的人有多少，
> 愿意走完一生的更是寥寥，
> 是否刻骨铭心并没那么重要，
> 只想在平淡中体会爱的味道，
> 终于等到你，
> 还好我没放弃，
> 幸福来得好不容易，
> 才会让人更加珍惜……

"嫁给他！嫁给他！"

"嫁给他！"

在现场一浪高过一浪的祝福声里，长安向严臻伸出手……

到底没能参加接下来的毕业典礼，长安觉得这样双目红肿地去面对那些可爱的非洲雇工，对他们是一种不尊重的行为。反正有雷河南就够了，他同严臻一起策划了这次别出心裁的求婚大戏,惹得她泪流不止,他也该受点儿惩罚才是。

严臻把一方大手帕递给她:"擦擦吧。"

长安接过去按在眼睛上,鼻音很重地说:"你知不知道,知不知道这样子让人,让人……"

"没办法拒绝,是吗?"严臻拉起她戴着戒指的手,低头亲了亲,"只有把它物归原主,我才能安心留在这里,你懂吗?"

长安吸了吸鼻子,把手帕丢给他:"这下你放心啦。"

严臻露出笑容:"放心,可放……"

"长安。"忽然,一道熟悉的声音从他们身后传了过来。

"一二三,咔!"

"再来一张,一二三,咔!"

技能培训学校的黑人学员们面带微笑举着毕业证书在台上拍照,这些曾经贫困潦倒的当地人通过学习改变了他们的命运,如今他们靠着一技之长轻轻松松就可以找到工作养家糊口,而一些女学员,更是摆脱了以前依附丈夫才能生存的状况。这个积极而有意义的结果,却是长安他们在办学之初没有想到的。

仪式结束后,大家纷纷离开,台下的嘉宾席空荡荡的,只剩下几把椅子横七竖八地杵在那里。

长安送走几位官员,又被桑切斯拉着依依不舍地话别,这个热心肠的非洲小伙子,按照当地人的风俗特色,围着她又唱又跳,最后紧紧拥抱她:"哦,安,我可真舍不得你。"

"我也舍不得你,桑切斯。以后有假期就到中国来玩儿,我在上海等你。"长安拍拍桑切斯的脊背。

桑切斯直起腰,目光留恋地说:"那就说好了,我一定会去的。"

"就怕你不来。"长安笑了笑,指着远处一位身材颀长挺拔的男士说,"我那边来了个朋友,就不跟你多说了。"

桑切斯回头看了看站在嘉宾区的中国男人,朝长安眨眨眼:"那个帅哥是你的追求者吧?"

长安翻了个白眼:"八卦!"

桑切斯居然听得懂八卦的含义:"我这顶多算是好奇,离八卦还远着呢。不过很可惜啊,帅哥来晚一步,你已经名花有主了。"

长安被桑切斯惋惜的语气逗笑了:"知道得还挺多。"

"那当然了,我这'中国通'的绰号可不是白叫的。"桑切斯得意地掀起眉毛,凑到长安身边,提醒说,"小心严连长吃醋哦,我看到他离开的时候,脸黑得像包,包……"

"包你个头！快起开！"长安笑着推开桑切斯,朝远处等着她的男人走了过去。

"抱歉,抱歉,让你久等了。呀！你还送我花啊！"长安刚走过去,就看到对方把一束洁白雅致的满天星递了过来。

"你的大喜之日,不表示表示怎么能说得过去呢。"对方指着她手上的钻戒,冲她眨眨眼。

长安接过花束,低头闻了闻:"谢谢你,子墨。"

温子墨。是的,这人正是温子墨。他到非洲出差,特意转机来看望她。

虽然刚才就品尝了有朋自远方来不亦乐乎的惊喜大餐,可看着面前这位成熟斯文的英俊男士,长安还是没办法接受这个现实。算起来,他们也有很久很久没见面了。没想到他还是记忆中的模样,温煦、英俊、气质卓然。这样的人无论走到哪里,都会是人群里最养眼的一道风景。

"这可是我第三次给你送花,你终于肯收了。"温子墨笑吟吟地看着长安。

第三次？在她记忆里之前好像只有一次。

见长安神色茫然,温子墨捂着胸口,假装委屈地说:"历史总是惊人的相似啊。上次给你送花,也正赶上严臻向你求婚,我功败垂成,只好黯然退出,没想到这么多年过去了,我好不容易鼓起勇气到非洲来追你,却又撞上相同的一幕……长安,你说,命运对我,是不是太不公平了,我的运气,为什么总是差那么一点点。"他抬起手,用拇指和食指夹着比了比。

"死开！"长安用花束轻轻打了温子墨一下,嗔怪道,"别以为我离得远就什么都不知道！坦白从宽,抗拒从严,说吧,你那个小未婚妻姓甚名谁,从实招来!"

温子墨看装不下去了,就呵呵笑了起来:"好你个女魔头！本事还挺大,居然知道这么多。是宁宁告诉你的?"

长安摇摇头,俏皮地眨眨眼:"你猜?"

温子墨神情迷惑地想了想,说猜不着。长安就哧哧笑道:"是大江啊,你这个笨蛋!"

宋大江和张梦璐如今已是两个孩子的父母了,他们一直保持着联系,去年夏天的时候,大江告诉长安,温子墨被一个很特别的女孩儿缠上了,这次估计是跑不了了。没过多久,就听大江说他们订婚了。

"哦,是他啊。你们还一直联系着呢?"温子墨问。

"联系啊,我和璐璐的关系,你又不是不知道。"长安说。

温子墨有片刻没有出声,他转开脸,望着前方平坦的公路,沉默了一会儿,他叹了口气,低声说:"是我疏忽了。"

"你说什么?"长安没听清。

温子墨摇摇头,笑着把话题岔开:"我说,我真羡慕你们啊,你们的经历,都能拍部电视剧啦。"

就算是离婚也能重新走在一起,时间和空间对他们来说,不过是人生的积累和历练,无论过程如何曲折跌宕,可happy ending的结局是必然的。因为他们之间从不缺少爱,而爱情,正是绑在他们身上的红线,即使他们迷失方向,走丢了,走远了,可终归有一天,他们还会被这根爱情的红线指引着,不期而遇……

他的运气真的不怎么好,但所幸,他也遇到了生命里重要的二分之一。可见,人生没有放下,就不会有美好的开始。缘分很奇妙,总会在你猝不及防的时候不期而至。

"这话你可别对严臻说,他会骄傲的。"长安笑着推推温子墨,"别说他了,你呢,你的未婚妻……"

温子墨拿出手机,递给长安:"打开。"

长安手指轻轻一滑,屏幕上就出现了一位明眸皓齿的姑娘。她呀地叫了声,忍不住赞叹说:"真漂亮。"

温子墨微笑着说:"她叫韩涵。你别瞪眼,不是那个韩寒,是涵养的涵。她是上漂,搞艺术的,你别看她长得乖巧漂亮,其实啊,其实啊……"提起那个古灵精怪的未婚妻,温子墨的脸上不禁浮现出一丝久违的笑意。

"其实她啊,是个特别能折腾的人。能折腾,你懂吗?就是搅得别人生活一团乱,她却在一边乐呵呵地看热闹……"

"这个别人就是你吧?"长安笑道。

温子墨无奈地点头:"我是被她折磨惨喽……"

"说明人家重视你呀,要是不喜欢你,她才懒得理你呢。"长安摆摆手。

温子墨愣了愣,指着长安:"她也是这么说,原话!"

"哈哈哈……"

"哈哈……"

"说什么呢,这么高兴!"严臻拿着几瓶矿泉水走了过来。

长安把温子墨的手机打开,让严臻看上面的人:"说她呢,子墨的未婚妻,怎么样,是不是特别漂亮。"

严臻看看手机,又看看长安:"的确,是比你漂亮。"

"喂!"长安打了严臻一下。

严臻哈哈大笑,揉了揉她的头发,眼神炙热地看着她说:"可你就算是个丑八怪,在我这儿,这里,也是唯一,知道不!"严臻指着自己的眼睛和胸口。

长安的脸腾地一下红了。一旁的温子墨受不了开始起哄:"喂喂喂,你们再这样我就走了。"

严臻把水递给温子墨,顺势勾住他的肩膀:"别啊,你要这样走了,长安回头准得剥我的皮!"

"她还是那么,那么……"温子墨瞅了瞅横眉竖眼的长安,把冲到嘴边的话咽了回去。

"可不是嘛!在她面前我哪儿有地位啊,被她虐得可惨了。走,兄弟,咱们去那边,哥好好给你掰扯掰扯她的'恶行',balabalabala……"严臻搂着温子墨,边说边回头冲着长安挤了挤眼睛。

兄弟?哥?这人的脸皮可真够厚的!长安抚着额头,无奈地笑了。

温子墨要赶飞机,所以只停留了几个小时便告辞离开了,对此长安感到非常遗憾和抱歉,温子墨大老远过来,别说盛情款待了,却连口热茶也没让他喝上。温子墨倒是一点儿都不介意,他说他是来看人的,又不是来吃饭的,再说了,回上海后他们见面就方便了,到时他再好好宰她一顿。长安刚笑着说没问题,一旁的严臻却起哄了,说他有问题。

"哦,把我一个人扔在这儿,你们去吃独食,忍心吗?"

"忍心!"温子墨和长安同时出声,两人愣了愣,随即相视大笑。

严臻摸着鼻子,斜着眼睛瞪着一对笑得只见牙不见眼的人,气哼哼地说:"狠心的人啊!"于是,那两人笑得更大声了。

送走温子墨,长安看起来心情极好的样子,她张开双臂,伸了个大大的懒腰,然后眼神晶亮地看着严臻说:"好久没这么轻松了。"

严臻知道她意有所指,笑着揉揉她的头发:"你早就该这样了。有些事搁在心里,时间久了就变成石头了,你早该把它们扔掉。"

长安若有所思地低下头,脚尖一伸,踢走路上的小石子,然后抬头看他:"这样吗?"

严臻微笑:"对,就是这样。"

长安笑了,深深地吸了口清新的空气,指着远处巍峨耸立的坎贝山:"我们去和师父告别吧。"

严臻点头,牵起长安的手,朝美丽静谧的蝴蝶谷走去。

没想到易键璋的墓地被人打扫清理过了,干干净净的墓碑下方,放着一束白色的菊花。

"谁来了?"严臻纳闷地问。知道易老长眠于此的没几个人。

长安瞥了一眼花束,语气笃定地说:"雷公。"

严臻的眼里闪过一丝诧异的神色,但他没问长安是怎么猜出来的。

"因为他昨天问我镇子上有没有花店。"长安主动解释,"而且,上次他出事的时候,我跟他提起过师父的事。他很敬佩师父,觉得他老人家才是真正的援非建设英雄。"

雷河南说过他想来祭拜易老,没想到他真的来了。

长安把采来的野花放在白菊旁边,拉着严臻在墓碑前站好,然后向墓碑的方向三鞠躬。

"师父,我明天就要走了,这次来除了向您辞行,还想告诉您一件事。您留给我的房产我让宁宁卖掉了,这笔款项将以您的名义申请成立键璋慈善基金,用来帮助当地失学儿童重返校园。另外,还要告诉您一个好消息,那就是咱们公司决定把营地改建成学校了,您留给我的日记里曾经写到,您这一生最遗憾的事有两件,一是没能早点儿来看您的爱人,二是想改善当地人落后的交通和教育状况,第一个遗憾您已经用自己的方式去弥补了,第二个遗憾,就交给我吧,由我来替您完成心愿……"长安神情庄重地保证说。

严臻望着墓碑上"献身负责 鞠躬尽瘁"的墓志铭,心中涌起阵阵复杂的感受。曾经有很长一段时期,他误会长安是一个冷漠自私的人,可其实她比任何人都要热情,她的人生信仰,就像易老不平凡的一生一样,把有限的知识投入到无限的人类发展中去,点亮自己,燃烧自己,努力把这个世界变得和平而又美好。这和他弃笔从戎的初衷何其相似。已经过世的易老也在冥冥中护佑着他和长安,让他们在与祖国相隔万里的异国他乡再续前缘。

严臻抬起右手,向墓碑庄严敬礼:"易老,您安息吧。"

次年三月七日,在蒙特里营区举行了隆重的中国赴索洛托维和部队授勋仪式,数百名维和官兵全部荣获联合国"和平荣誉"勋章。联合国驻索洛托维和部队司令迈克少将、中国驻索洛托大使秦鹤山接见了石光明营长和优秀军人代表严臻。

迈克少将充分肯定了中国维和部队为索洛托和平发展做出的突出贡献,他说:"你们冒着生命危险履行和平使命,对当地实施医疗援助和慈善救助,我们以中国维和人员为荣,中国也理应为你们感到骄傲。"

授勋仪式结束后,即将踏上归程的维和官兵聚在营区内拍照留念,虽然在这个基地生活和工作的时间不算长,只有九个月,可这二百七十四天,却已成为他们人生中最难忘、最值得骄傲的经历。

"噢噢!"基地不时爆发出阵阵欢呼声。

严臻回头看了看熟悉的战友,从兜里掏出手机,对准自己,来了张自拍。打开微信,把照片发给长安,顺便问了她一句"我帅不帅"。

手机半天没有回音,严臻刚打算收起,手机却嘀嘀响了一声。他连忙打开微信,看到熟悉的头像旁边亮起小红点儿,不禁露出微笑。

严臻手指点了一下,屏幕上出现一张照片,点开一看。"噗!"他用拳头压着嘴唇,抑制快要爆发的笑声。

照片里的人是长安和豆豆。不过两人都躺在被窝里,一个拿着手机自拍,一个窝在她的臂弯呼呼大睡。照片里的背景是他们的家,曾经清冷寂寥的空间如今却是大变样。乱得可以,但也窝心得厉害。

"嘀嘀!"手机又响了。紧接着从屏幕上跳出来两行字:"昨晚我跟豆豆坦白了,你猜他怎么说?"

严臻的心咚地一跳,手指按着键盘上的字母,却迟迟打不出一个字。

豆豆。会接受吗?

"严臻?"

严臻回过神来,打了个字:"在。"

等了片刻,屏幕上又跳出几行字:"豆豆说他很早就知道这件事了。这小子,你说他是不是学你啊,这么有心眼儿,居然瞒了我们这么久!可他跟我说,他想留在宁宁和薇薇身边长大,他说如果他离开家,宁宁他们肯定会很伤心。"

严臻沉默了片刻,打字道:"什么叫学我,请长女士解释一下。"

长安发过来一个傻笑的图片,又发来几句话:"我错了。但我想了一夜。我决定尊重豆豆的意愿。"

严臻过了很久才回复:"周末回家,没得商量。"

屏幕上立刻跳出一个红红的嘴唇。严臻不禁莞尔,他又敲出一行字:"我想你们娘儿俩了。"

"我也想你。后天去机场接你!豆豆也去!"长安回复。

"好。"

严臻收起手机,仰起脸,闭上眼睛,用心感受着非洲灿烂热情的阳光。他未来的生活,也像这阳光一样,充满了乐趣和希望……

翌日清晨,即将踏上归程的严臻将一束芬芳耀眼的铁线莲放在象征着希望与友谊的"和平之路"上。

严臻望着笔直平坦的公路和原始自然景色和谐共生的美好画面,回想起过去的点点滴滴,心中不禁涌起无限感慨。

世人谓我恋长安,唯愿盛世长安……

图书在版编目(CIP)数据

他从暖风来. 下 / 舞清影著. —杭州：浙江文艺出版社, 2022.2(2022.3重印)
ISBN 978-7-5339-6633-1

Ⅰ.①他… Ⅱ.①舞… Ⅲ.①长篇小说—中国—当代 Ⅳ.①I247.5

中国版本图书馆CIP数据核字（2021）第198957号

选题策划　关俊红
责任编辑　关俊红
营销编辑　宋佳音
封面绘图　电磁花森
责任印制　张丽敏

他从暖风来·下
舞清影　著

出版	浙江文艺出版社
地址	杭州市体育场路347号
邮编	310006
电话	0571-85176953（总编办）
	0571-85152727（市场部）
制版	浙江新华图文制作有限公司
印刷	浙江新华印刷技术有限公司
开本	710毫米×1000毫米　1/16
字数	323千字
印张	16.5
插页	2
版次	2022年2月第1版
印次	2022年3月第2次印刷
书号	ISBN 978-7-5339-6633-1
定价	49.00元

版权所有　侵权必究
（如有印装质量问题，影响阅读，请与市场部联系调换）